B.C. Schiller
Dunkeltot, wie deine Seele

AF177848

Das Buch

»Dunkeltot, wie deine Seele ist mein Herz.«

In einem düsteren Waldgebiet taucht eine halb verhungerte junge Frau am Straßenrand auf und stirbt. Bereits ein Jahr früher fand die Polizei in einem alten DDR-Bunker am Rande von Berlin ein Mädchen, das angekettet war und verhungert ist. Der Verdacht fällt auf das Geschwisterpaar Zoey und Adam Yankowski, das an einem Elite-College in dem mysteriösen Ort Blumenthal studiert.

Um sie zu überführen, setzt das BKA seine beste Undercover-Ermittlerin Targa Hendricks ein. Targa spürt, dass etwas Schreckliches in der Vergangenheit von Zoey und Adam passiert ist. Doch als sie hinter das Geheimnis kommt, ist es bereits zu spät ...

Die Autoren

Barbara und Christian Schiller leben und arbeiten in Wien und auf Mallorca. Sie waren über zwanzig Jahre in der Marketing- und Werbebranche tätig. Gemeinsam schreiben sie unter dem Autorennamen B.C. Schiller packende Thriller. Sie gehören zu den erfolgreichsten Spannungsautoren im deutschsprachigen Raum und haben bisher mit ihren Büchern über 1.500.000 Leserinnen und Leser begeistert.

B.C. SCHILLER

DUNKELTOT, WIE DEINE SEELE

TARGA HENDRICKS
THRILLER

Deutsche Erstveröffentlichung bei
Edition M, Amazon Media EU S.à r.l.
38, avenue John F. Kennedy, L-1855 Luxembourg
Januar 2021
Copyright © der deutschsprachigen Ausgabe 2021
By B.C. Schiller
All rights reserved.

Umschlaggestaltung: zero-media.net, München
Umschlagmotiv: © IS MODE / Shutterstock;
© romeovip_md / Shutterstock;
1. Lektorat: Wolma Krefting
2. Lektorat: Cathérine Fischer
Korrektorat: Manuela Tiller/DRSVS
Gedruckt durch:
Amazon Distribution GmbH, Amazonstraße 1, 04347 Leipzig /
Canon Deutschland Business Services GmbH, Ferdinand-Jühlke-Straße 7,
99095 Erfurt /
CPI books GmbH, Birkstraße 10, 25917 Leck

ISBN 978-2-49670-526-3

www.edition-m-verlag.de

1

Die winzigen Finger der Säuglinge berühren sich für wenige Sekunden. Dann hört ein Baby auf zu atmen. Das andere überlebt in dieser eisigen Winternacht.

Die junge Frau, die vor Kurzem Zwillinge geboren hat, heißt Luisa. Sie legt ihre Babys auf die Stufen der Klinik. Stolpert tränenüberströmt zurück auf die Straße. Dort wartet ein gelber Porsche Targa mit laufendem Motor.

»Hör auf zu flennen, Luisa!«, herrscht der Fahrer sie an. Er gibt Gas.

Im Schatten eines Baumes steht eine Gestalt und beobachtet die Szene. Die Person zündet sich eine Zigarette an. Läuft über die Straße. Eines der Babys hat sich nackt gestrampelt. Die Person überlegt, dass er es vielleicht zu sich nehmen kann. Weiß nicht, dass ein Säugling bereits tot ist.

In diesem Moment hält ein Bus vor dem Krankenhaus. Eine Krankenschwester steigt aus. Mit schnellen Schritten läuft sie zum Eingang. Der Mann wirft seine Kippe in den Schnee. Versteckt sich hinter einer Litfaßsäule. Mustert die Krankenschwester, die entsetzt die Hände über dem Kopf zusammenschlägt. Die beiden Säuglinge hochnimmt. Mit ihnen im Krankenhaus verschwindet.

Erst jetzt bemerkt der Mann den Patienten, der aus dem Fenster sieht. Für einen kurzen Moment treffen sich die Blicke der beiden. Dann schließt der Patient das Fenster. Der Mann klappt den Kragen seines Mantels hoch. Eilt die Straße entlang. Weiter bis zur Brücke.

Dort erblickt er zwei Frauen. Eine von ihnen ist Luisa. Er erkennt sie sofort an ihrer zarten Gestalt. Schuldgefühle drängen sich auf. Er hätte ihr die Wahrheit sagen müssen. Aber jetzt ist es zu spät. Zwischen den beiden Frauen beginnt ein heftiger Wortwechsel.

»Dein Auftrag ist erledigt. Wir brauchen dich nicht mehr. Du wirst uns langsam unbequem.« Die Stimme der Frau ist kalt wie Eis. Plötzlich packt sie Luisa, zerrt sie hoch. Will sie über die Brüstung ins kalte Wasser der Spree werfen.

Da entdeckt Luisa den Mann. Er steht wie erstarrt auf der anderen Straßenseite.

»Warum hilfst du mir nicht? Nach allem, was ich für euch getan habe!« Luisa will sich aus der Umklammerung der Frau befreien. Schafft es aber nicht.

»Weg mit dir!«, zischt die Frau. Gibt Luisa einen letzten Stoß.

Der Mann rennt los. Hört, wie Luisas Körper auf dem eisigen Wasser der Spree aufklatscht.

»Bist du wahnsinnig? Sie ertrinkt!«

»Luisa ist eine Gefahr für uns.«

»Das lasse ich nicht zu. Ich muss sie retten.« Der Mann klettert auf die Brüstung. Unter sich erkennt er nur das dunkle Wasser. Das Licht eines Scheinwerfers kriecht über die Oberfläche. Von Luisa keine Spur. Er zieht seinen Mantel aus und springt. Taucht unter. Dort sind nur Kälte und Dunkelheit. Aber keine Luisa mehr. Die Luft wird knapp. Prustend schnellt der Mann zurück an die Oberfläche. Spürt, wie das eisige Wasser seine Kleider durchdringt. Ihn nach unten zieht. Die

Lichtkegel der Scheinwerfer der Volksarmee vom anderen Ufer erfassen ihn. Noch einmal taucht er unter. Doch Luisa bleibt verschwunden.

»Sie ist längst abgetrieben!«, hört er die gleichgültige Stimme der Frau über sich.

»Du hast sie kaltblütig getötet!« Der Mann schwimmt ans Ufer. Läuft zurück auf die Brücke. Packt die Frau an den Schultern. Rüttelt sie. »Warum musste Luisa sterben?«

»Das weißt du wohl am besten.«

Ein gelber Porsche Targa rast auf die Brücke. Hält mit quietschenden Reifen. Die Frau springt in den Wagen.

»Ich arbeite nie wieder für euch!«, ruft der Mann dem Porsche hinterher.

In den nassen Kleidern setzt er sich auf den Gehsteig. Klappert mit den Zähnen. Sucht nach seinen Zigaretten. Nordwind wirbelt den Schnee auf. Mit einem Seufzer legt sich der Mann auf den Bürgersteig. Die eisige Kälte breitet sich in seinem Körper aus. Umschließt sein Herz. Das zu Eis wird. Mit der Erinnerung an Luisa in einer glücklichen Zeit schließt er die Augen. Will sie nie wieder öffnen.

2

Verhungert wird man sie finden. Die Vorstellung ist unerträglich. Schneidet wie ein Messer durch ihren Kopf. Zerstört jeden klaren Gedanken.

Die junge Frau hockt auf einem rohen Steinboden. In einem leeren Verlies. Die Wände sind aus Beton. Es gibt keine Matratze, nicht einmal eine Decke gegen die Kälte. Durch ein Loch hoch oben in der Mauer sickert Licht. Wirft einen Leuchtpunkt in das Dunkel. Morgens zittert der Punkt langsam über die Wand. Mittags verharrt er auf dem Boden. Abends verschwindet er. Mit ihm die Hoffnung. Die dunkle Nacht bricht herein. Und die Angst vor dem Tod.

In der ersten Zeit ihrer Gefangenschaft haben Hunger und Durst sie fast verrückt gemacht. Jetzt hat sie sich an das nagende Gefühl im Magen gewöhnt. Seit ein paar Tagen bekommt sie weder zu essen noch zu trinken. Sie leckt das bisschen Kondenswasser von der Wand. Um zu überleben.

Die Frau schleppt sich durch den Raum. Schafft es bis zur Mitte. Weiter erlaubt es die Kette nicht. Sie ist stabil in der Wand verankert. Ein Ring aus Eisen umschließt ihr linkes

8

Handgelenk. Die Haut ist wund gescheuert vom vielen Zerren. Trotzdem versucht sie erneut, ihr knochiges Handgelenk durch den Eisenring zu ziehen. Keine Chance. Doch wenn sie nicht handelt, stirbt sie.

Das Mädchen wankt zurück zu der Mauer. Mit den nackten Füßen tritt sie auf eine Glasscherbe. Schreit auf vor Schmerz. Sie denkt an ihren Peiniger. Er hat die Flasche auf den Boden geworfen. Wütend, weil sie sein Bein umklammerte. Weil sie um Gnade flehte. Weil sie ihr Schicksal nicht annahm. Weil sie ihn und seine Schwester enttäuschte.

Sie betrachtet den Schnitt in der Fußsohle. Die Wunde blutet leicht. Die Glasscherbe liegt im Staub. Er hat sie beim Aufräumen übersehen. Sie tippt auf den Rand der Scherbe. Die Kante ist scharf wie ein Messer.

Plötzlich hat sie eine Idee. Logisch und grausam. Zögernd fährt sie mit der Scherbe quer über ihren kleinen Finger. Schneidet vorsichtig in die Haut. Helles Blut tropft auf den Boden. Sie beißt sich auf die Lippen. Schneidet tiefer. Der Schmerz ist grell. Die Wunde brennt wie Feuer. Ein Krächzen dringt aus ihrem Mund. Fremd und unwirklich. Ihre Kehle ist ausgedörrt. Die Glasscherbe durchtrennt Muskeln, Sehnen. Dringt bis zum Knochen. Mit der anderen Hand greift sie nach dem Finger. Durchtrennt das Gelenk. Ein letzter Schnitt in den Handteller. Verrückt vor Schmerz zieht sie die blutende Hand durch den Ring. Sie ist frei.

Die junge Frau wankt in einen dunklen Gang. Stößt an Wände. Kommt zu einem niedrigen Eingang. Zwängt sich nach draußen. Das helle Licht blendet. Sie schließt die Augen. Tastet sich blind weiter. Blut tropft aus der Wunde.

›Ich bin frei, ich habe es geschafft. Nur weg.‹

Vögel zwitschern. Blätter rascheln. Der Wind rauscht in den Bäumen. Flüstert geheimnisvoll. Sendet eine Warnung aus. »Verschwinde!« Gebannt stiert sie auf ihre verstümmelte Hand.

Der Schmerz kehrt übermächtig zurück. Weckt sie aus ihrer Erstarrung. Sie dreht sich um und rennt um ihr Leben. Äste peitschen ihr ins Gesicht. Dornen reißen an ihrer Kleidung. Ritzen die Haut. Eine Blutspur zieht sich wie ein rotes Band durch den Wald. Führt zu ihr. Die beiden werden sie finden. Panik befällt sie. Sie stürzt, rappelt sich hoch, läuft weiter. Plötzlich hört der Wald auf.

Die Frau rennt eine Böschung entlang. Grau wie eine Schlammspur führt unten eine Straße durch den Wald. Sie stolpert den Hang hinunter. Fällt. Auf allen vieren kriecht sie über den rissigen Asphalt. Dann ist sie mit ihrer Kraft am Ende. Sie bleibt einfach liegen.

Ein Sattelschlepper donnert über die Piste. Der Auflieger ist bis oben hin mit Holzstämmen beladen. Der Fahrer hört Countrymusik. Es ist eine gottverlassene Gegend mit wenig Verkehr. Er gibt ordentlich Gas. Will rechtzeitig in Berlin sein. Weiter vorne macht die Landstraße einen scharfen Knick. Er greift nach der Dose mit dem Energydrink und einem Schuss Wodka. Genehmigt sich einen kräftigen Schluck. Nimmt die Kurve souverän, ohne das Tempo zu verringern. Plötzlich sieht der Mann eine Gestalt mitten auf der Straße liegen. Mit voller Kraft tritt er auf die Bremse. Die Reifen blockieren. Radieren kreischend über den Asphalt. Der Auflieger schlingert und bricht seitlich aus. Die Person auf der Straße rührt sich nicht. Unaufhaltsam kommt der Truck näher. Der Fahrer hupt und bremst. Riecht das verbrannte Gummi.

Die Gestalt wird erkennbar. Es ist eine junge Frau in schmutzigen Jeans und zerrissenem T-Shirt. Eine Hand ist blutig. Der Fahrer tritt das Bremspedal bis zum Anschlag durch. Das Kreischen ist ohrenbetäubend. Die Frau verschwindet unter dem Kühler. Dann bleibt der Truck stehen.

Der Fahrer reißt die Tür auf und springt aus der Führerkabine. Die junge Frau liegt unter der Stoßstange. Nur ein paar Zentimeter von den Reifen entfernt.

Ihre Augen starren nach oben in den dunklen Himmel. Die chromblitzende Stoßstange über ihr wirkt wie ein Ungetüm. Jemand packt ihre Beine. Zerrt sie unter dem Truck hervor. Die Frau beginnt zu schreien. ›Man hat mich gefunden!‹ Ein unrasierter Mann beugt sich über ihr Gesicht. Schaut sie mit geröteten Augen an. Panik im Blick.

»Mädchen, da haste aber Glück gehabt«, stottert er. Er bemerkt die verletzte Hand. »Was ist denn passiert?«

Sie öffnet den Mund. Will alles erzählen. Will Namen nennen. Aber es kommen nur unverständliche Laute aus ihrer Kehle.

»Ich kann dich nicht verstehen.«

Sie mobilisiert ihre letzten Kräfte. Versucht klar und deutlich zu sprechen: »Ich habe die beiden enttäuscht.«

3

Heute ist etwas anders. Der weiße VW-Bus ist von außen versperrt. Mit einer Kette. Deshalb kann sie nicht wie jeden Morgen ihre Bücher ordnen. Irritiert dreht sie sich um. Die tägliche Routine ist gestört. Ihr Blick fällt auf die Wasserflaschen. Sie beginnt die Flaschen neben dem Bus der Größe nach aufzustellen. Aber das ist nicht dasselbe. Die Buchumschläge sind in den Farben des Regenbogens angeordnet. Die Flaschenetiketten sind alle gleich. Trotzdem ist es beruhigend.

Der VW-Bus steht auf einem heruntergekommenen Campingplatz in Blankenfelde-Mahlow, direkt in der Einflugschneise des neuen Flughafens Berlin-Brandenburg. Auf dem Gelände befinden sich ein verrammelter Kiosk, ein unwirtlicher Kinderspielplatz und ramponierte Toilettenanlagen. Das Highlight aber ist ein halb fertiger Zen-Garten.

Sie lebt gern auf verwaisten Campingplätzen wie diesem. Mittlerweile kennt sie schon einige. Diese Orte sind immer in den Randbezirken von Berlin angesiedelt. Es ist eine eigene Welt. Ein Kosmos für Außenseiter wie sie.

Targa Hendricks wirkt auf den ersten Blick nicht wie eine Außenseiterin. Das hängt mit ihrem Aussehen zusammen. Ihr Gesicht ist interessant mit den hohen Wangenknochen und aufgeworfenen Lippen. Die widerspenstigen blonden Haare hat sie zu zwei Zöpfen geflochten. Ihre klaren Augen erinnern an einen vereisten Bergsee. »Meine Seele ist erfroren und das Eis schimmert nach draußen«, sagt Targa manchmal.

Ein großer Hund mit gestromtem Fell trottet über die ungepflegten Grünflächen auf den alten VW-Bus zu. Sie beobachtet ihn, wie er auf dem Rasen umherschnüffelt. Gibt ihm ein Zeichen. Gehorsam legt er sich zu ihren Füßen, blickt sie mit seinen dunklen Augen erwartungsvoll an. Targa nennt ihn Hund, weil sie sich Namen nur schwer merken kann. Hund ist taub, deshalb registriert er all ihre Gesten genau. Mittlerweile sind sie ein eingespieltes Team. Hund beobachtet unentwegt den kleinen Holzkohlegrill, neben dem zwei in Alufolie eingewickelte Fische liegen. Davor befinden sich zwei Designklappstühle, die nicht zu dem heruntergekommenen Ambiente passen. Auf einem Resopaltisch steht ein Gasbrenner. Darauf ein Kochtopf. Normalerweise erhitzt sie damit immer Ravioli. Aber wie gesagt, heute ist etwas anders.

Unangemeldeter Besuch war gekommen. Edgar tauchte plötzlich mit zwei Fischen in einer Tüte auf. Er ist ein arbeitsloser Schauspieler. Targa hat ihn in einem Waschsalon kennengelernt. Mit ihm praktiziert sie ihre soziale Kompetenz. Denn mit zwischenmenschlichen Kontakten hat sie so ihre Probleme. Was sie für Edgar empfindet, muss sie noch überlegen. Es ist aber ein gutes Gefühl im Bauch. Targa lernt dazu. Deshalb erwähnt sie nicht, dass Edgar stört.

»Ich habe uns frisch gefangene Fische mitgebracht«, sagt Edgar. »Die können wir grillen.«

»Komisch, alle meine Liebhaber grillen für mich Fisch.« Targa denkt an Matti. Auch er wohnte auf einem Campingplatz und mochte besonders Forellen. »Was hat das zu bedeuten? Bin ich kalt wie ein Fisch?«

»Nein, aber wie die Fische tauchst du gern unter. Es war gar nicht so leicht, dich hier zu finden.«

Das stimmt. Targa hat weder ein Handy noch einen Computer. Deshalb ist es schwierig, mit ihr in Kontakt zu treten. Das nervt ihren Vorgesetzten Lundt manchmal. Volker Lundt ist der Chef des K2, einer Spezialabteilung des BKA. Die Aufgabe von K2 ist es, besonders gefährliche Verbrecher mit unkonventionellen Methoden zu überführen. Dazu gehören Undercover-Einsätze, wie sie Targa erledigt. Von Lundt hat sie allerdings schon eine Zeit lang nichts mehr gehört. Er hat sie auf Stand-by gestellt. Vielleicht ist es das, was sie nervös macht.

»Du solltest den Rasen mähen. Dann wirkt alles gleich viel gepflegter«, schlägt Edgar vor.

»Den Insekten gefällt es so wild.« Targa beobachtet eine Biene, die um eine Blüte kreist.

»Wieso hast du den VW-Bus mit einem Extraschloss gesichert?«

›Diese Frage musste kommen. Das Schloss mit der stabilen Kette rund um den VW-Bus ist ja nicht zu übersehen.‹ »Damit eine bestimmte Person nicht herauskann.«

»Wie, du hast jemanden eingesperrt?« Edgar zieht die Stirn in Falten.

»Ja.« Targa überlegt. ›Soll ich Edgar erklären, wer in dem Bus ist? Und warum? Weil ich seit Jahren schon auf der Suche nach meinem Vater bin, um mich zu rächen. Deshalb habe ich die Person eingeschlossen. Ich will Informationen.‹

»Aber du kannst doch nicht einfach jemandem die Freiheit rauben.«

»Warum nicht?«

»Weil man das nicht tut. Das muss dir doch klar sein. Du bist schon sehr speziell.«

»Warum?‹

»Du findest nichts dabei, jemanden einzusperren.«

»Ich will Antworten. Der Bus bleibt so lange verriegelt, bis ich sie erhalte.«

»Das ist absurd.« Edgar zündet die Grillkohle an, legt die Fische auf den Rost. Konzentriert sich schweigend auf die Glut. So mag Targa ihn. Denn manchmal redet Edgar zu viel. Es ist angenehmer, wenn er seine Texte lernt. Darin sind sie sich einig. Sie tut sich schwer mit zu viel Nähe.

»Essen wir jetzt?« Targa setzt sich auf einen der Designstühle. Ein merkwürdiges Gefühl beschleicht sie, als sie über die Lehne streicht.

Targa macht sich zwar nichts aus Essen, aber der Fisch schmeckt köstlich. Obwohl alles von der Routine abweicht. Denn eigentlich müsste es Ravioli geben.

»Ich mache dir einen Vorschlag«, unternimmt Edgar einen neuen Anlauf. »Du lässt diese Person jetzt heraus.«

»Nein!«

»Und warum nicht?«

»Weil noch keine vierundzwanzig Stunden vergangen sind.«

»Was? Du hast jemanden einen Tag und eine Nacht eingesperrt?«

»Genau einundzwanzig Stunden und fünfzehn Minuten.«

»Das ist Freiheitsberaubung. Das ist dir hoffentlich klar. Du machst dich schuldig. Dafür kann man dich anzeigen.«

»Es ist aber auch eine große Schuld, wenn mich jemand jahrelang belogen hat.«

4

Sie denkt zurück an die Zeit nach der großen Finsternis. Bei ihrer Befreiung aus dem Gefängnis sengte das Tageslicht bunte Kreise auf die Netzhaut. Die Welt rings um sie explodierte in grellen Farben. Halb blind tappte sie in ein neues Leben. Schrie, weil das Licht sie fast verbrannte. Erst als man ihr ein Tuch über die Augen legte, wurde sie ruhiger. Noch jetzt spürt sie den flammenden Schmerz. Alles verschwimmt und die Erinnerungen verblassen. Sie muss die tränenden Augen schließen. Sich auf die Vorlesung über den Philosophen Wittgenstein konzentrieren. Ein Film über seine Zeit in Cambridge läuft gerade auf der großen Leinwand des Hörsaals. Während der Sprecher mit monotoner Stimme die Philosophie erläutert, schweifen ihre Gedanken wieder ab. Sie denkt an das Lichtinferno in den ersten Tagen nach der Befreiung. An die Qualen, die ihr die brutale Helligkeit bereitete. Schon damals sehnte sie sich zurück in die karge Stille der Dunkelheit.

»Wie lautet der zentrale Satz von Wittgenstein?« Die Frage des Professors reißt sie aus ihren Gedanken.

»Wie bitte?«

»Die zentrale Aussage, Zoey«, wiederholt der Professor.

»Wovon man nicht sprechen kann, darüber muss man schweigen«, antwortet Zoey Yankowski wie aus der Pistole geschossen. ›Wie wahr‹, denkt sie. Über ihre nächtlichen Erlebnisse kann Zoey mit niemandem sprechen, außer mit Adam. Ihr Bruder hat dasselbe erlebt. Auch er wurde in die Hölle des Lichts gestoßen.

Die Stunde verfliegt und die Vorlesung geht schnell zu Ende. Studenten eilen über knarrendes Parkett nach draußen. Das College Blumenthal ist in einem alten Herrenhaus untergebracht. Es ist Sprungbrett für begabte Studierende, die nach dem Abitur hierherkommen. Geführt wird es als Privatcollege und deshalb sind die jährlichen Gebühren entsprechend hoch. Aber es gibt auch eine Reihe von Stipendien. Zoey und ihr Bruder Adam sind zwei dieser Stipendiaten. Sie sind hochbegabt. Das haben ihre Pflegeeltern früh erkannt und sie gefördert. Obwohl Adam ein Jahr jünger ist als Zoey, machen sie alles gemeinsam. Die Geschwister sind unzertrennlich. Heute war Adam nicht in der Vorlesung. Zoey macht sich Sorgen. Sie haben vereinbart, nur nachts unterwegs zu sein.

Zum Glück wartet Adam bereits vor dem Hörsaal auf Zoey.

»Es ist etwas passiert.«

»Beruhige dich.«

Zoey streift mit ihren Fingern zärtlich über seinen Handrücken. Die beiden Geschwister sind sehr vertraut miteinander. Kennen sich in- und auswendig. Die Zeit der großen Finsternis verbindet sie.

»Was ist geschehen?«

»Nicht hier.«

Schweigend gehen sie die breite Treppe hinunter ins Foyer. Zoey wirft einen Blick auf ihren Bruder. Adam wirkt angespannt. Seine Haut ist noch bleicher als gewöhnlich und sein hübsches Gesicht hohlwangig. Die schwarzen Locken stehen wirr in alle Richtungen. Wie immer trägt Adam eine dunkle Sonnenbrille, weil er das Licht nicht ertragen kann. Das finden die Studentinnen cool.

»Man hat Lisbeth gefunden!« Manu zwängt sich zwischen Adam und Zoey. »Wochenlang war die Arme wie vom Erdboden verschwunden. Jetzt hat man sie mitten auf einer Straße im Wald gefunden.«

»Oh mein Gott, wie schrecklich!« Zoey zieht überrascht die Augenbrauen hoch. Spielt mit einer Strähne ihres dünnen Haars. »Wo hat sie denn gesteckt?«

»Das weiß man noch nicht«, antwortet Manu.

»Lisbeth? Ist das nicht die Kellnerin aus dem Gasthof?«, erkundigt sich Adam gelassen. Er ist ein guter Schauspieler. Nur Zoey bemerkt seine Anspannung.

»Genau, die ist es. Sie lag mitten auf der Straße. Hat sich nicht gerührt. Ein Lastwagen hätte sie beinahe überrollt«, flüstert Manu verschwörerisch. Sie hakt sich bei Adam ein. »Das ist gruselig. Findest du nicht?«

Manu öffnet die Tür, die hinaus in den Park führt. Adam dreht sich schnell zur Seite. Zoey spürt, wie er sich fühlt. Die Sonnenstrahlen brennen auf seiner Haut, wie ein Flammenwerfer.

»Und wie geht es Lisbeth jetzt?«, fragt Zoey. ›Das also wollte mir Adam erzählen. Sie ist geflohen.‹

»Wie soll sich eine schon fühlen, wenn sie tot ist?«, erwidert Manu ungerührt.

»Sie ist tot?« Zoey schlägt sich die Hand vor den Mund. ›Was ist mit ihr geschehen? Verdammt, wie konnte das nur passieren! Das Miststück hat uns reingelegt.‹

»Woher weißt du das alles?« Adam greift in seine Umhängetasche und holt seinen schwarzen Anglerhut hervor. Stülpt ihn über seine Locken.

»Mit dem Bucket Hat siehst du richtig unheimlich aus.« Trotzdem hängt Manu weiter an Adams Arm.

»Manu, erzähl weiter.« Zoey muss wissen, was genau sich ereignet hat.

»Der Typ von dem Kiosk kam mit seinem Wagen zufällig an der Stelle auf der Straße vorbei. Er hat alles gesehen«, gibt Manu bereitwillig Auskunft.

»Mach's nicht so spannend. Was ist passiert?«, insistiert Zoey.

»Er meinte, dass Lisbeth wie ein Skelett ausgesehen hat. Bis auf die Knochen abgemagert. Und ein Finger mit einem Stück der Hand hat ihr gefehlt. Wie eklig! Der Fahrer des Lkws hat einen Rettungswagen gerufen, aber sie ist kurz zuvor in seinen Armen gestorben.«

»Arme Lisbeth«, kommentieren Zoey und Adam gleichzeitig.

»Hat Lisbeth noch etwas gesagt, bevor sie gestorben ist?«, erkundigt sich Zoey. ›Wie schade! Die ganze Vorfreude wieder umsonst. Warum müssen diese Mädchen immer so schwach sein und einfach sterben?‹

»Woher soll ich das denn wissen?« Manu zuckt mit den Schultern. »Ich muss dann mal los.« Sie küsst Adam flüchtig auf die Wange.

Zoey spürt, dass Adam innerlich zusammenzuckt und Manu am liebsten wegstoßen würde. Manu entfernt sich mit schwebendem Gang. Kokett wirft sie ihren Pferdeschwanz nach hinten und dreht sich noch einmal zu Adam.

»Sie mag dich.« Zoey blickt ihren Bruder an.

»Ich weiß«, erwidert Adam. »Aber sie passt nicht zu unseren Idealen.«

»Wieso konnte sich Lisbeth befreien?«

»Keine Ahnung.«

»Und warum warst du plötzlich so wütend, als sie in dem Bunker auf dem Boden lag?«

»Weil Lisbeth resigniert hat. Sie wollte nicht akzeptieren, dass wir ihre Retter sind.«

»Du hast die Flasche auf den Boden geworfen. Das hat sie verschreckt.«

»Es tut mir leid, Zoey. Ich mach es wieder gut.«

»Irgendwann wird es sicher klappen. Ich verstehe einfach nicht, warum sie einfach wegsterben. Das ist so langweilig und banal. Wir sind anders.« Zoey drückt die Hand ihres Bruders, um ihn zu trösten.

»Du hast recht. Aber Lisbeth hat uns sicher nicht verraten. Sonst wäre die Polizei schon hier aufgetaucht.«

Sie schlendern durch das Tor und langsam die gekieste Auffahrt entlang. Vor ihnen breitet sich ein Ansichtskarten-Panorama aus. Der Ort Blumenthal, die Wälder. Und ganz weit im Hintergrund lässt sich auch Berlin erahnen.

»Gehen wir in den Schatten. Du musst aufpassen mit deiner empfindlichen Haut.« Fürsorglich zieht Zoey Adam in eine dunkle Ecke. Dort sind sie ungestört.

»Hast du wenigstens alle Scherben weggeräumt?«

»Ich glaube schon.«

»Versuch dich zu erinnern.«

»Ist das jetzt so wichtig?«

»Das ist es. Vielleicht hast du eine Scherbe übersehen. Damit hat sie sich ein Stück der Hand abgetrennt, um aus dem Ring zu schlüpfen«, kommt es Zoey plötzlich in den Sinn.

»Vielleicht war ich nicht gründlich genug. Das kann schon sein.«

»Dann hör mir jetzt genau zu.« Zoey umfasst das schmale Gesicht ihres Bruders und presst seine Stirn fest an ihre. »Du darfst nicht mehr wütend werden, Adam. Versprich es mir. Nur das Licht ist wütend. Die Nacht ist ruhig. Ein Fehler wie dieser darf nie wieder geschehen.«

5

Edgar ist alleine nach Berlin zurückgefahren. Nachdenklich blickt Targa auf die schmutzigen Teller mit den Fischgräten. Plötzlich springt sie auf. Wirft einen Blick auf den Wecker, der neben dem Grill steht. Vor exakt vierundzwanzig Stunden hat sie mit der Kette den Bus abgesperrt.

Targa holt den Schlüssel aus der Brusttasche ihrer Latzhose. Öffnet damit das Vorhängeschloss. Die Kette fällt klirrend zu Boden. Targa atmet noch einmal tief durch, ehe sie die Schiebetür aufreißt.

»Du kannst jetzt rauskommen!«, ruft sie ins Innere des Busses.

Keine Reaktion. Sie hört nur ein verhaltenes Quietschen.

»Was machst du da?«

»Ich habe mir die Zeit vertrieben und alles geputzt. Im Bus ist es ja ziemlich unordentlich.«

Margarete Hendricks taucht in der Tür auf. Sie ist Targas Adoptivmutter. In der Hand hält sie einen Putzlappen. Ihre Wangen sind gerötet und eine Strähne hat sich aus ihrem grauen Zopf gelöst.

»Gibst du mir endlich eine Antwort?«

»Willst du die Vergangenheit nicht ruhen lassen?«

»Nein, ich will die Wahrheit wissen.«

»Schon als Kind warst du immer so stur.« Margarete seufzt und legt den Putzlappen beiseite. Überprüft im kleinen Wandspiegel den Sitz ihrer Frisur. Dann klettert sie aus dem Bus.

»Rede bitte mit mir. Ich habe ein Recht zu erfahren, wer mein Vater ist.« Targa horcht in sich hinein. Ihr Herz schlägt gleichmäßig und ruhig. Sie fühlt nichts, spürt kaum irgendwelche Emotionen. Sie will nur Gerechtigkeit. Ihr Vater soll bezahlen.

Margarete war mit ihr bei einem Bürohaus in Berlin. Im Fundament versenkt liegt ein Mann begraben, den alle Boxer nannten. Wird Targa jetzt erfahren, was dieser Boxer mit ihrem Vater zu tun hatte? Sie hofft es. Dann hätte die manische Suche nach ihrem Vater ein Ende. Dann kann sie sich endlich an ihm rächen.

»Nun gut.« Margarete räuspert sich und streicht ihren beigen Plisseerock glatt. »Ich erzähl dir jetzt, warum ich den Boxer getötet habe.«

Sie spazieren in den Zen-Garten. Beim Anlegen des Gartens verlor der Besitzer des Campingplatzes auf halber Strecke offenbar die Lust und so gibt es lediglich einige gekieste Kreise. Targa hockt sich hin und ordnet Steine nach Farben. Schwarz, Grau, Weiß. Die meisten sind grau in verschiedenen Zwischentönen. So wie das Leben. Es ist niemals nur schwarz oder weiß.

»Hör auf mit diesen Ticks. Du hast das längst überwunden.« Margarete beugt sich vor und streicht Targa sanft über den Kopf. »Es gibt keinen Grund, nervös zu sein.«

»Doch, den gibt es. Seit neun Minuten und elf Sekunden gehen wir im Kreis und noch immer erzählst du mir nicht, weshalb du den Boxer getötet hast.«

»Beginnen wir ganz am Anfang.« Margarete setzt sich auf eine steinerne Bank. »Komm zu mir, meine Kleine.«

Targa schlüpft aus ihren Sneakers und massiert ihre nackten Füße. Am rechten fehlt der kleine Zeh.

»Daran ist mein Vater schuld.« Sie deutet auf ihren Fuß. »Meine Zwillingsschwester Yella ist erfroren und meine leibliche Mutter hat Selbstmord begangen.«

»Ich kenne deine traurige Geschichte nur zu gut. Es war genau jene Winternacht, in der man dich und Yella als Neugeborene auf den Stufen des Krankenhauses abgelegt hat.« Margarete schließt die Augen. Targa ahnt, dass im Kopf ihrer Adoptivmutter ein Film abläuft.

»Zwielichtige Typen aus Neukölln laden einen blutenden Mann vor dem Krankenhaus ab. Ich habe Nachtdienst und nehme ihn in Empfang.

›Er hat bei einem Boxkampf eine Abreibung bekommen.‹

›Wie heißt er?‹, frage ich.

›Nenn ihn einfach Boxer‹, antwortet ein stiernackiger Mann. Er zieht ein Bündel D-Mark-Scheine aus seiner Bomberjacke. Zählt Geld ab und streckt es mir entgegen. ›Keine Polizei. Ist das klar?‹

Ich nicke widerstrebend und stecke die Scheine schnell ein. Ich weiß, dass es illegal ist, aber mit dem Geld kann ich mir einen neuen Fernseher leisten. Dann reinige ich die Wunden des Boxers, richte die kaputte Nase, verabreiche ihm ein schmerzstillendes Mittel.

›Ich bin müde.‹ Das sind die ersten Worte des Boxers.

›Sie können sich hier ausruhen.‹ Ich deute auf eine Liege.

Im Bereitschaftsraum klingelt das Telefon.

›Wo bleibst du denn?‹, fragt mein Vater mit müder Stimme. ›Ich brauche noch meine Spritze.‹

›Bin gleich bei dir, Papa.‹ Ich habe völlig vergessen, meinem Vater die abendliche Injektion gegen seine Schmerzen zu geben. Krebs im Endstadium, da hilft nur noch Morphium.

Zum Glück ist in dieser Nacht wenig Betrieb und ich bin mit dem Linienbus schnell wieder zurück im Krankenhaus. Als ich über die Straße gehe, gibt ein gelber Porsche Targa Gas und fährt mit durchdrehenden Reifen davon. Auf der Treppe beim Hintereingang der Klinik liegen zwei Bündel. Es sind halb erfrorene Säuglinge. Zwillinge. Einer davon stirbt.

Im ersten Stock wird ein Fenster geöffnet. Der Boxer beugt sich heraus und beobachtet mich. Noch denke ich mir nichts dabei. Ich nehme das andere Baby in Pflege. Einen Tag später wird die Leiche einer jungen Frau aus der Spree geborgen. Sie hatte erst Stunden zuvor Zwillinge geboren. Man nahm an, dass es Selbstmord war. Da sich keine Angehörigen melden, adoptiere ich das Baby. Das bist du.

In der Zwischenzeit ist auch mein Vater gestorben. Ich richte ein Zimmer für dich ein. Tünche die Wände rosa, nähe Vorhänge und kaufe bei den Trödlern am Savignyplatz eine Wiege.

Etliche Monate später klingelt es an meiner Tür. Ein Mann mit grünen Augen und einer platten Nase steht vor mir. Er kommt mir vage bekannt vor.

›Hallo, Margarete.‹

›Wer sind Sie?‹

›Kennst du mich nicht mehr? Ich bin der Boxer.‹

›Boxer? Ach, Sie sind der Mann, der in der eisigen Winternacht schwer verletzt zu uns gebracht wurde. Was kann ich für Sie tun?‹

›Du hast doch in derselben Nacht zwei Säuglinge auf der Treppe gefunden.‹

›Das stimmt, aber eines der Babys ist gestorben.‹ Ich werde misstrauisch und antworte nur zögerlich.

25

›Aber das andere Kind hast du adoptiert.‹ Die Augen des Boxers glitzern gefährlich.

›Woher wissen Sie das?‹

›Wollen wir das nicht drinnen besprechen?‹ Der Boxer schiebt mich in den Flur zurück und schließt die Tür hinter sich. ›Wo ist denn die Kleine?‹, fragt er und sieht sich ungeniert in den Zimmern um. ›Dachte ich's mir doch, dass du alleine lebst. Wieso das denn? Bist du zu wählerisch?‹

›Was wollen Sie?‹, frage ich resolut, denn ich lasse mich von seinem Auftreten nicht einschüchtern. ›Verlassen Sie sofort die Wohnung.‹

›Immer langsam. Ich bin hier, um die Kleine abzuholen. Wie heißt sie denn?‹

›Targa!‹, flüstere ich. ›Sie dürfen sie mir nicht wegnehmen. Das ist rechtlich gar nicht möglich.‹

›Quatsch. Du weißt genau, dass der Vater mit einem gelben Porsche Targa verschwunden ist. Das hast du nicht angegeben.‹

›Ich habe nur das Auto gesehen.‹

›Trotzdem nehme ich die Kleine jetzt mit und verkaufe sie.‹

›Bitte tun Sie das nicht. Hier ist etwas Geld.‹ Ich nestle die Geldbörse aus meiner Schürze. ›Das sind dreihundert Mark.‹

›Ich habe mich beim Wetten verspekuliert, da helfen die paar Kröten auch nicht weiter. Tja, da kann man leider nichts machen.‹

›Bitte, Sie dürfen mir meine Kleine nicht wegnehmen‹, flehe ich und wechsle vom förmlichen Sie zum persönlichen Du. ›Ich habe dich damals zusammengeflickt, ohne nach deinem Namen zu fragen. Das war doch ein illegaler Boxkampf. Dafür wärst du ins Gefängnis gekommen.‹

›Das tut nichts zur Sache. Aber vielleicht können wir uns arrangieren.‹ Der Boxer streicht sich über seine platte Nase.

›Ja, bitte.‹

›Gehen wir ins Wohnzimmer.‹ Er schiebt mich vor sich her. Fläzt sich auf das Sofa und öffnet seine Jeans. ›Blas mir einen!‹

›Was?‹ Es schüttelt mich vor Ekel.

›Du hast schon richtig gehört.‹

›Wenn ich das jetzt mache, dann lässt du mir mein Baby?‹, frage ich ängstlich nach.

›Ich denke schon. Aber du musst dich anstrengen. Es hängt ganz von dir ab, wie lange das gut geht.‹ Der Boxer lehnt sich genüsslich zurück und legt den Kopf in den Nacken. Als alles vorbei ist, habe ich einen widerlichen Geschmack im Mund und möchte mich übergeben.

›Was ist mit Targa?‹

›Bleibt bei dir. Ich bin ein Ehrenmann und halte mein Wort.‹ Während er sich die Hose zumacht, sagt er: ›Am Wochenende habe ich einen Kampf. Da wirst du für mich eine Wette abschließen. Und es wäre toll, wenn du mich dann auch anfeuerst.‹

›Ich interessiere mich nicht fürs Boxen und habe keine Ahnung vom Wetten.‹

›Das ist mir egal. Ich erwarte, dass du dort auftauchst.‹ Der Boxer drückt mir einen kopierten Flyer in die Hand. ›Denk immer an dein hübsches Kind‹, erwähnt er wie beiläufig, als er schon an der Tür steht. ›Dann bis zum Wochenende.‹

Ich erledige die Wettschiebereien für den Boxer und gehe mit ihm ins Bett, wenn er Lust hat. So geht das viele Jahre. Du wirst größer. Kommst in die Schule. Wirst ein Teenager. Eines Tages taucht der Boxer unangemeldet bei mir auf.

›Wie hübsch die kleine Targa geworden ist‹, meint er anerkennend. ›Vielleicht will ich doch etwas Jüngeres. Du bist schon ein wenig zu alt und faltig. Richte sie mir hübsch her. Ich hole sie am Sonntag ab.‹

›Das wird niemals geschehen‹, denke ich.

In Kreuzberg wurde damals auf dem ehemaligen Todesstreifen ein neues Bürohaus gebaut. Nicht weit davon entfernt ist der Club, in dem der Boxer trainiert. Ich habe einen Plan. Deshalb trage ich nur einen beigen Mantel, unter dem ich nackt bin.

›Ha, du siehst aus wie eine Krankenschwester‹, sagt der Boxer und lacht, als ich vor dem Box-Club auftauche.

›Das bin ich auch. Treiben wir es doch mal auf einer Baustelle ...‹

›Warum nicht? Aber Sonntag ist die süße Targa dran.‹

›Denken wir nicht an morgen. Wir leben im Hier und Jetzt.‹

Die Baustelle ist verwaist. Ich habe bei einem meiner Spaziergänge eine Lücke im Bauzaun entdeckt. Dorthin lotse ich den Boxer. Zunächst ist er skeptisch, doch als ich meinen Mantel öffne, schaltet sich sein bisschen Hirn aus.

Drinnen werden gerade die Fundamente gegossen. Der Beton in den Schächten ist noch weich und sieht von oben aus wie ein Wolkenbett.

›Lehn dich an die Wand‹, fordere ich den Boxer auf. Die Holzabsperrung ist niedrig und ideal für meinen Plan. Dann hocke ich mich vor den Boxer. Öffne seine Hose. Greife nach seinem Schwanz. Der Boxer schließt die Augen. Lehnt sich aufstöhnend zurück. Ich umfasse seine Unterschenkel. Reiße sie ruckartig in die Höhe.

›Hey!‹, ruft er überrascht und verliert das Gleichgewicht. Er kippt nach hinten und fällt. Der Beton öffnet sein gefräßiges Maul und verschlingt den Boxer mit einem schmatzenden Geräusch.

Ich schaue in den Schacht hinunter. Zwei, drei silbergrau glänzende Blasen steigen auf. Zerplatzen. Dann ist die Oberfläche des Betons wieder glatt und eben.

Ich nehme die U-Bahn nach Hause. Hole dich bei der Nachbarin ab. Du richtest gerade Musikkassetten entlang der Tischkante aus und blickst hoch.

›Mama!‹, sagst du und lächelst.

In diesem Augenblick weiß ich, dass es richtig war, den Boxer zu töten.«

6

Blumenthal liegt mitten in einem dunklen Waldgebiet. Nur eine schmale Landstraße führt in den Ort. Der Name Blumenthal stammt von einem Graben, der früher den Ort vom Wald trennte. Dort blühten einmal exotische Blumen, aber vor einigen Jahren wurde der Graben aufgeschüttet und ist jetzt nur noch eine wild wuchernde Wiese.

Um den dichten Wald ranken sich verschiedene Mythen und Sagen. So soll ein Reiter ohne Kopf sein Unwesen treiben. Auch eine weiße Frau geistert darin herum. Zu Zeiten der DDR wurde in diesem unwegsamen Gebiet ein dichtes Netz aus Bunkern und unterirdischen Gängen angelegt. Über den Ort selbst gibt es nicht viel zu berichten. Man findet einen Gasthof, eine Bäckerei, die Polizeistation und einen kleinen Supermarkt. Daneben befindet sich das Postamt des Ortes.

»Lass uns ins Dorf spazieren«, schlägt Zoey am späten Nachmittag vor.

»Wenn es unbedingt sein muss.« Adam hasst Blumenthal. Die Häuser sind klein und grau. Die Menschen sind verschlossen und reden nicht viel. Wenn Adam und Zoey im Wirtshaus ihre Limo trinken, dann hört er das Getuschel der Gäste in seinem

Rücken. Die Blicke, mit denen sie ihn und seine Schwester durchbohren. Weil die Geschwister so dünn und blass sind.

Doch kaum taucht Adam in den Wald ein, fühlt er sich frei. Die Bäume stehen eng beisammen. Kein Sonnenstrahl schafft es, bis auf den Boden zu gelangen. Daher ist es auch tagsüber immer dämmrig. Die Erde ist feucht und es riecht modrig. Das Unterholz ist dicht. Es gibt nur wenige Wege, die in den Wald führen. Einige davon enden im Nichts oder führen in ein tückisches Sumpfgebiet. Wenn man sich hier nicht auskennt, kann man sich schnell verlaufen. Wird von der Dunkelheit überrascht. Gerät in Panik. Adam ist das noch nie passiert. Er liebt die Nächte im Wald.

»In der Schwärze der Nacht verschwindet die Hässlichkeit des Tages, alles wird schön.« Adam verfasst oft derartige Sätze. Meistens kommen ihm diese Gedanken, wenn er und Zoey wie mythische Gestalten durch die Dunkelheit gleiten.

Besuchen sie einen versteckten Bunker im Wald, dann verschlingt die Nacht endgültig den Tag. Dann sind beide für den allerkürzesten Augenblick glücklich.

»Nur in der Dunkelheit kann man die wahre Liebe spüren«, flüstern sie und reiben ihre Nasen aneinander, bis es schmerzt.

»Adam! Schau nur, wer auf der Straße gegenüber steht!«

Er blickt interessiert in die Richtung.

Eine junge Frau in einer blauen Uniform parkt ihr Moped vor dem Supermarkt. Sie trägt eine große schwarze Ledertasche. Auf ihrer Stirn stehen Schweißperlen. Sie hat die Uniformjacke geöffnet. Fächelt sich mit einem Prospekt Luft zu. Ihre brünetten Haare sind zu einem Knoten gedreht. Es ist Paula, die Postbotin.

»Hallo, Paula, wie geht's dir?« Adam schlendert auf Paula zu und lächelt gewinnend. Er ist ein gut aussehender junger Mann, wenn man von seiner weiß schimmernden Hautfarbe und dem komischen Hut absieht. »Soll ich deine Tasche tragen?«, fragt Adam höflich.

»Nein danke, das ist nicht nötig.« Paula blickt verlegen zu Boden und eine sanfte Röte überzieht ihr pausbäckiges Gesicht. Adam tauscht einen schnellen Blick mit seiner Schwester. Beide denken dasselbe: Paula ist hübsch, hat aber ein paar Kilo zu viel auf den Rippen.

»Hast du vielleicht Lust, mir abends ein wenig von deiner Freizeit zu schenken?«, drückt sich Adam umständlich aus.

»Das ist leider nicht möglich«, erwidert Paula leise. »Mein Vater wartet auf mich.«

»Muss ja nicht heute sein, vielleicht ein anderes Mal.«

»Ich habe aber sehr wenig Zeit. Nach der Arbeit schwimme ich immer in dem kleinen See.«

»Das ist ein schöner Zeitvertreib. Wir können ja mal gemeinsam im See schwimmen.«

»Ich weiß nicht so recht.« Paula wirkt zögerlich, aber Adam hat das schnelle Aufleuchten in ihren Augen registriert. Sie wird am See auf ihn warten. Für Adam gibt es jetzt keinen Grund mehr, mit ihr weiterzuplaudern. Er hat die Information, die er braucht. Paula ist abends an einem einsamen See. Das ist gut.

»Mit wem sprichst du da?« Ein vierschrötiger Mann kommt mit finsterem Gesicht aus dem Supermarkt. Seine Züge erinnern entfernt an Paula. Das muss ihr Vater sein.

»Ich habe mich nur mit den beiden Studenten unterhalten«, antwortet Paula und senkt eingeschüchtert den Kopf.

»Du weißt, dass du dich nach der Arbeit nicht rumtreiben sollst.« Paulas Vater mustert Adam und Zoey ungeniert von oben bis unten. »Kriegt ihr dort im College nichts zu essen?«

»Das ist Veranlagung«, erwidert Adam. Er hasst diese beleidigenden Fragen. Will aber nicht wütend werden.

»Wir müssen los.« Zoey nickt Paula zu, ehe sie mit Adam verschwindet. »Die Sonne steht tief. Pass auf dein Gesicht auf«, warnt Zoey.

»Bist du auch immer noch so enttäuscht von Lisbeth?«, fragt Adam.

»Wir müssen das nächste Mal viel achtsamer sein. Lisbeth hat nicht begriffen, dass wir sie retten wollten. Im Gegenteil, sie war davon überzeugt, dass wir sie töten werden.«

»Wir sind doch keine Mörder«, flüstert Adam. Er zieht sich seinen schwarzen Hut tiefer in die Stirn und hebt die eckigen Schultern. »Lisbeth hat einfach nicht verstanden, dass alles nur zu ihrem Besten geschieht. Sie hat sich sogar die Hand verstümmelt, um zu entkommen. Wieso hat sie sich solche Schmerzen zugefügt?«

»Ich kann es nicht verstehen. Darum müssen wir jetzt besonders auf Ewa achtgeben. Verstehst du, Adam?«

»Ewa ist kooperativ. Da mache ich mir weniger Sorgen. Sie enttäuscht uns nicht.«

»Trotzdem ist Paula noch eine bessere Wahl. Was meinst du? Und sie gefällt dir doch?«

»Weiß nicht.«

»Schau mir in die Augen.« Zoey presst die Wangen von Adam zusammen und dreht sein Gesicht zu ihr. Starrt ihm unverwandt in die Augen. »Und jetzt antworte vernünftig auf meine Frage: Gefällt sie dir?«

»Ja.«

»Dann hör mir genau zu.« Zoey drückt ihre Stirn fest an seine. »Paula ist wie geschaffen für uns. Ich beobachte sie schon seit einiger Zeit. Sie ist gehorsam und hat Ausdauer. Triff dich mit Paula am dunklen See. Dort holen wir sie uns.«

7

Auf der einsamen Landstraße geht eine Frau. Zunächst ist die Gestalt nur ein heller Punkt in der Landschaft. Doch je näher sie dem Gehöft kommt, desto deutlicher erkennt man, dass die Frau sehr jung ist.

»Wir bekommen Besuch.«

Olai Hansen legt das Fernglas zur Seite. Er bettet seinen Kopf wieder in den Schoß seiner Gefährtin Helen. Mit einer sanften Handbewegung streicht Helen ihm die langen Haare aus dem Gesicht.

»Dein Ansatz ist schon wieder grau.«

»Sie hat ein kleines Kind dabei«, sagt Olai. Er ignoriert Helens Bemerkung.

»Was will sie hier? Warum kommt sie zu uns?«

»Es ist sicher eine verirrte Seele, die den Weg in die Nacht gewählt hat.« Olai schlüpft in sein helles Leinenhemd. »Ich empfange sie.«

Olai ist Ende fünfzig und verließ Deutschland nach seiner Entlassung aus dem Gefängnis. Auf der dänischen Insel Ærø kaufte er einen abgelegenen Bauernhof und scharte in seiner Sekte willige Gefährten um sich.

Er betritt den Speisesaal, einen ehemaligen Kuhstall, den seine Gefährten umgebaut haben. »Dunkelheit reinigt die Seele« steht in großen Lettern an der Wand. Olai ließ die Fenster des Saals zumauern, nichts soll die nachtschwarze Finsternis stören. Eine Schwärze, die Klarheit bringt.

Durch die geöffnete Tür zum Innenhof dringt noch ein wenig Licht des verlöschenden Tages herein. Olai wartet, bis der Hof völlig im Schatten liegt, erst dann geht er hinaus. Links und rechts vom Hauptgebäude waren früher die Stallungen für die Pferde. Jetzt sind dort die Schlafsäle für seine Anhänger, für die Kinder der Nacht.

Die junge Frau hat das Tor erreicht. Klopft zaghaft gegen das Holz.

»Wir haben dich erwartet«, sagt Olai, als er das Tor öffnet. Er wirft einen prüfenden Blick auf die junge Frau. Sie ist hochschwanger. Der kleine Junge neben ihr hält einen abgegriffenen Teddy in der Hand.

»Woher wussten Sie, dass ich komme?«, fragt die Frau überrascht. Sie hat strähniges blondes Haar und eine ungesunde Gesichtsfarbe. Ein schwerer Rucksack drückt sie nieder. Auf Olai wirkt es, als müsse sie das ganze Gewicht der Welt tragen.

»Es ist meine Aufgabe, eine zukünftige Schwester zu erkennen«, erwidert Olai salbungsvoll. »Wie heißt du?«

»Daisy.«

»Tritt ein, Daisy. Ist das dein Sohn?«

»Ja, das ist Florian.«

»Wie alt ist er?«

»Er ist fünf Jahre alt.«

»Dann ist es noch nicht zu spät.« Lächelnd nimmt Olai den Jungen an der Hand.

»Wohin gehen Sie mit ihm?«

»Florian sieht hungrig aus. Deshalb soll er essen, sobald die Nacht hereinbricht.«

»Und was ist mit mir?«

»Helen zeigt dir alles.«

»Hier wird es dir gefallen.« Helen greift nach dem Rucksack, den Daisy vor sich abgestellt hat. »Übrigens, wir duzen uns hier alle.«

»Entschuldige, das wusste ich nicht.« Daisy senkt schüchtern den Blick.

»Das macht doch nichts.« Helen hängt sich den Rucksack über die Schulter. »Im wievielten Monat bist du?«

»Im neunten. Das Kind kann jeden Tag das Licht der Welt erblicken.«

»Es wird hier bei uns in absoluter Finsternis geboren«, korrigiert Helen. »Du bist noch sehr jung.«

»Ich bin achtzehn.«

»Du warst schon mit dreizehn schwanger?«

»Mein Vater hat mich …« Daisy lässt den Rest des Satzes in der Luft hängen. Die unausgesprochenen Worte sacken schwer wie Blei zu Boden.

»Bei uns bist du in Sicherheit.« Helen tätschelt mitfühlend die Wange von Daisy.

»Ich habe von euch in einem Online-Forum gelesen«, flüstert Daisy. »›Kinder der Nacht.‹ Diese Worte klingen so beruhigend.« Sie schmiegt ihre Wange in die Hand von Helen.

»Du surfst im Netz? Hast du ein Handy?«, fragt Olai streng dazwischen.

»Ja, natürlich.«

»Gib es mir.« Olai streckt die Hand aus.

Daisy zögert kurz, doch dann zieht sie das Gerät aus der Tasche ihres weiten Kleides.

»Wir wollen keine negativen Schwingungen.« Olai lässt das Handy in der Tasche seiner Leinenhose verschwinden. »Bis später«, verabschiedet er sich von Daisy. Dann geht er mit Florian zum Haupthaus.

»Wo ist meine Mama?«, fragt Florian ängstlich und will sich aus dem Griff von Olai winden.

»Ich habe eine Überraschung für dich.« Olai zieht den Jungen sanft zu sich heran. Er öffnet die Holztür, die in den Eingangsbereich führt. Der Boden besteht aus runden Steinen, die in den Zement eingelassen sind. Olai streift seine Sandalen ab und zieht auch Florian die Schuhe aus. »Wir laufen hier barfuß.« Sie durchqueren das Foyer, an dessen Wänden riesige Fotografien mit Neumondaufnahmen hängen. Erst wenn man näher tritt, erkennt man den hellen Streifen, der den schwarzen Mond umgibt. In einer Ecke des Raums befindet sich eine niedrige Tür.

Olai zieht einen Schlüssel aus der Tasche. Sperrt auf. Sofort setzt ein Zischen und leises Rufen ein. Mit Florian an der Hand steigt Olai eine steile Treppe nach unten. Es ist so dunkel, dass man nicht die Hand vor Augen sieht. Die Stiege endet in einem schmalen Korridor. Der Boden unter Olais nackten Füßen ist aus gestampftem Lehm. Links und rechts gibt es Verschläge aus rohen Holzstäben, hinter denen sich schemenhaft kleine Gestalten drängen. Ein Kind schleicht gebückt auf Olai zu.

»Wer ist das?«, fragt es leise und tastet mit den Fingern über das Gesicht von Florian.

»Das ist Florian. Du zeigst ihm seinen Platz.«

Olai streicht dem Mädchen über die kraftlosen Haare. Die Kinder haben noch nie das Tageslicht gesehen. Sie kennen weder Sonne noch Lärm. Denn sie dürfen nur nachts ihre Verschläge verlassen. Damit ihre Gedanken rein bleiben. Damit ihre natürliche Intelligenz gestärkt wird. Damit keine schädlichen Einflüsse sie verseuchen.

»Ich will zu Mama!« Florian zerrt an der Hand von Olai, doch dieser lässt ihn nicht los. Schiebt ihn zu dem Mädchen, das ihn umarmt und festhält. Noch einmal wirft Olai dem kleinen Jungen einen gütigen Blick zu. »Das sind meine Kinder der Nacht. Ab jetzt gehörst auch du dazu.«

8

Bald wird Targa wieder mit Hund alleine sein. Margarete sitzt neben ihrer gepackten Tasche. Sie fährt zurück nach Berlin.

»Bist du fertig? Ich bringe dich zur S-Bahn«, sagt Targa.

»Ich fand unser Gespräch gestern sehr wichtig.« Margaretes Augen sind feucht. »Es war eine Erleichterung zu gestehen, dass ich den Boxer getötet habe. Bin ich jetzt für dich eine Mörderin?«, fragt ihre Mutter vorsichtig.

»Nein. Ich hätte das Gleiche getan«, weicht Targa aus. Sie startet den Bus. Als Targa über den Parkplatz des Campingplatzes fährt, sieht sie einen grauen Wagen am Straßenrand stehen. Der Fahrer ist nirgends zu entdecken. Aber bei den Waschanlagen steigt dünner Rauch auf. Targa überlegt kurz, ob sie anhalten soll, entscheidet sich aber dagegen.

Auf der Bundesstraße fährt Targa bis zur S-Bahn-Station. Steigt aus und öffnet die Beifahrertür für Margarete. Targa holt tief Luft und umarmt ihre Adoptivmutter. Drückt sie fest an sich. Sie hat das schon öfter geübt. Mittlerweile fallen ihr diese Emotionen nicht mehr so schwer. Diese Nähe braucht Margarete. Im Rückspiegel sieht sie ihre Mutter immer kleiner werden. Schließlich löst sich die Gestalt im Morgendunst auf, als wäre sie nur eine nächtliche Erscheinung gewesen.

»Ich koche uns jetzt etwas«, sagt Targa zu Hund, als sie wieder auf den Campingplatz zurückgekehrt sind. Hund blickt sie interessiert an. Targa öffnet den schmalen Küchenschrank unter der Spüle. Acht Dosen Ravioli stehen ordentlich aufgereiht auf dem Brett. Sie nimmt die Dose mit dem nächsten Ablaufdatum heraus. Öffnet sie und kippt den Inhalt in einen Topf.

Plötzlich hebt Hund den Kopf. Beginnt leise zu knurren, scheint eine fremde Präsenz zu spüren. Targa rührt gerade die Soße um. Jetzt hält sie inne. Lauscht. Draußen ist ein charakteristisches Geräusch zu hören. Ein Feuerzeug wird aufgeklappt.

»Gibt's schon wieder Ravioli?« Volker Lundt steht an der offenen Schiebetür des VW-Busses. Die unvermeidliche Kippe im Mundwinkel.

»Bei Ravioli weiß ich, wie sie schmecken, und bin nicht enttäuscht«, antwortet Targa. Eine plötzliche Ruhe durchströmt ihren Körper. Lundt ist gekommen. Jetzt ist es wieder so weit. Ein neuer Auftrag wartet auf sie.

»Ich bin extra aus Berlin in diese gottverlassene Gegend gefahren, um mit dir zu reden. Wieso sträubst du dich so gegen ein Handy? Kauf dir doch wenigstens ein Notebook. Dann wärst du jederzeit problemlos zu erreichen.«

»Wenn man erreichbar ist, dann bekommt man viele Fragen gestellt und muss auch viele Antworten geben. Und genau das will ich nicht.«

»Genauso wenig wie du Abwechslung beim Essen schätzt. Warum probierst du nicht mal etwas anderes?«, fragt Lundt. »Lässt dich einfach überraschen?«

»Ich mag keine Überraschungen, die kommen doch im Leben von selbst.« Targa kippt alle Fenster des VW-Busses. Sie mag den Geruch von Essen nicht. Lundt setzt sich draußen auf einen der Designklappstühle.

»Schickes Teil.«

»Weißt du noch, von wem die Stühle sind?«, fragt Targa durch das Kippfenster.

»Nein.«

»Von Sandman. Er hat sie mir geschenkt.«

»Du nimmst Geschenke von einem Serienkiller an? Eigentlich müsste ich dich vom Dienst suspendieren.« Mit der Hand streicht Lundt über die Lehne. »Aber der Mann hatte wenigstens einen guten Geschmack.«

Ein merkwürdiges Gefühl der Zufriedenheit durchströmt Targa, als sie mit zwei Tellern aus dem Bus steigt. Sie schiebt die Tür hinter sich zu. Das ist ihre Familie. Lundt und Hund. Und natürlich Margarete. Ganz am Rande dieses Universums kreist auch Edgar. Am Nachthimmel schiebt sich eine Wolke vor den Mond. Alles, was sie jetzt erkennt, ist das Glimmen von Lundts Zigarette.

»Mundet ausgezeichnet.« Lundt löffelt die Ravioli, ohne die Zigarette aus der Hand zu nehmen. Targa wartet darauf, dass er die Asche über dem Essen verstreut. Aber Lundt beherrscht das parallele Rauchen und Essen.

»Sie schmecken wie immer. Du hast das Gespräch mit meiner Mutter mitgehört«, mutmaßt Targa.

»Tja, wir haben alle unsere kleinen Geheimnisse.« Lundts heisere Stimme gleitet durch die Nacht.

»Was wirst du machen?«

»Im Augenblick habe ich andere Prioritäten«, weicht Lundt der Frage aus. »Ich denke, durch deine Empathielosigkeit bist du bestens geeignet für einen neuen Auftrag.«

»Worum handelt es sich?« Jetzt hat Lundt ihr Interesse geweckt.

»Du kannst dich schon mal mit diesen beiden vertraut machen.« Lundt holt ein Foto aus seiner grauen Anzugtasche und schiebt es über den Tisch. Die Aufnahme wurde mit einer versteckten Kamera geschossen. Man sieht zwei junge Personen.

Einen Mann und eine Frau. Sie stehen sich so eng gegenüber, dass sich ihre Köpfe an der Stirn berühren.

»Eigenartige Position, findest du nicht?«, stellt Targa fest.

»Bei diesem Geschwisterpaar ist einiges kurios«, gibt sich Lundt verschlossen.

»Wie geht es weiter?«

»Wir treffen uns morgen, am Kilometerstein fünfzehn auf der Bundesstraße nach Blumenthal. Dort steht ein kleines Kreuz mit frischen Blumen am Wegrand. Da wartest du auf mich.«

»Warum?«

»Frag nicht so viel. Morgen weißt du mehr.«

9

Die Ligusterhecke entfaltet ihre ganze Pracht nur bei Nacht. Dann verströmen ihre Blüten einen erregenden Duft und leuchten in der Finsternis. Genauso ergeht es Zoey. Auch sie ist nachtaktiv. Ihre Intelligenz offenbart sich in der Dunkelheit. Wenn die Kommilitonen schlafen, beginnt für Zoey und ihren Bruder Adam erst das richtige Leben. So auch in dieser Nacht. Sie schleichen an der Hecke entlang und saugen den betörenden Duft des Ligusters im Park des Colleges ein. Diese Pflanzen sind wie sie. Offen für das Dunkel, verschlossen für das Licht.

Die beiden sind durch den Dienstboteneingang hinter der Küche in den Park gelangt. Gierig atmen sie die schwarze Luft ein, während sie zu dem Schuppen neben den Garagen huschen. Dort haben die wohlhabenden Studenten ihre Autos geparkt. Adam besitzt nur ein gebrauchtes Motorrad. Aber die Geschwister sind nicht an den Autos interessiert, sondern an dem geheimen Gang, der von dem Schuppen hinunter zur Straße führt. Durch diese enge Röhre können sie jederzeit unbemerkt das College verlassen.

In der Nacht sind Zoeys Gedanken klar und rein. Während sie tagsüber immer ein Auge auf Adam haben muss, entfalten sich ihre Fähigkeiten nachts, ohne dieses ständige Aufpassen.

Dann ist ihr Verstand messerscharf. Gleitet wie Quecksilber durch Türritzen und in die Herzen der anderen. Erforscht ihre Gedanken. Fängt ihre Träume. Macht sie zu den ihren.

In der Finsternis schieben sie die Bretter an der Rückwand des Schuppens zur Seite. Steigen in die enge Röhre, die wie ein schwarzer Schlund darauf wartet, sie zu verschlingen. Ein Mensch mit Klaustrophobie schafft es nicht, in den Gang zu rutschen. Würde stecken bleiben, vor Raumangst kollabieren, jämmerlich ersticken. Nicht so die Geschwister, sie sind dünn und leicht wie Federn. Schweben lautlos durch den Schacht. Erst wenn das College außer Sichtweite ist, tauchen sie wieder an die Oberfläche. Schleichen in den Wald.

In einem Buch bei ihrer Pflegefamilie fand Zoey eine Zeichnung Goyas und war fasziniert. »Der Schlaf der Vernunft gebiert Ungeheuer.« Aber das ist falsch, findet Zoey. Die Vernünftigen träumen nicht von Ungeheuern. Sie sind diese Ungeheuer. Sie foltern die Menschen mit Licht und Nahrung. Damit sie träge und formbar werden. Daran denkt Zoey, wenn sie in den stillen Wald eintaucht.

Die Glocke im Kirchturm schlägt zweimal. Es ist die Zeit zwischen Mitternacht und Morgen, in der Mystik und Wirklichkeit aufeinandertreffen.

Die Bäume im Wald sind hoch und stehen dicht beieinander. Äste knacken und Vögel flattern auf. Nachts sehen die Geschwister besser als bei Tageslicht. Ihre Sinne sind geschärft. Ein Fuchs passiert ihren Weg. Fletscht das Gebiss und sträubt sein Fell.

»Ein Jäger der Nacht. Komm zu mir.« Gebückt läuft Zoey direkt auf das Tier zu. Streckt die Hände aus. Der Fuchs weicht zurück. Er spürt die unheimliche Energie, die von der jungen Frau mit den Silberhaaren ausgeht, und flüchtet.

»Da sind wir.« Adam deutet auf einen Bunker. Er ist bei Tag kaum zu erspähen. Und in der Dunkelheit wird er eins mit dem Boden.

»Der Ort ist gut gewählt. Wir sind am Ziel.« Zoey drückt ihre Wange an die von Adam, spürt die Kälte seiner Haut.

»Ich streife gern durch die Wälder. Da findet man so manchen vergessenen Schatz. Dieser Bunker ist der ideale Ort für unsere nächste Vision.«

Sie schreiten langsam auf den Bunker zu. Die Mauern sind mit Unkraut überwuchert. Der Eingang ist so niedrig, dass sie nur gebückt eintreten können. Sie gelangen in einen großen, fensterlosen Raum. Verloren stehen dort zwei staubige Schreibtische. An der Stirnseite ist eine zerfledderte Leinwand halb heruntergezogen. Stofffetzen bewegen sich träge in einem Luftzug. Zielstrebig gehen die Geschwister auf eine Öffnung zu. Steigen eine Treppe nach unten. Kommen in einen engen Gang, der zu mehreren unter der Erde liegenden Bunkern führt.

»Es ist ein Labyrinth durch den halben Wald«, sagt Adam. »Fast wie eine unterirdische Stadt.«

»Diese Gänge erinnern mich an die Adern in einem menschlichen Körper, durch die das Blut zirkuliert«, meint Zoey, während sie durch den niedrigen Tunnel streichen.

»Und wir schwimmen auf diesen Blutbahnen bis zu den Herzen unserer Auserwählten«, ergänzt Adam.

»Genau. Um sie zu retten vor dem Licht.« Zoey ist berauscht von den eigenen Worten. Mit ihren dünnen Fingern umkrallt sie Adams Arm. »Vor einem Jahr bist du auf die Idee mit diesen Bunkern gekommen. Das war genial, mein Bruder.«

»Der Dorfpolizist hat mich damals auf die Idee gebracht.«

»Lasse Bergmann? Das glaube ich nicht!« Vor Zoey klappt das Bild eines Mannes in Uniform auf. Gut aussehend mit schwarzem Bart und einem düsteren Geheimnis. Das findet sie sehr anziehend.

»Oh doch. Lasse interessiert sich für diese Bunker. Es ist ein Labyrinth, in dem man sich nur schwer zurechtfindet. Da dachte ich, das sei perfekt für unseren Plan.«

»Ha, Lasse interessiert sich für Bunker. Und ich weiß auch, warum.«

Plötzlich ist leises Schluchzen zu hören. Das Rasseln einer langen Kette. Die Geschwister bleiben vor einem Durchlass stehen. Dahinter sind nur Schwärze und die schattenhaften Umrisse einer jungen Frau zu erkennen. Sie sitzt auf dem Steinboden und kauert sich eng an die Wand. Vor einiger Zeit haben sie Ewa entführt und in den Bunker gesperrt. Jetzt hungert die junge Frau. Es gibt auch kein Wasser mehr für sie.

In Zoeys Kopf läuft mit einem Mal ein Film ab.

Es ist Abend. Die Putzkolonne kommt aus dem College und geht zum Parkplatz. Ewa ist wie immer die Letzte.

»Psst!« Zoey versteckt sich hinter den Büschen. Silbriges Haar und bleich, sie wirkt wie eine Geistererscheinung. Sie hat in Erfahrung gebracht, dass Ewa auf Frauen steht. Die letzten Wochen haben sie viel geflirtet. Heute Nacht sind sie verabredet. Ewa huscht zu den Büschen. Ihre Wangen glühen vor Aufregung.

»Ich habe Wein mitgebracht.« Zoey hält die Flasche in die Höhe.

»Heute ist unsere erste gemeinsame Nacht. Ich kann es kaum erwarten.«

»Es wird dir gefallen.«

»Wo bringst du mich hin? Ich möchte dich überall küssen.«

»Lass dich überraschen. Wir müssen vorsichtig sein.« Zoey wartet, bis alle Frauen in den Wagen der Putzfirma gestiegen sind. Niemandem fällt auf, dass Ewa fehlt. Der Wagen verschwindet in der Dunkelheit. Zoey schiebt Adams Motorrad aus dem Gebüsch.

»Komm, steig auf!«

Zoey glüht mit dem Motorrad durch die Nacht. Erst als sie den Waldrand erreichen, drosselt Zoey das Tempo. Vor einem verdeckten Bunker stoppt sie.

»Husch rein. Steig die Treppe runter. Dort ist unser Liebesnest.«

»Kommst du nicht mit?«

»Ich verstecke nur das Motorrad. Bin gleich bei dir.«

Zoey kann ihre Erregung kaum unter Kontrolle halten. Sie beißt sich auf die Lippen. Will nicht unkontrolliert zittern wie bei einem Orgasmus. Zoey sinkt in die Knie. Stöhnt auf. Greift sich an die Brust. Jetzt ist es gleich so weit. Jetzt wird Ewa gerettet.

»Wo bleibst du?« Ewas Stimme hallt nach draußen. Im nächsten Moment ihr erschreckter Aufschrei. Dann ist Ewa verstummt. Zoey lächelt. Sie denkt an Adam, der auf Ewa gewartet und sie betäubt hat.

Durch die Erinnerungsfetzen hört Zoey mit einem Mal die Stimme von Adam.

»Was macht unsere Freundin da?« Adam deutet auf Ewa, die mit ihrem Gesicht über die rauen Betonwände streicht. Ihre Gestalt hebt sich nur leicht von der Schwärze der Wand ab.

»Sie leckt die Feuchtigkeit von den Wänden. Das ist der Überlebenswille. Normalerweise stirbt man nach ungefähr drei Tagen ohne Flüssigkeit. Durch dieses bisschen Kondenswasser erreicht sie einen Bewusstseinszustand, der jenseits des Lebens ist«, erwidert Zoey. »Unsere Auserwählte spürt, dass die Dunkelheit sie beschützt und retten wird. Aber sie darf nicht vorher aufgeben.«

Vor Zoeys geistigem Auge taucht das Bild eines kleinen Mädchens aus der Vergangenheit auf. *Es ist ausgemergelt und sein Atem geht nur stoßweise. Hört plötzlich ganz auf zu atmen. Zoey will das Mädchen beatmen, doch sie benötigt ihre Luft für Adam, der apathisch am Boden liegt. Das Mädchen rutscht leblos an Zoeys Schulter nach unten. Bleibt mit verdrehten Augen auf dem Boden liegen. Tot.*

Schnell wie ein Blitz ist diese Erinnerung auch schon wieder vorüber.

»Adam, lass mich nicht allein!« Zoey umfasst seinen Nacken und zieht ihn zu sich. Sucht mit ihren Lippen seinen Mund, bläst ihre Seele in den Rachen ihres Bruders.

»Mir geht es gut. Du hast mir deinen Atem geschenkt.« Adam dreht sich zu der angeketteten Ewa.

»Ich musste an damals denken. An uns und die anderen«, wispert Zoey. »Sprich jetzt mit Ewa.«

»Spürst du bereits die Kraft der Finsternis?«

»Ist da jemand? Seid ihr das?«, ruft Ewa krächzend in die Stille hinein. »Hilfe! Ich bin hier gefangen!«

»Das ist kein Gefängnis, das ist die Freiheit.« Adam und Zoey lehnen an der Wand gegenüber. Halten sich fest umarmt. Starren auf Ewa, die verzweifelt an der Kette reißt.

»Bitte, gebt mir etwas zu trinken! Ich will leben!« Die Kette rasselt schwer über den Betonboden. Ewa kriecht auf allen vieren auf die Geschwister zu. Die Kette spannt sich, reißt sie zurück. Ewa schluchzt, fängt die Tränen mit der Zunge auf. Wird von einem Weinkrampf geschüttelt. »Warum macht ihr das mit mir? Ich hab euch doch nichts getan.«

Dann sinkt Ewa zurück und bleibt reglos am Boden liegen. Zuckt einmal, zweimal. Eine gespenstische Stille breitet sich in dem Bunker aus.

»Sie schafft das.« Adam ist davon überzeugt. »Ewa überwindet den Durst. Sie wird in einen anderen Bewusstseinszustand eintreten.«

»Sie rührt sich aber nicht mehr.« Zoey starrt auf die junge Frau. Ewa kämpft mit dem Tod. So wie das kleine Mädchen aus Zoeys Erinnerung. Zoeys dünne Finger verschränken sich mit denen von Adam. Sie drückt ihre Stirn gegen seine. Will, dass ihre Gedanken wie Leuchtspuren in seinen Kopf rasen.

»Ewa?« Adam schleicht auf die am Boden liegende Frau zu. »Wie schrecklich! Ich kann ihren Puls nicht mehr fühlen«, flüstert er und blickt Zoey fassungslos an. »Sie ist einfach gestorben. Was machen wir jetzt?«

»Dann musst du Paula, die Postbotin, hierherbringen.«

10

Die morgendliche Stille über dem Campingplatz hat ein Ablaufdatum. Sobald der neue Berliner Flughafen in Betrieb genommen ist, werden täglich Hunderte Flugzeuge über diese Oase der Ruhe hinwegdonnern. Targa sitzt mit Hund auf der Wiese. Sie spürt heute schon die ganze Zeit eine leichte Anspannung. Gerade so viel, dass sie bereits im Morgengrauen aufgestanden und mit Hund barfuß durch das taufeuchte Gras gestapft ist. Das wirkt beruhigend. Heute trifft sie Lundt. Sie wird erneut in einen Fall eintauchen. Ein Gefühl der Vorfreude erfasst sie. Sie richtet sich auf, beeilt sich. Denn sie will Lundt nicht warten lassen. Auf dem kleinen Küchentisch im Bus liegt noch das Foto der Geschwister Adam und Zoey. Die Aufnahme hat eine merkwürdige Sogwirkung auf Targa. Sie kann den Blick nicht davon losreißen. Zwei junge Menschen, die so verloren wirken, dass sie sich gegenseitig stützen müssen. Und doch sind es rücksichtslose Killer. So viel hat ihr Lundt gestern schon verraten.

Targa fährt los. Die Bundesstraße nach Blumenthal führt schnurgerade durch ein dichtes Waldgebiet. Die Baumwipfel ragen hoch in den Himmel und verleihen der Landschaft einen Hauch tragischer Düsternis. Es würde sie nicht wundern, wenn oben auf der Böschung plötzlich ein einsamer Wolf auftauchte. Bei Kilometerstein fünfzehn parkt bereits eine graue Limousine am Straßenrand. Am Heck lehnt eine schmale Gestalt, die eine Zigarette raucht.

Sie stoppt den VW-Bus ein Stück von der Limousine entfernt und steigt aus. Wie immer trottet Hund neben ihr her.

»Was ist hier passiert?« Targa deutet auf die schlichte Kerze am Wegrand. Davor liegen frische Blumen.

»An dieser Stelle ist gestern eine junge Frau gestorben«, antwortet Lundt. Er schnippt die Zigarette auf den Asphalt. »Ein Lkw hätte sie beinahe überrollt.«

»Der Lastwagen hat sie also nicht erwischt?«, fragt Targa. »Was war die Todesursache?«

»Sie ist verhungert«, erwidert Lundt knapp. »Ich weiß, das klingt paradox. Sie konnte sich zwar aus ihrem Gefängnis befreien, ist aber dann doch erloschen.«

»Wie ist ihr die Flucht gelungen?«

»Sie hat sich ein Stück der Hand mit einer Glasscherbe abgeschnitten und konnte so aus einer Fessel herausschlüpfen.«

»Die Arme wollte also um jeden Preis überleben.«

»Das wäre ihr auch fast geglückt. Sie hat es bis hierher geschafft. Dann ist sie vor Erschöpfung zusammengebrochen und in den Armen des Lkw-Fahrers gestorben. Ihr Name war Lisbeth Müller.«

»Das ist schlimm. Aber wegen eines einzelnen Falls werden wir doch nicht geholt?«

»Nein. Vor einem Jahr hat sich hier in der Gegend bereits eine ähnliche Sache zugetragen. Ein Dorfpolizist aus Blumenthal hat in einem Bunker ein fast verhungertes Mädchen gefunden. Die junge Frau war völlig dehydriert und wurde mit einem Hubschrauber in die Charité nach Berlin geflogen. Bevor sie starb, hat sie uns noch einen Satz hinterlassen: ›Adam liebt Zoey.‹«

»Adam liebt Zoey?«, wiederholt Targa. »Ein Liebespaar als Killer?«

»Adam und Zoey Yankowski sind Geschwister, das habe ich doch erwähnt. Sie besuchen ein privates College in Blumenthal. Das ist ganz in der Nähe.«

»Und die Geschwister kannten das Opfer«, kombiniert Targa.

»Richtig. Zoey und Adam sind unsere Hauptverdächtigen. Beide hatten damals allerdings einwandfreie Alibis.«

»Wie heißt der Dorfpolizist?«, fragt Targa.

»Lasse Bergmann. Stammt aus dieser Gegend.«

»Woher kennt er den Bunker?«

»Es gibt eine Menge Bunker mit unterirdischen Gängen in dieser Region«, erklärt Lundt. »Bergmann ist bei einer Waldwanderung zufällig darauf gestoßen.«

»Glaubst du ihm das?«, fragt Targa, fährt aber gleich mit ihren Überlegungen fort. »Das heißt, wir haben innerhalb eines Jahres zwei an Hunger durch Fremdverschulden verstorbene Mädchen.«

»Richtig. Der Innensenator hat angeordnet, dass die Abteilung K2 die Geschwister aus dem Verkehr zieht.« Lundt hockt sich zu der Kerze und ordnet die Blumen mit einer zarten Geste. »Deshalb bist du hier. Zoey und Adam Yankowski zu überführen ist dein Auftrag.«

»Alles klar. Lisbeth lag also genau an dieser Stelle?«, fragt Targa. Sie deutet auf die verblichenen Kreidestriche, mit denen die Umrisse des Opfers auf dem Asphalt nachgezeichnet wurden. Targa kniet sich hin. Streicht mit den Fingerspitzen über den Boden. Hund winselt leise.

»Dein Hund ist nervös«, meint Lundt. Er deutet auf das gestromte Tier mit dem fehlenden halben Ohr.

»Hund mag den Geruch von Toten nicht.«

»Wer mag das schon?« Lundt räuspert sich. »Genau hier ist Lisbeth gestorben.«

»Setz dich in dein Auto, Lundt. Und fahr ein Stück zurück.«

»Was hast du vor?« Lundt zündet sich eine Zigarette an, während er zu seinem Wagen zurückgeht.

»Du gibst einfach Gas und fährst auf die Stelle zu. Bremst kurz davor ab.« Targa deutet auf die Kreidezeichnung.

»Ist das wirklich notwendig? Das ist gefährlich.«

»Nein, lass es nur meine Sorge sein«, beschwichtigt ihn Targa. Sie gibt Hund ein Zeichen, dass er sich am Straßenrand hinlegen soll. Hund hechelt und seine große rote Zunge hängt weit aus dem Maul. Das Tier spürt ihre Anspannung. Targa streichelt sein gestromtes Fell. Langsam beruhigt sich Hund wieder. ›Ich muss spüren, was Lisbeth in ihren letzten Momenten gefühlt hat. Muss ihre Angst und den Schmerz in mir aufnehmen. Erst dann beginne ich, die Täter zu verstehen.‹

Skeptisch beobachtet Lundt die Szene, steigt dann in seinen Wagen und setzt zurück. Targa wartet, bis Lundts Auto außer Sichtweite ist. Dann konzentriert sie sich auf die letzten Augenblicke von Lisbeth. Mit schweren Schritten taumelt sie über die Straße. Hört in der Ferne das Aufheulen eines Motors. Als Lundts Wagen auftaucht, winkt sie kurz und bricht dann auf dem Asphalt zusammen. Starrt in den Himmel. Der Motorenlärm steigert sich. Plötzlich ein durchdringendes Quietschen. Der Geruch nach verbranntem Gummi steigt Targa in die Nase. Aus den Augenwinkeln sieht sie Lundts Fahrzeug auf sich zurasen. Plötzlich verdüstert sich der Himmel und sie denkt an Hunger und Dunkelheit.

Targa schließt die Augen, hält den Atem an. Der Gummigestank wird immer stärker. Heiße Luft schlägt ihr ins Gesicht. Der Motor heult auf. Dann ist Stille.

»Du bist ganz schön neben der Spur!«

Targa öffnet die Augen. Lundt steht über ihr. Sein Gesicht ist kreidebleich. »Ich hätte dich fast überfahren.«

»Lisbeth dachte zuletzt an Hunger und Dunkelheit«, flüstert Targa und steht auf. Hund läuft schwanzwedelnd auf sie zu und leckt ihre Hände.

»Was hat das zu bedeuten?« Lundt kratzt sich verwirrt am Kopf.

»Das kann ich noch nicht beurteilen.« Targa wischt sich nachdenklich die Handflächen an ihrer Latzhose ab. »Aber dieser Auftrag ist eine Reise ins Herz der Finsternis.«

11

Targa spürt, wie das Adrenalin durch ihre Venen schießt. Lundt knüllt sein leeres Zigarettenpäckchen zusammen. Wirft es auf den Boden, lässt auch noch einige abgebrannte Streichhölzer fallen.

Sie lächelt in sich hinein. Targa kennt dieses Spiel. Lundt will testen, ob sie ihre Ticks unter Kontrolle hat. Richtet sie das zerknüllte Zigarettenpäckchen am Straßenrand aus und ordnet sie die abgebrannten Streichhölzer der Größe nach, dann sind ihre Marotten ein Risiko für den Auftrag. Deshalb reißt sie sich zusammen und schiebt alles mit ihrem Sneaker an den Wegrand.

»Das ist Umweltverschmutzung«, kommentiert sie ernst.

»Du hast recht.« Lundt bückt sich und hebt alles wieder auf. Verstaut Packung und Streichhölzer in der Sakkotasche.

»Gehen wir zu dem Bunker, aus dem Lisbeth geflohen ist.« Sie deutet auf die dünne Blutspur, die sich von der Straße bis zum Randstreifen zieht.

»Die Polizei hat das Versteck bereits ausfindig gemacht. Komm, fahren wir dorthin.« Lundt öffnet die Tür seines Wagens.

»Nein, wir gehen zu Fuß. Ich muss den Weg sehen, den Lisbeth auf ihrer Flucht genommen hat.«

»Das ist ja mitten durch den Wald.« Lundt seufzt.

»Aber nur so kann ich mich in die Szenerie versetzen.« Targa gibt Hund ein Zeichen. Schnell springt das Tier auf und läuft die Böschung hinauf.

»Hast du etwa vor, Hund mitzunehmen?«

»Ohne Hund fehlt mir etwas. Wir brauchen uns.« Targa greift nach ihrer Lederjacke und schließt den Bus ab. Schnell steigt sie den Hang hinauf, wo Hund bereits auf sie wartet. Das hohe Gras ist niedergedrückt. Hier ist Lisbeth gestrauchelt und dann die Böschung hinunter auf die Straße gekollert.

Schweigend stapfen sie durch das dichte Unterholz. Von Zeit zu Zeit hockt sich Targa vor einen geknickten Ast. Mit den Fingerspitzen streicht sie über die Bruchstelle. Sieht das Blut von Lisbeth auf dem Zweig. Schließt die Augen. Hetzt in Gedanken mit der jungen Frau durch das Buschwerk. Lisbeth, die bereits todgeweiht und zum Sterben verurteilt ist.

»Verdammt, was ist das?« Lundt bleibt wie angewurzelt stehen und deutet auf den schmalen Weg. Vor ihm ringelt sich eine fast eineinhalb Meter lange Schlange. Hund schnüffelt neugierig. Targa schiebt sich an ihm vorbei.

»Das ist eine Ringelnatter.« Interessiert kniet sich Targa neben die gefleckte Schlange, die sich ein wenig aufrichtet und züngelt. »Ein schönes Reptil. Sie ist ungefährlich und lebt am Waldrand in der Nähe von Wasser. Wir müssen also gleich zu einer Lichtung mit einem Bach oder Teich kommen.«

»Kannst du diese Schlange nicht vertreiben?«

»Wir sind in ihr Gebiet eingedrungen. Deshalb müssen wir Rücksicht auf sie nehmen«, erwidert Targa. Sie drückt ein paar Büsche neben dem Weg auseinander. »Darum werden wir sie jetzt nicht weiter stören, sondern ihr einfach ausweichen.«

»Wieso wundert mich nicht, dass du was für Schlangen übrighast?«, murmelt Lundt, als sie sich durch das Dickicht weiterkämpfen.

»Schlangen haben keine Emotionen, deshalb findet man nur schwer Zugang zu ihnen.«

»Beschreibst du dich gerade selbst?«

»Warum sagst du so etwas?« Targa bleibt stehen und dreht sich zu Lundt. Er wirkt für einen Moment betroffen, weil er sie mit seinen unbedachten Worten beleidigt hat.

»Das hab ich nicht so gemeint.«

»Doch, hast du.« Targa weiß, dass sie im Umgang mit anderen Menschen schwierig ist. Aber sie arbeitet daran. Kauft sich Handbücher, hat einen Freund namens Edgar, den sie in einem Waschsalon abgeschleppt hat. Hat auch manchmal Sex mit Edgar. Aber sie will ihm nicht zu nahe sein. Noch immer denkt sie an Matti, ihren früheren Freund, der tot ist. Weil sie zu wenig aufgepasst hat auf ihn. Weil sie bisher nie auf andere Rücksicht genommen hat.

»Es tut mir leid.« Lundt zuckt bedauernd mit den Schultern. »Du hast recht. Die Schlange ist ein interessantes Tier«, setzt er entschuldigend hinzu.

»Reptilien haben mich immer schon fasziniert.«

Dann gehen sie schweigend weiter.

Wie Targa vermutet hat, erreichen sie bald eine Lichtung, an deren Rand ein morastiger Tümpel liegt.

»Da sind wir«, sagt Lundt, nachdem er sich umgesehen hat.

»Psst.« Targa deutet auf den Rand der Lichtung. Ein Bunker ragt aus dem Gestrüpp. Seine schmalen Sehschlitze wirken wie Augen, die den Waldrand beobachten. Der geduckte Betonbau erinnert Targa an eine Kröte, die auf der Lauer liegt.

Plötzlich ist es windstill und das Vogelgezwitscher verstummt. Selbst die Mücken treiben regungslos auf welken Blättern über das schwarze Wasser des Tümpels. Targa spürt das Böse, das aus dem Bunker sickert. Sich über die Lichtung ausbreitet. Gierig nach einem neuen Opfer greift. Ein Wolkenmeer zieht vor die Sonne. Ein Schatten gleitet über den Bunker. Die Landschaft wird dunkelschwarz.

12

Der Spiegel ist durch einen hauchdünnen Sprung in zwei Hälften geteilt. Aus der Ferne beinahe unsichtbar, offenbart sich der Makel erst, wenn man sein eigenes Gesicht betrachtet.

Wie jeden Morgen steht Zoey im Badezimmer und mustert die beiden verschobenen Hälften ihres Gesichts. Es wirkt, als würden sie zwei unterschiedliche Persönlichkeiten anstarren. Ihre Haut ist bleich und spannt sich wie dünnes Seidenpapier über die Wangenknochen. Die dunklen Augen wirken durch die weißen Augenbrauen noch größer und tiefer. Im Verhältnis zu dem schmalen Gesicht erscheint der Mund groß und sinnlich. Doch die Lippen sind blutleer und ohne Leben.

Sorgfältig bürstet Zoey ihr silbriges Haar, das von wenigen dunklen Strähnen durchzogen ist. Nach diesem täglichen Ritual zupft sie die Haare aus der Bürste und zählt sie. Mit jedem Tag verliert sie weniger. Als man sie mit zehn Jahren befreite, gingen sie ihr täglich zu Tausenden aus, und sie war durch den Stress fast weiß geworden. Konzentriert schluckt sie ihre Nahrungsergänzungsmittel aus zehn verschiedenen Döschen, die ihr ein Arzt verschrieben hat.

Dann kleidet Zoey sich schnell an. Langärmeliges Shirt mit Rollkragen, Leggings, alles in Beige. Früher trug sie nur

Schwarz, aber das war ein zu krasser Gegensatz zu ihren pigmentlosen Haaren. Bei Beige stechen weder ihre hellen Haare noch ihre bleiche Haut hervor.

Ihr Zimmer ist unaufgeräumt und schmucklos. Es gibt ein Bett, einen Schrank und den Schreibtisch. Darauf liegt das Notebook. Fachbücher stapeln sich zwischen Handtüchern und Unterwäsche auf dem Boden. Nur zwei Bilder an der Wand. Ein Selbstporträt der norwegischen Fotografin Lene Marie Fossen, die an Anorexie gestorben ist. Daneben ein Film-Still aus ›Only Lovers Left Alive‹. Tilda Swinton in einem schwarzen Kaftan, umgeben von Büchern.

Ehe Zoey ihr Zimmer verlässt, schmiert sie ihr Gesicht dick mit einer speziellen Sonnencreme ein. Ihre Haut ist nicht geschaffen für das grelle Sonnenlicht.

»Bist du heute wieder bei deinem Praktikum?« Dora Keller, die Leiterin des Colleges, steht auf dem oberen Treppenabsatz, als Zoey aus ihrem Zimmer eilt.

»Ja, wie immer am Dienstag. Das macht mir große Freude.«

»Doktor Tannhaus ist auch ganz angetan von deinem Einsatz. Er meint, aus dir wird einmal eine großartige Ärztin.«

»Ich gebe mein Bestes.« Zoey lächelt sanft und will an Dora vorbei nach draußen.

»Einen Moment noch, Zoey. Ich muss dir etwas mitteilen.«

»Ja, was gibt es?« Zoey dreht sich langsam um. In ihrem Kopf rotieren die Gedanken. Egal, was Dora jetzt sagt, Zoey wird alles abstreiten. Aus Erfahrung weiß sie, dass Leugnen immer hilft.

»Die Abhandlung, die Adam und du über ›Hunger‹ von Knut Hamsun geschrieben habt, kommt in das Jahrbuch der Stiftung, die das College finanziert. Gratuliere.«

»Oh, das freut mich«, antwortet Zoey glücklich. Die düsteren Gedanken in ihrem Kopf verflüchtigen sich. »Das muss ich gleich Adam erzählen.«

»Ja, tu das.«

Zoey geht die Treppe hinunter. Sie denkt an Ewa, die noch immer in dem Bunker liegt. Tot. Die Temperaturen steigen. Auch in dem Bunker. Was, wenn ein Hund durch den Gestank der Verwesung angelockt wird? Oder ein Jäger zufällig vorbeikommt? ›Wir müssen die Leiche so schnell wie möglich verschwinden lassen‹, beschließt sie.

»Zoey, aufwachen, du Tagträumerin.« Eine Studentin steht neben ihr. Es ist Adele, die Zoey um deren Figur beneidet. »Einmal im Leben möchte ich so viel essen können wie du und so schlank sein«, schwärmt Adele.

›Dafür musst du nur deinen immensen Schokoladenkonsum reduzieren‹, denkt Zoey.

»Bist du auch gleich in der Philosophievorlesung?«

»Nein, ich muss zu meinem Praktikum«, erwidert Zoey. »Kommst du mit frühstücken?«

»Wo denkst du hin? Ich faste.« Adele lacht.

Im Speisesaal ist bereits reger Betrieb. Studentinnen und Studenten stehen in einer langen Schlange am veganen Buffet.

Adam fängt Zoey vor der Tür ab.

»Wieso gehst du da rein?«, flüstert er.

»Ich hab Hunger.«

»Das hast du nicht.« Adam zieht Zoey in eine ruhige Ecke. »Du weißt, was Essen bedeutet.«

»Man ist voll und wird träge. Aber Mama hat mir gezeigt, was ich dagegen tun muss.«

»Was hat dir Mama gezeigt?«

»Das.« Zoey steckt sich den Finger in den Mund.

»Ach, jetzt verstehe ich. Vermisst du Mama immer noch so sehr?«

»Ja, aber ich hab ja dich.« Zoey zieht Adams Kopf zu sich heran. Sie schließt die Augen. Reibt ihre Nase an der des Bruders. So fest, bis es schmerzt. Dann lässt sie Adams Gesicht los.

»Ich frühstücke jetzt.«

»Bis dann.« Adam lächelt glücklich.

Auf dem Weg durch den Speisesaal grüßt Zoey zwei Kommilitoninnen. Küsst einen Studenten flüchtig auf beide Wangen. Steuert das amerikanische Buffet an. Sie kippt Pfannkuchen und Würstchen auf ihren Teller, garniert das Ganze noch mit dickflüssigem Ahornsirup. Greift zu einer Tasse Kakao mit Schlagsahne. Setzt sich an einen leeren Tisch beim Eingang.

»Wie kannst du nur diesen Trash essen und so schlank bleiben?« Finn, der mit ihr den Kurs über Rechtswissenschaft besucht, steht vor ihr. Wie immer ist er braun gebrannt und seine weißen Zähne blitzen. Mit seinen schwarz gelockten Haaren sieht er aus wie ein Italiener. In Wirklichkeit aber stammt er aus der schwedischen Tetra-Pak-Dynastie.

»Ich mache eben viel Sport«, erwidert Zoey. Sie verschlingt ein großes Stück Pfannkuchen. Schluckt, ohne zu kauen. Will die Leere in ihrem Inneren füllen.

»Kommst du am Nachmittag zum Volleyball?«, fragt Finn und setzt sich ihr gegenüber.

»Nein. Ich hab heute meinen Praktikumstag bei Doktor Tannhaus.«

»Wir fangen erst später an, wenn es nicht mehr so heiß ist. Das schaffst du«, lässt Finn nicht locker.

»Vielleicht«, weicht Zoey aus.

»Würde mich freuen.« Finn lächelt charmant und steht auf. »Übrigens, hübsche Frisur«, sagt er noch und deutet auf Zoeys silbriges Haar, das sie zu einem Knoten im Nacken zusammengefasst hat.

Zoey antwortet nicht, sondern steckt sich schnell ein ganzes Würstchen in den Mund. Finn hat keine Ahnung, was es heißt, in ständiger Dunkelheit dahinzuvegetieren, mehr tot als lebendig.

Aber das Licht ist noch verderblicher als die Finsternis.

Innerhalb kürzester Zeit isst Zoey den ganzen Teller leer, trinkt den süßen Kakao. Langsam steht sie auf und streckt sich. Stellt das Tablett in die Halterung und läuft aus dem Speisesaal.

Sie sperrt sich auf der Toilette ein und denkt an ihre Mutter. Eine dünne Frau mit wirren Haaren. Die ihr als kleines Kind ständig Vorhaltungen gemacht hat.

»Du bist zu dick. Das macht dich träge. Und hässlich.« Mutter *springt auf und läuft zum Spiegel. Zerrt Zoey mit sich. »Schau dich bloß an. Siehst du diesen Bauch?« Fest klopft sie auf Zoeys Bauch. Immer und immer wieder, bis Zoey übel wird.*

»Mir ist schlecht.«

»Das musste ja passieren.« Mutter kniet sich vor Zoey. Steckt ihr den Zeigefinger in den Mund. Tief, immer tiefer. Bis Zoey zu würgen beginnt.

»Brav, meine Kleine. Alles muss raus!« Wie besessen fährt Mutter mit dem Finger in Zoeys Rachen. Schürft die Haut am Gaumen auf. Der Würgereflex wird immer stärker. Dann ein letztes Aufbäumen. Alles spritzt aus Zoeys Mund auf den Boden, den Spiegel.

»So ist es gut!«

Zoey würgt, hat Tränen in den Augen. Hustet. Spürt Mutters Hände, die sie an den Armen hochziehen. Vor den Spiegel zerren.

»Sind wir nicht schön? So dünn und blass.«

13

Wie ein Geschwür ragt der Bunker aus dem Dickicht. Büsche und Farne wuchern an seinen Wänden empor. Eine eingetrocknete Blutspur zieht sich wie ein kaum sichtbares Band über Blätter und Zweige. Verliert sich auf dem feuchten Boden.

Der Eingang ist niedrig. Targa registriert Blutspritzer auf dem Beton. In den Ecken stehen die Lampen der Spurensicherung. Leuchten das Innere taghell aus. Ein Generator surrt. Das grelle Licht verwandelt den Bunker in eine Folterkammer. Zeigt die ganze brutale Schrecklichkeit. In die Mauer ist ein eiserner Ring eingelassen, an dem eine Kette hängt. Auf dem rissigen Betonboden wirkt die eingetrocknete Blutlache wie ein abstraktes Gemälde. Kleine Kärtchen mit Nummern sind überall verteilt.

»Das hat die Spurensicherung in dem Bunker entdeckt.« Lundt reicht ihr sein Handy.

Targa schaut sich die Dinge an, die mit den Kärtchen markiert worden waren. Eine Glasscherbe. Das Skelett einer Maus. Abgebrochene Fingernägel.

»Was haben diese Bunker für eine Bedeutung? Gibt es mehr davon?«

»Das alles stammt noch aus den frühen Sechzigerjahren. Die Jahre des Kalten Krieges«, erläutert Lundt. »Damals hatte man Angst vor einem Atomkrieg. Hier sollte die Spitze der DDR-Führung überleben und das Land weiterregieren. Es gibt Hunderte dieser Bunker in der Gegend.«

»Verstehe. Wo war das Mädchen angekettet, das fliehen konnte?«, fragt Targa. »Wie hieß sie gleich?« Targa kann sich keine Namen merken.

»Lisbeth Müller. Sie wurde hier gefangen gehalten.« Lundt deutet auf einen Ring an der Wand, an dem eine Kette befestigt ist. »Lisbeth hat sich an dieser Stelle befreit.«

Targa bückt sich und betrachtet das Blut.

»Sie hat sich wie gesagt ein Stück der Hand abgeschnitten, damit sie durch die Fessel passt«, erklärt Lundt. »Eine absolute Horrorvorstellung.«

»Noch schlimmer ist es, hier qualvoll zu verrecken. Deshalb ist diese Aktion logisch.«

»So kann man das auch betrachten.«

Targa schließt die Augen. Stellt sich die Szenerie vor. Lisbeth, die wie ein Tier an der Kette hängt. Die vor Hunger halb wahnsinnig ist. An der Mauer befinden sich überall Kratzspuren. Der Mörtel zwischen den einzelnen Betonblöcken ist herausgepult. Alles kann man essen, um nicht zu sterben. Seit Tagen bekommt Lisbeth nichts mehr zu trinken. Mit der Zunge leckt sie das bisschen Kondenswasser von dem Beton.

»Lass mich bitte einen Moment alleine.«

Sie hört, wie Lundt schweigend nach draußen geht. Stellt sich die Szene vor. Lisbeth liegt bereits entkräftet am Boden. Mobilisiert noch einmal ihre letzten Energien. Kriecht über den Boden. Isst alles, was sie in die Finger bekommt. Käfer, Unkraut, Steine. Sogar der Betonstaub wird zur Nahrung. Dann entdeckt sie die Glasscherbe. Das ist ihr Schatz. Ihr Schlüssel in die Freiheit. Warum liegt die Scherbe dort?

Jetzt hockt Targa vor dem Blutfleck auf dem Boden und betrachtet die Mauer. Langsam steht sie auf und geht nach draußen. Lundt steht abseits und raucht eine Zigarette.

»Gibt es schon ein Zeitfenster?«, fragt sie Lundt.

»Nur eine grobe Analyse. Das erste Mädchen starb vor ungefähr einem Jahr, Lisbeth erst jetzt.«

»Das heißt aber nicht, dass es nicht noch andere Opfer gibt«, meint Targa.

»Rita überprüft gerade die Fälle von vermissten Mädchen hier und in der Umgebung.«

»Gut. Was ist meine Aufgabe?«

»Du arbeitest über den Sommer als Sportlehrerin und Psychologin in dem College.« Lundt kramt sein Handy hervor und zeigt Targa zwei weitere Fotos. »Das sind Porträtfotos von Zoey Yankowski und ihrem Bruder Adam.«

»Sie haben interessante Gesichter. Auch die silbergrauen Haare von Zoey sind etwas Besonderes. Ich muss die beiden in Bewegung sehen«, sagt sie, nachdem sie die Bilder betrachtet hat. »Gibt es ein Video?« Targa hat bemerkt, dass sich die Geschwister auf den Fotos besonders intensiv berühren. Diese Emotionen möchte sie anhand eines Films analysieren.

»Haben wir in der Zentrale. Irgendwann musst du dir mal einen Computer mit Internet zulegen.«

»Dieses Gespräch führen wir jedes Mal.«

»Ich nehme das Video bei unserem nächsten Treffen mit«, gibt sich Lundt geschlagen.

»Warum werden Zoey und Adam verdächtigt?«

»Weil sie beide Opfer kannten. Und das erste Opfer vor einem Jahr hat deutlich ihre Vornamen genannt, ehe es gestorben ist.«

»Es könnten auch andere Personen damit gemeint sein.«

»Das haben wir überprüft. Die Geschwister wurden zuletzt mit dem ersten Opfer gesehen. Und sie waren auch mit Lisbeth in Kontakt.«

»Wie kam es dazu?«

»Lisbeth war Kellnerin im Gasthaus. So haben sie sich kennengelernt.«

»Das ist leider nichts Ungewöhnliches. Wann soll ich mit meinem Job beginnen?«

»Am nächsten Montag. Das ist ein guter Zeitpunkt. Die Studenten erfahren heute, wer die Tote ist. Dann sind auch die polizeilichen Befragungen abgeschlossen und du kannst ungestört arbeiten.«

»Gut.« Targa deutet auf einen Hochsitz, der sich am Rand der Lichtung befindet. »Kann man von dort oben den Ort sehen?«

»Keine Ahnung.« Lundt zuckt mit den Schultern.

»Probieren wir's einfach aus.«

»Du weißt doch, dass ich nicht schwindelfrei bin. Ich bleibe lieber hier unten.«

»Ganz wie du meinst.«

Geschickt klettert Targa hinauf und setzt sich auf den Querbalken. Der Hochstand befindet sich auf einem kleinen Hügel und ragt über die Baumwipfel hinaus. Targa hat einen ungehinderten Blick auf Blumenthal. Das Dorf liegt in einer kleinen Senke und wird von dem Herrenhaus dominiert. Dort ist das College untergebracht. Dort beginnt für Targa die Jagd.

14

Der Speisesaal im College ist menschenleer. Die Tische sind abgeräumt. Auch in der Vitrine des langen Tresens liegen keine Speisen mehr aus. Alle Lebensmittel wurden in dem Kühlraum neben der Küche untergebracht. Hinter dem großen fettverschmierten Gasherd hockt ein Mädchen mit langen silbergrauen Haaren. Es breitet lange Bahnen Aluminiumfolie auf dem Boden aus.

»Adam, beeil dich. Die Putzkolonne rückt bald an«, ruft Zoey leise nach hinten in Richtung Kühlraum. Dort steht die Tür offen und innen ist ein Rumoren zu hören. Kurz darauf taucht Adam auf. Die Arme beladen, schleppt er Brot, Wurst und Käse heraus.

»So, das reicht mindestens für eine Woche«, stellt Adam zufrieden fest und lässt alles zu Boden fallen.

»Wir müssen die Nahrungsmittel gut verpacken, damit sie lange haltbar bleiben«, kommandiert Zoey. Sie teilt die silbern glänzende Folie in kleine Stücke. »In jedes dieser Teile wird ein dick mit Wurst oder Käse belegtes Brot eingewickelt.« Schweigend machen sich die Geschwister an die Arbeit. Nach einiger Zeit haben sie alles portioniert. Sie stecken die glitzernden Alupackungen in zwei Umhängetaschen. Verlassen die

Küche. In ihren Zimmern warten sie ungeduldig, bis die Stunde kommt.

Als die Glocken der Kirche zweimal schlagen, huschen Zoey und Adam aus ihren Räumen. Durchqueren den Park. Schleichen in den Schuppen. Wie Schlangenmenschen zwängen sie sich durch die Öffnung. Sie verschwinden in dem Tunnel, der sie erst unterhalb des Colleges wieder ausspuckt. Auf diese Weise bemerkt niemand, dass sie das Areal verlassen haben.

Leichtfüßig eilen sie am Waldrand entlang. Verschmelzen dann vollkommen mit der Dunkelheit. In den schwarzen Umhängetaschen glitzern die aluverpackten Brote wie ein geheimnisvoller Schatz. Nach kurzer Zeit erreichen sie einen Bunker. Gebückt steigen sie ins Innere. Dieser Bunker unterscheidet sich von den anderen. Es existiert kein Verbindungsgang zu den unterirdischen Gewölben. Dafür gibt es hier in einer Wand einen schmalen Schlitz, durch den das Mondlicht in den Raum hereinfällt. Der sichelartige Silberstreifen scheint den Betonboden zu zerschneiden. Verharrt zitternd an einer Mauer, die aus der Entfernung wie reines Silber wirkt.

»Sollte etwas Unvorhergesehenes eintreten, haben wir vorgesorgt.« Zoey leert den Inhalt ihrer Umhängetasche auf den Boden. Sie nimmt die kleinen Alupäckchen und schichtet sie vor der Silberwand auf.

Zoey erinnert sich an die Zeit der großen Finsternis. In einem Korb werden kleine Essensrationen gebracht.

Der Hunger darf nicht über euch und euren Geist bestimmen. So wie das Licht für euren Geist schädlich ist, so ist es der Hunger für euren Körper. Das ist meine Botschaft.

Doch die Kinder sind hungrig wie die Wölfe. Kriechen geduckt näher. Schleichen um den Korb herum. Nur Adam nicht.

»Adam! Du musst essen.«

Ihr Bruder rührt sich nicht. Liegt entkräftet auf dem Boden. Zoey muss handeln. Die Rationen reichen nicht aus. Doch Adam

braucht Nahrung. Die Kinder verstehen das nicht. Zoey faucht
und spreizt die Finger wie Krallen. Lässt das wilde Tier in ihrem
Inneren nach draußen. Die anderen Kinder haben Angst vor ihr.
Weichen zurück. Gierig krallt sie sich zwei Essenspakete. Huscht
damit zu Adam. Füttert ihn. Wie ein Muttertier ihr Junges. Mama
bekommt von alledem nichts mit. Sie sitzt in einer dunklen Ecke
und lächelt nur glückselig vor sich hin. Damals schwört Zoey: Ich
muss ein starkes Kind der Dunkelheit sein.

»Wie viele Lebensmittel haben wir hier schon gesammelt?«
Adams Frage reißt Zoey aus ihren Gedanken. Er deutet auf
Hunderte von Alupäckchen, die an der Wand aufgestapelt sind.

»Wir müssen Vorräte anlegen. Das haben wir doch so
besprochen. Erinnere dich an damals. Wie glücklich wären wir
über diesen Schatz gewesen. Es ist ein beruhigendes Gefühl zu
wissen, dass wir einen Hort haben. Wir können jederzeit hier-
herflüchten und essen. So wäre das mit meinen Haaren nicht
passiert.« Zoey greift nach einer grauen Strähne ihres dünnen
Haars. Hält sie in das Mondlicht. Lässt sie wieder auf ihre
Schulter fallen.

»Aber du bist doch schön!«

»Du auch!« Zoey geht zu ihrem Bruder. Sie legt ihr Ohr
an seine Brust. »Noch höre ich den Schlag deines verwundeten
Herzens«, flüstert sie. »Noch bist du nicht tot. Noch hält uns
die Liebe zusammen.«

»Zoey, ich muss aber oft daran denken. Manchmal wache
ich in der Nacht auf und denke, ich sterbe.«

Adam schiebt sich die Kapuze seines Hoodies aus der
Stirn. Sein Gesicht ist schweißbedeckt und er zittert am ganzen Körper. Zoey nimmt das schmale Gesicht ihres Bruders in
beide Hände. Sieht lange in Adams helle Augen. Verliert sich
in dem Eisgrau der Iris, das durch den erlebten Schrecken wie
versteinert wirkt.

»Wir sind stark. Wir haben überlebt. Alles wird gut!«

Sanft presst sie ihre Nasenspitze gegen die ihres Bruders. Spürt eine Welle des Verlangens durch ihren Körper jagen. Schnell schiebt sie Adam zurück.

»Schichten wir die Vorräte auf. Dann müssen wir zurück ins College. Niemand darf mitbekommen, dass wir nachts unterwegs sind.«

»Was passiert jetzt mit Ewa?«, fragt Adam und sein Gesicht verzerrt sich hilflos zu einer Grimasse.

»Morgen Nacht schaffen wir sie weg. Denk jetzt nicht an die Vergangenheit«, ermahnt ihn Zoey. »Das haben wir früher auch nicht getan. Nur so haben wir überlebt. Du musst immer nach vorne blicken.«

»Aber wie?«

»Ich zeig dir, wie das geht.«

Zoey packt Adam am Arm und zerrt ihn von der silbrigen Wand weg, dreht ihn in die andere Richtung.

»Siehst du den Streifen Mondlicht am Boden?«, fragt sie ihren Bruder. »Folge ihm mit deinen Blicken bis ans Ende. Was erkennst du da?«

»Das Licht verschwindet in der Dunkelheit.« Adam deutet auf die Betonwand, deren Schatten das fahle Licht des Mondes absorbiert.

»So ist es. Deshalb blicken wir nur zum Horizont. Irgendwo in weiter Ferne besiegt die Nacht den Tag.«

15

Olai liegt auf seiner Matte und starrt gegen die Decke.

›Die Nacht wird zum Tag und der Tag zur Nacht. So leben wir in einer Welt, die man bei Tag nicht sieht. Wir sind die Kinder der Nacht.‹

Diese Sätze stehen an der Wand in Olais Zimmer. Der Raum ist in einem ausgebauten Speicher, den nur Helen betreten darf. Dort gibt es eine Matratze und einen niedrigen Tisch. Auf einem Kleiderständer hängen Hemd und Hose. Das Mondlicht wirft Schatten an die nackten Wände. Der Schlafraum ist auf das Wesentliche reduziert. Keine störenden Möbel oder Bilder sollen das Denken behindern. Genauso wie nachts jede Ablenkung in der Tiefe der Schwärze versickert. So werden die Sinne geschärft.

Es ist vier Uhr morgens. Bald wird sich die Gruppe im Speisesaal einfinden und das Abendessen einnehmen. Gerade hat Olai sein mentales Training absolviert, um sich fit und gesund zu halten. Nach seiner Philosophie verzögert das Leben in der Dunkelheit den Alterungsprozess. Stärkt die natürliche Intelligenz. Und sein Aussehen scheint ihm recht zu geben. Olai wirkt mindestens zehn Jahre jünger, als er tatsächlich ist. Seine Haut ist faltenfrei. Seine Augen sind hell und klar.

Vor über dreißig Jahren war seine Welt bereits eine ähnliche. Auch damals war er fast ausschließlich nachts unterwegs. Aber nicht um Freunde zu finden, sondern um Feinde aufzuspüren. Als Spezialist des MfS, des Ministeriums für Staatssicherheit, heftete er sich auf die Spuren von Republikflüchtlingen. Doch diese Zeiten sind lange vorbei. Jetzt ist Olai an spiritueller Erleuchtung interessiert. Auch dabei ist ihm seine frühere Tätigkeit nützlich.

»Erleuchtung hat mit Macht zu tun«, murmelt er.

»Und Macht züchtet Abhängigkeiten.« Die Frauen in seiner Gruppe sind von ihm abhängig. Sie denken an ihre Kinder, die während des Tages im Keller leben. Er braucht keine Uhr, denn er horcht auf seinen inneren Zeitmesser. Gleich muss es vier Uhr morgens sein. Olai lächelt, als er von draußen das Tapsen nackter Füße hört.

»Alle Gefährten sind bereits im Speisesaal versammelt und warten auf das Gebet mit dir.« Helen, seine rechte Hand, huscht geräuschlos in den Raum und kniet sich neben Olai. Mit ihren Händen streicht sie über seine nackte Brust.

»Wie glatt deine Haut doch ist«, flüstert sie bewundernd. Ihre Hände gleiten weiter nach unten. Helens Kind lebt bereits acht Jahre im Dunklen. Um Mitternacht bringt Olai das Kind in den Begegnungsraum. Dann darf Helen für ein paar Stunden ihr Kind berühren und mit ihm spielen. Olai sitzt dabei und beobachtet die Interaktion. Notiert sich Fortschritte. Auffälligkeiten.

»Nicht jetzt«, sträubt sich Olai und schiebt Helens Hand streng zurück. »Wir dürfen die Gruppe nicht warten lassen.«

»Natürlich, wie du wünschst.« Helen rutscht mit gesenktem Kopf auf den Knien zurück.

Olai steht auf und schlüpft in seine Hose und das weiße Leinenhemd. »Begleite mich!«, befiehlt er und hebt Helen an den Schultern empor.

Helen öffnet das Tor und sie schreiten hinaus in den Hof. Auf das Haupthaus zu. Es ist eine sternenklare Nacht, doch am Horizont zeigt sich bereits ein heller Streifen.

»Bald müssen wir das Abendessen früher ansetzen.« Helen deutet auf das schwache Morgenlicht.

»Dann organisiere es. Die Tage werden jetzt im Sommer länger und die Nächte kürzer. Das heißt, wir müssen doppelt so schnell arbeiten.« Ein leichter Wind kommt auf. Olai hält sein Gesicht in die Brise. Spürt das Prickeln auf der Haut. Seine langen grauen Haare flattern. Mit einer schnellen Bewegung nimmt er die Strähnen zusammen und bindet sie zu einem Pferdeschwanz. Er ruht in sich. Die Finsternis ist sein Licht.

Der Speisesaal nimmt das ganze Erdgeschoss des Bauernhauses ein. Olai hat alle Zwischenwände herausreißen lassen. So ist eine riesige Halle entstanden, die gleichzeitig als Seminarraum, Speisesaal und Tribunal genutzt wird. Auch hier ist das Prinzip der Reduktion allgegenwärtig. Es gibt nur einen langen Holztisch und Stühle. Auf dem Tisch stehen große Holzschüsseln, in denen ein heißer Brei dampft. Alle warten gespannt auf Olai, denn erst dann dürfen die Mitglieder mit dem Essen beginnen. Helen hält die Tür auf und Olai tritt ein. Die Kinder der Nacht senken die Köpfe und die Gespräche verstummen.

»Die Nacht ist unser treuer Weggefährte. Sie bringt uns näher an den Mittelpunkt der Welt. Sie zeigt uns, wo unsere Grenzen liegen.« Olai setzt sich an die Stirnseite der Tafel. Er klopft mit dem Löffel zweimal auf die Tischplatte. Das ist das Kommando und alle fangen an zu essen.

»Wieso ist der Platz von Micha frei?«, fragt Olai.

»Das weiß ich nicht.« Helen wird rot und senkt den Kopf.

»Ist es nicht deine Aufgabe, für Ordnung zu sorgen?« Olais Stimme wird einen Tick schärfer.

»Ich kümmere mich gleich darum.« Helen schiebt ihren Stuhl zurück und will aufstehen.

Doch in diesem Moment wird die Tür mit ganzer Wucht aufgerissen und ein Gefährte im weißen Leinenkittel stürzt herein.

»Wo ist Ella?«, ruft der Mann aufgeregt in die Runde.

»Micha, was ist passiert?«, fragt Olai mit weicher Stimme. Er hasst Auftritte wie diesen, so knapp vor dem Morgengrauen.

»Ella ist verschwunden.« Micha stemmt die Fäuste in die Hüften und blickt umher. Sein Blick ist hasserfüllt, als er auf Olai zugeht. »Was hast du mit Ella gemacht?«

»Beruhige dich. Es ist nicht schön von dir, wenn du unsere Zeremonie vor dem Schlafengehen störst.« Helen steht auf, stellt sich Micha in den Weg. Sie legt ihre Hand auf seine Schulter. »Nimm Platz.«

»Lass mich in Ruhe!« Wütend schiebt Micha Helen zur Seite. Er beugt sich zu Olai, der ungerührt auf seinem Stuhl sitzen bleibt. Olai spürt, dass diese Gleichgültigkeit Micha nur noch wütender macht. Das war auch in seinem früheren Leben als Leiter seiner Einheit so. Die Republikfeinde drehten durch, doch Olai wurde immer kälter. Wenn die Wut verraucht war, begannen sie hemmungslos zu weinen und legten ein Geständnis ab.

»Wir haben Ella seit der Abenddämmerung nicht mehr gesehen.« Helen seufzt und greift nach Michas Arm. »Vielleicht braucht sie etwas Abstand von dir.«

»Hör auf mit solchen Lügen!« Micha dreht sich zu den anderen Jüngern. »Ella hat gestern ihren Koffer gepackt. Sie wollte weg von hier und endlich wieder ein normales Leben führen. Nicht ständig in der Finsternis vegetieren. Nie einen Sonnenstrahl erblicken.«

»Wahrscheinlich hat sie die Fähre am Abend genommen und ist schon in Kopenhagen«, meint Olai. »Jeder kann diesen Ort verlassen, wenn er will. Es ist niemand gezwungen, hierzubleiben.«

»Ella wäre nie einfach abgehauen, ohne sich von mir zu verabschieden. Wir waren ein Paar«, entgegnet Micha mit weinerlicher Stimme. »Ich liebe sie.«

»Aber diese Gefühle sind doch verboten«, hört Olai die Stimme eines seiner Gefährten.

»Micha wird diese unbedachte Liebe bereuen«, sagt er. Es ist genauso wie früher. In der höchsten Verzweiflung kommen die Geständnisse. »Du denkst nicht an das große Ganze, sondern immer nur an dich. Was soll jetzt bloß mit dir geschehen, Micha?«

»Er muss bestraft werden!«, ruft eine junge Frau, deren Haut weiß wie Schnee ist. »Micha gefährdet mit seinen Zweifeln unser Lebenswerk.«

»Du siehst selbst, Micha, was du mit deinem selbstsüchtigen Auftritt erreicht hast.« Olai betrachtet Micha mit kalten Augen.

»Gut, dann suche ich Ella eben selbst.« Mit geballten Fäusten und gesenktem Kopf stürmt Micha auf die Tür zu. Zwei Jünger, die am Ende der Tafel sitzen, erheben sich gleichzeitig. Sie hindern Micha daran, den Saal zu verlassen. Packen ihn an den Armen. Zerren ihn zurück vor Olai.

»Was soll mit Micha geschehen?« Olai blickt in die Runde. Mit einer Leinenserviette tupft er sich die Lippen. »Sagt ihr es mir, treue Gefährten.«

»Micha gehört bestraft«, murmelt die junge Frau mit der bleichen Haut.

»Ja, bestrafen!«, fallen die anderen ein. »Bestrafen!«, skandieren sie und klopfen dabei mit ihren Holzlöffeln auf den Tisch.

»Gut, so soll es denn sein.« Olai zwingt sich, ein betrübtes Gesicht zu machen, während er auf Micha zugeht. »Es tut mir leid, Micha. Aber du hörst selbst, was deine Gefährten verlangen.«

»Ich bin mir sicher, dass Ella noch hier ist. Und ich werde nicht ruhen, ehe ich sie gefunden habe.«

»Natürlich, Micha. Wenn du deine Strafe verbüßt hast, dann kannst du sie überall suchen.«

Olai gibt den beiden Jüngern ein Zeichen und sie schleppen Micha aus dem Speisesaal. Morgen wird Micha zur Strafe auf den Dünen der Sonne ausgesetzt.

16

Ein alter VW-Bus fährt über schnurgerade Alleen Richtung Potsdam. Am Steuer sitzt eine junge Frau, die ihre blonden Haare zu zwei Zöpfen geflochten hat. Neben ihr drückt ein dünner Mann in einem grauen Anzug eine leere Zigarettenschachtel mit der Hand zusammen. Vom Rücksitz aus streckt ein gestromter Hund seinen großen Kopf zwischen den beiden nach vorne.

»Da musst du abbiegen.« Lundt deutet zu einer Abzweigung, von der eine breite Straße abgeht. Am Horizont kann Targa bereits eine weitläufige Anlage mit mehreren Gebäuden erkennen.

Rasch kommen sie näher. Sie passieren ein Tor mit einer leer stehenden Portiersloge und gelangen auf einen betonierten Platz. Targa parkt den VW-Bus und steigt aus. Lundt folgt ihr nach draußen. Targa gibt Hund ein Zeichen, damit er im Bus auf sie wartet.

»Warum treffen wir uns hier? Hat der Platz eine besondere Bedeutung?«

»Hier habe ich schießen gelernt. Das war einmal ein Exerzierplatz der Volksarmee«, erklärt Lundt, während er sich eine Zigarette anzündet. »Wir gehen zum Sportplatz der GST.«

»GST?«, fragt Targa, die diese Abkürzung noch nie gehört hat.

»Die Gesellschaft für Sport und Technik war der paramilitärische Dachverband der DDR für technische Sportarten, wie etwa Schießen«, antwortet Lundt. »Diese Organisation hatte eigene Sportplätze im ganzen Land.«

Sie überqueren den Exerzierplatz in Richtung eines Rundbaus. Das Gebäude mit seinen gekachelten Wänden und dem ellipsenförmig darüber schwebenden Dach wirkt wie ein futuristisches Schwimmbad. Beim Näherkommen bemerkt Targa, dass die großen Fenster vergittert sind. Die Eingangstür ist mit einer Kette verschlossen. An der Wand lehnt ein schwarzes Rennrad, das nicht hierherpasst.

»Das Gebäude stammt von Ulrich Müther, einem der bedeutendsten Architekten der DDR«, erzählt Lundt wie ein Fremdenführer, während sie um das Gebäude herum zu einer Terrasse gehen. »Ein Jammer, dass es leer steht. Wir werden übrigens schon erwartet.«

»Ich habe das schwarze Rennrad bemerkt. Das kann nur zu Rita gehören.«

»Gut kombiniert. Rita hat eine Strategie ausgearbeitet und wird dich einweisen.«

»Rita ist also jetzt wieder im Team«, meint Targa zufrieden. »Es ist beruhigend, wenn man mit denselben Leuten zusammenarbeiten kann.«

»Ich weiß, dass du das brauchst.«

Als Targa auf der Terrasse steht und hinunter auf den Sportplatz sieht, ist sie verwundert. Es gibt keine Aschenbahn, keinen Stoßring für Kugelstoßer und auch keinen Sandplatz für die Hochspringer. Dafür sieht sie einen Stacheldrahtzaun, der auf niedrigen Pflöcken kreuz und quer über ein Schlammfeld gespannt ist. Weiter hinten erkennt sie A-förmig zusammengestellte Holzwände und Betonstangen mit Auslegern, an denen

Seile baumeln. Zwischen all diesen Gerätschaften steht Rita. Sie ist die Analystin und Strategin der Abteilung K2. Mit federnden Schritten kommt Rita auf die Terrasse. Sie ist wie immer schwarz gekleidet und trägt ihre geliebten Sportklamotten.

»Du kannst ja wieder laufen«, stellt Targa nüchtern fest.

Rita war vor über einem Jahr einem Serienkiller in die Hände gefallen, der sie langsam mit einem Draht strangulierte. Im letzten Augenblick wurde sie von Targa gerettet. Doch Rita hatte ein Trauma erlitten und war lange Zeit nicht in der Lage, ihre Wohnung zu verlassen oder überhaupt aufrecht zu gehen.

»Ich habe eine Therapie gemacht«, erklärt Rita und rückt ihre schwarze Brille zurecht. »Schön, dich zu sehen.« Spontan umarmt sie Targa, deren Körper sich automatisch versteift.

»Warum?«, fragt Targa. Sie beißt sich sofort auf die Lippen, als sie die Enttäuschung in Ritas Augen sieht.

»Na ja, es ist doch schön, wenn man Kollegen trifft.«

»Es wäre etwas anderes, wenn wir uns in einem Lokal treffen würden. Aber hier geht es darum, Serienkiller zu überführen. Das ist absolut nicht schön.«

»Es reicht«, mischt sich Lundt ein. »Rita, erläutere Targa den Background unserer Zielpersonen. Du hast ja auch den kleinen Film dabei, den Targa sehen wollte. Setzen wir uns.« Lundt deutet auf eine verwitterte Holzbank.

Rita klappt ihren Laptop auf und klickt ein File an. »Das sind Zoey und Adam Yankowski«, erklärt sie, während ein Clip auf dem Bildschirm aufpoppt.

Targa betrachtet die Aufnahme. Es ist abends und Schatten verdüstern die Szene. Trotzdem kann sich Targa einen Eindruck verschaffen. Sowohl Zoey als auch ihr Bruder wirken auf eine eigenwillige Art anziehend und attraktiv. Zoey hat dünnes silbrig glänzendes Haar, das in einem interessanten Gegensatz zu ihren dunklen Augen steht. Adams Gesicht ist knochig und seine Augen sind hell. Er hat schwarze Locken. Trotz seiner Jugend ist er an den Schläfen bereits grau.

»Zoey und Adam sind ab ihrem zehnten Lebensjahr bei Pflegeeltern in Berlin aufgewachsen. Laut amtlicher Unterlagen sind sie Waisenkinder und es gibt keine Verwandten. Da sie als hochbegabt eingestuft wurden, haben sie vor zwei Jahren ein Stipendium für das College Blumenthal erhalten. Ein Jahr später ist das erste Opfer verschwunden. Ihr Name war Mia Laub.«

»Und warum verdächtigt ihr die Geschwister?«, fragt Targa.

»Mia wurde fast verhungert in einem Bunker im Wald gefunden und ins Krankenhaus gebracht. Einem Polizisten sagte sie: ›Adam liebt Zoey.‹«

»Dieser Satz ist alles? Lundt hat ihn schon erwähnt. Deswegen ist man aber noch kein Mörder«, wundert sich Targa.

»Mia war scheinbar außer Lebensgefahr und fit für eine weitere Befragung in den folgenden Tagen. Doch in der Nacht verstarb sie unerwartet in der Klinik.« Rita aktiviert ein weiteres File auf ihrem Laptop. »Eine Überwachungskamera hat das gefilmt.«

In dem Clip sieht man eine Person in einem dunklen Mantel und mit Anglerhut in das Zimmer huschen. Die Gestalt beugt sich über Mia. Redet auf sie ein. Klopft dabei mit dem Daumen gegen seinen Zeigefinger. Mia bäumt sich panisch auf. Ihr Mund öffnet sich zu einem lautlosen Schrei. Sie krallt die Finger in die Bettdecke. Sinkt in die Kissen zurück. Die Gestalt verschwindet.

»Mia hat einen Herzstillstand erlitten. Sie war sofort tot«, ergänzt Rita.

»Wieso war kein Polizist vor der Tür?«

»Der Beamte wurde von einer Besucherin abgelenkt, die ihn um eine Münze für den Kaffeeautomaten gebeten hat.«

»Konnte der Polizist die Frau beschreiben?«

»Nicht wirklich. Sie trug Schal und Mütze. Er erinnert sich bloß daran, dass sie sehr dünn war.«

»Der Mann könnte Adam gewesen sein. Die Besucherin Zoey. Das war auch der erste Verdacht der Polizei. Aber die Geschwister haben in dieser Nacht das College nicht verlassen.« Lundt zuckt mit den Schultern.

»Wer hat das bestätigt?«

»Der Nachtportier. Und die Überwachungskameras an der Einfahrt ins College.«

Versonnen betrachtet Targa den Clip über Zoey und Adam. Es sind die dritten Aufnahmen, die sie zu Gesicht bekommt. Und immer wirken die Geschwister anders. In Bewegung sehen sie attraktiv und einnehmend aus.

»Was weiß man über die Eltern? Sind sie tot? Es muss doch Geburtsurkunden geben.«

»Die gibt es, aber sie wurden erst ausgestellt, als die Geschwister zehn und neun Jahre alt waren.«

»Das ist doch ziemlich eigenartig, nicht wahr, Rita?«

»Finde ich auch.« Zum ersten Mal seit Rita hier ist, lächelt sie. Unwillkürlich greift Rita an ihren Hals, wo noch ein hauchdünner Strich die Stelle markiert, an der sie das Drahtseil gewürgt hat. »Allerdings gibt es eine geheime Akte. Aber die ist gesperrt. Ich konnte nur herausfinden, dass es einen groß angelegten Polizeieinsatz in der Uckermark nahe der polnischen Grenze gab.«

»Wann war das?«

»Vor dreizehn Jahren.«

»Sonst irgendwelche Informationen?«

»Nada. Es gibt im Netz nichts über die Geschwister vor ihrer Zeit bei den Pflegeeltern. Aber du kennst mich ja. Ich lasse nicht locker und recherchiere weiter.«

»Was machen wir eigentlich hier?« Targa deutet auf den Sportplatz mit den militärisch wirkenden Übungspunkten.

»Du bist eine andere Art von Sportlehrerin in dem College«, erläutert Rita. »Du wirst die Studenten militärisch trainieren und mental coachen.«

»Was muss ich tun?«

»Beispielsweise unter Stacheldraht durchkriechen oder die Holzwände hinaufklettern. Sofort danach musst du einen Rubik-Würfel richtig zusammensetzen.«

»Ich soll dadurch beide Gehirnhälften aktivieren.« Targa nickt zustimmend. »Eine gute Idee.«

»Wir probieren, ob du diese Aufgaben schaffst.« Lundt greift nach einem rostigen Aschenbecher und dreht ihn versonnen hin und her. »Früher gehörte das zur Standardausbildung eines jeden Studenten.«

»Verschone uns bitte mit deiner DDR-Nostalgie«, sagt Rita. »Fangen wir an!«, fordert sie Targa auf. Gemeinsam gehen sie zu der Holzwand. »Du weißt, wie das funktioniert?«

»Das ist ja nicht schwierig.«

»Dann versuch es doch gleich mal.«

Targa läuft auf die schräg stehende Holzwand zu und mit Schwung springt sie hinauf. Dreht sich oben blitzschnell um, rutscht auf dem Rücken herunter.

»Fang!« Rita wirft Targa einen Rubik-Würfel zu. »Der Weltrekord liegt unter fünf Sekunden.«

»Gib mir einen Schal.« Targa hat eine Idee, als sie den Würfel in der Hand hält.

»Ok.« Rita gibt ihr ein schwarzes Halstuch.

Targa fixiert noch einmal den Würfel. Bindet sich dann den Schal über die Augen. Beginnt den Würfel zu drehen. Vor ihrem geistigen Auge sieht sie die farbigen Quadrate. Sie dreht die Seiten. Stoppt. Überlegt und dreht schnell weiter. Jetzt haben alle Seiten je eine einheitliche Farbe. Sie nimmt das Tuch ab.

»Fertig.« Targa streckt Rita den Würfel entgegen.

»Wow. Alle Farbflächen stimmen«, murmelt Rita beeindruckt. »Das ist aber cool.«

»Ich war ein bisschen langsam. Bin eingerostet, ich hab schon lange nicht mehr damit gespielt.«

»Eingerostet?« Rita schüttelt ungläubig den Kopf. »Du hast es in einer Minute geschafft.«

»Das ist viel zu lang. Der Weltrekord für das Blind-Lösen liegt bei unter sechzehn Sekunden.«

»Das war eine nette Vorführung mit dem Zauberwürfel.« Lundts Miene ist skeptisch. »Willst du Zoey und Adam damit imponieren?«

»Nein. Aber ich denke, dass die Finsternis eine große Rolle in diesem Fall spielt. Und je häufiger ich die Geschwister damit konfrontiere, desto größer ist auch die Chance, etwas über ihr Motiv herauszufinden.« Targa denkt an das Video, das ihr Lundt gezeigt hat. Zoey und Adam fühlen sich im Dunkeln sicher. Sie wirken selbstbewusst, von sich überzeugt. Nicht so wachsam wie bei Tag.

»Eines ist mir klar geworden. Ich kann sie nur in der Dunkelheit überführen.«

17

Die Normalität besteht für Zoey aus dem Praktikum in der Arztpraxis von Doktor Tannhaus.

»Guten Morgen, Lisa«, begrüßt Zoey mit gespielter Fröhlichkeit die Sprechstundenhilfe. Schwungvoll öffnet sie die Tür zum Behandlungsraum. Doktor Tannhaus unterhält sich gerade mit einem Mann, der mit dem Rücken zu Zoey auf einem Untersuchungstisch sitzt.

»Einen Moment noch, Zoey«, sagt Tannhaus. »Ich bin gleich fertig.«

Jetzt wendet auch der Mann den Kopf. Zoey erschrickt. Es ist Lasse Bergmann. Der Polizist, der sie letztes Jahr wegen der toten Mia befragt hat. Der Adam von den Bunkern erzählte. Sie findet Lasse attraktiv. Aber Lasse streift sie nur mit einem kalten Blick, ehe er sich abwendet.

Zoey schließt die Tür hinter sich. Sie greift nach einem Magazin. Konzentriert sich auf das Sudoku, das sie innerhalb kürzester Zeit löst. Es ist wie das Spielen mit Brotkrümeln in den Zeiten der großen Finsternis. Aber Zoey mag jetzt nicht daran erinnert werden. Zum Glück kommt Tannhaus in den Warteraum.

»Wir haben heute viel zu tun«, meint der Arzt geschäftig. Er wartet, bis Zoey den weißen Mantel angezogen hat. »Ich wollte hier eigentlich ein geruhsames Leben führen. Bin sozusagen vor dem Tod aus Berlin davongelaufen, aber jetzt hat er mich wieder eingeholt.«

»Wie das?«, fragt Zoey neugierig. Tannhaus hat ihr erzählt, dass er einer der führenden Gerichtsmediziner in Berlin war. Dann hatte er genug von den Toten und zog sich als Landarzt nach Blumenthal zurück. Mit seinen grauen Haaren wirkt er unscheinbar. Das einzig Auffällige in seinem Gesicht ist eine bunte Gleitsichtbrille.

»Man hat gestern den Bunker gefunden«, sagt Tannhaus. »Dort war das Mädchen gefangen, das vor den Lkw gelaufen ist. Kanntest du sie?«

»Ja, das war Lisbeth. Sie hat im Gasthaus gekellnert. Was hat man denn entdeckt?«

»Keine Ahnung. Da musst du schon die Polizei fragen.«

»Echt, ich soll Lasse ausquetschen?«

»War bloß ein Scherz. Er wird dir nichts erzählen. Das ist doch eine laufende Ermittlung.«

Tannhaus bleibt vor der weiß gestrichenen Tür stehen. Die Klinke ist von einem länglichen Aluminiumblatt eingefasst. Darin spiegelt sich die Gestalt von Zoey. Verzerrt und an den Rändern aufgelöst.

»Das ist jetzt keine Katze, die dort drinnen liegt. Das ist Lisbeth Müller«, warnt Tannhaus, ehe er die Tür zu seinem Operationszimmer öffnet.

Zoey war eine von zehn Bewerberinnen für den Praktikumsplatz. Sie war als Einzige in der Lage, eine tote Katze zu sezieren. Die anderen Studentinnen brachen in Tränen aus oder wurden ohnmächtig.

»Ich schaffe das.«

Mit einem Ruck macht der Arzt die Tür auf. Der Raum ist hell erleuchtet. Zoey muss die Augen zusammenkneifen. Noch immer hat sie Angst, bei grellem Licht zu erblinden. Es ist ein moderner Operationssaal. Viel zu aufwendig für ein Dorf wie Blumenthal.

»Ich konnte mich einfach nicht von dem Equipment trennen. Habe es aus Berlin auf eigene Kosten hierhergeschafft«, erklärt Tannhaus, der die überraschte Miene von Zoey bemerkt. »Man hat die Leiche von Lisbeth bei mir deponiert, weil man meine Expertise sehr schätzt.« Tannhaus deutet mit dem Kopf nach hinten.

Auf einem Stahltisch liegt Lisbeth. Nackt und schutzlos. Bis auf die Knochen abgemagert. Ausgedörrte Lippen, eingefallene Wangen, kraftloses Haar. Die blutverkrustete rechte Hand. Ein Teil des Gewebes und der kleine Finger fehlen. Er liegt bereits in einem Gefäß. Die Spurensicherung hat ihn gebracht. ›Ob man ihn Lisbeth wieder annäht, damit sie eine hübsche Tote wird?‹, denkt Zoey. ›So sieht man aus, wenn man sich gegen das Dunkel sträubt. Wenn man fliehen will. Aber jetzt kann sich Lisbeth nicht mehr gegen das gleißende Licht wehren. Sie ist verloren.‹

Zoey wirft einen schnellen Blick zu Tannhaus. Der Arzt wendet ihr den Rücken zu. Vorsichtig streicht Zoey mit der Hand über Lisbeths Haut. Sie überlegt. Gibt es Spuren aus dem Bunker, die man zu ihnen zurückverfolgen kann? Kurz entschlossen packt sie Lisbeth mit beiden Händen an den Schultern. Rückt sie geräuschvoll auf dem Stahltisch zurecht.

»Was machst du da?«

»Ich habe Lisbeth in die Mitte geschoben. Damit sie bequem liegt.«

»Jetzt sind vielleicht Spuren von dir auf ihrer Haut.« Tannhaus schüttelt missbilligend den Kopf. »Merk dir, bei einer gerichtsmedizinischen Untersuchung darf man die Leiche unter gar keinen Umständen anfassen. Schon gar nicht ohne Handschuhe.«

»Es tut mir leid.« Zoey wirkt betroffen.

»Ich merke schon, es nimmt dich ziemlich mit. Schließlich hast du Lisbeth ja gekannt. Schrecklich, nicht wahr?«, meint Tannhaus.

»Es geht gleich wieder.« Zoey senkt den Kopf, wartet einen Augenblick. Tannhaus erwartet Mitgefühl. »Jetzt bin ich wieder einsatzbereit.«

»Du kannst das aber gut wegstecken.« Tannhaus blickt überrascht auf.

»Ich will doch Ärztin werden, um den Menschen zu helfen. Die haben nichts davon, wenn ich immer gleich in Tränen ausbreche.«

»Da hast du recht.« Tannhaus rückt seine affige Gleitsichtbrille zurecht. »Ich wurde als Forensiker hinzugezogen und soll die Leiche auf Spuren untersuchen.«

»Das war die richtige Entscheidung. Sie waren doch früher der beste Gerichtsmediziner von ganz Deutschland. Sogar in Großbritannien war Ihre Meinung gefragt. Ich habe Ihre Biografie gelesen. Und ich bin stolz, Ihnen assistieren zu dürfen.«

»Jetzt übertreib mal nicht, Zoey«, wiegelt Tannhaus ab. »Ich erkläre dir jetzt, wie du mir zur Hand gehen kannst.«

»Da bin ich gespannt.«

»Du reichst mir die kleinen Gefäße für die Partikel, die ich von dem Körper ziehe. Stellst sie auf die nummerierten Blätter. Ich sage dir dann genau, was du darauf schreiben musst. Zieh aber zuerst Handschuhe an.«

»Glauben Sie, dass sich hier ein Hinweis auf den Täter findet?«, fragt Zoey. Sie spürt, wie ihr Herz heftig zu schlagen beginnt. ›Ist es die Furcht vor einer Entdeckung? Nein, es ist die

Trauer, weil Lisbeth nicht erkannt hat, dass Adam und ich sie nur retten wollten.‹

»Jeder Täter hinterlässt eine Spur.«

Zoey streift die Latexhandschuhe über und nimmt das erste Schälchen. ›Vielleicht wird bald ein winziges Hautstück von mir selbst in dieser Schale liegen. Wer weiß? Aber das kann ich logisch erklären.‹

Tannhaus beginnt mit dem Y-Schnitt. Öffnet den Brustkorb von Lisbeth. Die inneren Organe offenbaren sich. Zoey sieht das Herz. Dieses Kraftwerk, das die Menschen am Leben erhält. Doch jetzt ist diese Kraft erloschen. Dieses Herz ist nur noch ein lebloses Gewebe. Mit der Fingerspitze tippt sie auf das Herz. Es ist jetzt kalt wie Eis. ›So kalt wie mein Herz!‹

18

Im Licht der Abendsonne glitzert das Wasser verführerisch. Es ist windstill und die Oberfläche des Sees wirkt wie ein glänzendes Seidentuch. Mücken kreisen träge über der silbrigen Fläche.

Adam streicht im Schatten der Bäume durch den Wald. Er fühlt sich angespannt und doch voller Vorfreude auf sein Vorhaben. Im Unterholz raschelt es. Ein Kaninchen hoppelt im Zickzack den Weg entlang. Adam läuft ihm hinterher. Versucht es zu fangen. Aber das Tier ist schneller.

Der Schweiß rinnt Adam den Rücken hinunter. Ständig muss er sich über die nasse Stirn streichen. Er spürt, wie seine bleiche Haut brennt. Zoey hat ihn mit Sorge betrachtet, bevor er das Collegegebäude verließ. »Du musst deine Gefühle unter Kontrolle halten. Sonst verbrennst du innerlich.« Noch jetzt hört er die mahnenden Worte seiner Schwester.

»Ich hasse die Helligkeit. Sie bringt alles schonungslos hervor.«

Im gnadenlosen Licht des Tages ist Adam ein anderer Mensch. Dann ist er unsicher und in sich gekehrt. Manchmal wird er von Erinnerungen heimgesucht. Die sich wie ein Theatervorhang einen Spalt breit öffnen. Ihn das Schreckliche sehen lassen, das ihn zu dem Menschen gemacht hat, der er ist.

Das Wasser des Teichs blitzt zwischen den Bäumen hindurch. Als Adam den See erreicht, sieht er Kleidungsstücke auf dem Boden liegen. Ein langes geblümtes Kleid und daneben ein Slip. Adam hebt beides auf. Streicht mit seinen Fingern über den Stoff. Er fühlt sich weich an. Das Parfum, das noch ein wenig an dem Stoff haftet, riecht verführerisch. Hier ist ihr neues Opfer. »Adam, was machst du denn hier?« In der Mitte des Teichs schwimmt eine Frau und winkt ihm zu. »Ich bin's, Paula!«

»Ich dachte, wir können gemeinsam schwimmen!«, ruft Adam.

»Dann musst du dich beeilen. Mein Vater glaubt, ich arbeite länger in der Post. So kann ich mich von zu Hause fortstehlen.«

Mit kräftigen Zügen krault Paula näher ans Ufer heran. »Ich schwimme jeden Tag, damit ich ein paar Pfund abnehme.«

»Ach, das hast du doch nicht nötig. Warum musst du dich von daheim fortstehlen?«

Versonnen streicht Adam über Paulas Kleid. Paula ist eine gute Wahl. Das findet auch Zoey.

»Mein Vater lässt mich keine Sekunde aus den Augen. Er glaubt, ich habe etwas mit jedem Jungen aus dem Dorf.«

»Und hast du?« Das interessiert Adam im Grunde nicht. Viel aufregender ist die Vorstellung, dass Hunger und Durst Paula reinigen. Sie in eine andere Sphäre bringen, in der sie die Dunkelheit als ihre Rettung akzeptiert.

»Natürlich nicht. Was denkst du denn von mir? Aber mein Vater ist ein religiöser Fanatiker. Jeder Mensch ist ein Sünder, predigt er. Er will mich vor einer Sünde bewahren.« Noch immer treibt Paula im Wasser und rudert mit den Armen.

»Warum kommst du nicht raus?«, fragt Adam.

»Du wolltest doch auch schwimmen.«

»Hab's mir anders überlegt. Komm du lieber ans Ufer.«

»Das geht nicht. Du hast doch meine Kleider.« Paula lächelt verlegen.

»Ja, und? Schämst du dich für deine Nacktheit?«

»Bitte leg das Kleid hin, damit ich endlich aus dem Wasser kann. Und dann dreh dich um.«

»Erzähl mir mehr von deinem Vater.« Adam hält die Kleidungsstücke immer noch in seinen Händen. Geht ein paar Schritte vom Ufer weg.

»Ok. Aber zuerst will ich aus dem Wasser. Mir ist schon ein wenig kalt.« Paula klappert theatralisch mit den Zähnen.

»War dein Vater immer schon so religiös?« Adam ignoriert die Bitte von Paula. Sie schwimmt jetzt direkt auf das Ufer zu.

»Gib mir mein Kleid. Bitte!« Paula klingt bereits ein wenig ängstlich. Adam entfernt sich noch ein paar Schritte weiter weg.

»Zuerst berichte mir etwas von deinem Vater.« Adam bleibt in sicherer Entfernung vom Teich stehen. Streicht wieder über das Kleid. Riecht das Parfum.

»Er war nicht immer so. Erst nachdem meine Mutter von hier weggezogen ist, hat er sich ganz der Kirche verschrieben. Er glaubt, dass Gott ihn für seine Sünden bestraft. Deshalb möchte er jetzt aus mir ein gottgefälliges Mädchen machen. Er würde mich umbringen, wenn er wusste, dass ich nackt im See bade.« Paula macht eine Pause und blickt Adam mit großen Augen an. Sie sind blau. So blau und klar wie der Sommerhimmel, den Adam hasst. Plötzlich hat er eine Idee.

»Ich hab noch ein Treffen im Dorf. Wenn es dunkel ist, komm ich zurück und hol dich aus dem Wasser.«

»Halt, was soll das? Gib mir meine Kleider!«, ruft ihm Paula verzweifelt hinterher.

»Warte auf mich!«

»Das kannst du doch nicht machen!« Paula ist in heller Panik. »Adam, bleib hier!«

Doch Adam ist bereits mit seinen Gedanken woanders. Er denkt an eine Nacht mit Zoey.

Gebannt starren sie nach oben in den sternenlosen Himmel. Plötzlich bemerken sie einen Riss in der Dunkelheit des Vergessens. Einen Schnitt, der langsam größer wird. Die Erinnerung tropft wie flüssiges Quecksilber in ihre Köpfe. Weiter in die Herzen. Wange an Wange verharren sie stumm. Versuchen, die Zeit der großen Finsternis zu vergessen.

Abrupt dreht Adam sich um und verschwindet mit Paulas Kleidungsstücken im Wald. Ihre lauten Schreie verfolgen ihn. Prallen aber an ihm ab. So wie Regentropfen, die von der Haut abperlen. Wie von Sinnen läuft Adam immer tiefer in den Wald hinein, so lange, bis ein dichtes Dach aus Zweigen und Ästen die untergehende Sonne aussperrt. Erst dann hält er inne. Kommt ein wenig zur Ruhe.

In der Dämmerung marschiert er langsam zurück nach Blumenthal. Als er an einer Mülltonne vorbeikommt, will er die Kleider einfach hineinwerfen. Doch dann zögert er. Schließlich hebt er eine weggeworfene Tüte vom Boden auf. Steckt Paulas Sachen hinein. Die Tüte klemmt er unter den Arm. Vor der Kneipe bleibt er unschlüssig stehen. Er möchte die Zeit totschlagen, bis er zurück zu Paula kann. Nachdenklich geht er hinein und zum Tresen und bestellt eine Limo. Mit der Flasche in der Hand setzt er sich nach draußen auf eine Bank. Beobachtet die Bewohner von Blumenthal, die vorbeilaufen. Die Dämmerung frisst langsam das letzte Licht des Tages. Dann fließt sie hinüber in die Nacht und die Straße leert sich. Nur vereinzelt treiben noch Fußgänger an Adam vorbei. Manche werfen einen schnellen Blick auf den einsamen jungen Mann mit der Limo in der Hand. Später werden sie sich an ihn erinnern. Aus der Kneipe ist mit einem Mal keine Musik mehr zu hören.

»Wir schließen jetzt.« Die Kellnerin tippt Adam auf die Schulter. Adam hebt den Kopf. Die junge Frau hat tätowierte Oberarme und einen Ring in der Nase. Sie ist typisch Berlin. Viele Berliner ziehen ins Umland. Denn die Mieten in der Stadt explodieren. Sie wirkt überarbeitet mit den blauen Schatten unter den Augen. Wahrscheinlich ist sie die neue Vertretung für Lisbeth, die es nicht geschafft hat.

»Bin schon weg.«

Langsam erhebt sich Adam und tritt auf die Straße. Kurz überlegt er, ob er die Kellnerin noch auf einen Absacker einladen soll. Damit sie sich an ihn erinnert, lässt es dann aber bleiben. Stattdessen kehrt er zurück in das College. Im Foyer erwartet ihn bereits Zoey.

»Ich hab mir schon Sorgen gemacht!« Zoeys Stimme klingt vorwurfsvoll. »Bist du vorsichtig gewesen?«

»Ich war an dem See im Wald. Paula ist noch dort.«

»Was ist in der Tüte?« Zoey deutet auf den Papierbeutel, den Adam unter den Arm geklemmt hat.

»Das sind Paulas Kleider.«

»Bist du verrückt? Du schleppst ihre Kleider mit dir herum. Was ist mit Paula?«

»Sie treibt nackt im See.«

»Warst du wieder wütend?«, flüstert Zoey. Sie umfasst mit ihren schlanken Fingern Adams Nacken. Drückt seinen Kopf fest gegen ihr Ohr. »Ich will wissen, ob sie noch am Leben ist.«

»Es geht ihr gut. Ich warte bloß, bis es Nacht wird. Dann holen wir sie uns!« Noch immer hält Zoey Adams Mund gegen ihr Ohr. »Blas mir ins Ohr. Ich will deinen Atem spüren.« Adam haucht in Zoeys Ohr. Dann saugt er die Luft zurück. Und mit ihr Zoeys Gedanken. Auf diese Weise denkt Adam wie Zoey.

Nachts verlassen Adam und Zoey ihre Zimmer. Als sie durch die Halle huschen, bleibt Zoey im Speisesaal stehen. Ohne Licht zu machen, schlüpft sie hinter den Tresen und holt Brot, Wurst und Käse aus der Vitrine. Packt alles in einen Jutebeutel, den sie sich umhängt. Beim Hinausgehen greift sie noch nach einem gefalteten Tischtuch und steckt es ein. Dann eilt sie zurück in das Foyer. Im College ist es still, nur das alte Parkett knarrt unter den schnellen Schritten der Geschwister. Sie nehmen den geheimen Weg durch den Tunnel. Erreichen den Waldweg zum See. Ein leichter Wind ist aufgekommen. Die Bäume ächzen und die Äste rauschen. Federleicht sprinten sie durch das Unterholz. Jagen über die Büsche hinweg. Sind schneller als der Wind. Erreichen ihr Ziel. Der See glänzt im Mondlicht wie eine silberne Scheibe.

»Paula, ich bin zurück!«

Stille. Von Paula nichts zu hören. ›Ist sie etwa nackt nach Hause gelaufen?‹ Das kann sich Adam nicht vorstellen. Nicht bei diesem Vater, dem religiösen Fanatiker.

»Wo ist sie?« Zoeys bleiches Gesicht taucht aus dem Blattwerk auf. Sie reckt den Kopf in die Höhe. Nimmt die Witterung auf.

›Verflucht, vielleicht ist sie ertrunken‹, denkt Adam. ›Du musst doch leben, damit ich dich retten kann.‹

Adam schlüpft aus seinen Sneakers. Krempelt die Jeans hoch. Watet in das Wasser. Es ist verdammt kalt.

»Paula, antworte mir!«

Zitternd vor Kälte steigt Adam wieder aus dem See. Zoey ist verschwunden. In den Büschen raschelt es. Vorsichtig schleicht Adam näher. Zoeys Gestalt löst sich plötzlich aus der

Dunkelheit. Ihr dünnes Haar weht wie Silberfäden im Wind. An der Hand hält sie die nackte Paula.

»Paula hat sich versteckt. Sie zittert vor Angst.«

Vorsichtig führt Zoey Paula ans Ufer. Paula steht verlegen zwischen den Geschwistern. Versucht, ihre Nacktheit zu verbergen.

»Da bist du ja.« Adam ist erleichtert. Seine Stimme klingt sanft. »Komm mit! Die Dunkelheit beschützt uns.«

19

Targa versucht seit Stunden zu schlafen. Unruhig wälzt sie sich auf der Matratze hin und her. Hund liegt am Fußende und beobachtet sie. Er spürt es, wenn sie nervös ist. Schließlich hält sie es im Bett nicht mehr aus. Sie krault das struppige Fell von Hund. Geht dann zu der kleinen Sitzbank. Ihre Gedanken kreisen um den morgigen Tag. Es ist immer wieder ein neuer Anfang. Die Vergangenheit zählt nicht mehr. Nur noch die Gegenwart. Der Tag, an dem ihr neuer Auftrag beginnt, ist die Stunde der Wahrheit. Aber heute Nacht ist sie gehetzt. Noch kann sie die Situation nicht kontrollieren. Sie weiß nicht, wie Zoey und Adam auf sie reagieren.

Sie nimmt eine Schachtel von dem Bord über der Sitzbank. Öffnet sie. Darin befinden sich Steine, ein Bindfaden, allerlei Krimskrams und ein winziger Babyschuh. Alles Dinge, die ihre Zwillingsschwester Yella vielleicht einmal berührt oder getragen hätte. Aber Yella ist tot. Nur einen kurzen Atemzug lang war sie auf dieser Welt. Einen Wimpernschlag lang waren ihre Zwillingsschwester Yella und sie gemeinsam am Leben.

»Du hast dich schon lange nicht mehr gemeldet, Targa.«

»Ich hatte eine Zeit der erzwungenen Ruhe. Aber jetzt geht es wieder los.«

»Deshalb kannst du nicht schlafen.«

»Ich habe einen neuen Auftrag, Yella.«

»Erzähl mir mehr darüber, Targa.«

»Diesmal sind es zwei Personen. Es ist ein Geschwisterpaar, das ich überführen muss.«

»Dann hast du es mit zwei kranken Seelen zu tun. Du musst dich in beide hineindenken.«

»Das ist die Schwierigkeit. Konzentriere ich mich auf eine Person, verliere ich die andere aus dem Blick.«

»Lass dich von deinen Gefühlen leiten.«

»Ich kann mich nicht auf Gefühle verlassen, die ich nicht habe.«

»Da täuschst du dich. Du hast mich doch nie vergessen. Der Schmerz der Erinnerung. Auch das ist ein Gefühl.«

»Meinst du, ich schaffe das?«

»Ja. Du musst in ihre Seelen blicken. Die Tür zu ihren Herzen finden.«

»Was ist, wenn die Tür verschlossen ist?«

»Dann musst du es mit einem anderen Schlüssel probieren.«

»Wie soll das denn funktionieren?«

»Denk nicht an die Personen, sondern an das Ziel, das beide antreibt.«

»Warum soll ich das tun, Yella?«

»Das macht es leichter, sich mit ihrer Gefühlswelt zu identifizieren.«

»Sie lassen ihre Opfer verhungern.«

»Die Geschwister haben in ihrer Kindheit großes Leid erfahren.«

»Dann kann ich sie verstehen. Wir haben als Babys durch unseren Vater auch schwer gelitten.«

»*Dich treibt noch immer der Hass auf unseren Vater an.*«

»Ich kann ihm einfach nicht verzeihen.«

»*Obwohl so viele Jahre vergangen sind, kannst du nicht loslassen. Vielleicht ist er schon tot.*«

»Nein, unser Vater lebt. Das spüre ich.«

»*Warum lässt du die Vergangenheit nicht ruhen?*«

»Weil ich durch meinen Vater dich verloren habe, Yella.«

»*Das stimmt nicht, denn ich bleibe immer bei dir.*«

20

Der Mond kommt hinter den Wolken hervor. Der stille See leuchtet im fahlen Licht. Am Ufer stehen drei Personen. Ihre Schatten spiegeln sich überlebensgroß auf der ruhigen Wasseroberfläche.

»Ich hab Angst. Ich will nach Hause.« Das ist die weinerliche Stimme von Paula.

»Du kommst mit uns. Wo willst du denn hin? Wenn dein Vater erfährt, dass du Sex mit mir hattest, dann bringt er dich um.« Adams Stimme zittert.

»Aber das stimmt doch gar nicht!«

»Doch, das ist die Wahrheit. Wir haben es getrieben!«

›Adam klingt aufgebracht. Kein Wunder, dass sich Paula vor ihm fürchtet‹, denkt Zoey. »Hör nicht auf ihn. Überlegen wir doch logisch.« Zoey schüttelt die silbrigen Haare, die fein wie Spinnweben über ihre Schultern gleiten. Sie beachtet Adam nicht weiter, hat nur Augen für Paula. »Zieh dir erst mal etwas an«, beruhigt sie die verängstigte junge Frau. Zoey holt eine mitgebrachte Decke und legt sie Paula um die Schultern.

»Danke, wo ist mein Kleid?«

»Adam, wo hast du es hingetan?«

»Ich habe die Tüte auf meinem Zimmer vergessen. Tut mir leid.«

»Ich hol sie später«, meint Zoey fürsorglich. »Lass dich von Adam nicht verwirren.« Zoey drückt Paula fest an sich. Sie spürt noch immer ihre Kälte, die durch die Decke bis zu ihr dringt. Das gefällt ihr nicht, denn sie will einen warmen Körper umarmen. »Iss etwas, du musst ja ganz ausgehungert sein.« Zoey greift in ihre Umhängetasche. Schwungvoll wirft sie das Tischtuch in das vom Tau nasse Gras. Legt Brot, Käse und Wurst darauf. »Lang zu.« Auffordernd greift sie nach Paulas Hand. Drückt sie nach unten. »Sei nicht so steif. Setz dich doch. Wir machen ein nächtliches Picknick.« Zoey wirft Adam einen mahnenden Blick zu. Er hockt sich wortlos hin. Zerbröselt ein Stück Brot in kleine Krümel.

»Ich kann nichts essen. Ich muss nach Hause!«, fleht Paula.

»Wieso denn? Keiner erwartet dich.«

»Mein Vater wird sich Sorgen machen.«

»Dein Vater?«, fragt Zoey belustigt. »Der wird dich verfluchen und im besten Fall hinauswerfen. Wenn er dich nicht zuvor totschlägt.«

»Aber was soll ich denn tun?« Hastig stopft sich Paula ein Stück Käse in den Mund. Spült mit einem Schluck Wein nach.

»Na, du sagst ganz einfach, dass du in der Nacht bei mir warst. Ich habe dich aus dem See gerettet. Du hattest einen Krampf und wärst beinahe ertrunken.«

»Ja, das könnte funktionieren.« Paula blickt zaghaft von Zoey zu Adam. »Nehmt ihr mich mit ins College?«

»Das geht doch nicht.« Die Geschwister lächeln.

»Ich habe eine bessere Idee. Wir zeigen dir unser Versteck mitten im Wald.« Adam hat sich wieder unter Kontrolle.

»Dort machen wir eine Party. Das wird dir gefallen«, wirft Zoey ein. Sie bemerkt das Zögern von Paula. »Auf geht's.« Sie nimmt Paulas Hand.

»Wann kriege ich meine Kleider?«, jammert Paula.

»Mit der Decke siehst du doch hübsch und sexy aus«, scherzt Zoey.

Sie läuft mit Paula am Ufer entlang. Zurück in den Wald.

»Hier ist es so dunkel. Ich kann nichts erkennen.«

»Keine Angst, wir führen dich«, beruhigt Adam sie.

»Habt ihr keine Taschenlampe?«

»Brauchen wir nicht. Wir können auch in der Dunkelheit gut sehen.« Plötzlich bleibt Zoey stehen. Sie deutet auf ein dichtes Gestrüpp. »Da müssen wir durch.«

»Ich helf dir.« Adam packt Paula an den Hüften und hebt sie über das Gestrüpp. Die Decke fällt zu Boden. Zoey wirft einen Blick auf Paulas Körper. Er ist sexy mit seinen Rundungen. Doch Paula ist sich ihrer Erotik nicht bewusst.

»Hier, deine Decke.« Fürsorglich legt Adam sie über Paulas Schultern.

Zoey steht vor einer niedrigen Öffnung, hinter der die Finsternis lauert.

»Da geht's rein.«

»Was? Ich soll in einen Bunker? Ihr spinnt wohl. Niemals.« Hilfe suchend dreht sich Paula zu Adam. Mit starrer Miene fasst er Paula an den Oberarmen. Schiebt sie zu dem schwarzen Schlund.

»Es geschieht alles zu deinem Besten. Wahrscheinlich sucht dich dein Vater schon überall. Du musst dich verstecken. Hier bist du sicher.« Zoey redet beruhigend auf Paula ein. Sie merkt, dass Paula immer misstrauischer wird. Jetzt muss alles sehr schnell gehen. Zoey steigt in den Bunker. Adam drängt Paula hinterher.

»Was wollt ihr von mir? Ich will nach Hause!«

»Das ist unmöglich! Denk an deinen Vater.«

Zoey zieht Paula hinter sich her. Wieder rutscht die Decke herunter. Zoey spürt die Hitze, die von Paulas Körper ausgeht. ›Wie schön! Paula kann gerettet werden‹, denkt sie glücklich.

Über den Boden huschen Mäuse, und Spinnen krabbeln an den rissigen Betonwänden hoch. Zoey kann das alles erkennen. ›Wenn man als Kind in der Dunkelheit leben musste‹, denkt sie, ›dann werden alle Sinne geschärft. Man kann hinter die Schwärze blicken.‹

»Schluss jetzt. Ihr habt euren Spaß gehabt. Lasst mich gehen!« Paula dreht sich um. Stößt gegen Adams Brust.

»Wovor fürchtest du dich? Hier geschieht dir doch nichts«, flüstert Adam mit samtener Stimme.

»Ihr macht mir einfach nur Angst«, erwidert Paula. Sie will sich an Adam vorbeidrängen. Doch er verstellt ihr den Weg.

Zoey drückt Paula gegen die Wand. Auf dem Boden liegt eine Kette, die im Beton verankert ist. Paula stolpert darüber.

»Was ist das?«

»Nichts, was dich beunruhigen muss.«

Blitzschnell nimmt Zoey die Hand von Paula. Lässt einen eisernen Ring über ihrem Gelenk zuschnappen. Mit einem leisen Klicken rastet das Schloss ein. Paula ist gefesselt.

»Was habt ihr mit mir vor?« Paula steht unter Schock. Starrt auf den Ring um ihr Handgelenk. Dann auf die Kette.

»Wir schützen dich vor dem Licht. Du wirst uns noch dankbar dafür sein.«

Nach diesen Worten huschen die Geschwister aus dem Bunker.

»Kommt zurück! Ihr könnt mich hier nicht alleine zurücklassen!« Doch Paulas gellende Schreie verhallen ungehört im Dunkeln.

Vor dem Eingang umarmen sich die Geschwister. Drücken ihre Münder aufeinander. Es sieht aus, als würden sie sich innig küssen. Doch sie pressen sich gegenseitig Luft in die Lungen.

»Wir haben sie gerettet«, flüstert Zoey und drückt ihre Stirn an die von Adam. »Alles wird gut. Die Nacht verschlingt den Tag.«

21

Der VW-Bus wirkt wie ein aus der Zeit gefallenes Objekt. Er ist alt. Hat mehrere Dellen an den Seiten. Vorne ein Reserverad. Einen Dachaufbau mit einer hölzernen Reling, die man über eine kleine Leiter erreicht. Der Bus steht quer zwischen den beiden mächtigen Torflügeln und blockiert die Einfahrt zum College. Noch ist keiner der Studenten im Park unterwegs. Auch der Portier sitzt im Speisesaal bei seinem Kaffee.

Kurze Zeit später öffnen sich die Flügeltüren. Studenten trippeln in Joggingoutfits die Treppe hinab. In Gruppen laufen sie die gekieste Auffahrt entlang. Erst vor dem Tor bleiben sie stehen. Erstaunt betrachten sie das Hindernis, das ihnen den Weg versperrt. Ratlos schauen die Studenten das Gefährt an. Sie tuscheln, stoßen sich mit den Ellbogen in die Seiten, kichern verunsichert. Was geht hier vor? Eine der Studentinnen versucht, sich seitlich an dem Bus vorbeizuzwängen, aber die Lücke zwischen Torflügel und Heck ist zu schmal.

»So ein Mist. Wer ist für diesen Blödsinn verantwortlich? So können wir nicht raus!«, macht einer der Studenten seinem Ärger Luft. Er dreht sich um und sieht Dora Keller, die Leiterin des Colleges, oben auf der Terrasse stehen.

»Wo bleibt denn der Pförtner? Wird der fürs Nichtstun bezahlt?«, meldet sich jetzt eine junge Frau zu Wort.

»Das bringt meinen getakteten Zeitplan völlig durcheinander«, sagt jemand anderer erbost.

»Ach, wie cool, ein alter Bulli.« Neugierig begutachtet ein junger Mann den VW-Bus. »Sogar noch mit einer Dachreling aus Holz.«

Dann verebben die Zwischenrufe und eine bedrückende Stille breitet sich aus. Hilfe suchend blicken die jungen Leute zu Dora Keller, die jetzt langsam die breite Treppe nach unten schreitet und auf die Gruppe zugeht.

»Ich kümmere mich darum.«

Plötzlich wird die Tür des Busses aufgerissen. Eine Frau in einer ausgebleichten Jeans-Latzhose steigt aus. Mit verschränkten Armen lehnt sich die Frau an den Bus. Ihr blondes Haar leuchtet wie Gold in der aufgehenden Sonne. Vom Licht geblendet blickt sie blinzelnd in die Runde. Ein Hund mit gestromtem Fell springt aus der Wagentür. Setzt sich neben die Frau. Wachsam beäugt das Tier die Studenten. Schweigend verharren die jungen Frauen und Männer in einem Halbkreis um den Bus. Starren auf die Frau und den Hund. Wissen nicht so recht, was sie von all dem halten sollen.

In ihrem Gedächtnis hat Targa die Gesichter von Zoey und Adam abgespeichert. Unauffällig sieht sie sich um. Eine dünne junge Frau mit silbergrauem Haar steht ein wenig abseits von den anderen. Mustert Targa mit dunklen Augen. Das muss Zoey sein. Neben ihr steht ein junger Mann mit hellen Eisaugen. Adam.

»Ich habe euch schon erwartet«, sagt Targa nach einer langen Pause.

»Ach ja?«, fragt jemand. »Wer sind Sie?«

»Ich bin Targa Hendricks. Den Sommer über bin ich euer Coach in Psychologie und Sport. Es ist ein Programm, um eure mentale Performance zu stärken.«

»Wieso parken Sie diesen Schrotthaufen so, dass er die Einfahrt blockiert?« Ein braun gebrannter junger Mann stellt sich provozierend vor Targa.

»Das gehört zu meiner Methode. Keiner von euch ist auf die Idee gekommen, einfach an das Fenster zu klopfen. Mich zu bitten, doch wegzufahren. Stattdessen steht ihr hier herum und wartet, bis etwas geschieht. Ihr habt das Gesetz des Handelns einfach aus der Hand gegeben. Das sollte euch im wirklichen Leben nie passieren.«

»Ist ein ziemlich banaler Psychotrick.« Eine Studentin in schicker Joggingkleidung pflanzt sich vor Targa auf. Mustert sie mit hochmütigem Blick.

»Aber wirksam. So testet man die aktiven und passiven Komponenten im Gehirn. Bei euch war heute Morgen alles im passiven Bereich.«

»Sie sind also schon angekommen.« Dora Keller zwängt sich durch die Schar der Studenten. »Der Innensenator hat Sie bereits avisiert. Blockieren Sie immer die Zufahrt, wenn Sie das erste Mal irgendwo auftauchen?«

Von dieser Reaktion lässt sich Targa nicht aus der Ruhe bringen. »Ich habe es vorhin erwähnt. Das gehört zu meiner Methode.«

»Ok. Dann ist ja alles klar.« Dora dreht sich zu den Studenten. »Targa Hendricks ersetzt Jakob, unseren Psychologen. Wie ihr wisst, hat er sich ein paar Monate Babypause genommen. Targa wird mit ihrem Training eure mentale Leistungsfähigkeit steigern. Sie verbindet das physische Training mit psychologischen Aufgaben.«

»Der mentale Teil interessiert mich sehr. Wie wollen Sie das denn anstellen?« Zoey drängt sich nach vorne. Eine dominante

Persönlichkeit. Sie fixiert Targa mit ihren großen Augen. Targa hält dem Blick stand. Horcht in sich hinein. Spürt nichts. Ihr Herz schlägt normal. Kein Adrenalin jagt durch ihre Venen.

»Psychologie war schon immer eines meiner Lieblingsfächer.« Adam steht plötzlich neben seiner Schwester. Seine dunkel gelockten Haare sind an den Schläfen bereits etwas angegraut. Er kann Targa nicht in die Augen schauen. Wirkt angespannt.

Sonnenstrahlen werden von der Windschutzscheibe des Busses reflektiert. Zoey blinzelt und kneift die Augen zusammen. Wendet sich ab. Das bisschen Licht blendet sie. Adam holt eine dunkle Sonnenbrille aus seiner Jogginghose. Setzt sie auf.

»Das grelle Licht ist schlecht für meine Augen«, erklärt sich Adam.

Die Geschwister blicken sich kurz an, sie sind blass und wirken übernächtigt. So als hätten sie zu wenig geschlafen.

»Ihr müsst euch noch ein wenig gedulden. Mein Unterricht beginnt erst morgen. Heute wollte ich mich nur vorstellen. Und einen kleinen Vorgeschmack auf meine Methode geben.«

»Das ist Ihnen gelungen.« Adam lächelt charmant.

»Gut. Dann überlegt bis morgen, wie ihr euch bei mir vorstellt. Ich habe keine Vorinformationen erhalten.«

»Wie cool ist das denn«, meint Zoey. Dabei blickt sie Targa unverschämt direkt an.

›Zoey ist die treibende Kraft der beiden. Adam hingegen ist ein stiller Grübler. Diese Zurückgezogenheit macht ihn allerdings äußerst gefährlich. Er ist der unberechenbare Teil, ein brodelnder Vulkan, bei dem man nie weiß, wann er ausbricht.‹

Unauffällig betrachtet Targa die beiden genauer. Zoey scherzt mit einem Studenten. Wenn sie lächelt, sieht man, dass ihre Vorderzähne unnatürlich kurz sind. Sie macht den

Eindruck, als würde sie an Bulimie leiden. Durch das ständige Erbrechen verliert der Zahnschmelz seine Festigkeit und baut sich ab. Ihr Haar ist sehr fein und silbergrau. Adam wirkt jünger als zweiundzwanzig, besonders, wenn er lächelt. Beide sind unnatürlich blass, so als würden sie nie an die Sonne gehen.

›Dunkelheit spielt in ihrer Fantasie mit Sicherheit eine große Rolle‹, denkt Targa. Auf den ersten Blick wirken die Geschwister wie Geschöpfe der Nacht.

»Haben Sie einen Leitfaden, nach dem Sie vorgehen?« Die Frage einer Studentin reißt Targa aus ihren Überlegungen. »Können wir uns vorbereiten?«

»Ihr sollt euch nicht vorbereiten. Überlasst alles dem Zufall. So wie im Leben.«

»Okay, da sind wir gespannt.« Der braun gebrannte Student streicht Zoey wie zufällig über den Arm. »Lass uns joggen gehen.«

»Ich habe heute keine Lust, Finn« erwidert Zoey. »Mich interessiert immer noch, welche Methode Frau Hendricks bei ihrem Mentaltraining anwendet. Möchtest du das nicht auch wissen, Adam?« Zoey hält ihren Bruder am Arm zurück.

»Ich habe doch erwähnt, dass ich ohne System arbeite. Das ist der Kern meiner Methode«, lässt sich Targa nicht aus der Ruhe bringen.

»Aber es gibt doch immer eine Strategie. Man kann im Leben nichts dem Zufall überlassen. Nicht wahr, hübscher Bruder?« Plötzlich umarmt Zoey Adam. Drückt ihn fest an sich. »Stimmst du mir zu?«

»Ja. Der Zufall wird vom Schicksal geleitet. Und dieses ist vorherbestimmt.«

»Dann warten wir ab, was das Schicksal morgen für euch bereithält.«

Targa konzentriert sich auf die Aura von Zoey und Adam. Die beiden erinnern Targa an Wölfe, die gesättigt von der Jagd nach Hause zurückkehren. ›Es gibt ein neues Opfer‹, schießt es Targa durch den Kopf. Natürlich hat sie noch keine Anhaltspunkte. Es ist nur ein vager Verdacht. Genauso wenig kann sie den ersten Eindruck begründen, den sie von den Geschwistern gewonnen hat: Beide hassen das Licht und lieben die Dunkelheit.

22

Tagsüber wirkt der Bauernhof auf der kleinen Insel wie ausgestorben. Fenster und Türen sind mit dicken Balken verschlossen, sodass kein Lichtstrahl ins Innere dringt. Im Keller kauern sich die Kinder eng aneinander, um sich gegenseitig zu wärmen. Die Älteren kümmern sich um den Neuankömmling, der verängstigt und zitternd auf dem Boden hockt. Noch haben sie die versteckten Kameras nicht entdeckt, mit der all ihre Handlungen aufgenommen werden.

Olai sitzt an dem Schreibtisch in seinem geheimen Raum und fühlt sich wie der Kapitän eines Schiffes, das ausgesandt wurde, um neue Welten zu entdecken. Vor sich hat er drei Bildschirme, die mit einer hochmodernen Überwachungsanlage gekoppelt sind. Damit kann er jede Bewegung seiner Gefährten beobachten und kontrollieren.

»Meine Kommandozentrale«, flüstert er stolz in die Stille der Dachkammer hinein. In seinem früheren Leben in der DDR hat Olai unzählige dieser Überwachungskameras in Wohnungen installiert. Ohne Übertreibung war Olai einer der besten Abhörspezialisten. Und dieses Wissen hilft ihm jetzt, nicht die Kontrolle über seine Gefährten zu verlieren. Einmal ist das bereits geschehen. Die Arbeit vieler Jahre in seiner

Gemeinschaft wurde mit einem Schlag zerstört und brachte ihn ins Gefängnis. Das passiert ihm kein zweites Mal.

Wie jeden Tag wirft Olai einen Blick in die Schlafsäle seiner Gefährten. Die Atmosphäre ist friedlich. Männer und Frauen schlafen. Niemand hintergeht ihn und tut etwas Verbotenes.

Olai zoomt Daisy, die neue Gefährtin, näher heran. Sie wälzt sich unruhig im Bett herum. Streicht sich öfter über ihren Bauch. Hält so Zwiesprache mit ihrem ungeborenen Kind. Daisy ist ein wahrer Glücksgriff. Sie ist jung und trägt ein Kind unter dem Herzen. ›Es ist gut, dass wieder frisches Blut in die Gruppe kommt‹, denkt Olai.

Beruhigt schaltet er die Bildschirme aus und verlässt den Speicher. Er geht über den Hof hinüber zum Bauernhaus. Bevor er sich selbst zur Ruhe begibt, möchte er noch einmal überprüfen, ob die Jünger auch wirklich schlafen. Olai gibt sich nie nur mit einem Blick auf den Bildschirm zufrieden. Leise huscht er in den Schlafsaal der Männer und lauscht den regelmäßigen Atemzügen. Hier hat alles seine Ordnung. Vorsichtig begibt er sich dann in den Saal der Frauen. Die Gefährtinnen atmen anders, das hat Olai bei seinen Kontrollbesuchen festgestellt. Sie träumen intensiver, stoßen manchmal kleine Schreie aus. Wälzen sich oft unruhig umher.

Leise geht er zu einem Bett. Eine Frau liegt auf dem Rücken und hat die Hände vor der Brust gefaltet. Sie atmet gepresst und unregelmäßig. Olai beugt sich über sie und hebt vorsichtig ein Augenlid hoch. Die Augen sind nach oben verdreht. Die Frau schläft tief. Beruhigt richtet sich Olai wieder auf. Dann schleicht er bis zu dem letzten Bett im Saal. Dort liegt Daisy. Die junge Frau hat das Gesicht zur Wand gedreht und zittert leicht. Sofort erkennt er, dass sie den Schlafzustand nur vortäuscht.

»Kannst du nicht schlafen, meine Liebe?« Olai setzt sich zu Daisy ans Bett. Sie schreckt hoch und reibt sich übertrieben die Augen.

»Du hast mich geweckt.«

»Das stimmt nicht. Du hast nicht geschlafen. Weshalb belügst du mich?«

»Tut mir leid«, meint Daisy zerknirscht. »Aber ich muss dauernd an Florian denken. Wo ist er? Helen hat mir versichert, dass er bei den anderen Kindern schläft.«

»Deinem Sohn geht es gut«, antwortet Olai mit sanfter Stimme. »Es gibt ein paar Regeln in unserer Gemeinschaft. Florian wird mit den anderen Kindern auf das Leben hier bei uns vorbereitet. Da darf es nicht zu viel Ablenkung durch mütterliche Liebe geben. Die Kinder lernen, ihren Verstand zu nutzen, dazu braucht es die größte Konzentration.«

»Wo sind denn die Kinder untergebracht?«

»Sie sind an einem Ort, zu dem nur ich und Helen Zutritt haben. Nichts soll diese jungen Geschöpfe von ihrer eigentlichen Aufgabe ablenken.«

»Was müssen sie denn lernen?«

»Sie sollen den Tag vergessen und die Nacht lieben«, erwidert Olai salbungsvoll. »Für dieses Ziel müssen die Eltern auch Opfer bringen.«

»Wenn es zum Wohl meines Kindes ist. Dann verstehe ich. Aber ist das gefährlich? Florian passiert doch nichts?« Ängstlich blickt Daisy in Olais hageres Gesicht.

»Im Gegenteil. Dein Sohn ist etwas Besonderes. Ich kümmere mich persönlich um ihn.« Mit seinem sanften Blick und der beruhigenden Stimme zerstreut Olai Daisys Zweifel.

»Florian ist so sensibel, du darfst ihn nicht zu hart anfassen.«

»Wieso sollte ich das tun? Wir arbeiten hier nur mit Liebe und Güte.«

»Das hast du schön gesagt.« Daisy streicht sich über ihren Bauch. »Ich weiß, dass es meinem ungeborenen Kind hier später einmal gut gehen wird. Ich vertraue es dir jetzt schon an«, flüstert sie.

»Eine weise Entscheidung.« Olai legt seine Hände auf den Bauch der Schwangeren. »Es wird wieder ein Junge. Ich kann ihn bereits spüren.«

»Auch ich fühle mich bei dir geborgen.« Daisy kuschelt sich wieder in ihre Decke.

Zufrieden geht Olai aus dem Schlafsaal. Er mag es, wenn ihn die Frauen anhimmeln. Das lenkt die Gedanken in die richtige Richtung. Das war auch in seiner Vergangenheit so. Frauen sind meistens der Schlüssel zum Erreichen eines Ziels.

Im Korridor schält sich eine Gestalt aus dem Dunkel.

»Soll ich zu dir kommen?« Helen sieht ihn erwartungsvoll an.

»Nein, ich muss nachdenken.« Olai schreitet an Helen vorbei, als würde sie nicht existieren. Seine Gedanken sind bei Daisy. Sie ist sehr hübsch. Willig und formbar. Vielleicht ist sie die Richtige.

23

Die Tür zu Zoeys Zimmer öffnet sich leise. Eine Gestalt schiebt sich unauffällig in den Raum. Das Bett ist zerwühlt. Auf dem Boden liegen verschwitzte Joggingklamotten. Aus dem Bad hört man das leise Plätschern der Dusche. Dazwischen eine Stimme, die Selbstgespräche führt.

Mit der Hand schiebt die Person vorsichtig die Tür zum Badezimmer auf. Betrachtet das nackte Mädchen. Zoey steht mit dem Rücken zu dem Beobachter. Sie lässt den Wasserstrahl über ihren Nacken laufen. Ihre knochigen Schulterblätter heben sich deutlich durch die Haut ab. Die Wirbelsäule tritt stark hervor. Arme und Beine sind extrem dünn. Deshalb wirken die Gelenke unnatürlich groß. Zoeys Haut ist blass und zart wie Seidenpapier. Der harte Wasserstrahl hinterlässt rote Spuren auf dem feinen Gewebe. Für den Beobachter ist Zoey der Inbegriff von Schönheit. Er kann sich an ihrem Körper einfach nicht satt-sehen. Mit einem lauten Seufzer streicht er sich die Locken aus der Stirn.

Zoey zuckt zusammen und dreht sich um.

»Wie lange stehst du schon hier?«

»Bin gerade erst gekommen.« Adam blickt verlegen zu Boden.

»Das glaube ich dir nicht. Du betrachtest mich sicher schon eine ganze Weile.« Herausfordernd dreht sich Zoey einmal um sich selbst. Hält dann ihr Gesicht in den Wasserstrahl. »Und, habe ich mich verändert?«

»Nein, überhaupt nicht, du bist genauso schön wie immer.« Adam kommt näher. Seine Hände gleiten über Zoeys nackte Haut. Zart berührt er mit den Fingerspitzen ihre Brüste und legt seinen Kopf darauf. Das Duschwasser spritzt über sein Gesicht.

»Ich kann deinen Herzschlag hören«, flüstert er. »So wie damals.«

Adam hebt den Kopf, sucht lustvoll nach Zoeys Lippen. Ihre Münder berühren sich, öffnen sich für einen Kuss, verschmelzen. Als Adams Hand nach unten zwischen Zoeys Beine gleitet, schiebt ihn seine Schwester entschieden von sich.

»Lass das, wir dürfen es nicht wieder übertreiben.« Zoey presst die Schenkel zusammen, steigt aus der Dusche und beginnt sich abzutrocknen. »Was starrst du mich die ganze Zeit über so an? Du kennst meinen Körper doch in- und auswendig.«

»Ja, aber im Moment ist alles ein wenig anders.«

»Wie meinst du das?«

»Du bist oft mit diesem Finn zusammen.« Adam greift nach einem Handtuch und trocknet seine Locken. »Habt ihr euch schon verabredet? Zeigst du dich ihm auch so ohne Kleider?«

»Bist du etwa eifersüchtig?« Zoey lacht laut auf. Sie wickelt ein Tuch wie einen Turban um ihre nassen Haare. »Das ist doch etwas anderes. Das mit Finn hat mit dir überhaupt nichts zu tun. Es ist bloß ein Spiel. Ich will wissen, wie weit ich bei ihm gehen kann.« Zoey greift nach Adams Hand und legt sie auf ihre Brust. »Spürst du die Veränderung? So erregt pocht mein Herz nur bei dir. Ohne dich kann ich nicht sein.«

Sie dreht sich um und tänzelt nackt zurück in ihr Zimmer. Bleibt vor dem Fenster stehen. Ihre schneeweiße Haut bildet einen scharfen Kontrast zu den dunklen Vorhängen, die das Tageslicht aussperren. Die Rippen unter ihren Brüsten zeichnen sich deutlich durch die Haut ab, werfen dunkle Schatten. Die Hüftknochen ragen spitz nach vorne. Manchmal denkt Adam, dass ein überraschender Windstoß genügen würde, um diese fragile Schönheit zu knicken. Doch das darf nie passieren.

»Hast du den Inhalt für das Paket schon zusammengestellt?«, fragt Zoey, während sie ihr silbergraues Haar kämmt.

»Ich habe alles verpackt. Das Paket liegt in meinem Zimmer.«

»Ein paar Tage soll Paula noch ein wenig essen. Dann ist sie bereit. Sie hat sich an die Kraft der Dunkelheit gewöhnt und kann den Hunger erleben. Wann besuchst du sie?«

»Noch heute Abend.« Adam stellt sich hinter Zoey. Mit seinen Händen umfasst er ihre schmalen Hüften. »Dein Haar wird immer dichter«, flüstert er ihr ins Ohr.

»Findest du?« Zoey dreht sich zu Adam, legt ihre Arme um seinen Nacken. »Aber ich werde niemals so kräftige Locken haben wie mein hübscher Bruder.« Zoey zieht Adam zu sich und küsst ihn auf den Mund. »So, jetzt aber genug für heute.« Geschäftig läuft Zoey zu ihrem Schrank. Wirft wahllos Slips, Hosen und Shirts hinter sich auf den Boden. Endlich wird sie fündig. Zieht beige Leggins an und schlüpft in eine helle Bluse.

»Wie findest du eigentlich die Neue? Die unsere mentale Performance verbessern soll?«, fragt Zoey, während sie ihre Bluse zuknöpft.

116

»Irgendetwas an ihr ist interessant. Sie hat eine gewisse Ausstrahlung.«

»Aber ihre Augen sind eiskalt. Fast so wie deine. Vielleicht seid ihr Geschwister?« Zoey kichert leise in sich hinein.

»Du glaubst, wir sind uns ähnlich?«

»Weiß nicht. Ich hab sie ja nur kurz gesehen. Wie auch immer. Morgen checken wir, was sie als Psychologin so draufhat.«

»Ich gehe jetzt das Paket abliefern.« Adam will Zoey noch einmal küssen, doch sie wehrt ihn ab.

»Was ist heute bloß los mit dir?« Zoey sieht Adam tief in die Augen. Plötzlich beginnt er zu zittern. »Schsch!« Zoey presst ihre Hände gegen seine Wangen. Reibt ihre Nasenspitze an seiner.

»Unser Eskimokuss!«

»Wenn man die Nasenspitzen aneinanderreibt, ist es das größte Zeichen für Zärtlichkeit und Vertrautheit. Du merkst also, dass ich nur dich liebe.«

»Du darfst mich nie alleine lassen, Zoey. Versprich es mir!«

»Ich schwöre.« Zoey hebt zwei Finger zum Schwur. »So, und jetzt verschwinde!« Entschlossen schiebt sie Adam zur Tür hinaus.

Mit gesenktem Kopf bleibt Adam auf dem Flur stehen. ›Bin ich tatsächlich auf Finn eifersüchtig?‹, denkt er. ›Aber Zoeys Flirt ist doch nur ein Spiel.‹

Mit diesen Gedanken im Kopf betritt er sein Zimmer. Das Paket liegt genauso auf dem Tisch, wie er es hinterlassen hat. Er klemmt es unter den Arm. Verlässt das College. Es ist bereits hell und die Sonne blendet ihn. Im Schatten der Mauern hält Adam inne. Seine Wangen brennen wie Feuer. Kopfschmerzen kündigen sich an. Vor seinen Augen zucken orange Blitze.

›Was für eine dumme Idee, am helllichten Tag in den Wald zu laufen.‹

Hastig setzt er seinen schwarzen Bucket Hat mit der herabhängenden Krempe auf. Dann greift er nach der großen Sonnenbrille, die sein halbes Gesicht verdeckt. So gewappnet hält er es vielleicht längere Zeit im grellen Licht aus.

Mit dem Paket unter dem Arm marschiert er am Dorf vorbei. Erreicht endlich den Wald. Hier ist es kühler und fast dunkel. Adam atmet auf. In Gedanken ist er bereits bei Paula. Er stellt sich vor, wie Paula nach und nach beginnt, die Dunkelheit zu lieben. In seinem Paket hat er eine Flasche Wasser und trockenes Brot. Mit dieser Diät wird sie langsam auf das Hungern vorbereitet.

Eine Frau kommt ihm entgegen. Das ist ungewöhnlich, denn normalerweise trifft er um diese Zeit keine Spaziergänger. Adam erkennt sie sofort. Es ist Targa Hendricks, die neue Psychologin. Sie ist sehr hübsch. Doch Adam konzentriert sich auf ihre Augen. Zoey hat recht. Es stimmt, ihre Augen sind klar wie ein Bergsee. Sie sind genauso hell und kalt wie seine.

»Oh, Sie sind es!«, spielt Adam den Überraschten, als die Lehrerin vor ihm steht. An ihrer Seite trottet ein Mischlingshund mit einem abgerissenen Ohr. Das Tier knurrt leise, als Adam näher kommt.

»Ich gehe gern im Wald spazieren. Du anscheinend auch.«

»Ja, ich mag die Stille.«

»Das hört man selten von jungen Leuten.«

»Ich bin eben anders als die meisten.«

»Wie bist du denn?«

»Ach, ich würde mich als Einzelgänger bezeichnen.«

»Ich hab dich heute Morgen gesehen, wie ist dein Name?«

»Adam Yankowski.«

»Bist du immer allein unterwegs?«

»Nein, meine Schwester schweift häufig mit mir umher.«
Adam fühlt sich wie bei einem Verhör. Aber es herrscht keine
aggressive Stimmung. Im Gegenteil. Er genießt es, dieser Frau
zu antworten.

»Was hast du denn in dem Päckchen?« Targa deutet darauf.
»Entschuldige, wenn ich so neugierig bin. Das ist eine schlechte
Angewohnheit von mir.«

»Das macht doch nichts. Ich habe nur etwas Brot und
Wasser dabei«, erwidert Adam mit einem angedeuteten
Lächeln.

»Machst du eine Diät? Du bist doch sehr schlank.«

»Ab und zu faste ich und nehme kaum Nahrung zu mir.
Das reinigt den Geist und schärft meine Sinne.«.

»Das klingt gut. Warum ist das Päckchen so sorgfältig
verpackt?«

»Ich mag die Dinge eben ordentlich.«

Adam schweigt. Auch Targa fragt nichts mehr. Beide stehen sich gegenüber. Aber es ist keine peinliche Stille. Es ist ein
gegenseitiges Abtasten ohne Worte.

»Wir haben eine ähnliche Augenfarbe.« Adam nimmt seine
große Sonnenbrille ab.

»Ja, richtig.« Targa kommt einen Schritt näher und betrachtet unverwandt Adams Iris.

»Manche Leute meinen, meine Augen sind kalt wie Eis.«

»Das sagen sie auch über meine Augen. Aber das stimmt
nicht. Wir zeigen unsere Emotionen eben nicht freihcraus«,
meint Adam.

»Bei mir ist das anders. Ich habe keine Emotionen.«

»Wirklich?« Adam drückt das Päckchen stärker an seine
Brust. Setzt mit einer fahrigen Handbewegung die Sonnenbrille
wieder auf. Die letzte Aussage von Targa irritiert ihn. Ein
Mensch ohne Gefühle ist ihm noch nie begegnet. Kann es

sein, dass Targa eine verwandte Seele ist? Gibt es auf der Welt Menschen, die einander so ähnlich wie Geschwister sind?

»Deswegen habe ich auch keine Angst. Ich bin gern nachts unterwegs. Wie ist das mit dir?«

»Ich liebe die Nacht. Im grellen Licht der Sonne werden die Mysterien des Lebens klein und schäbig. In der Dunkelheit bewahren selbst Verbrechen ihre geheimnisvolle Schönheit.«

24

Targa blickt Adam nachdenklich hinterher. Mit seinem schwarzen Anglerhut und der dunklen Sonnenbrille wirkt er irgendwie unheimlich. Das enge Shirt mit den langen Ärmeln betont seinen dürren Körper noch. Die weiten Hosen schlackern um seine Beine. Das Päckchen hat er wieder unter den Arm geklemmt. Als er im Schatten der Bäume verschwindet, hört auch Hund auf zu knurren und beruhigt sich.

Seine letzten Worte hallen in ihrem Kopf nach. »In der Dunkelheit bewahren selbst Verbrechen ihre geheimnisvolle Schönheit.« ›Will Adam mich mit diesem Satz provozieren? Sich wichtigmachen? Nein. Adam ist kein Student, der Eindruck schinden will. Er meint jedes Wort ernst. Denn Adam ist ein brutaler Killer. Vielleicht ist er auf dem Weg zu seinem neuen Opfer‹, denkt Targa.

Sie uberlegt, ob sie Adam verfolgen soll. Doch das wäre zu auffällig. Es sind keine anderen Spaziergänger unterwegs. Adam würde sie sofort entdecken und Verdacht schöpfen. Auch ist es unwahrscheinlich, dass Adam am helllichten Tag ein Opfer aufsucht.

Sie nimmt den Waldweg zurück nach Blumenthal. ›Ob ich vielleicht einen Keil zwischen die Geschwister treiben könnte?

Adam und ich haben eine ähnliche Augenfarbe. Er denkt, ich bin wie er. Das muss ich ausnutzen.‹

Als Targa das Dorf erreicht, verweilt sie einen kurzen Augenblick. Lässt die idyllische Szene auf sich wirken. Sie kennt nicht viele Orte außerhalb von Berlin. Den Großteil ihres Lebens hat sie in der Stadt verbracht. Auf Reisen waren Orte nur Punkte auf der Landkarte, die sie ihrem Ziel näher brachten.

Ein Schild blitzt im Sonnenlicht auf. Es gehört zum Laden des Ortes, in dem sich auch das Postamt befindet. Targa erreicht den Dorfplatz. Das Gasthaus ist direkt gegenüber. Tische und Stühle stehen davor. Bunte Tischtücher flattern leicht im Sommerwind.

»Paula war gestern bei euch!«, ruft ein Mann, als Targa sich dem Wirtshaus nähert. Sie bleibt stehen und betrachtet den aufgebrachten Mann. Er ist groß und massig. Sein breiter Schädel ist hochrot. Um seinen Hals hängt eine Kette mit einem silbernen Kreuz. Es blitzt im Licht der Sonne. Versprüht leuchtende Funken. Um den Mann haben sich schon ein paar Dorfbewohner geschart. Auf Targa wirkt er wie ein fanatischer Prediger.

»Meine Tochter ist gestern Abend nicht nach Hause gekommen. Gib es endlich zu, dass sie hier bei dir war«, lässt der Mann nicht locker.

»Wie kommst du darauf?« Der Wirt tritt nach draußen. Wischt sich die Hände an seiner Schürze ab. »Ich habe Paula schon seit Tagen nicht mehr gesehen.«

»Du lügst«, donnert der Mann. »Sie treibt sich immer bei euch gottlosem Gesindel herum. Ihr habt sie bestimmt zum Alkohol verführt!«

»Bloß, weil du ein Problem damit hast, muss es nicht auch deine Tochter haben.« Der Wirt lässt sich nicht einschüchtern.

»Und jetzt hör auf mit dem Geschrei. Du verschreckst noch die Gäste.«

Targa denkt an die erste Begegnung mit Zoey und Adam. Sie erschienen ihr wie gesättigte Wölfe, die Beute erlegt hatten. Diese Assoziation ist bei ihr haften geblieben. Und dann trifft sie Adam im Wald mit einem Paket unter dem Arm. Eine dunkle Ahnung befällt sie.

»Wie heißt denn Ihre Tochter?«

Der Mann dreht sich zu Targa. »Meine Tochter heißt Paula. Sie kam gestern nicht nach Hause.«

»Ist Paula hier im Gasthaus beschäftigt?«

»Nein, sie ist die Postbeamtin.«

»Hat sie heute gearbeitet?«

»Wie?« Paulas Vater stutzt. »Da habe ich gar nicht nachgefragt.«

»Ich wollte vormittags Briefe aufgeben«, meldet sich eine Frau. »Das Postamt war aber geschlossen. Ohne Begründung.«

»Ist das schon öfter passiert?«, fragt Targa weiter.

»Nein. Paula ist sehr gewissenhaft. Sie hat auch noch nie krankheitshalber gefehlt. Meine Tochter weiß, dass es hier schwierig ist, Arbeit zu finden. Sie ist froh, dass sie diesen Job bekommen hat.«

»Vielleicht ist sie bei ihrem Freund.«

»Freund? Meine Tochter hat keinen Freund. Sie ist ein gottesfürchtiges Mädchen.« Automatisch tastet Paulas Vater nach seinem Kreuz.

»Das stimmt nicht.« Die Frau von zuvor blickt in die Runde. »Paula flirtet doch gern mit den männlichen Studenten aus dem College.«

»Schon wieder eine Lüge. Meine Tochter ist immer sofort nach der Arbeit nach Hause gekommen.« Plötzlich wirkt der Vater trotz seines massigen Körpers ganz zerbrechlich. Seine

Körpersprache signalisiert, dass er seine Worte selbst nicht glaubt.

»Und was ist mit dem Studenten, der wie ein Gerippe aussieht?«, redet die Frau weiter. »Dem ist sie doch wie ein Hündchen hinterhergelaufen.«

»Verleumdung!«, brüllt Paulas Vater. Mit drohend erhobenen Fäusten dreht er sich zu der Frau. Doch der Wirt tritt dazwischen.

»Es reicht, Anton. Du gehst jetzt nach Hause. Wahrscheinlich hat deine Tochter endgültig genug von dir und ist nach Berlin abgehauen.«

»Sie lässt mich nicht alleine«, jammert der Vater. »Nicht seit mich ihre Mutter verlassen hat. Die Kleine ist doch mein Ein und Alles.«

»Jaja, wir kennen die Geschichte.« Der Wirt klopft Anton auf die Schulter und schiebt ihn an den Dorfbewohnern vorbei. Sie gehen zu einem Häuschen mit abblätternder Fassade. Der Vater verschwindet im Inneren. Targa merkt sich das Haus. Vielleicht muss sie mit dem Vater von Paula noch einmal sprechen.

Wieder sieht sie Adam mit dem Imbisspaket vor sich. Paula und Adam kennen sich. Waren vielleicht verabredet. Dann haben die Geschwister zugeschlagen. Paula entführt. Es ist nichts als ein vager Gedanke, doch er lässt Targa nicht mehr los.

25

Die Lichter der Großstadt drängen die Dunkelheit zurück. Als der Sportwagen Berlin erreicht, hat Zoey das Gefühl, als wäre es heller Tag. Die Leuchtreklame am Kurfürstendamm zuckt über ihre Netzhaut und geblendet schließt sie die Augen.

»Bist du müde?«, fragt Finn, der am Steuer des Wagens sitzt.

»Wie kommst du darauf?«

»Weil du die Augen geschlossen hast.«

»Ich mag diese grellen Werbetafeln nicht.« Zoey deutet auf ein buntes Reklameschild, das an einer Hausmauer prangt.

»Soll ich sie für dich ausschalten?«

»Kannst du das?«

Finn bremst den Sportwagen mitten auf der Fahrbahn ab und springt hinaus. Er eilt über die Straße und verschwindet in der Boutique. Zoey sieht ihm amüsiert hinterher. Sie hat sich von Finn zu einem Trip nach Berlin überreden lassen, obwohl Adam dagegen war. Sie denkt darüber nach. Plötzlich erlischt das Licht der Reklametafel über der Boutique. Finn kommt aus dem Geschäft, reißt die Autotür auf und setzt sich wieder ans Steuer.

»Erledigt«, sagt er und lächelt einnehmend. »Jetzt ist es dunkel.«

»Wie hast du denn das geschafft?«, fragt Zoey. Sie ist gegen ihren Willen beeindruckt.

»Na, ich habe dem Besitzer des Ladens hundert Euro gegeben, damit er es ausschaltet«, erklärt Finn großspurig.

»Ach so«, meint Zoey. Ihre anfängliche Begeisterung für Finns Aktion verfliegt. ›Er regelt alles mit Geld. Wie langweilig. Immer diese materialistische Protzerei. Ein typischer Blender, ein Sklave des Lichts. Kein Gefährte für die Dunkelheit‹, sinniert sie. »Was haben wir in Berlin eigentlich vor?«

»Ich habe einen Tisch bei Charles & Frieda reserviert. Das ist das beste Gourmetrestaurant der Stadt, wenn nicht von ganz Europa.«

»Ach, ist das so?« Zoey lehnt sich jetzt noch gelangweilter zurück und blickt aus dem Seitenfenster. Nacht und Lichter vermischen sich zu einem breiten Band, das wie ein leuchtender Goldstreifen die Stadt umschließt, als Finn durch die Straßen rast. Vor einem hellen Gebäude bremst er den Wagen ab.

»Da sind wir.« Er schlüpft aus dem Wagen, läuft um die Vorderseite herum und öffnet die Beifahrertür für Zoey. »Steig aus, Königin der Nacht.«

»Hör auf mit diesen Floskeln«, winkt Zoey ab. Sie sieht an der Fassade hinauf. Es ist ein moderner Hotelbau. Im Erdgeschoss befindet sich das Speiselokal, das von außen bewusst einfach aussieht. Das Innere ist sehr gediegen und konservativ gehalten. Auf Zoey wirkt dieser Ort wie eine Inszenierung aus längst vergangenen Tagen. Wie die Vorspiegelung einer falschen Geborgenheit. Einer trügerischen Sicherheit, die nur im Licht existiert.

»Wenn die Finsternis über das Land zieht, ist es vorbei mit den Lügen. Dann werden all diesen Menschen hier die Masken vom Gesicht gezogen.«

»Was sagst du da?« Finn rutscht unbehaglich auf seinem Stuhl hin und her.

»Ach nichts.« Zoey mustert Finn. ›Er ist formbar. Wie oft kann ich Finn provozieren? Wird er jemals wütend? Zeigt er mir meine Grenzen auf, wenn ich zu weit gehe? Ist er ein Gefährte der Dunkelheit? Nein, Finn ist ein stupider Jünger des Lichts.‹

»Dann ist es ja gut.« Finn wirkt erleichtert. Der Sommelier im schwarzen Anzug bringt Champagner. »Auf einen schönen Abend.« Finn hebt sein Glas.

»Heute spielen wir heile Welt«, ätzt Zoey. Sie hebt ebenfalls ihr Glas. Steht plötzlich auf. »Mein Freund hat mir soeben einen Heiratsantrag gemacht!«, ruft sie durch das Restaurant. Zuerst betretenes Schweigen. Dann beginnt eine Frau zu klatschen. Die anderen Gäste fallen ein. »Danke!« Zoey verneigt sich. Drückt ihre knochigen Schultern zurück. Strafft ihren Busen. Knipst ihr Haifischlächeln an. ›Es ist ja so einfach, Leute zu manipulieren.‹

»Wieso tust du das?« Finn ist hochrot im Gesicht.

»Bekommst du jetzt einen Herzinfarkt?« Zoey trinkt ihr Glas leer. Setzt sich wieder. Lässt sich Champagner nachschenken.

»Du bist immer so kratzbürstig.« Finn blickt Zoey verunsichert an. »Aber die Küche wird dich mit dem Design versöhnen. Sie ist fantastisch.«

»Wieso hast du dieses Restaurant ausgewählt? Du bist doch gar nicht so spießig.«

»Mein alter Herr hat mich früher einmal hierher eingeladen. Der weiß eben, wie man seine Geschäftspartner beeindruckt.«

»Ich bin aber kein langweiliger Geschäftspartner von dir, oder?« Zoey reckt ihren dünnen Hals nach vorne. Funkelt Finn mit ihren dunklen Augen neckisch an.

»Nein, so habe ich das doch nicht gemeint«, entschuldigt sich Finn. Er greift nach Zoeys knochiger Hand. »Ich will bei dir nur nichts falsch machen«, flüstert er und wird schon wieder rot.

»Da musst du dich aber mehr anstrengen«, meint Zoey. Sie zieht ihre Hand zurück. Greift nach der Karte. »Ich habe wohl das Ladies Menu erwischt. Da stehen keine Preise drinnen.«

»Du sollst unvoreingenommen auswählen. Was empfehlen Sie?« Finn wendet sich an den Maître.

»Das Menü ist ausgezeichnet. Sieben Gänge vom Feinsten«, beginnt er.

»Stopp!«, unterbricht ihn Finn. »Wir vertrauen Ihnen. Bringen Sie uns das Menü zweimal.«

Jeder Gang wird mit einer Silberhaube serviert. Dann vor dem Gast spektakulär präsentiert. Mit viel Liebe wird jede Zutat der Gerichte erklärt.

»Weißt du, was mir an dir gefällt?«, sagt Finn.

»Was denn?« Zoey stochert lustlos auf ihrem Teller herum. Zerschneidet ein Stück argentinisches Rinderfilet in winzige Stücke.

»Du bist genauso ein Typ wie meine Mutter. Mit einem eigenen Kopf, und sie war so schlank wie du. Sie hat sich nicht im Mindesten vom Geld meines Vaters beeindrucken lassen.«

»Mit Geld kann man eben nicht alles kaufen.«

»Aber mein Vater war völlig vernarrt in sie. Mutter war Fotomodel. Er hat für seine Firma ein Fotoshooting in Rio de Janeiro gemacht. Papa saß natürlich in der ersten Klasse. Die Models hinten in der Economy. Um in Mamas Nähe zu sein, hat er sich den ganzen Flug bis Rio zu ihr nach hinten gesetzt. Ich meine, er saß stundenlang in der Touristenklasse. So wurden sie ein Paar. Das ist wahre Liebe.«

»Warum hat er ihr kein First-Class-Ticket gekauft, der Geizhals?«

»Stimmt, darüber habe ich noch gar nicht nachgedacht.« Finn wirkt ehrlich verblüfft.

»Was ist mit deinen Eltern jetzt?«

»Papa ist tot. Mama spendet eine Menge Geld für karitative Organisationen und Künstler.«

»Cool.« Zoey streicht sich eine dünne Haarsträhne aus dem Gesicht.

»Das kann man so sagen.« Schweigend essen sie weiter, doch Finn legt sein Besteck plötzlich zur Seite. »Genug für heute.«

»Isst du nichts mehr?« Zoey lässt sich die Karte für den Nachtisch bringen.

»Nein, ich bin bis oben hin satt. Aber dass du so viel essen kannst, das ist schon erstaunlich.«

Vom Eingang her ist in diesem Moment ein heftiger Wortwechsel zu hören. Zoey dreht interessiert den Kopf in die Richtung.

Eine junge Frau drängt sich an dem Maître vorbei und eilt auf ihren Tisch zu. Sie hat brünette halblange Haare und trägt ein kurzes rotes Kleid. Sie stützt sich mit den Händen auf dem Tisch ab. Blickt Zoey mit rot geränderten Augen an, bevor sie sich an Finn wendet.

»Stehst du neuerdings auf Skelette, Finn?«

26

Targa existiert in den sozialen Medien nicht. Sie besitzt keinen Fernseher. Nennt weder Laptop noch Tablet ihr Eigen. Einen Handyvertrag würde sie nie abschließen. Wozu auch? Sie hat kein Handy.

Diese Art von Freiheit ist den meisten Menschen suspekt. Jemand ohne Mobiltelefon ist ein Psycho. Nach dem Wutausbruch von Paulas Vater bleibt Targa noch vor dem Wirtshaus stehen.

»Kann ich Ihr Telefon benutzen?«

»Ist Ihr Handy kaputt?« Der Wirt blickt Targa verständnislos an.

»Ich habe kein Handy.«

»Sie sind der erste Mensch ohne Handy, der mir begegnet.« Der Wirt mustert Targa von oben bis unten. Dann hebt er die Hand in einer plötzlichen Erkenntnis. »Ach, Sie sind eine Anhängerin von Verschwörungstheorien.«

»Wie meinen Sie das?«

»Na, das sind Menschen, die glauben, dass irgendwelche Geheimdienste permanent die Handys der Welt abhören.«

»Nein, dazu gehöre ich nicht. Ich will meine Ruhe haben. Und das geht nur, wenn ich für niemanden erreichbar bin.« Natürlich erzählt sie dem Wirt nicht, dass es einen Menschen gibt, der sie zu festgelegten Zeiten erreichen kann. Aber die Gespräche mit Lundt haben immer mit ihren Aufträgen zu tun.

»Merkwürdige Einstellung.« Der Wirt ringt sich ein schmales Lächeln ab. »Sie haben Glück. Im Gasthaus gibt es noch einen Münzfernsprecher. Den können Sie benutzen, wenn Sie das nötige Kleingeld oder eine Guthabenkarte besitzen.«

»Ich habe keine Guthabenkarte, aber Münzen.«

»Das dachte ich mir schon.«

Targa folgt dem Wirt in den Gastraum. Sie kramt einige Münzen aus den Taschen ihrer Latzhose. Wartet, bis der Wirt außer Hörweite ist. Dann wählt sie die Nummer. Lundt hebt sofort ab.

»Was gibt es?«

»Ein weiteres Mädchen ist seit gestern hier im Ort verschwunden. Ihr Name ist Paula Zizovitz. Sie kennt Adam Yankowski.«

»Hast du Beweise oder ist es bloß eine Vermutung?«

»Vertrau mir einfach.«

»Ok, ich gebe das weiter.«

»Außerdem brauche ich eine alte DDR-Karte vom Wald rund um Blumenthal. Am besten von der Volksarmee.«

»Wieso das denn?«

»Ich habe heute Adam im Wald getroffen. Er hat ein Päckchen mit Brot und Wasser unter dem Arm getragen. Das könnte die Verpflegung für das Opfer sein.«

»Das passt nicht. Sie lassen ihre Opfer doch langsam verhungern.«

»Ich denke, es ist komplizierter. Melde mich morgen wieder.« Targa legt den Hörer auf die Gabel. Plötzlich spürt sie einen unangenehmen Blick im Rücken. Sie dreht sich um. Ein Polizist in Uniform steht vor ihr.

»Wieso interessieren Sie sich dafür, was in unserem Ort passiert? Sie sind doch nicht von hier? Ich habe Sie noch nie gesehen.«

»Mein Name ist Targa Hendricks. Ich arbeite als neue Lehrerin im College. Es macht mir Sorgen, wenn ein junges Mädchen verschwindet.«

»Lasse Bergmann. Ich bin hier der Polizist. Aber das sehen Sie ja an meiner Uniform. Haben Sie Lust auf ein Bier?«

»Ich trinke nur Wasser.«

»Na, dann eben Wasser.«

Als sie an der Theke stehen, beugt sich Lasse verschwörerisch zu Targa. »Wissen Sie, Paula ist nicht die Erste, die hier vermisst wird. Vor einem Jahr ist schon einmal ein Mädchen verschwunden.«

»Ach wirklich?« Targa wirkt interessiert, obwohl sie natürlich darüber Bescheid weiß. »Und was war mit dem Mädchen?«

»Ich habe sie in einem dieser Bunker gefunden. Die Kleine ist fast verhungert.« Lasse nippt an seinem Bier. »Leider ist sie dann im Krankenhaus gestorben.«

»Das ist ja grauenhaft.«

»Ich glaube, dass es jemand von dem College gewesen sein muss.«

»Wirklich, wie kommen Sie darauf?«

»Haben Sie die Geschwister schon kennengelernt? Zoey und Adam Yankowski. Denen ist alles zuzutrauen. Sie kannten Mia Laub und auch die junge Frau, die vor ein paar Tagen vor einen Truck gelaufen ist. Das war Lisbeth, die wochenlang verschollen war.«

»Und das macht die Geschwister verdächtig?«

»Für mich schon. Ich bin ihnen nachts in den Wald gefolgt. Habe aber ihre Spur verloren. Doch auf dem Weg lag ein toter Fuchs. Mit durchgeschnittener Kehle.« Lasse nimmt einen kräftigen Schluck von seinem Bier. »Das waren die beiden.«

»Aber die vermissten Mädchen sind doch verhungert«, gibt Targa zu bedenken. »Man hat ihnen nicht die Kehle durchgeschnitten.«

»Und wenn schon.« Lasse wischt den Einwand zur Seite. »Zoey hat gestern Doktor Tannhaus geholfen, die tote Lisbeth aufzuschneiden.« Lasse beugt sich zu Targa. Sein Bieratem weht über ihr Gesicht. »Ist das normal, dass sich ein junges Mädchen für Leichen interessiert?«

»Es klingt exzentrisch.«

»Exzentrisch? Für mich ist das krank.« Lasse schweigt und bestellt noch ein Bier. Targa nippt an ihrem Wasser. ›Zoey ist nicht dumm. Sie hilft dem Arzt bei der Autopsie. Sollten Spuren von ihr auf der Leiche gefunden werden, dann hat sie die perfekte Begründung dafür‹, denkt Targa. ›Hier läuft einiges schief. Ein Dorfarzt macht die Autopsie und die Tatverdächtige hilft ihm dabei.‹

»Wollen Sie den Bunker sehen, wo ich Mia gefunden habe?«, fragt Lasse unvermittelt. »Mia hatte keine Fingernägel mehr.« Lasse streckt Targa seine Hand entgegen. »Nur blutverkrustete Spitzen. Sie hat den Mörtel zwischen den Betonblöcken herausgekratzt und gefressen. Der Bunker steht mitten im Wald. Es war kein Zufall, dass ich ihn gefunden habe. Ich bin den beiden ja schon länger auf der Spur.«

»Wieso das? Ich denke, Sie haben Zoey und Adam erst nach dem ersten Opfer verdächtigt?«

»Richtig, da habe ich wohl etwas durcheinandergebracht«, blockt Lasse sofort ab. »Also was ist? Wollen Sie den Bunker besichtigen?«

»Jetzt habe ich keine Zeit, muss mich auf den Unterricht vorbereiten.«

»Wie wär's mit morgen Abend?«

»Ok. Ist das wirklich so interessant?«

»Denke schon. Dann haben Sie einen ersten Eindruck von der Hölle.«

27

Eine Parfumwolke senkt sich schwer auf Zoey herab. In ihrem Kopf gellen noch die Worte »Stehst du neuerdings auf Skelette?«. Durchdringen die Finsternis ihres Denkens mit gleißender Helligkeit. Zoey sammelt sich. Hebt den Kopf. Blickt der jungen Frau ins Gesicht.

Es ist Jule, deren Vater der Currywurstkönig von Berlin ist.

»Willst du dich hochschlafen?«, zischt Jule. Dreht sich dann zu Finn. »Wir haben heute ein Date gehabt.«

»Wirklich?« Finn zieht die Augenbrauen hoch. »Ach ja, richtig. Wir haben uns fürs Kino verabredet. Tut mir leid, das hab ich ganz vergessen.«

»Stattdessen sitzt du hier mit diesem Klappergestell.«

»Woher weißt du überhaupt, dass ich da bin?«

»Du gehst doch mit jeder Frau ins selbe Restaurant.«

Jule beugt sich über den Tisch. Lässt Finn einen Blick in ihr tiefes Dekolleté werfen. »Die ist doch nur auf dein Geld scharf. Hat dir Zoey erzählt, woher sie kommt? Aus ganz kleinen Verhältnissen. Nur mit einem Stipendium kann sie sich das College leisten. Sie und ihr gestörter Bruder hängen immer zusammen herum. Es gibt schon Gerüchte, wenn du verstehst. Und mit so einer Schlampe gibst du dich ab?«

»Hör auf mit diesen Verleumdungen, Jule.« Finn klopft mit der Hand auf den Tisch. »Verdammt, es tut mir leid.«

»Ich pfeife auf deine Entschuldigung«, faucht Jule.

»Zankt euch ruhig weiter.« Zoey steht auf. »Ich mache mich in der Zwischenzeit frisch.« Sie zögert kurz. Wendet sich dann an Jule. »Ach übrigens, Finn hat mir einen Heiratsantrag gemacht. Frag die Gäste. Alle haben applaudiert.«

Hocherhobenen Hauptes geht Zoey zu den Toiletten. Als sie im Schminkraum steht, blickt sie nur kurz in den Spiegel. Wieder hört sie die höhnischen Worte von Jule: »Stehst du neuerdings auf Skelette?« Sie trägt ein enges rückenfreies Kleid, das ihre Umrisse betont. Sie ist schlank, aber kein Skelett. Doch die Bemerkung hat sie tief verletzt. Plötzlich spürt sie wieder das altbekannte Würgen im Hals. Sie beugt sich über das Waschbecken.

»Dachte ich mir, dass du so eine bist.«

Zoey hebt den Kopf. Sieht im Spiegel das höhnisch grinsende Gesicht Jules hinter sich.

»Das wird ein Fest, wenn ich im College davon erzähle, dass du ein Sternemenü auskotzt.«

»Mir war nur etwas übel, weiter nichts.«

»Das glaubst du doch selbst nicht.«

»Du darfst niemandem etwas sagen. Ich bitte dich darum.«

»Spinnst du? Mir den Freund ausspannen und dann Forderungen stellen? Vergiss es.«

»Aber das mit Finn ist doch ganz harmlos. Er will mich nur beeindrucken.« Zoey spürt, dass sie jetzt ihr schauspielerisches Talent einsetzen muss. Wie auf Kommando schießen ihr die Tränen in die Augen. Jule zögert. Weiß nicht recht, was sie davon halten soll. Zoey lügt weiter. »Ich habe meinem Vater am Totenbett versprochen, dass ich einen Abschluss mache.«

»Mh.« Jule denkt nach. Ihr Zorn auf Zoey verraucht. »Ok, aber nur wenn du dich von Finn fernhältst.«

»Ich verspreche es dir. In Zukunft mach ich einen großen Bogen um ihn. Großes Ehrenwort.«

»Na gut, dann schweige ich diesmal.«

Gemeinsam verlassen sie die Toilette. Kehren zurück an den Tisch. Finn zerknüllt gerade die Rechnung und steckt seine Platin-Kreditkarte ein. »Lasst uns aufbrechen.«

»War ein schöner Abend«, flüstert Zoey. Sie spürt, wie Finn ihren Körper betrachtet. Unauffällig streckt sie sich und lässt die Gelenke knacken.

»Jule kann mit uns mitfahren, nicht wahr, Finn?« Zoey umarmt Jule, die sich unter der Berührung versteift.

»Natürlich«, erwidert Finn kurz angebunden.

Sie verlassen mit dem Wagen Berlin und die Lichter der Stadt verlieren ihre Wirkung. Die Dunkelheit legt sich über die Landschaft. Zoey entspannt sich. Sie lässt es zu, dass Finn seine Hand auf ihren Oberschenkel legt. Gebannt starrt sie auf Finns Finger, die langsam nach oben wandern. Eine wohlige Wärme durchflutet ihren Körper. Sie denkt an Adam und genießt das erotische Spiel. Gelassen wirft sie einen Blick in den Rückspiegel. Jule hockt gekrümmt mit angewinkelten Beinen auf dem Notsitz. Plötzlich treffen sich die Blicke der Frauen. Zoey lächelt in den Spiegel und schickt Jule einen Kuss. Am liebsten würde sie jetzt ihre Lust hinausschreien und sich von Finn nehmen lassen. Nach kurzer Zeit bemerkt sie, dass Jule eingenickt ist. Als der Wagen kurz vor Blumenthal die Gedenkstätte für Lisbeth passiert, kommt ihr ein Gedanke.

»Wieso lässt du dich von Jule so herumkommandieren?«, flüstert Zoey. Sie streicht über Finns Hand, die in ihr Höschen geglitten ist. »Du musst ihr eine Lektion erteilen.«

»Wieso das denn?«

»Sie hat mich beleidigt. Mich als Skelett beschimpft. Und du unternimmst nichts dagegen?« Zoey schiebt Finns Hand energisch weg. »Wenn du heute Abend noch mehr von mir willst, dann darfst du nicht so feige sein.«

»Ok, was soll ich tun?«

»Setz Jule hier in der Nähe aus. Dann muss sie in der Dunkelheit zu Fuß zum College laufen. Das wird ihr eine Lehre sein.« Zoey nimmt die Hand von Finn. Schiebt sie wieder zwischen ihre heißen Schenkel. »Tu es einfach für mich.«

»Du hast recht. Ich bin ein Gentleman. Niemals darf ich zulassen, dass eine so besondere Frau an meinem Tisch beleidigt wird.«

Finn verlangsamt das Tempo und biegt dann in einen schmalen Waldweg. Dort stellt er den Motor ab und dreht sich nach hinten.

»Aufwachen, Jule. Wir sind da!«

»Wie? Was?« Jule reibt sich verschlafen die Augen. Sie blickt erstaunt umher. »Das ist doch nicht das College.«

»Aber hier ist Endstation für dich!« Finn steigt aus. Klappt den Fahrersitz nach vorne. Zerrt Jule aus dem Wagen.

»Spinnst du?«, kreischt Jule. Hilfe suchend klammert sie sich an Finn. »Ich hab Angst in der Dunkelheit. Zoey, sag doch was!«

Doch Zoey sitzt unbeweglich in dem Sportwagen. Sie starrt geradeaus durch die Windschutzscheibe. Sie kennt den Waldweg. Es gibt morsche Bäume, die über dem Weg liegen. Tiefe Löcher im Boden. Und nach zwei Kilometern kommt eine Abzweigung. Nimmt man den falschen Weg, erreicht man nicht das College, sondern gelangt tiefer in den Wald hinein. Wo die Füchse hausen. Wo sich Adam nachts herumtreibt.

»Sei doch nicht so wehleidig. Es sind nur ein paar Kilometer bis zum College.« Finn drückt Jule so ungestüm von sich weg, dass sie zu Boden fällt.

»Bitte lasst mich hier nicht allein!«

Wortlos steigt Finn in den Sportwagen und verriegelt die Tür.

»Gib mir ihr Handy. Sonst verpetzt sie dich noch.«

Finn durchsucht Jules Handtasche nach ihrem Handy. Reicht es Zoey. Mit aufheulendem Motor fährt er rückwärts auf die Bundesstraße.

»Bekomme ich jetzt einen Kuss?« Nach einer Weile hält er den Wagen mit quietschenden Reifen mitten auf der Straße an.

»Ja, den kriegst du. Und noch viel mehr. Bin gleich bei dir.« Zoey steigt aus dem Wagen. Huscht hinter einen Strauch. Zückt ihr Handy.

»Adam, ich brauche dich.« Hastig schildert sie ihm, was Jule ihr angetan hat.

Nach dem Gespräch stöckelt sie zu Finn zurück. Lässt lasziv ihr Höschen um ihren Zeigefinger rotieren. Öffnet die Wagentür. Küsst ihn intensiv. Dann klettert sie auf seinen Schoß. Während sie sich rhythmisch auf und ab bewegt, kreisen ihre Gedanken nur um Adam. Auf ihn ist Verlass. Ob Jule die Nacht allein im Wald wohl überleben wird?

28

Targa sitzt auf einem von Sandmans Klappstühlen. Sie denkt an ihre bisherigen Einsätze. ›Immer bin ich auf der dünnen Linie balanciert, die Gut von Böse, Schwarz von Weiß trennt. Doch wie ist es mit der Linie zwischen Hell und Dunkel? Zoey und Adam wandeln unzertrennlich auf der Seite der Finsternis. Diese Vertrautheit muss ich sprengen. Und welche Rolle spielt Lasse Bergmann? Was bedeutet die Aussage: Ich bin ihnen schon länger auf der Spur? Das alles sind Aufgaben, die Rita erledigen muss.‹

Aus dem College hört sie das eilige Getrappel der Studenten, das lauter wird, je näher es kommt. Es ist Zeit für ihr Coaching.

»Starten wir mit dem ersten Mentaltraining.« Targa springt so schnell auf, dass die Studenten zurückweichen. »Wir machen Folgendes: Ihr lauft in den Wald und jeder von euch wird seine Eindrücke niederschreiben. Morgen lesen wir dann vor, was ihr bei dem Lauf erlebt habt.«

»Was soll das bringen?«, fragt eine Studentin.

»Es geht um die individuelle Wahrnehmung. Ihr werdet feststellen, dass wir unsere Umwelt unterschiedlich betrachten.«

»Was sollen wir denn beschreiben?«, fragt ein junger Mann mit blondem Vollbart.

»Den Himmel, Käfer auf dem Boden, Vögel auf den Bäumen. Alles, was euch inspiriert oder euch auffällt.«

»Laufen Sie mit uns?« Ein Student deutet auf Targas abgetragene Sneaker.

»Nein, ich picke mir ein oder zwei von euch für ein Spezialcoaching heraus.« Targa blickt prüfend in die Runde. Tut so, als würde sie überlegen. Natürlich weiß sie bereits, auf wen sie zeigen wird.

»Ihr beide seid heute dran.« Sie deutet auf Zoey und Adam. Dann wendet sie sich wieder der Gruppe zu.

»Los mit euch! In einer Stunde seid ihr wieder zurück.«

»Unterziehen Sie uns jetzt einer Psychoanalyse?« Adam blickt Targa interessiert an.

»Hör auf mit dem Unsinn.« Zoey legt ihre Hand auf Adams Arm.

»Wieso Unsinn? Möchtest du nicht analysiert werden?«

»Davon halte ich nichts.« Schnippisch zuckt Zoey mit den Schultern.

»Das habe ich nicht vor. Wir unternehmen etwas ganz anderes. Ihr zeigt mir eure Zimmer.«

»Was?« Zoey baut sich vor Targa auf. »Das ist unser Privatbereich.«

»Habt ihr etwas zu verbergen?«

»Natürlich nicht, aber wir haben nicht aufgeräumt.«

›Eine glatte Lüge‹, denkt Targa. »Das macht nichts.«

Die Geschwister wenden sich in Richtung College. Zoey legt ihren Arm um Adams Hüfte. Targa tritt dazwischen. Hängt sich bei Zoey und Adam ein. Trennt die beiden.

»Wie gefällt es euch im College?«, gibt sie sich leutselig.

»Gut. Man bereitet uns aufs Leben vor.« Zoey greift nach Targas Hand, zieht sie weg. Es ist das erste Mal, dass Targa Zoeys Hand spürt. Sie besteht nur aus Haut und Knochen. Dünn und zerbrechlich. Kein erregender Schauder durchzuckt Targa wie bei Sandman. Diese Hand ist eiskalt. Eine Kälte, die Zoey so gefährlich macht.

»Wo wohnst du, Zoey?« Sie stehen im Korridor des Wohntrakts, von dem links und rechts Türen zu den Räumen der Studenten führen. Die Dielen knarren. Es riecht nach Bodenwachs.

»Mein Zimmer ist dort drüben.« Zoey deutet auf eine Tür am Ende des Gangs. Als Targa darauf zusteuert, stellt sich ihr Zoey in den Weg. »Was soll das alles?«

»Ich verstehe dich nicht?«, sagt Targa gespielt unwissend. ›Zoey wehrt sich vehement dagegen, dass ich in ihre Privatsphäre eindringe. Also befindet sich dort etwas, das ich nicht sehen soll.‹

»Na, diese ganze Aktion. Was hat das mit mentalem Training zu tun? Was meinst du, Adam?«

»Ich finde es auch eigenartig.« Adam wirkt dennoch teilnahmslos. So als würde ihn das Ganze nichts angehen.

»Habt Geduld.« Targa schiebt Zoey zur Seite. »Öffne bitte deine Tür.«

»Aber gern.« Schwungvoll reißt Zoey die Tür auf.

Targa tritt ein. Blitzschnell scannt sie den Raum. Die dichten Vorhänge sind zugezogen und nur ein verirrter Sonnenstrahl dringt durch einen schmalen Spalt herein. Das Zimmer steht in krassem Gegensatz zu dem kontrollierten Auftreten von Zoey. Es ist zwar sparsam möbliert, und an den Wänden hängen nur zwei Bilder. Einmal Tilda Swinton als Vampir und dann das Porträt einer Frau, die offensichtlich an Anorexie leidet. Aber auf dem Boden häufen sich Kleider und Schuhe, dazwischen liegen aufgeschlagene Fachbücher. Der Schreibtisch ist übersät mit Papieren, auf denen meistens nur zwei, drei Sätze in einer unleserlichen Handschrift stehen. Aus einem zugeklappten Notizbuch ragt ein Foto. Targa zieht es so schnell heraus, dass

Zoey nicht reagieren kann. Es zeigt eine dürre Frau in einem Sackkleid mit wirrem Blick.

»Wer ist das?«

»Legen Sie sofort das Foto zurück!« Zoey stürzt auf Targa zu. Nimmt ihr das Bild aus der Hand. Legt es in das Notizbuch. Klappt den festen Umschlag zu.

»Ist das deine Mutter?«

Zoey schweigt. Presst die Lippen zusammen. Ihre Kiefer vibrieren. Der Blick ist umwölkt.

»Tut mir leid. Ich wollte dir nicht zu nahetreten.«

»Schon gut.« Zoeys Stimme ist rau.

Targa wirft noch einen schnellen Blick in das Badezimmer. Dort steht ein Dutzend Dosen mit Nahrungsergänzungsmitteln auf dem Bord. Auch hier türmen sich Handtücher und Unterwäsche in einem wüsten Haufen auf dem Boden. Im Waschbecken liegt eine Schere. Daneben eine Haarbürste, in der sich viele silbergraue Haare verfangen haben. Aus den Augenwinkeln sieht Targa, dass Zoey sie beobachtet. Sie beugt sich über das Waschbecken. Greift nach einer Dose mit Pillen.

»Wofür sind die gut?«

Zoeys Blick wandert automatisch zu dem Etikett. Diesen Moment nutzt Targa und zieht blitzschnell ein paar der Haare aus der Bürste. Damit hat sie die DNA von Zoey für einen späteren Abgleich.

»Magnesium. Ist gut für die Konzentration.«

»Bist du unkonzentriert?«

»Nein, aber hier muss man einiges leisten.«

In Targas Kopf fügt sich langsam ein Bild zusammen. ›Zoey hasst das Licht. War das immer schon so? Ihr Innenleben ist ziemlich chaotisch. Sie hat eine intensive, traurige Gefühlswelt. Wer hat sie nur so zerbrochen? Und wer ist die Frau auf dem Foto? Die Mutter von Zoey und Adam? Was ist passiert, bevor die Geschwister zu ihrer Pflegefamilie kamen? So viele offene Fragen, die ich beantworten muss.‹

»Jetzt zeig mir dein Zimmer, Adam.«

»Wie ist Ihr Eindruck?«, fragt Zoey.

»Später. Erst will ich das Zimmer deines Bruders sehen.«

»Es ist gegenüber.« Adam öffnet die Tür. Auch in diesem Raum ist es stockdunkel. Die Rollos sind heruntergezogen. Die Fensterritzen sind mit kleinen Tüchern verstopft. Ein durchdringender Geruch nach Putzmitteln hängt in der Luft.

Im Gegensatz zu seiner Schwester hat Adam penibel aufgeräumt. Das Bett ist gemacht und der Schreibtisch leer bis auf einen zugeklappten Laptop. Es gibt keine Bilder an den Wänden. Keine CDs. Nicht einmal ein Radio. Auch im Badezimmer riecht es nach Reinigungsmitteln. Auf dem Bord liegt weder eine Zahnbürste noch eine Creme. Auf Targa wirkt es wie ein Hotelzimmer.

›Die zwei Geschwister sind doch sehr verschieden. Adam ist zwanghaft kontrolliert. Er möchte nichts von seiner Person preisgeben. Versucht, sein wahres Ich zu verstecken. Jeder der beiden verarbeitet auf eigene Weise etwas Schreckliches aus ihrer Vergangenheit.‹

»Haben Sie jetzt genug gesehen?«

»Ja. Oberflächlich betrachtet seid ihr sehr unterschiedlich. Doch wenn man hinter den Vorhang blickt, dann habt ihr gemeinsame Vorlieben. Welche?«

Targa macht eine Pause und beobachtet die Reaktion der Geschwister. Zoey lehnt mit verschränkten Armen an der Wand. Adam steht in der Mitte des Zimmers. Tritt unruhig von einem Fuß auf den anderen. Beide schweigen.

»Sagen Sie es uns.« Es ist Zoey, die spricht.

»Ihr liebt die Dunkelheit, warum auch immer. Das kann ich gut verstehen. Das Dunkle ist beruhigend für das Gemüt.«

»Die Dunkelheit verbindet uns. Interessant.« Zoey wirkt erleichtert. »Wäre ich nie draufgekommen.«

»Seid ihr auch nicht. Sonst hättet ihr es mir erzählt. Aber jetzt zu der Aufgabe, die ihr heute erfüllen müsst.«

»Was, es geht noch weiter?«

Targa wirft Adam den Rubik-Würfel zu. »Schau ihn dir genau an!«

»Was soll das?«

»Zoey, verbinde Adam die Augen. Dann soll er den Würfel richtig stellen.«

»Kein Problem.« Adam lächelt. Mit verbundenen Augen dreht er die Seiten des Würfels. Braucht knappe vier Minuten.

»Fertig.« Er hält Targa den Würfel entgegen.

»Erzählt mir jetzt spontan die schönste und die schlimmste Erinnerung aus eurer Kindheit.« Targa lässt Adam keine Zeit zum Überlegen. ›Das blinde Lösen des Zauberwürfels hat sein Unterbewusstsein aktiviert. Jetzt wird er unwillkürlich erzählen‹, denkt Targa.

»Für mich war das Schlimmste, als ich in das grelle Licht gestoßen wurde«, antwortet Adam sofort. »Meine schönste Erinnerung ist Zoeys Luft, die mich als Kind gestärkt hat.«

»Welche Luft?«

»Adam meint, dass wir manchmal die Luft anhalten. Uns dann gegenseitig anpusten.« Zoey blickt zur Seite.

›Es ist offensichtlich, dass sie lügt. Die Luft, von der Adam gesprochen hat, bedeutet etwas anderes. Etwas, das mit der Kindheit der beiden zu tun hat.‹

»Klingt originell. Wie ist das bei dir, Zoey?« Targa hält ihr auffordernd den Würfel entgegen. Doch Zoey winkt ab.

»Weshalb soll ich mich Ihnen so öffnen?« Zoeys schwarze Augen sind unergründlich. Unter den hohlen Wangen zeichnen sich die filigranen Adern bläulich ab.

»Weil ich euch verstehen und kennenlernen möchte. Ihr seid nicht allein.« Targa umfasst das dünne Handgelenk von Adam. Sucht seinen Blick. ›Augen können nicht lügen. Sie machen uns zu Seelenverwandten‹, denkt sie.

»Ich habe für Adam eine kleine Welt aus Schatten entworfen«, bricht es plötzlich aus Zoey heraus. »Das war schön. Aber dann kam das Licht. Es erschlug die Finsternis. Ab da war alles anders.«

»Willst du das näher erläutern?«

»Nein, wir machen ja keine Psychotherapie bei Ihnen.« Zoey fährt sich mit den Fingern durch ihre dünnen Haare. »War's das?«

»Ja. Notiert eure Eindrücke über diese Stunde.«

Gemeinsam mit den Geschwistern verlässt Targa den Wohntrakt. Im Foyer kommt ihnen eine Studentin im Joggingoutfit entgegengelaufen.

»Jule ist tot!«, ruft die junge Frau völlig aufgelöst.

»Was ist mit Jule?« Zoey blickt Adam überrascht an. »Wie konnte das passieren?«

»Wer ist Jule?« Targa geht die letzte Frage der Geschwister durch den Kopf. ›Wie konnte das geschehen? Haben die beiden einen neuerlichen Mord begangen? Aber das würde von ihrem Schema abweichen.‹

»Jule ist eine Kommilitonin aus dem volkswirtschaftlichen Studienzweig.« Zoey wirkt fassungslos.

»Wo habt ihr sie gefunden?«, fragt Targa die Studentin.

»Beim Joggen im Wald. In einer Grube.«

»Was hat Jule dort gemacht?«

»Das wissen wir nicht. Aber vielleicht hat sie sich verirrt, ist in die Grube gestürzt. Mein Gott, wie entsetzlich.« Die Studentin bricht in ein unkontrolliertes Schluchzen aus.

»Habt ihr den Notarzt gerufen?«

»Ja, natürlich. Der ist schon dort. Und Doktor Tannhaus ist auch verständigt.«

»Ach, er wird die Leiche sicher in die Praxis mitnehmen. Dann sehe ich Jule ja noch einmal«, meint Zoey ungerührt.

»Du bist so herzlos.« Der Studentin rinnen erneut die Tränen über die Wangen.

»War nicht so gemeint.«

»Ist die Polizei auch dort?«, fragt Targa.

»Der Polizist aus dem Ort koordiniert alles.«

»Lasse Bergmann?«

»Kann sein, dass er so heißt.« Die Studentin schnieft. Sieht zu Zoey. »Du warst doch auch mit Jule befreundet.«

»Flüchtig«, erwidert Zoey. »War sie nicht die Freundin von Finn? Die beiden waren sogar verlobt. Was für ein Drama.«

29

Wenn die Schatten der Nacht das Licht des Tages ersticken, erwacht der Bauernhof zu neuem Leben. Kühle Luft streicht über die Gebäude.

Die Gefährten schleichen aus den Schlafsälen. Beginnen sofort mit der Arbeit. Auf diesem Bauernhof gibt es viel zu tun. Felder müssen bestellt werden. Obst wird gepflückt. Brot gebacken. Daisy hilft Helen in der Küche. Sie ist zum Kartoffelschälen eingeteilt. Ihr hübsches Gesicht ist rot und verschwitzt. Daisy sitzt auf einem niedrigen Schemel. Vor sich hat sie einen großen Korb mit Kartoffeln stehen.

»Warum teilst du Daisy für diese mindere Arbeit ein?« Olai spürt sofort, dass zwischen diesen beiden Frauen eine Rivalität besteht.

»Daisy ist neu hier und steht in der Hierarchie noch ganz unten«, rechtfertigt sich Helen kurz angebunden.

»Bei uns sind alle Gefährten gleichrangig.«

»Bin ich das auch für dich?« Helens Stimme klingt gekränkt.

»Du bist ein besonderes Kind der Nacht.«

»Das freut mich.« Helen lehnt ihren Kopf an Olais Schulter.

»Die Kinder müssen jetzt zum Unterricht.« Olai schiebt Helen von sich weg.

»Ich kümmere mich sofort darum.« Helen steckt die Hände in die weiten Ärmel ihres weißen Leinenkleides. »Was hältst du von Daisy?«

»Daisy ist mit ihren Gedanken noch in der anderen Welt. Aber das wird sich geben.«

»Ich bin mir bei ihr nicht so sicher.«

Schweigend gehen sie in der sternenklaren Nacht über den Hof. Olai öffnet das Tor des Foyers. »Du wartest hier.«

Ein kühler Lufthauch weht Olai entgegen, als er eintritt. Er eilt zu der Kellertür. Sperrt auf. Geräuschlos steigt er die Treppe nach unten. Öffnet dort das Schloss zu dem besonderen Kellerabteil. Schaltet die Taschenlampe an. Die Kinder liegen auf dem Boden oder hocken an der Wand. Der Lichtstrahl von Olais Lampe schreckt sie auf. Geblendet halten sie sich die Hände vor die Augen.

›Sehr gut, die Kleinen reagieren schon lichtempfindlich‹, denkt Olai zufrieden. Der Kegel der Taschenlampe geistert über die Köpfe der Kinder. Verharrt zitternd bei einem schwarzlockigen Jungen.

»Florian, komm her zu mir.« Olai winkt den kleinen Jungen zu sich. Die anderen Kinder drängen hinterher, doch Olai hebt gebieterisch die Hand.

»Helen holt euch später«, sagt er.

»Ich habe Hunger.« Ein kleines Mädchen kommt auf Olai zu. Streckt ihm bittend die Hände entgegen.

»Später!«

Olai schließt die Tür des Kellerabteils wieder.

»Komm mit mir.« Zärtlich streicht er Florian über die Locken.

»Warum sind wir in der Nacht wach?«, fragt Florian. »Und was machen die da?«

Florian deutet auf einige Jünger, die sich mit ihren Gerätschaften zu den Feldern aufmachen.

»Weil nur nachts unsere Sinne geschärft werden«, antwortet Olai. Er findet, dass Florian für seine fünf Jahre viele Fragen stellt. Das gefällt Olai, denn die wenigsten Menschen stellen Fragen, wollen immer nur Antworten.

»Am Tag schwirren Millionen von zerstörerischen Gedanken durch die Luft. Nachts schläft das Böse und die Luft ist rein und klar.«

»Mir ist kalt«, jammert Florian. Er schlingt die Arme um sich, zittert in dem dünnen Leinenhemd, das ihm Helen gegeben hat. »Ich habe keine Schuhe.«

»Die brauchst du hier nicht. Wir wollen den Boden unter den Füßen spüren. Auf diese Weise spricht Mutter Erde zu uns. Gehen wir spazieren, dann wird dir warm.«

Florian schweigt und zieht die Stirn kraus, so als würde er über die Worte von Olai nachgrübeln.

Olai weiß natürlich, dass der kleine Junge den Sinn dieser Sätze noch nicht versteht. Trotzdem sind sie in seinem Unterbewusstsein verankert und werden ihn mit den Jahren prägen.

»Du erinnerst mich an meinen Lieblingssohn«, murmelt Olai, während sie eine leichte Anhöhe hinaufgehen. Es ist einer der bevorzugten Plätze von Olai. Von dort aus sieht man hinüber bis zum Meer. »Er hatte genauso schwarze Locken wie du. Aber das ist Vergangenheit.«

»Was ist mit deinem Sohn passiert?« Florian greift nach der Hand von Olai. Als dieser die Kinderfinger spürt, überfällt ihn für einen kurzen Moment eine tiefe Trauer um seinen Sohn.

»Er ist tot.«

»Ist dein Sohn im Himmel?«

»Nein, er war böse und wollte die Sonne sehen. Und das hat ihn verbrannt.«

»Aber ich habe auch schon die Sonne gesehen und mir ist nichts passiert.«

»Du bist noch klein und unschuldig. Außerdem passe ich ab jetzt auf dich auf.«

»Aber meine Mama passt immer auf mich auf. Wo ist Mama?«, fragt Florian plötzlich mit weinerlicher Stimme und bleibt stehen.

»Deiner Mama geht's gut. Sie möchte, dass du ein braver Junge bist.«

»Das bin ich doch.« Florian senkt den Kopf. »Was ist dort drüben?« Aufgeregt deutet er mit dem Arm zu den flackernden Lichtern, die auf der Anhöhe leuchten.

»Das sind die Lichter für die Geretteten.« Olai nimmt Florian an der Hand. Dutzende von Laternen und Lämpchen sind auf der Anhöhe verteilt. Sie tauchen den Hügel in einen geisterhaften Schimmer. Erst als sie knapp davorstehen, entdeckt Florian, dass neben jedem Licht ein kleines schwarzes Kreuz in den Boden gesteckt wurde.

»Ist das ein Friedhof?«, fragt Florian ängstlich. »Sind das Gräber?«

»Ja, hier liegen all jene, die nicht hören und zurück ans Licht wollten. Die Sonne hat ihnen Böses angetan. Doch ich habe sie gerettet. Und jetzt geht es ihnen wieder gut und sie ruhen hier in Frieden.« Olai beugt sich zu einem verwitterten Kreuz und streicht mit den Fingerspitzen den Staub von dem kleinen Namensschild. »Sieh her. Da schläft ein kleiner Junge, der ungefähr so alt war wie du.«

»War er böse?« Florian stiert das Kreuz mit großen Augen an.

»Aber nein. Ein Kind kann doch nicht böse sein.« Olai lächelt. »Die Sonne hat ihn verfolgt, aber ich habe ihn beschützt.«

»Aber warum liegt er dann hier?«, lässt Florian nicht locker.

»Hier ist er in Sicherheit.« Olai packt Florian an den Hüften und schwingt ihn in die Höhe. »Wir müssen zurück. Es ist bald Zeit für das Mitternachtsessen.«

»Muss ich wieder in den Keller zu den anderen?«, fragt Florian zaghaft, als Olai ihn wieder auf den Boden hinunterlässt.

Olai antwortet nicht darauf. Natürlich wird es so sein. Doch das braucht der Kleine jetzt noch nicht zu wissen. Auf dem Weg zum Bauernhof passieren sie ein unbebautes Feld. Dort sind zwei Gefährten gerade bei der Arbeit. In ihren weißen Gewändern wirken sie in der Dunkelheit wie Gespenster. Sie sind dabei, einen großen Holzpfahl in den Boden zu rammen. Olai bleibt stehen und sieht ihnen bei ihrer Tätigkeit zu.

»Habt ihr alles vorbereitet? Ihr müsst vor Sonnenaufgang fertig sein. Dann wird Micha hierhergebracht.«

»Das schaffen wir.« Die beiden Gefährten nicken und graben emsig weiter.

»Was ist das?«, fragt Florian neugierig und kickt einige Steine weg.

»Das ist für jemanden, der das Licht in seine Seele gelassen hat.«

30

Abends spaziert Targa mit Hund zum Gasthaus von Blumenthal. Sie stellt sich an den Tresen und bestellt Wasser. Hund legt sich zu ihren Füßen. Rings um sie wird heftig diskutiert. Die lauten Gespräche drehen sich fast alle um die tote Jule. ›Manchmal beneide ich Hund für die Stille, die er um sich hat.‹

»Der Wald ist gefährlich«, meint ein alter Mann mit rotem Gesicht. »Nachts ist die ›weiße Frau‹ unterwegs. Sie lockt die Menschen auf trügerische Wege.«

»Von wegen ›weiße Frau‹. Das Mädchen war doch betrunken. Sie hat einfach nicht aufgepasst«, widerspricht eine Frau energisch. Sofort beginnt ein heftiger Disput. Targa kann in dem Wirrwarr nichts mehr verstehen. Plötzlich legt sich eine Hand auf ihre Schulter.

»Wartest du schon lange?«

Targa dreht sich um. Hinter ihr steht Lasse Bergmann. Er wirkt nicht älter als Ende dreißig. Trägt Jeans und ein schwarzes T-Shirt. Seine Lederjacke hat er lässig über die Schulter geworfen. Der schwarze Vollbart gibt seinem Gesicht einen verwegenen Touch.

»Nein. Ich warte nicht. Sondern höre den Gesprächen über das tote Mädchen Jule zu«, erwidert Targa.

»Die arme Jule. Es deutet alles auf einen Unfall hin.« Lasse beugt sich über den Tresen. Winkt der tätowierten Kellnerin. »Mach mir ein Bier.«

»Wieso sagst du ›deutet hin‹? Ist das nicht sicher?«

»Der Notarzt geht zumindest davon aus. Aber ich lasse die Leiche noch von Tannhaus untersuchen«, erwidert Lasse und nimmt einen Schluck Bier.

»Glaubst du etwa, dass vielleicht Fremdeinwirkung im Spiel sein könnte?«

»Du fragst mir ein Loch in den Bauch.« Lasse wirkt etwas genervt. Aber dann neigt er sich doch vertraulich Targa zu. »Ich war bei der Bergung der Leiche dabei. Jule ist abseits des Weges zunächst über einen gefällten Baumstamm gestolpert. Dahinter in ein tiefes Loch gefallen. Dabei so unglücklich gestürzt, dass sie sich das Genick gebrochen hat.«

»Wie tragisch. Aber so, wie du das erklärst, klingt es nach einem Unfall.«

»Jule war auf der Flucht. Sie ist vor jemandem davongelaufen. Das vermute ich.« Lasse trinkt sein Bier aus. Bestellt ein neues.

»Wie kommst du darauf?«

»Warum ist sie vom Weg abgebogen und ins Gebüsch gelaufen? Das ergibt doch überhaupt keinen Sinn.«

»Da hast du recht.« Targa findet die Überlegung von Lasse schlüssig. Könnten Zoey und Adam etwas damit zu tun haben? Das muss sie Lasse fragen. »Verdächtigst du jemanden?«

»Aber natürlich. Wenn du mich fragst, stecken die Geschwister dahinter. Vielleicht war Jule eine Gefahr für die beiden. Sie überraschen sie auf dem Waldweg. Jule hat

Angst. Rennt weg. Zoey und Adam kennen sich im Wald aus. Sie sind schnell. Wie die Wölfe jagen sie ihre Beute. Jule springt ins Gebüsch. Will sich verstecken. Stolpert über den Stamm. Stürzt in die Grube. Peng. Aus. Tot.« Lasse nimmt die Bierflasche. Knallt sie wie ein Ausrufezeichen auf den Tresen.

»Du glaubst im Ernst, Zoey und Adam haben etwas damit zu tun? Warum bist du so auf die beiden fixiert?«

Jedes Mal, wenn die Rede auf Zoey und Adam kommt, geht mit Lasse eine Veränderung vor sich. Er hebt die Schultern, ballt unwillkürlich die Fäuste. Seine Miene verfinstert sich. Targa spürt, dass in seinem Kopf ein Film abläuft, bei dem Zoey und Adam die Hauptrolle spielen. Aber es steht nicht mit den bisherigen Morden in Zusammenhang. Es ist ein persönliches Geheimnis, das Lasse quält.

»Mein sechster Sinn.« Lasse tippt sich an die Schläfe. Klingt erschöpft. So als wäre auch er durch den Wald gehetzt. »Ich habe dich übrigens vor einigen Tagen mit einem Mann hier im Ort gesehen. War das dein Vater?«, wechselt Lasse plötzlich das Thema.

»Du musst mich verwechseln. Ich habe keinen Vater mehr. Beobachtest du mich etwa?« Targa muss an die unendliche Suche nach ihrem Vater denken. Seit Jahren verfolgt sie zwanghaft jede Spur, die zu ihm führen könnte. Und jedes Mal, wenn sie glaubt, seine Identität zu lüften, ist es eine Enttäuschung. Manchmal hat sie den Eindruck, als würde sie einem Phantom nachjagen, das sie niemals stellen wird.

»Nein, natürlich nicht. Aber in diesen kleinen Ort kommen nicht viele Fremde. Da fällt so eine hübsche Frau natürlich auf. Ich frage mich, weshalb du in diesem College arbeitest.«

»Die Bezahlung ist gut. Und hast du etwas zu verbergen?«

»Ich? Wieso?«

»Weil du einen Bart trägst. Ich habe das in einem Buch gelesen. Männer mit Vollbart tragen ein Geheimnis in sich und wollen ihr wahres Ich nicht preisgeben.«

»Was liest du nur für komische Bücher«, erwidert Lasse grinsend.

»Du bist noch nicht so alt. Arbeitest hier bei der Dorfpolizei. Warum bist du nicht in Berlin bei der Kripo?«

»Ich bin hier aufgewachsen und mir gefällt es auf dem Land. Es muss nicht jeder ein Großstadtmensch sein.« Lasse räuspert sich. »Als in meinem Leben noch Licht war, wollte ich Profiler werden oder Sonderermittler. Das war vor zehn Jahren, doch dann kam die große Dunkelheit über mich. Meine Frau hat mich verlassen, weil ich zu viel getrunken habe. Ich habe schlagartig damit aufgehört und mir einen Bart wachsen lassen. Warum erzähle ich dir das alles?«, brummt Lasse. Er stellt die Bierflasche heftig auf den Tresen.

»Für einen trockenen Alkoholiker trinkst du aber eine Menge Bier.« Targa greift nach ihrem Wasserglas und überlegt. ›Ist die zerbrochene Liebe Lasses Geheimnis? Nein, denn dabei spielen Zoey und Adam keine Rolle. Es muss also noch ein anderes einschneidendes Erlebnis geben.‹

»Spinnst du? Ich war nie Alkoholiker. Hatte einfach immensen Stress bei der Kripo. Ab und zu einen zu viel über den Durst getrunken. Das war's auch schon.«

»Tut mir leid.« ›Das war wohl zu direkt‹, denkt Targa, als sie Lasses beleidigten Gesichtsausdruck bemerkt. »Was ist mit deiner Frau? Seid ihr noch in Kontakt?«, schneidet sie schnell ein anderes Thema an.

»Nein. Schluss jetzt mit der Fragestunde.« Lasse dreht seine leere Flasche in den Händen.

Targa horcht auf. ›Gibt es hier eine Verbindung zu Zoey und Adam? Ist Lasse deshalb so auf die beiden fixiert?‹ Sie will Lasse dazu fragen, doch in diesem Moment wuchtet er sich vom Barhocker.

»Wolltest du nicht den Bunker besichtigen, wo ich vor einem Jahr das verhungerte Mädchen gefunden habe?« Lasse mustert Targa mit einem düsteren Blick.

31

Wie eine undurchdringliche Mauer ragt der Wald schwarz vor Targa auf. Nur eine schmale Straße führt vom Dorf direkt in die Finsternis.

Zügig laufen Targa und Lasse den Weg entlang, der sich mehrmals verästelt. Targa hat Mühe, sich die Abzweigungen zu merken, doch sie orientiert sich an Totholz und Steinen, die auf dem Boden liegen. Der dünne Lichtstrahl von Lasses Taschenlampe geistert vor ihnen auf und ab. Verharrt auf Baumstämmen. Kreist um niedrig hängende Äste. Tanzt über den von Wurzeln aufgeworfenen Boden. Hund ist gut gelaunt und läuft vor ihnen her.

»Früher gab es hier Forsthüter, die sich um den Wald gekümmert haben.« Lasse leuchtet mit der Lampe auf ein Blättergestrüpp, das quer auf dem Weg liegt. »Aber jetzt geht alles den Bach runter.«

»Ist doch schön. Die Natur erobert sich das Land zurück. Ich verstehe nicht, warum die Menschen die Landschaft immer domestizieren müssen.«

»Du klingst wie eine Grüne.«

»Mein Herz ist grün. Ist das so schlimm?«

»Nein. Lebst du schon lange allein?«

»Wie kommst du darauf?«

»Na hör mal. Du wohnst in einem VW-Bus auf einem Parkplatz. Besitzt kein Handy.«

»Du bist gut informiert.«

»Hier macht alles sofort die Runde.«

»Ich bin nicht allein, ich habe Hund und meine Schwester Yella.«

»Du hast eine Schwester?«

»Ja. Darüber möchte ich nicht reden. Genauso wenig wie du über deine Frau.«

Lasse antwortet nicht, sondern bahnt sich den Weg durch das Buschwerk. Nach einem längeren Fußmarsch erreichen sie einen bewachsenen Erdhügel. Mittlerweile ist es vollkommen dunkel geworden. Die Umrisse des Hügels sind nur noch schemenhaft zu erkennen.

»So, da ist es.« Lasse lässt den Strahl seiner Taschenlampe über den Hügel gleiten. »Hier ist der Bunker, in dem ich das Mädchen gefunden habe.« Lasse steuert auf die Erhebung zu. Schiebt das Gebüsch zur Seite. Der Lichtkegel gleitet über grauen Beton, der fest mit Gestrüpp und knorrigen Wurzelausläufern bewachsen ist.

»Das perfekte Versteck«, murmelt Targa.

»Folge mir.« Lasse umrundet den Bunker, bleibt vor einem niedrigen Eingang stehen. »Das Tor zur Hölle«, sagt er ernst. »Du zuerst.« Er deutet in den schwarzen Schlund.

»Wieso ich?« Targa zögert.

»Hast du Angst?«

»Nein.« Targa gibt sich einen Ruck. Hebt die Hand. Hund folgt ihr. Gebückt kriecht Targa in den Bunker. Drinnen ist es stockdunkel. Sie kann überhaupt nichts erkennen. Draußen verlöscht das Licht der Taschenlampe. Alles ist gleichförmig schwarz.

»Lasse? Wo bist du?«

Keine Antwort. Targa dreht sich um. Will zurück zum Eingang. Hund hechelt. Nur mit Mühe kann sie den Durchlass finden. Es ist eine andere Nuance der Finsternis. Plötzlich tauchen die schattenhaften Umrisse einer Gestalt auf. Versperren Targa den Rückweg. Instinktiv weicht Targa bis in die Mitte des Bunkerraums zurück.

»Musste nur kurz telefonieren.« Es ist Lasse, der sein Handy wieder einsteckt. Die Taschenlampe erneut anknipst. Damit an die rückwärtige Wand leuchtet.

»Das Mädchen hieß Mia. Sie lag auf dem Boden. Ihr Arm war mit einer Kette an die Wand gefesselt. Mia war komplett abgemagert. Sah aus wie ein Gerippe. Es war ein entsetzlicher Anblick. Zuerst dachte ich, sie wäre tot. Ich hab sofort versucht, die Fessel zu öffnen. Aber es ging nicht. Sie lag regungslos auf dem Boden. Plötzlich hat sie die Augen aufgerissen. Wollte schreien. Konnte aber nur röcheln. Sie war komplett dehydriert. Ich hab die Wasserflasche vom Gürtel genommen. Ihr Flüssigkeit eingeflößt. Mia hat gehustet. Begann spastisch zu zucken. Zu keuchen. Der Atem ging pfeifend. Ich stand auf. Wollte Hilfe holen. Sie hat mich mit ihrer dünnen Hand gepackt. Mein Bein umklammert. ›Adam liebt Zoey.‹ Diese paar Worte hat sie noch hervorgebracht. Dann hat sie die Augen verdreht. Ihr Puls wurde schwach. Ich wusste, wenn ich gehe, stirbt sie.«

»Was hast du dann unternommen?« Targas Stimme klingt hohl. Hallt von den Wänden wider. Die Luft in dem Bunker ist stickig und erfüllt von namenloser Angst. Noch ein Jahr später klebt der Duft des Todes am Beton dieses Verlieses.

»Ich habe den internationalen Notruf gewählt. Der funktioniert ja überall. Über eine Stunde habe ich neben Mia gehockt. Ich habe ihr zu trinken gegeben. Über ihren Kopf gestreichelt. Ihr Mut zugesprochen. Dann fanden uns Polizei und Sanitäter. Sie haben sie stabilisiert und mit dem Hubschrauber in die

Charité geflogen. Ich sehe das noch vor mir, als wäre es gerade erst passiert.« Lasse drückt sich die Faust an die Stirn.

»Und wegen dieser paar Worte ›Adam liebt Zoey‹ hast du die Geschwister sofort verdächtigt?« Targa kennt die Aussage von Lasse. Aber sie möchte alles noch einmal am Tatort und mit seinen Worten hören.

»Ich hatte Zoey und Adam schon länger im Visier.«

»Und weshalb?« Hier ist es wieder, das Geheimnis, das Lasse in sich bewahrt. Targa nimmt sich vor, mit Rita eingehend darüber zu reden. Sie muss wissen, was Lasse verbirgt.

»Mia war Studentin am College. Zoey und Adam kannten das Opfer. Adam hatte Streit mit ihr. Dann die Aussage von Mia. Da muss man kein Sherlock Holmes sein, um die Geschwister zu verdächtigen.«

»Aber das waren keine Beweise.« ›Wieso weicht Lasse ständig aus? Warum setzt er sich wie ein Bluthund auf die Spur von Zoey und Adam?‹

»Nein. Man konnte ihnen nichts nachweisen. Sie hatten ein einwandfreies Alibi. Dann starb Mia. Herzstillstand. Angeblich einfach so. Ich habe meine Kontakte in Berlin befragt. Aber die Kollegen mauerten. Eines Tages kamen Leute vom BKA und haben Adam vernommen. Zogen unverrichteter Dinge wieder ab. Ich habe keine Ahnung, was sie von ihm wollten.«

›Aber ich weiß es‹, denkt Targa. Lasse kennt das Video nicht. Natürlich hat man sofort Adam verdächtigt. Aber sein Alibi war perfekt.

»Gib mir deine Taschenlampe.« Der helle Strahl huscht über die Betonwand, wo noch immer rostige Kettenteile an der Wand hängen. Der Boden ist penibel sauber, wahrscheinlich hat die Spurensicherung damals alles gereinigt. Nur die Aura des Todes konnten sie nicht beseitigen.

Targa gibt Lasse die Lampe zurück und steigt aus dem Bunker.

Als sie wieder auf dem Waldweg sind, summt Lasses Handy. Er bleibt stehen und liest die Meldung. Mit einem gequälten Gesichtsausdruck steckt er das Handy wieder in seine Tasche.

»Etwas Unangenehmes?«

»Paula ist nicht verschwunden, sondern abgetaucht. Ich habe mich wohl getäuscht. Ihr Vater hat soeben eine SMS von ihr erhalten. Paula wohnt bei einer Freundin in Berlin. Sie möchte nie mehr nach Blumenthal zurückkehren.«

32

Zufrieden starrt Adam auf Paulas Handy. Gerade hat er eine SMS verschickt. Dann die SIM-Karte aus dem Handy genommen und eingesteckt. Jetzt ist er zu Paula zurückgekehrt.

»Die Polizei sucht sicher bereits nach mir.« Paula hockt an der Wand und dreht die Kette zwischen den Händen. »Mein Vater wird nicht eher ruhen, bis er mich gefunden hat.«

»Ich habe gerade eine Nachricht an deinen Vater gesendet. Damit er sich keine Sorgen um dich macht.« Adam zeigt Paula das Handy.

»Du Psycho!« Paula steht schwankend auf. Mit erhobenen Fäusten wankt sie auf Adam zu. Die Kette spannt und reißt sie zurück. Wimmernd prallt sie auf den Beton.

»Pass auf, dass du dich nicht verletzt. Der Boden ist ziemlich rissig.«

»War Lisbeth auch hier gefangen? Wie viele habt ihr hier schon umgebracht?« Paula stöhnt leise. Reibt sich die aufgeschürften Knie.

»Wir töten doch keine Menschen.« Empört geht Adam auf und ab. »Im Gegenteil, wir retten euch vor dem Licht.«

»Wieso vor dem Licht?«

»Weil Licht und Sonne das Gehirn zersetzen. Genauso wie Essen die Menschen träge macht.«

»Du bist wahnsinnig.«

»Nein, bin ich nicht. Und ich beweise es dir.«

»Ich werde hier sterben.« Paula krümmt sich zusammen. Adam sieht, dass ihre Widerstandskraft gebrochen ist. Jetzt ist sie formbar.

»Wirst du nicht.«

»Bitte, lass mich frei.« Paula begehrt einmal noch auf. Zerrt an der Kette. Bricht dann endgültig zusammen.

Sie sieht bereits besser aus. Durch den Verzicht auf Essen hat ihr rundes Gesicht schon mehr Konturen bekommen. Ihre Lippen sind spröde. Die Stimme versagt. Paula bekommt zu wenig Flüssigkeit, trocknet von innen langsam aus. Adam kennt diesen Zustand. Dann werden die Schatten an den Wänden lebendig. Man gelangt auf die andere Seite, in eine Traumstadt. Dahin muss auch Paula kommen. Doch das dauert noch einige Zeit.

»Es ist nur zu deinem Besten. Irgendwann verstehst du, warum wir das tun.« Adam dreht unschlüssig ein Stück Brot in der Hand. ›Soll ich ihr etwas zu essen geben? Oder doch schon mit dem Hungern beginnen? Damit sie einen anderen Bewusstseinszustand erreicht.‹ Nachdenklich legt er das Brot in die Mitte auf den Boden. »Wir dürfen Zoey nicht enttäuschen. Deshalb musst du durchhalten. Das verstehst du doch?«

Noch immer liegt Paula auf dem kalten Stein. Sie rutscht nach vorne. Versucht verzweifelt, das Brot zu erwischen. Adams Worte scheint sie überhaupt nicht zu hören.

»Paula, Zoey darf nicht enttäuscht werden. Hast du verstanden?«

»Ja … ja«, antwortet Paula mechanisch. Wieder kratzt sie mit den Nägeln über den Beton. Hat nur Augen für das kleine Stück Brot.

»So kommen wir nicht weiter.« Adam greift nach dem Brot und schiebt es in seine Tasche.

»Ich hab's kapiert. Wir enttäuschen Zoey nicht.« Paula nickt heftig. Endlich hat Adam ihre volle Aufmerksamkeit. ›Was ein kleines Stück Brot alles bewirken kann‹, denkt er. Langsam zieht er das Brot wieder hervor. Schwenkt es vor Paula hin und her.

»Du darfst das Brot nicht so herumliegen lassen. Der Geruch zieht die Ratten an.«

»Ratten? Gibt es hier Ratten?« Blitzartig setzt Paula sich auf. Bei jeder Bewegung rasselt die Kette.

»Keine Sorge. Die kommen nur aus ihren Löchern, wenn sie etwas Essbares riechen. Bald gelangst du in einen anderen Zustand, dann brauchst du kein Essen mehr.«

»Darauf freue ich mich.«

»Das hast du schön gesagt.« Adam lächelt zufrieden und wirft Paula das Brot zu. Mit beiden Händen fängt sie es auf. Stopft sich gierig große Stücke in den Mund. Beginnt zu würgen und spuckt alles wieder aus.

»Ich brauche Wasser.« Paula beginnt zu husten.

»Du darfst nur kleine Stücke abbeißen. Musst gut kauen«, rät ihr Adam.

»Mein Hals ist so trocken. Bitte gib mir Wasser.« Paula deutet auf die Plastikflasche, die in einer Ecke der Zelle steht. So nahe, aber für Paula unerreichbar.

Wieder zerrt sie an der Kette. Adam sieht, dass ihr Handgelenk schon ganz aufgeschürft ist. Er hofft, dass sich die

Stelle an ihrem Arm nicht entzündet. Das gab es schon einmal. Bei Lisbeth. Auch Lisbeth zerrte immer wie verrückt an der Kette. Lisbeth war so auf ihre Flucht fixiert, dass sie sich selbst verstümmelte.

Seufzend steht Adam auf. Ergreift die Wasserflasche. Ewa ist tot. Was, wenn auch Paula stirbt? Das wäre eine Katastrophe. Die ganzen Bemühungen umsonst. Er schraubt den Verschluss der Wasserflasche auf. Paula beobachtet ihn mit stierem Blick. Hypnotisiert die Flasche. Adam füllt Wasser in den Becher, der neben der Flasche steht. Bei dem Geräusch stöhnt Paula leise auf. Adam nähert sich Paula. Schaut zuerst auf den Becher, dann in Paulas Gesicht. Ihr Mund ist halb geöffnet. Die Lippen aufgebissen und blutleer. Ihre Zunge wirkt etwas angeschwollen.

›Ewas Tod hat mich erschüttert. Soll Paula deshalb trinken? Ist das richtig? Was würde Zoey an meiner Stelle tun? Warum ist sie nicht hier?‹

»Bitte, gib mir den Becher«, bettelt Paula. Ringt die Hände. Hockt sich auf die Knie. Greift nach der Kette. Schlägt sie auf den Boden. Ruft dazu: »Bitte, bitte, bitte!« Immer und immer wieder. Wie ein störrisches Kind.

›Zoey würde sich davon nicht beeindrucken lassen.‹

»Durst!«, krächzt Paula.

»Hier!« Adam steht vor ihr. Hält ihr den Becher entgegen. Paula greift danach. Doch Adam zieht seine Hand blitzschnell zurück.

Paula starrt ihn mit blutunterlaufenen Augen an. »Du Schwein!« Ihr Atem geht rasselnd.

Adam kippt den Becher. Ganz langsam. Das Wasser tropft auf den Boden. Versickert langsam in den Ritzen des Betons. Paula heult auf. Sie kriecht auf allen vieren. Neigt den Kopf, als würde sie ihm die Füße küssen. Doch sie leckt nur die Reste der versiegenden Flüssigkeit vom kalten, grauen Beton.

Adam erinnert sich zurück. Er war ein kleiner Junge. Bereits zwei Tage und Nächte eingesperrt.

Die Hitze ist mörderisch. Die Kinder stöhnen. Jeder von ihnen erhält einen Becher. Aber es wird nur jeder zweite Becher gefüllt. Adams Becher bleibt leer.

Er war knapp vor dem Verdursten. Aber das hat ihn stark gemacht.

33

Es ist Wochenende. Auf den Einfallstraßen nach Berlin herrscht Stau. Der alte VW-Bus wirkt klein zwischen den chromblitzenden Geländewagen. Hund sitzt vorn auf der Bank neben Targa und blickt interessiert durch die Windschutzscheibe.

Bei Friedrichshain biegt Targa von der Stadtautobahn ab. Passiert Straßen mit gleichförmigen Plattenbauten. Fährt bei einem Hochhaus in die Tiefgarage. In dem Gebäude befinden sich die Büros der Abteilung K2. Es ist eine ehemalige Stasizentrale mit abhörsicheren Räumen und schusssicheren Fenstern. Die Garage ist fast leer, nur auf einem Stellplatz parkt eine graue Limousine. Ein Mann lehnt am Kühler und raucht. Es ist Lundt.

»Hat die Kontaktaufnahme geklappt?«, fragt Lundt. Er schnippt die Kippe auf den Boden.

»Ja.«

»Und weiter?«

»Erzähle ich oben.«

Sie gelangen durch einen grau gestrichenen Gang zum Aufzug. Die Neonröhre blinkt. Niemand hat sich bisher die Mühe gemacht, sie auszuwechseln. ›Es ist wie immer‹, denkt Targa beruhigt. Im sechsten Stockwerk steigen sie aus dem

Aufzug. Gehen lautlos über den verschlissenen Teppichboden einen holzgetäfelten Korridor entlang. An der verblichenen braunen Tapetenwand sieht man noch die hellen Stellen, wo einmal die nun abgenommenen Porträts ehemaliger DDR-Größen hingen. ›Gleich wird Lundt wieder Stasi-Schick sagen‹, denkt Targa.

»Wir sind heute in einem anderen Besprechungsraum«, erklärt Lundt stattdessen.

»Warum?« Targa ist irritiert. Sie mag es nicht, wenn die Routine geändert wird.

Lundt antwortet nicht. Bleibt vor einer Tür mit Messingbeschlag stehen. »Hier ist es.«

»Da gehe ich nicht hinein.« Targa verschränkt die Arme vor der Brust. Schüttelt verneinend den Kopf.

»Warum das denn?« Lundt holt automatisch seine Zigarettenschachtel aus der Tasche.

»Du weißt genau, was hier vor zwei Jahren, vier Monaten und sechs Tagen passiert ist.«

»Ja und? Das ist Schnee von gestern.«

»Aber nicht für mich.«

Vor Targas geistigem Auge läuft die Aktion ab, als wäre es erst gestern gewesen und nicht schon vor Jahren.

Sie ist undercover in einem Shisha-Lokal in Neukölln. Arbeitet dort an der Bar. Das Lokal ist die Homebase von Hassan Danubi. Waffen- und Drogendealer im großen Stil. Targa ist es gelungen, das Vertrauen von Nasrin, seiner Freundin, zu gewinnen. Nasrin steckt ihr, dass Hassan einen großen Deal mit den Serben plant. Es geht um Waffen. Die Übergabe soll im Shisha-Lokal stattfinden.

»Das riecht nach einer Falle«, meint Targa zu ihrem Einsatzleiter Moses, als sie sich beim Buffet am Kottbusser Tor treffen. »Ich glaube, sie wollen testen, ob es einen Spitzel in ihrer Organisation gibt.«

»Wie kommst du darauf?«, fragt Moses.

»Eine Waffenübergabe in einem Shisha-Lokal, das ist doch mehr als unvorsichtig.«

»Ich finde, das SEK soll zuschlagen. Wann steigt der Deal?«

»Morgen Nacht. Du machst einen Fehler, Moses. Ich habe Hassans Freundin umgedreht. Sie kommt in die Schusslinie.«

»Tja, dann hätte sie nicht Gangsterbraut werden sollen«, meint Moses lapidar. »Außerdem passiert ihr doch nichts, wenn wir ihren Lover verhaften.«

»Ich bin gegen den Zugriff«, beharrt Targa auf ihrem Standpunkt. »Ihr findet garantiert nichts in dem Lokal.«

»Auf welcher Seite stehst du eigentlich?«, fragt Moses gereizt.

»Auf der intelligenten«, erwidert Targa. »Und du agierst nicht besonders klug.«

»Okay, du bist draußen.« Moses stellt mit finsterer Miene seine Bierflasche auf den Stehtisch.

Zwei Tage später steht Targa vor genau dieser Tür und betritt den Raum dahinter. Moses sitzt am Tisch.

»Der Einsatz war eine Pleite«, brummt er. »Dein Tipp hat nichts gebracht.«

»Ich habe es dir gesagt. Es ist eine Falle. Wir müssen Nasrin Polizeischutz geben«, schlägt Targa vor.

»Nasrin? Ist das die Araberin, die wir heute Morgen tot aufgefunden haben?« Einer von Moses' Männern schiebt ein Foto über den Tisch. Targa greift danach. Es ist Nasrin. In ihrer Stirn klafft ein kleines Loch. Die Hälfte ihres Hinterkopfs fehlt.

»Du hast sie umgebracht!«, zischt Targa und deutet auf Moses.

»Wie kommst du darauf?«

»Ich habe dich gewarnt, dass es eine Falle ist. Du bist einfach unfähig für diesen Posten. Niedrige Intelligenz gepaart mit Machogehabe. Du musst zurücktreten.«

»Das sagst ausgerechnet du mir? Eine gestörte Ermittlerin, die nicht teamfähig ist? Die ständig die Befehle ihres Vorgesetzten anzweifelt«, faucht Moses.

»*Du bist für mich kein Vorgesetzter*«, erwidert Targa. »*Sondern einfach ein Dummkopf.*«

»*Insubordination. Das war's. Du bist vom Dienst suspendiert. Gib mir deine Waffe und deinen Ausweis.*«

»*Liegt alles in meinem Schreibtisch. Sollte eigentlich bekannt sein, dass man als Undercover nicht mit der Polizeimarke herumläuft.*« *Targa dreht sich um und verlässt den Raum. In ihrem Büro steht bereits ein leerer Karton auf dem Schreibtisch.*

»*Das ist für deine persönlichen Sachen. Verschwinde aus dem Gebäude.*« *Moses ist ihr gefolgt. Lehnt in der Tür.*

»*Ich habe keine persönlichen Dinge.*« *Targa geht an Moses vorbei nach draußen.*

Am nächsten Morgen erhält sie auf dem Campingplatz, wo ihr Bus steht, Besuch von einem Mann im grauen Anzug.

»*Volker Lundt*«, *stellt er sich vor.* »*Wir stellen eine neue Spezialtruppe zusammen. Ich hätte dich gern dabei.*«

So begann die Zusammenarbeit.

»Sollen wir ewig warten?« Lundts Stimme reißt Targa aus ihren Gedanken. Die Erinnerung verblasst.

»Du kennst meine Meinung zu diesem Zimmer.« Targa senkt trotzig den Kopf. »Wenn du mir erklärst, warum du mich damals trotz des Vorfalls mit Moses rekrutiert hast, dann betrete ich diesen Raum.«

»Was soll das jetzt, Targa!«

»Also, warum?«

»Weil du zu viele Fragen stellst. Sehr intelligent und unnahbar bist. Weil du Moses die Meinung gesagt hast. Das habe ich noch nie erlebt.«

»Ist das alles? Es gibt doch immer einen emotionalen und einen rationalen Gesichtspunkt, habe ich gelesen.«

»Richtig.« Lundt macht eine Pause. Erst dann antwortet er. »Du erinnerst mich an meine Tochter.«

»Gut. Jetzt können wir hineingehen.«

Sie betreten ein winziges Zimmer, in dem bloß ein Schreibtisch und zwei Stühle Platz haben. Targa erzählt Lundt, wie sie mit Zoey und Adam Kontakt aufgenommen hat.

»Hast du schon konkrete Beweise? Etwas, womit ich den Staatsanwalt überzeugen kann?«, fragt Lundt.

»Noch nicht. Aber ich habe eine Strategie.«

»Und die wäre?«

»Wir müssen bei Adam ansetzen. Er ist der Emotionalere von beiden.« Targa denkt an Adams Augen. Diese eisige Kälte, die sich auch in ihrem Blick wiederfindet. »Er hält mich für eine Seelenverwandte. Dieses Gefühl muss ich bei ihm verstärken. Wenn ich Zoeys Platz einnehme, dann bekomme ich Beweise. Außerdem bin ich sicher, dass es inzwischen ein neues Opfer gibt.«

»Geht's ein wenig konkreter?« Lundt kippt das Fenster und zündet sich eine Zigarette an.

»Ich war mir sicher, dass es Paula, die Postfrau von Blumenthal, ist. Aber sie hat eine SMS an ihren Vater geschickt, dass sie in Berlin bei einer Freundin wohnt. Rita soll das nachprüfen. Es muss also jemand anderes sein.«

Wie aufs Stichwort öffnet sich die Tür. Rita tritt ein.

»Ein kleineres Büro konntet ihr wohl nicht finden?« Sie schiebt sich an Targa vorbei. Stellt ihren Laptop auf den Schreibtisch. Targa bringt sie auf den neuesten Stand.

»Paula wird also nicht mehr vermisst.«

Rita tippt einige Befehle in ihren Laptop. »Ich habe eine Matrix entwickelt und dort Vermisstenfälle aus Berlin und Umgebung der letzten Monate eingepasst. Es gibt keine, die in dieses Schema passen.«

»Vielleicht haben sie aufgehört zu morden?«, meint Lundt.

»Niemals«, erwidert Targa. »Zoey und Adam sind besessen. Das spüre ich und das macht sie so gefährlich.«

»Ich stimme Targa zu.« Rita öffnet ein neues File. »Es gibt doch etwas, eine Vermisstenanzeige aus Polen. Die passt perfekt in das Raster.« Rita dreht den Laptop zu Targa und Lundt. Auf dem Display sieht man das Foto einer jungen Frau mit brünetten Haaren. »Das ist Ewa Malokova. Ihre Mutter lebt in Wroclaw. Dort wurde sie als vermisst gemeldet.«

»Was hat das mit unserem Fall zu tun?«, fragt Lundt.

»Ewa hat als Reinigungskraft bei Putztrans in Berlin gearbeitet. Das ist eine mobile Putzkolonne, die in und um Berlin tätig ist. Sie reinigen auch das College in Blumenthal.« Kurz und präzise gibt Rita die Informationen wieder.

»Rita, du kümmerst dich um weitere Details von Ewas Verschwinden. Mit wem war sie befreundet, wo wurde sie das letzte Mal gesehen? Gibt es eine Verbindung zu Zoey und Adam?« Targa lehnt sich an den Schreibtisch. »Bist du schon fündig geworden in Hinsicht auf die gesperrten Akten?«

»Nein, aber ich bleibe dran.«

»Es muss doch etwas über die Vergangenheit von Zoey und Adam geben. Warum lieben die Geschwister die Dunkelheit so sehr, dass sie dafür morden?«

34

Zwiespältige Gefühle kämpfen nach der Besprechung in Targas Innerem. Einerseits vermisst sie die Stunden mit Edgar, wenn er vor der rotierenden Waschmaschine saß und seine Texte lernte. Andererseits genießt sie das Alleinsein mit Hund. In ihrem Bus holt sie einen Beziehungsratgeber vom Bücherregal. Das Buch hat sie auf einem Flohmarkt erstanden, als das Zusammensein mit Edgar ein fixer Bestandteil ihres Lebens wurde. Aufmerksam liest sie die Ratschläge. Aber wie eine Trennung problemlos funktioniert, davon steht nichts in dem Büchlein. Seufzend klappt sie das Buch zu und weiß, dass sie Yella um Rat fragen muss.

»Ich lese gerade einen Beziehungsratgeber, der mir nicht weiterhilft, Yella.«

»*Du willst lernen, wie eine Beziehung funktioniert, Targa?*«

»Ich muss wissen, wie sie nicht funktioniert.«

»*Interessant, du beginnst also eine Beziehung mit dem Ende.*«

»Nein, es ist komplizierter.«

»*Dann erzähle, was dich beschäftigt.*«

»Ich muss die Beziehung zu Edgar auf Eis legen.«

»*Wieso das denn? Ihr versteht euch doch so gut.*«

»Eben, weil wir uns verstehen, muss ich Schluss machen.«

»*Das klingt ein wenig paradox.*«

»Ist es auch. Ich mag es, wenn Edgar bei mir ist. Gleichzeitig fürchte ich mich davor.«

»*Das ist ein Widerspruch. Erkläre mir das genauer.*«

»Ich mache mir Sorgen um Edgar. Schon einmal musste jemand meinetwegen sterben.«

»*Ich weiß, wen du meinst.*«

»Dieses Gefühl möchte ich nicht noch einmal erleben. Ich kam zu Mattis Wohnwagen und er war bereits tot. Jetzt will ich nicht, dass Edgar tot neben der Waschmaschine liegt.«

»*Heißt das, du sorgst dich um Edgar?*«

»Ja, denn meine Gegner zielen immer darauf ab, mich mitten ins Herz zu treffen.«

»*Edgar hat einen Platz in deinem Herzen?*«

»Er kreist nur am Rande um meinen Planeten, kommt aber unmerklich näher.«

»*Und jetzt schickst du ihn wieder hinaus in die Weite des Universums.*«

»Aber ich will ihn zurückholen, wenn alles vorbei ist.«

»*Du machst Fortschritte in deinem sozialen Leben, Targa.*«

35

Die Nacht zum Sonntag senkt sich über Blumenthal. Es ist bereits nach Mitternacht, als ein Schatten über die Straße zu dem modernen Haus von Doktor Tannhaus huscht. Die Gestalt tippt den Zugangscode in das Display. Die Tür öffnet sich lautlos. Ohne Licht zu machen, geht die Person zielsicher in den OP. Erst in dem fensterlosen Raum drückt sie den Lichtschalter. Grelles Neonlicht flammt auf.

Mit geschlossenen Augen tastet sich Zoey durch den Raum. Sie kontrolliert ihren Atem. Bleibt für eine Minute in der Mitte stehen. Dann öffnet sie langsam die Augen und schaut blinzelnd um sich. Das Aggregat des kleinen Kühlraums surrt. Die verchromte Tür spiegelt Zoeys Gestalt. Sie ist ganz in Schwarz gekleidet, nur die Handschuhe sind leuchtend weiß. Zoey hat sich die Kapuze zurückgeschoben. Ihre Haare wirken im Licht wie Silberfäden. Mit einem kräftigen Ruck öffnet sie die Tür zum Kühlraum. Eine Rollliege steht in der Mitte. Darauf liegt ein Körper. Die Konturen einer Toten, mit einem grünen Tuch vor Blicken verborgen. Zoey löst die Arretierung der Rollen und schiebt die Bahre in den OP-Raum. Zieht mit einer schnellen Bewegung das Tuch von der Leiche.

»Wie hässlich du doch bist.« Ausgiebig mustert sie die Leiche. Jule ist nicht so schlank wie sie.

Man erkennt keine Rippen an Jules Oberkörper. Die Hüftknochen sind von Fleisch umgeben. Jules Haar ist aschblond und wirkt kraftlos. Ihr rundes Gesicht erscheint friedlich. Die Augen sind geschlossen. Jules Kopf liegt ein wenig schief. Mit beiden Händen fasst Zoey den Schädel und rückt ihn gerade. Die Haut fühlt sich kalt an. Ein Schauer fährt wie ein Elektroblitz durch Zoeys Körper. Schnell huscht sie zum Schalter und macht das Licht aus. Jetzt fühlt sie sich Jule so nah wie nie zuvor.

»Wie bist du gestorben?«, flüstert sie Jule ins Ohr. »Ich glaube, dass Adam dafür verantwortlich ist. Doch ihn trifft keine Schuld. Das hast du ganz alleine verbockt.« Zoey beugt sich nach vorne. Legt ihren Mund an Jules Ohr. »Du hast mich sehr beleidigt. Das konnte ich mir nicht gefallen lassen. Auch Finn wird dafür büßen, dass er sich überhaupt mit dir eingelassen hat.«

Im College war Jule immer hektisch und nervös. Sehr auf ihr Aussehen bedacht, auf ihre Wirkung. Jetzt ist sie endlich zur Ruhe gekommen. Im Dunkeln streichen Zoeys Hände über Jules Körper. Sie holt eine kleine Tüte aus der Tasche ihres Hoodies. Zieht ein kurzes Haar hervor. Platziert es im Schambereich von Jule.

Plötzlich hört Zoey ein Geräusch. Das Neonlicht flammt auf. In den zuckenden Lichtblitzen erkennt sie Tannhaus. In Jogginghosen und T-Shirt steht er in der Tür.

»Was um Himmels willen geht hier vor?« Entgeistert starrt der Arzt auf Zoey und dann auf Jules Leiche. »Was machst du denn da?«

»Ich wollte mich nur von der armen Jule verabschieden«, antwortet Zoey geistesgegenwärtig. Sie senkt den Blick und tritt von der Bahre zurück.

Tannhaus hebt das Tuch vom Boden auf. Mit einer weit ausholenden Armbewegung wirft er es über den Körper der Leiche. Er packt die Liege an den Griffen und schiebt sie zurück in den Kühlraum. Verschließt ihn. Dreht sich zu Zoey. Mustert sie mit finsteren Blicken.

»Du stehst mitten in der Nacht neben einer Leiche, Zoey. Hast du etwas mit ihrem Tod zu tun?«.

»Nein, nein«, wehrt Zoey bestürzt ab. »Ich sagte doch: Ich wollte mich von Jule verabschieden.«

»Egal, wie auch immer. Dein Verhalten ist untragbar. Ich muss das melden. Das ist dir doch hoffentlich klar.«

»Wenn Dora Keller, die Direktorin, davon erfährt, dann fliege ich vielleicht aus dem College.«

»Das kann schon sein.« Der Arzt zeigt sich unnachgiebig.

»Wollen Sie wirklich mein Leben zerstören? Ich bin mit einem Begabtenstipendium ans College gekommen.«

Tannhaus sieht gut aus für sein Alter. Er ist verheiratet und hat keine Kinder. Seine Frau engagiert sich für den Umweltschutz. Sie ist in seinem Alter.

Zoey kommt langsam näher. Steht jetzt direkt vor Tannhaus. Sieht ihm ins Gesicht. Er weicht ihrem Blick nicht aus. Ohne ihn aus den Augen zu lassen, öffnet Zoey den Reißverschluss ihres Hoodies. Lässt ihn zu Boden gleiten. Darunter trägt sie ein enges Tanktop. Der Blick von Tannhaus schweift nach unten. Verharrt auf ihren Brustwarzen. Sie greift nach seiner Hand. Legt sie auf ihre Brust.

»Sie müssen zudrücken, dann werden sie steif.«

Tannhaus antwortet nicht. Presst seine Hand auf Zoeys Busen. Durch das Shirt spürt sie die Hitze auf ihrer Haut. Ungestüm zieht er Zoey die Leggings nach unten. Atmet schwer. Zoey spürt seine Finger zwischen ihren Beinen. Sie überlegt, ob sie um Hilfe rufen soll. Ja, sie könnte zur Tür laufen und »Hilfe,

Vergewaltigung!« schreien. Die Polizei rufen. Nachbarn würden die Situation mit einem Blick erfassen. Tannhaus wäre erledigt.

Während Zoey über diese Möglichkeit nachdenkt, hat auch Tannhaus seine Jogginghose nach unten geschoben. Er packt Zoey bei den Hüften und hebt sie auf einen der stählernen Obduktionstische.

»Dich wollte ich schon immer!«

Zoey bildet sich ein, noch immer die Leiche von Lisbeth zu riechen, die Tannhaus gemeinsam mit ihr obduziert hat. Tannhaus zieht ihr die Leggings ganz aus. Drückt ihre Beine auseinander.

»Stopp! Wir machen das so, wie ich es will.« Zoey greift nach einem Tuch. Verbindet Tannhaus die Augen. »Ich will, dass du mich entdeckst.«

Blitzschnell springt sie von dem Stahltisch. Packt Tannhaus an den Schultern und dreht ihn mehrmals im Kreis.

»Wo bin ich?«

Mit ausgestreckten Händen und heruntergelassener Hose tappt der Arzt durch den OP. Zoey dreht das Licht ab. Huscht dann lautlos hinter Tannhaus. Klopft ihm auf den Hintern. Nervös dreht er sich um. Greift nach ihren Brüsten. Atmet erleichtert auf.

»Hören wir auf damit!«

»Warte!« In einer stählernen Nierenschale sieht Zoey eine sezierte Feldmaus. Die ist für den Naturkundeunterricht in der Grundschule. Zoey nimmt die Hand von Tannhaus. Legt sie auf den pelzigen Rücken der toten Maus.

»Was ist das?« Tannhaus streicht über das Fell. »Bist das du?«

»Vielleicht.«

»Das glaube ich nicht.« Mit einem Ruck reißt sich Tannhaus die Binde von den Augen, kann aber im Dunkeln zunächst nichts sehen. Doch dann entdeckt er die Maus. Angeekelt zuckt er zurück.

»Du bist krank!«

»Und weiter?« Zoey steht herausfordernd vor ihm. Sie trägt nur noch das Tanktop. »Los, komm!« Mit einem Satz schwingt sie sich wieder auf den Stahltisch. »Nimm mich!«

Tannhaus liegt keuchend auf ihr. Wenn Adam das sehen würde, nicht auszudenken. Ihre Gedanken wandern zurück in die Zeit der großen Finsternis. Zehn Jahre ihres Lebens verbrachte sie dort. Die Schatten an den Wänden waren ihre Welt. Schnell ist alles vorbei. Mit hochrotem Kopf wuchtet sich Tannhaus in die Höhe. Schnauft laut.

Plötzlich summt das Handy in seiner Jogginghose. Hektisch zerrt er es aus der Tasche. »Ach du meine Güte.« Er bedeutet Zoey, still zu sein. »Alles gut, mein Schatz. Bin gleich wieder zurück«, sagt er betont ruhig. »Ich habe noch eine Untersuchung vornehmen müssen.« Pause. »Ja, das duldete keinen Aufschub. Ich bin gleich bei dir. Leg dich wieder hin und schlaf.«

Tannhaus schaltet das Handy aus. Er wirkt nervös. »Kein Wort zu meiner Frau«, beschwört er Zoey. »Dann vergesse ich auch die Meldung beim College.«

Zoey lächelt hintergründig, während sie in ihre Leggings schlüpft. Sie greift nach ihrem Hoodie und zieht ihn an. Holt ihr Handy aus der Brusttasche. Schießt ein Foto von Tannhaus, der noch immer mit halb heruntergelassener Hose vor ihr steht.

»Spinnst du! Lösch das Bild sofort!«

»Das ist für mein Archiv!« Sie zieht den Reißverschluss des Hoodies nach oben und geht zur Tür. »Jetzt haben wir beide ein Geheimnis.«

36

Die Sonne zeigt sich am Morgen nur zaghaft. Noch besitzen die Schatten der Nacht die Oberhand. Es herrscht eine sonntägliche Ruhe. Ein einsamer Jogger dreht seine Runde. Vor einem Wohnblock parkt ein VW-Bus. Die Vorhänge sind zugezogen. Eine ältere Frau kommt aus dem Wohnblock. Sie schüttelt den Kopf, als sie den Bus sieht. Versucht, durch die Fenster einen Blick nach innen zu erhaschen. Als sie nichts erkennt, klopft sie resolut an die Scheibe.

»Was ist?« Verschlafen steckt Targa den Kopf durch das geöffnete Fenster.

»Frühstück ist fertig.« Margarete bleibt abwartend neben dem Bus stehen.

»Ich brauche noch fünf Minuten. Muss duschen«, sagt Targa und verschwindet wieder im Inneren.

»Benutz doch mein Badezimmer«, schlägt Margarete vor.

»Du weißt, dass ich das nicht kann«, antwortet Targa und lässt das Wasser in ihrer winzigen Dusche laufen.

Sie mag keine Veränderung. Und in Margaretes Wohnung gibt es eine Menge Veränderungen. Das Bad ist neu. Auch die Küche. Aber am schlimmsten: Targas ehemaliges Kinderzimmer wurde völlig zu einem modernen Wohnraum umgestaltet.

Deshalb schläft sie lieber in ihrem Bus als in der fremden Umgebung. Margarete versteht das nicht. Doch sie weiß, dass sie gegen den Dickkopf ihrer Tochter keine Chance hat.

Während sich Targa anzieht, bekommt Hund noch sein Fressen. Dann ist sie so weit. Margarete wartet mit verschränkten Armen auf dem Gehsteig und mustert sie von oben bis unten.

»Dieses T-Shirt hast du gestern auch schon getragen«, stellt sie mit einem vorwurfsvollen Unterton in der Stimme fest.

»Nein, ich habe mehrere davon. Das weißt du doch«, korrigiert Targa ihre Adoptivmutter.

Sie steigen die Treppe zu Margaretes Wohnung hinauf. Hund trottet hinterher. ›Wenigstens ist im Treppenhaus alles gleich geblieben. Es ist immer noch so unordentlich‹, denkt Targa. Sie erinnert sich, wie sie als junges Mädchen die Stufen beim Hinaufgehen zählte. Immer wenn sie sechsunddreißig sagte, steckte sie den Schlüssel ins Schloss der Wohnungstür. Das funktionierte so lange, bis ein Junge aus dem unteren Stockwerk auf diesen Tick aufmerksam wurde und ihr den Weg versperrte.

»*Was zählst du da?*«, *fragt der Junge.*

»*Die Treppenstufen*«, *erwidert Targa und sagt laut:* »*Einundzwanzig.*« *Jetzt muss sie so lange* »*Einundzwanzig*« *sagen, bis der Junge sie vorbeilässt. Aber der macht keine Anstalten. Starrt sie bloß an, als sei sie eine Außerirdische.*

»*Du spinnst*«, *konstatiert er nach einer Weile.* »*Meine Mutter hat recht. Du bist nicht ganz richtig im Kopf.*«

»*Einundzwanzig*«, *murmelt Targa. Sie kann nicht aufhören, möchte aber dem Jungen antworten. Ein echtes Dilemma.* »*Einundzwanzig!*«, *wiederholt sie, den Tränen nahe, und wirft ihre Schultasche auf die Stufen.*

Oben wird eine Tür aufgerissen.

»Was ist los?« Margarete beugt sich über das Geländer. »Lass meine Kleine in Ruhe!«, ruft sie nach unten.

»Warum spinnt sie denn so?«, fragt der Junge frech.

»Sie ist klüger, als du jemals sein wirst. Du verstehst eben nichts von ihrer Geheimsprache.« Margarete kommt schnell die Treppe herunter.

»Einundzwanzig«, murmelt Targa hilflos.

»Zweiundzwanzig«, hilft ihr Margarete und schubst sie eine Stufe höher. Jetzt geht alles wieder wie von selbst.

»Sechsunddreißig.« Aufatmend steckt Targa den Schlüssel ins Schloss.

»Denkst du manchmal noch daran, wie du die Treppenstufen gezählt hast?«, reißt sie Margaretes Stimme aus dieser Erinnerung.

»Genau daran habe ich eben gedacht«, erwidert Targa. »Du hast mich gegen den Nachbarjungen verteidigt.«

»Ich weiß.« Targa bemerkt, dass die Augen ihrer Adoptivmutter feucht werden. Sie ist so sentimental. »Du warst schon immer ein besonderes Kind. Das haben die wenigsten verstanden.«

Margarete sperrt die Wohnungstür auf. Targa presst die Lippen zusammen, als sie eintritt. Der Vorraum ist neu. Laminatboden anstelle des alten PVC. Die Wände strahlend weiß gestrichen.

»Wo ist die Tapete mit der Messlatte?«

Auf der alten Raufasertapete hat Margarete in regelmäßigen Abständen ihre Körpergröße markiert. Diese Skala war ein festes Ritual in Targas Leben.

»Wieder zwei Zentimeter gewachsen«, hatte sie stolz zu Margarete gesagt.

»Du wirst einmal ein großes Mädchen«, hatte Margarete gemeint und einen Strich auf die Tapete gemacht, genau über Targas Scheitel. Groß ist sie allerdings nicht geworden.

»Die Tapete war doch schon ganz unansehnlich«, sagt Margarete. »Dass du dich überhaupt noch daran erinnerst.«

»Ich habe eben Fixpunkte im Leben.« Targa setzt sich an den Küchentisch. ›Alles riecht neu und wirkt ungemütlich.‹

»Was wirst du jetzt tun?«, fragt Margarete plötzlich.

»Womit?«

»Mit meinem Geständnis. Man kann es drehen, wie man will. Ich habe den Boxer getötet. Das ist Mord. Und Mord verjährt nicht.«

»Nichts.«

»Wie nichts?«, fragt Margarete.

»Ich werde nichts unternehmen. Für mich fühlt es sich richtig an, was du getan hast.« Sie denkt an eine Floskel, die Lundt gestern gebraucht hat. »Schwamm drüber«, sagt sie und wechselt das Thema. »Wenigstens ist das Service noch dasselbe.« Targa deutet auf die Tassen und Teller. »Wieso hast du für drei gedeckt?«

»Ich habe eine Überraschung für dich.« Margarete lächelt geheimnisvoll und sieht Targa gespannt an.

»Ich hasse Überraschungen.«

»Aber diese wird dir gefallen.« Margarete blickt auf ihre Armbanduhr. Plötzlich klingelt es an der Tür. »Das ist er!« Margarete springt auf und läuft nach draußen.

»Wer?«, ruft ihr Targa hinterher. Sie spürt, wie sie nervös wird. Blitzschnell geht sie im Kopf die Möglichkeiten durch, wen ihre Mutter eingeladen haben könnte. Aber es fällt ihr niemand ein.

»Hallo, Targa! Wie geht's dir?« Edgar steht in der Tür und winkt mit einem Textbuch.

»Edgar?« Damit hat sie am allerwenigsten gerechnet. Targa blättert gedanklich ihren Ratgeber für soziales Verhalten durch. Aber es gibt kein Kapitel darüber, wie man sich bei einem

Überraschungsbesuch verhält. Da fällt ihr ein, dass sie in einem Internetcafé doch etwas Passendes darüber gelesen hat. »Bin gleich wieder da.« Sie gibt Hund ein Zeichen und beide verlassen die Wohnung.

»Wo willst du denn hin?«, ruft ihr Edgar hinterher.

Schnell läuft Targa die Stufen nach unten. Schließt den VW-Bus auf. Setzt sich ans Steuer. Dann steigt sie wieder aus. Schlägt die Tür zu. Betritt das Wohnhaus. Steigt die Treppe nach oben. Hund ist immer an ihrer Seite. Sie klingelt und Margarete öffnet.

»Es freut mich, dich zu sehen, Mutter.« Targa umarmt Margarete und betritt dann die Küche. »Oh, mit dir habe ich nicht gerechnet«, gibt sie wortgetreu die Konversation aus dem Internetblog wieder. »Wie war deine Fahrt? Heute ist wirklich ein herrlicher Tag.«

»Sag mal, hast du diese Sätze auswendig gelernt?«, fragt Edgar.

»Ja, so eröffnet man ein Gespräch, wenn man überraschend von jemandem besucht wird. Es geht dabei immer ums Wetter.«

»Redest du in deinem Job auch immer über das Wetter?«, fragt Edgar.

»Nein, in meinem Job rede ich über Strategien, wie man Serienkiller ertappt.«

»Ich liebe deinen schwarzen Humor.« Edgar schüttelt sich vor Lachen.

Die Stimmung ist gelöst, als sie Kaffee trinken. ›Es könnte ein ganz normaler Sonntag sein‹, denkt Targa. ›Wären da nicht Zoey und Adam, die ein Mädchen in ihrer Gewalt haben, um es langsam verhungern zu lassen.‹

Entspannt wie selten verlässt Targa Margarete. Am Hauseingang verabschiedet sie sich mit einem flüchtigen Kuss von Edgar.

185

»Ich muss jetzt für eine bestimmte Zeit unsere Beziehung beenden. Wenn ich die Serienkiller geschnappt habe, melde ich mich bei dir.«

»Ich verstehe nur Bahnhof. Aber du wirst schon deine Gründe haben.« Edgar dreht sich um und verschwindet.

Targa bückt sich und zupft die Fußmatte zurecht.

Dann befiehlt sie Hund, in den Bus zu springen. Schließt die Tür. Will auf der Fahrerseite einsteigen. Da taucht plötzlich ein Mann auf. Packt sie am Arm. Zerrt sie über die Straße zu einem Wagen.

»Wir müssen über deinen Vater reden.«

37

Kurz nach Mitternacht betritt Olai den Nachdenkraum. Micha liegt auf der Pritsche und starrt an die Decke. Die Luft in dem fensterlosen Zimmer ist stickig. Micha hat rot geränderte Augen. Das kommt von der grellen Beleuchtung, die man nicht ausschalten kann.

»Wie geht es dir, Micha?«, fragt Olai mit gütiger Stimme.

»Wo ist Ella? Was habt ihr mit ihr gemacht? Ich glaube nicht, dass sie einfach gegangen ist.« Micha richtet sich auf und starrt Olai hasserfüllt an.

»Ich sehe schon, der Nachdenkraum hat bei dir noch keine Wirkung gezeigt. Das ist traurig.«

»Du wirst mich nicht länger hier festhalten. Das ist Freiheitsberaubung. Ich kann zur Polizei gehen, wenn dir das lieber ist.«

»Das steht dir frei.« ›Micha ist weiterhin störrisch und widerspenstig. Ich darf nicht zulassen, dass seine Gedanken auf die anderen Gefährten übergreifen. Dann würde die Gruppe zerfallen. Sich in ewigen Grabenkämpfen aufreiben. So wie damals. Aber ich habe aus meinen Fehlern gelernt.‹

»Du willst es leider nicht anders.« Olai zieht eine kleine Glocke aus der Tasche seiner Leinenhose. Er läutet sie mit zwei Fingern und ein perlender Klang erfüllt den Nachdenkraum.

»Kommt jetzt der Weihnachtsmann?«, höhnt Micha.

»Armer Micha.« Olai schenkt ihm ein mitleidiges Lächeln.

Die Tür öffnet sich und zwei Gefährten betreten den Raum. Ihre Mienen sind ernst. Micha spürt, dass etwas passiert. Ängstlich zieht er die Beine an und kauert sich auf seiner Pritsche zusammen. »Was habt ihr vor?«, fragt er unsicher.

»Es ist nur zu deinem Besten«, erklärt Olai. Er gibt den beiden Jüngern ein Zeichen. Wortlos packen sie Micha an den Armen und zerren ihn von der Pritsche.

»Hilfe!« Micha versucht, sich aus der Umklammerung zu befreien, aber die Männer halten ihn eisern fest. Schleppen ihn nach draußen.

Es ist eine stockdunkle Nacht. Im Hof hat sich die ganze Gruppe versammelt. Ernst blicken alle auf Micha. Die Männer und Frauen halten Fackeln in den Händen. Die Flammen tauchen das angstverzerrte Gesicht in ein blutrotes Licht. Mitten unter ihnen entdeckt Olai Daisy im Fackelschein. Sie ist schöner als alle anderen. Sie starrt gebannt auf Micha und streicht sich dabei unentwegt über ihren Bauch.

»Du wirst als geläuterter Mensch in die Gruppe zurückkehren, Micha.«

»Merkt ihr denn nicht, was hier abgeht?« Micha dreht sich zu den Gefährten. »Ich bin ein Gefangener.«

»Das stimmt. Du bist ein Gefangener deiner kleinen Gedanken.« Helen tritt vor. Sie redet mit leiser Stimme. »Du hast Ella aus egoistischen Motiven verführt und damit gegen den Geist der Gruppe verstoßen.«

Zustimmendes Gemurmel breitet sich wie eine dunkle Woge aus.

»Micha muss bestraft werden.«

Olai schreitet auf das Tor zu. Gemeinsam mit Helen führt er die kleine Prozession an. Hinter ihnen Micha, dem man jetzt die Arme auf den Rücken gebunden hat. Langsam marschieren alle den Hügel hinauf. Dann über den Kamm. Dort warten bereits die zwei Gefährten mit einem Seil.

»Hier sind wir.«

Alle stellen sich im Halbkreis um den in den Boden gerammten Holzpfahl. Von hier aus kann man das Meer sehen.

Olai deutet auf den Pfeiler.

»Micha, du wirst zwei Tage hier angebunden sein. Bei grellem Tag und bei dunkler Nacht. Dann bist du geläutert und liebst die Kraft der Dunkelheit.« Olai packt Micha an der Schulter. Führt ihn zu dem Holzpfahl. »Setz dich!«

Micha gehorcht. Er wirkt wie paralysiert. Wahrscheinlich kann er nicht glauben, was geschieht. Olai kennt dieses Phänomen. Früher, bei den Stasi-Verhören, mussten die Delinquenten auf einem Schemel Platz nehmen, aus dessen Sitz Nägel ragten. Keiner glaubte zunächst, dass es ihm ernst war. Bis er sie auf den Sitz drückte und sich die Nägel in das Fleisch bohrten. Dann standen sie unter Schock und gestanden.

So ist es jetzt auch mit Micha. Er sitzt auf dem Boden. Mit dem Rücken gegen den Pfahl gelehnt. Lässt sich von zwei Gefährten die Hände an den Holzstamm fesseln. Zwei Frauen schreiben mit Holzstäben »Dunkelheit« und »Läuterung« links und rechts von ihm in die Erde. Micha bewegt sich nicht. Stiert auf den Horizont, wo sich zart das Morgenrot ankündigt.

»Schneller.« Olai drängt zur Eile. Sie müssen vor Sonnenaufgang in ihren Betten sein. Daisy tritt vor, lässt Sand über Michas Haare rinnen.

»Das reicht.« Daisy zuckt zurück und senkt die Augen. Sie wirkt wie ein junges Mädchen. Olai kann sich an ihrem Anblick nicht sattsehen.

Schweigend gehen sie zurück zum Bauernhof. Der Wind trägt die Schreie von Micha bis zu ihnen. Er ist aus seiner Erstarrung erwacht. Begreift jetzt, was mit ihm geschieht.

Im Bauernhof eilen alle schnell auf ihre Zimmer. Olai geht in den Speicher und steigt nach oben in die geheime Kommandozentrale. Zuerst beobachtet er auf den Bildschirmen seine Gefährten, die sich in ihren Betten räkeln. Längere Zeit verweilt er bei Daisy. Sie schläft entspannt und ein sanftes Lächeln umspielt ihre Lippen.

Olai ist sich sicher, dass Helen auf ihn wartet. Doch seit Daisy hier ist, kann er Helens Nähe nur noch schwer ertragen. Deshalb bleibt er lieber länger in seiner Kommandozentrale. Surft durch verschiedene Webseiten. Ein geteiltes Posting erweckt seine Aufmerksamkeit. Er klickt auf den Beitrag. Sieht das Foto eines jungen Mädchens. »Lisbeth ist verhungert. Festgehalten in einem dunklen Verlies. Wer hat das getan? Wir trauern um dich.« Der Beitrag stammt von einem Mädchen namens Paula aus einem kleinen Ort in Brandenburg. Olai hat noch nie etwas von Blumenthal gehört. Aber die beiden Worte »verhungert« und »dunkel« gehen ihm nicht aus dem Sinn. Er liest eine Beschreibung des Ortes: Blumenthal liegt mitten in einem dichten Wald. Bei Wanderern sehr beliebt. Früher war es militärische Sperrzone der DDR. Es gibt ein internationales College. Olai öffnet das Studentenverzeichnis. Liest die Namen, die ihm nichts sagen. Dann sieht er sich Gruppenfotos an. Scrollt durch die Aufnahmen. Verharrt plötzlich. Vergrößert eines der Fotos. Starrt auf die beiden Gesichter in der letzten Reihe.

»Endlich habe ich euch gefunden.«

38

Der Innenraum der Limousine ist von dünnen Rauchschwaden durchzogen. Targa kennt den Mann, der sich neben sie ans Steuer setzt.

»Ich habe jetzt einige Tage nachgedacht. Wir müssen darüber reden.« Lundt lässt das Seitenfenster herunter. Fächelt ein wenig Rauch aus dem Wagen. Dann zündet er sich eine neue Zigarette an. »Du erzählst mir jetzt alles über den Boxer. Hat er deiner Adoptivmutter gegenüber erwähnt, er sei dein Vater?«, fragt Lundt, während er den Wagen startet.

Targa schweigt. Versucht das Interesse von Lundt einzuordnen. Geht es ihm nur um ihren Job oder ist da mehr?

»Ich höre.« Lundt fädelt sich in den Verkehr ein.

»Wozu soll ich das erzählen, wenn du doch schon alles weißt?« Konzentriert flicht sich Targa ihre Zöpfe. Sie denkt nach, blickt dabei stur geradeaus. Das Sonnenlicht blendet sie. Sie deckt einen Mord. Für Lundt steht sie auf der anderen Seite, auf der Seite der Finsternis.

»Deine Mutter hat vor über dreißig Jahren diesen Boxer getötet. Wie ist deine Meinung?«

Die Frage rotiert bleischwer durch ihren Kopf, zermalmt alle Entschuldigungen. »Ich kann Margarete verstehen, sie hat es für mich getan«, erwidert Targa gepresst. Sie hätte es vielleicht abstreiten sollen. Einfach sagen, dass Lundt sich verhört hat. Doch Targa kann nicht lügen. Das konnte sie noch nie.

Sie fahren an den U-Bahn-Bögen beim Wassertorplatz vorbei. Als junges Mädchen ist Targa oft mit U- und S-Bahn quer durch Berlin gefahren. Auch in Gegenden, wo es nicht ratsam war, als Mädchen alleine unterwegs zu sein. Als sie das Kottbusser Tor passieren, tauchen plötzlich Bilder aus früheren Zeiten vor Targas geistigem Auge auf.

Der Bahnsteig am Kottbusser Tor ist übersät mit Müll und gebrauchten Spritzen. Targa ist sechzehn und steigt über einen Mann hinweg, der regungslos am Boden liegt.

»Hey, du kannst nicht einfach hier rumlatschen.« Ein Mädchen mit bunter Irokesenfrisur und Sicherheitsnadeln in den Ohren baut sich vor Targa auf.

»Warum nicht?« Targa bleibt knapp vor dem Mädchen stehen.

»Das ist unser Bahnsteig.« Das Mädchen spricht mit schwerer Zunge. In der Hand hält es eine Bierdose. »Das Passieren kostet.«

»Aber ich habe einen Fahrschein.« Targa hält der Punkerin ihre Netzkarte entgegen. »Damit kann ich durch ganz Berlin fahren.«

»Kapierst du das nicht? Hier ist unser Revier.« Die Punkerin hält die Hand auf. »Kostet fünf Euro.«

»Ich habe doch einen Fahrschein«, erwidert Targa und presst die Lippen zusammen. Sie blickt zu Boden. Auf dem Beton liegen kreuz und quer Glasflaschen. Sie kann die Unordnung körperlich fühlen. Mit ihrem Sneaker beginnt sie die Flaschen herumzuschieben. Soll sie alle der Größe nach ordnen? Oder nach Farben? Den Etiketten? Sie weiß es nicht.

»Was tust du da?«, fragt die Punkerin irritiert. Sie kann sich keinen Reim auf Targas Verhalten machen. »Du bist crazy.« Hilfe suchend blickt die Frau um sich, aber ihre Kumpel nehmen keine Notiz von den beiden.

»Ich bin anders als die anderen«, erwidert Targa. »So wie du.«

»Ist das ein Trick, damit ich dich vorbeilasse?«, fragt die Punkerin argwöhnisch.

»Nein, ich bluffe nicht.«

»Hast du keine Angst, dass ich dich auf die Schienen werfe?«, versucht die junge Frau, Targa zu provozieren.

»Warum solltest du das machen? Ich habe dir nichts getan.« Targa macht einen Schritt über die gelbe Sicherheitslinie am Bahnsteig. Jetzt steht sie direkt an der Kante. Ein kleiner Stoß der Punkerin und sie würde auf die Schienen fallen.

»Hey, spinnst du!« Die Punkerin packt Targa am Ärmel. Zieht sie über die Linie zurück. »Das ist gefährlich. Du hast echt keine Angst«, murmelt sie kopfschüttelnd.

Doch im Moment hat Targa so etwas Ähnliches wie Angst. Angst um ihre Adoptivmutter. Die Erinnerung an das Kottbusser Tor klappt zusammen wie ein altes Fotoalbum. Targa spürt einen Kloß in ihrem Hals. Sie sorgt sich, dass ihre Welt nicht mehr dieselbe ist, wenn sie aus Lundts Auto steigt. Margarete, Hund und Lundt sind ihre Familie. Was passiert, wenn einer davon aus ihrem Leben verschwindet?

»Der Boxer hat mit der Suche nach meinem Vater zu tun«, sagt sie schließlich.

»Dachte ich es mir doch!« Lundt schlägt mit der flachen Hand auf das Lenkrad. Zigarettenasche fällt auf seine graue Anzughose. »Was hat er gesagt? Kennt er die Identität deines Vaters?«

»Er wusste nichts über meinen Vater. Er hat nur diesen gewissen gelben Porsche Targa gesehen.«

»Verdammt! Es gab nicht nur einen gelben Porsche Targa.«

»Was soll das heißen? Warum interessiert dich das alles so?«

»Vergiss es wieder. Ich brauche für diesen Auftrag einen Profi und keinen, der ständig auf der Suche nach Papa ist.«

»Ich arbeite immer professionell. Bald habe ich Beweise gegen Zoey und Adam in der Hand.« ›Hat Lundt vielleicht doch recht?‹, geht es ihr durch den Kopf. ›Vergeude ich zu viel Zeit mit der Suche nach einem Phantom?‹

»Um auf deine Frage von vorhin zurückzukommen. Als Polizist kann ich das Verhalten deiner Mutter nicht billigen.«

»Was wirst du also tun?«

»Versprich mir, dass du die Nachforschungen einstellst.«

»Ok. Und was hast du mit Margarete vor? Mord verjährt nicht.«

»Das stimmt.« Lundt fährt durch die Oranienstraße und an einem Hochhaus vorbei, das auf dem ehemaligen Todesstreifen steht.

»Keiner wird erfahren, wer unter diesen Fundamenten begraben liegt.« Er deutet auf das marmorverkleidete Erdgeschoss.

»Woher weißt du, dass der Boxer darunter liegt?«, wundert sich Targa.

»Ich bin immer über alles informiert.« Lundt öffnet das Fenster einen Spalt breit und schnippt die Kippe nach draußen. »Aber du musst mir eines versprechen.«

»Was?«

»Hör wirklich mit der Suche nach deinem Vater auf. Das ist der Deal.«

»Kannst du als Polizist das vertreten?«

»Frag mich nicht mehr danach.«

39

Die Schatten werden länger. Ein letztes Aufbegehren der Sonne, dann versinkt sie am Horizont. Dunkelheit steigt aus allen Ritzen und breitet sich über das Land aus.

Endlich kann Adam die Rollläden hochziehen. Wenn er sich aus dem Fenster beugt, kann er den Parkplatz sehen. Dort parkt Targa Hendricks VW-Bus. Im Inneren brennt Licht. Sie war das Wochenende über wahrscheinlich in Berlin, denkt Adam. Für eine junge Frau sind die Clubs und das Nachtleben der Großstadt aufregend. Adam kann damit nichts anfangen. Die Nächte in der City sind grell und laut. Auf ihn macht es den Eindruck, als würde der Tag die Nacht besiegen. Überall nur Licht und keine Schatten.

Mittlerweile ist es völlig dunkel geworden. Der Lichtschein aus dem VW-Bus schimmert sanft über den Parkplatz. Adam verlässt sein Zimmer. Das College wirkt wie ausgestorben.

Viele Studenten kommen erst Montagmorgen zurück. Verbringen die Wochenenden zu Hause oder bei Freunden. Zoey und Adam bleiben immer hier. Sie haben weder Freunde noch Familie. Seitdem die Pflegeeltern bei einem Unfall verstorben sind. Die Geschwister sind allein.

Adam schlendert durch die Halle. Er will nur ein wenig Luft schnappen. Die Gerüche der Nacht fühlen. Die Finsternis umschmeichelt seine Haut, als er den Kiesweg zum Parkplatz hinunterstapft. Die feinen Steine knirschen unter den Sohlen seiner Sneakers. Plötzlich verharrt er vor Targas Bus. Im Inneren knurrt verhalten der Hund. Die Dusche rauscht.

Adam umrundet den Bus, schleicht zur Rückseite. Das Seitenfenster ist aufgeschoben, damit der Dunst abzieht. Adam riskiert einen Blick hinein. Targa steht in der engen Duschkabine. Sie ist nackt. Dreht ihm den Rücken zu. Sie ist nicht so dünn wie Zoey. Hat frauliche Formen. Wirkt aber durchtrainiert. Das Wasser strömt über ihre glatte Haut. Die nassen Haare fallen über ihre Schultern. Sie dreht sich um. Ihre Brüste sind fest. Die Oberarme muskulös.

Plötzlich stutzt sie. Hebt den Kopf. Adam duckt sich schnell. Er spürt sein Herz pochen. Vorsichtig schiebt er sich an der Seitenwand des Busses wieder hoch. Späht hinein. Zum Glück hat sich Targa wieder umgedreht. Adams Blick wandert bis zu ihrem Hintern hinunter. Er schluckt. Plötzlich tippt ihm jemand auf die Schulter.

»Beobachtest du sie schon lange?«

Adam wirbelt herum. Zoey steht vor ihm. Sie trägt ein Tanktop und abgerissene Jeansshorts. Ihre dunklen Augen leuchten.

»Ja. Sie ist nackt.«

»Du bist ein Voyeur, Adam.« Zoey kommt mit ihrem Mund so nah an sein Ohr, dass er ihre Lippen spürt. Es ist ein Kitzel. »Wie viele nackte Mädchen hast du schon heimlich beobachtet? Wie findest du Targa?«

»Sie ist okay. Aber dich fühle ich lieber.«

»Ja? Wie sehr?« Zoey zieht Adams Gesicht zu sich. Drückt ihre Nasenspitze auf seine.

»So sehr, dass ich deinen Atem in mich aufsaugen muss.«
Adam packt Zoey im Genick. Öffnet den Mund. Zoeys Lippen
nähern sich. Ihre Zunge umschmeichelt seinen Gaumen. Er
spürt ihre gehauchten Worte in seinem Mund.

»Glaubst du, dass Targa gern mit uns spielen würde?«

»Sie ist eine Seelenverwandte.« Adam schließt die Augen.
Stöhnt leise auf.

»Pass auf, wenn du die anderen Frauen ausspionierst. Wenn
sie dich erwischen, fliegen wir vielleicht auf.« Zoey stößt ihn
von sich. Streicht ihr Tanktop glatt.

»Ich bin vorsichtig.«

»Still. Targa hat das Wasser abgedreht.«

Das Licht im Bus erlischt. Aus dem Inneren ist nichts zu
hören. Plötzlich wird die Tür aufgeschoben. Targa steht nackt
vor ihnen. In der Hand hält sie ihre Latzhose und ein Shirt. Mit
ihren hellen Eisaugen mustert sie Adam.

»Jetzt kannst du mich auch von vorne betrachten. Das hast
du dich doch vorhin nicht getraut.«

»Ich bin nur zufällig vorbeigekommen.«

»Warum stehst du nicht zu deinen Vorlieben?«

»Ich verstehe Sie nicht.«

»Ist das so schwer zu begreifen? Du bist ein Voyeur.«

»Nein, das stimmt nicht.« Nervös blickt Adam zu seiner
Schwester. Zoey lacht kurz auf.

»Jetzt sagt dir endlich einmal jemand die Wahrheit.«

»Kommt doch herein, dann könnt ihr zusehen, wie ich
mich anziehe.« Targa winkt Adam zu sich.

»Was meinst du?« Fragend schaut er Zoey an. Sie zuckt
bloß mit den Schultern. Was so viel bedeutet wie ›Mal sehen,
was jetzt passiert‹.

»Nicht, dass du das falsch verstehst«, beginnt Adam und
duzt Targa jetzt vertraulich, während er hinter ihr in den Bus
klettert.

»Was könnte ich denn falsch verstehen?«

»Na ja, es war Zufall, dass ich dich beobachtet habe.«

»Mir macht das nichts aus, wenn man mir beim Duschen zusieht. Was hältst du davon, Zoey?«, gibt Targa den Ball an Adams Schwester weiter.

»Ich finde das total ok. Das machen Männer eben gern.«

Adam bewundert seine Schwester. Sie steht vor dem Regal, auf dem die Bücher in den Farben des Regenbogens angeordnet sind. Sie greift nach dem letzten Buch. Es hat einen blauen Umschlag und passt nicht in die Reihe.

»Nicht anfassen.« Targa ist gerade dabei, den Träger ihrer Latzhose zu schließen. Sie springt auf. Will Zoey das Buch wegnehmen. Doch Zoey wirft es schnell Adam zu, der es geschickt auffängt.

»Ist diese Art der Ordnung zwanghaft?« Zoeys Augen glitzern. Adam kennt dieses Leuchten. Zoey ist dabei, Targas Schwachpunkt aufzudecken.

»Nein. Ich mag bloß nicht, wenn Fremde Unordnung in mein Leben bringen.«

»Sind wir Fremde für dich?« Zoey schlängelt sich an Targa vorbei. Fläzt sich auf das Bett. Schiebt Hund zur Seite. Wälzt sich in das Laken. »Oh, wie ich deinen Geruch liebe.«

»Es ist besser, wenn ihr jetzt den Bus verlasst.«

»Warum denn? Targa, komm zu mir.« Zoey klopft auf die Matratze.

Adam blickt überrascht auf. Kann die Augen nicht von seiner Schwester lassen. ›Zoey wirkt so cool und überlegen. Sie provoziert Targa. Will ausloten, wie weit sie gehen kann.‹

Targa verzieht keine Miene. Setzt sich zu Zoey auf das Bett. Sieht sie mit ihrem gefrorenen Blick unverwandt an. Zoey hebt den Kopf. Schiebt sich näher an Targa heran. Öffnet den Mund. Streicht mit der Zungenspitze lasziv über die Oberlippe. Ihre dunklen Augen flackern. Ihr Atem wird schneller.

»Aufhören.« Plötzlich bricht die Wut wie eine Lawine über Adam herein. Zoey will ihm Targa streitig machen. Weil Targa und er sich ähnlich sind. Adam stürzt nach vorne. Packt Targa an den Schultern. Dreht sie zu sich. »Wir kommen aus demselben Eisland. Niemand weiß, dass unser Inneres gefroren ist, so wie der Nordpol. Aber an dem Eis unserer Augen erkennen wir unsere Seelenverwandtschaft.«

»Wow. Dein Bruder ist ein echter Poet.« Targa steht auf. Blickt Adam tief in die Augen.

»Poetisch kann er sein.« Zoey winkt verärgert ab. »Vor allem aber ist er eifersüchtig.«

»Gehen wir doch nach draußen. Hier drinnen ist es mir zu stickig.« Targa steigt aus dem Bus. Streckt sich. »Ich liebe die Dunkelheit. Am liebsten ist mir die absolute Finsternis. Da habe ich das Gefühl, als wäre ich eins mit dem Universum. Schade, dass wir unsere Schulstunden nicht nachts abhalten können. Da ist alles so durchlässig.«

»Hörst du das, Zoey?« Adam greift nach dem Arm seiner Schwester.

Doch Zoey wendet sich ab. »Bin ja nicht taub.«

»Wo würdet ihr euch verstecken, wenn ihr nicht gefunden werden wollt?« Targa steht mit dem Rücken zu Adam. Blickt zum Wald hinunter.

»In einem Bunker«, antwortet Adam schnell. Unmerklich stößt ihn Zoey in die Seite. »Oder einem Erdloch«, fügt Adam schnell hinzu.

»Du stellst vielleicht komische Fragen für eine Lehrerin.« Adam merkt, dass Zoey wegen seines Verhaltens im Bus noch immer verstimmt ist.

»Ich möchte eure Freundin sein.«

»Wir haben aber keine Freunde.«

Zu dritt marschieren sie vom Parkplatz in Richtung Wald. Targa in der Mitte.

Am Waldrand bleibt Targa plötzlich stehen. »Lasst uns hier rasten!« Sie hockt sich auf den Boden. »Ihr seht aus, als würdet ihr ständig Hunger leiden.« Sie greift nach einem Ast und malt Kreise vor sich auf den Boden. »Ich kenne das.«

»Du kennst das Gefühl zu hungern?«

»Mit sieben Jahren habe ich aufgehört zu essen. Ich dachte, dadurch könnte ich die Zeit anhalten.«

»Warum wolltest du die Zeit anhalten?« Zoeys Interesse ist geweckt.

»Ich war damals nur glücklich. Diesen Zustand wollte ich einfach nicht vorübergehen lassen.«

»Wir haben als Kinder auch gehungert. Aber nicht freiwillig.«

»Adam, erzähl nicht immer diese erfundenen Geschichten«, bremst Zoey ihn ein. »Wir hatten eine glückliche Kindheit.«

»Ist schon gut. Ich wollte euch nicht zu nahetreten.«

Plötzlich hören sie ein Geräusch in den Büschen. Sekunden später dringt ein greller Lichtstrahl durch das Blattwerk.

»Was macht ihr hier?« Lasse Bergmann zwängt sich durch das Dickicht. Er trägt seine Polizeiuniform. Der Lichtkegel seiner Taschenlampe wandert von einem Gesicht zum anderen. Verharrt bei Targa.

»Treibst du dich also jetzt mit denen da rum.«

»Wir unterhalten uns, das ist doch nicht verboten.«

»Natürlich nicht.« Lasse leuchtet Zoey direkt ins Gesicht. »Ist sie euer nächstes Opfer?«

»Hallo, Lasse.« Zoey blinzelt und hebt lässig den Arm. »Hast du wieder den Tisch gedeckt für deine Familie? Was esst ihr heute Schönes?«

»Hör sofort auf damit!« Lasse hebt wütend den Arm, als wollte er Zoey die Taschenlampe ins Gesicht schlagen.

»Beruhige dich.« Targa springt auf. Stellt sich zwischen Lasse und Zoey. »Ich dachte, deine Frau hat dich verlassen.«

»Verlassen?« Im Schein der Taschenlampe verzieht sich Zoeys kalkweißes Gesicht zu einer bösen Grimasse. »So kann man es auch nennen.«

40

Die Polizei ist vor der ersten Unterrichtsstunde im College. Jules Tod war vielleicht doch kein Unfall. Es gibt Zweifel. So wird auf den Gängen getuschelt. Noch ist niemand aus Berlin aufgetaucht. Es ist eine Voruntersuchung. Die Befragung macht daher Lasse Bergmann.

Alle Lehrpersonen finden sich mit den Studenten in der Aula ein. Targa sieht diese Befragung als positiv an. Seit gestern Nacht verbindet sie ein zartes dunkles Band mit den Geschwistern. Das College auf der einen, die Polizei auf der anderen Seite. Alle Augen sind auf Lasse gerichtet, der vor ihnen steht. Sein schwarzer Vollbart ist exakt geschnitten. Die Uniform sitzt wie angegossen. Seine braunen Augen wandern umher, verharren auf dem Gesicht von Targa. Lasse wirkt angespannt.

»Wir sind hier, um Jules letzten Tag zu rekonstruieren«, eröffnet Lasse, nachdem er sich vorgestellt hat. Die Sekretärin des Colleges sitzt mit ihrem Laptop neben ihm. Sie wird alles mitschreiben.

›Lasse lässt nicht locker. Er will unbedingt seine Theorie beweisen, dass Zoey und Adam Jule in den Tod gehetzt haben.‹ Targa beobachtet ihn. Immer wieder streicht er sich den Bart.

Sieht zu Zoey. Eine Ader auf seiner Stirn schwillt ein wenig an. Zoey bemerkt seinen Blick. Kokett legt sie den Kopf schief, klimpert mit den Augen. Sie weiß, dass ihr Lasse nichts beweisen kann. Deshalb fühlt sie sich stark. Doch Targa weiß aus Erfahrung, dass gerade diese Überheblichkeit zu Fehlern führen kann. Zoey hält sich für klüger als die anderen. Aber sie hat nicht mit einem Gegner wie Targa gerechnet.

»Wer von euch hat Jule kurz vor ihrem Tod gesehen?« Lasse beginnt die Befragung. Mehrere Studenten heben die Arme und berichten von ihren Treffen.

»Jule war mit mir beim Sport«, erwähnt eine Studentin.

»Wir haben uns noch beim Sprachseminar getroffen«, sagt ein anderer.

So geht es weiter. Einige der Studenten hatten mit Jule zu tun.

Targa blickt unauffällig in die Runde. Bisher haben die meisten ihre Beobachtungen abgegeben. Bis auf drei Studenten. Zwei davon sind Zoey und Adam. Der dritte kommt Targa vage bekannt vor. Er war derjenige, der mit Zoey joggen wollte. An seinen Namen kann sie sich aber nicht mehr erinnern. Der Student rutscht nervös auf seinem Stuhl hin und her.

»Was ist mit euch?« Lasse deutet auf Zoey und Adam. Er macht kein Hehl aus seiner Abneigung gegen die Geschwister. Zoey steht auf. Sie liebt es, die Aufmerksamkeit auf sich zu ziehen. Setzt gern dramatische Akzente.

»Ich habe Jule noch am Abend getroffen.«

Targa beobachtet Zoeys Mienenspiel. Ihre kantigen Züge wirken auf den ersten Blick ausdruckslos. Doch ein angedeutetes Lächeln umspielt ihren Mund. Und ihre Augen leuchten wie glühende Kohlen.

»Wo hast du Jule in jener Nacht gesehen?«, fragt Lasse.

»Bei Charles & Frieda, einem Restaurant in Berlin.«

»Kenne ich nicht«, sagt Lasse.

»Das glaube ich. Es ist auch ein Sternelokal.«

Allgemeines Gelächter begleitet die provokante Antwort. Targa blickt zwischen Lasse und Zoey hin und her. Lasse blickt finster. Presst die Lippen zusammen. Hat sich aber unter Kontrolle.

»Wann war das?«

»Das muss so gegen elf Uhr gewesen sein.« Zoey legt den Kopf schräg. »Ja, es war elf Uhr. Ich war mit Finn essen. Er hat mich eingeladen.«

Überrascht wirft Targa einen Blick zu dem Studenten. Das ist also Finn. Der zuckt bei der Nennung seines Namens zusammen und wird ganz blass.

»Ach, dann hat also auch Finn Jule dort gesehen, nehme ich an.«

»Ja, das stimmt«, bestätigt Finn einsilbig und blickt zu Boden.

»Du warst also mit Zoey in diesem Restaurant. Dort habt ihr Jule getroffen.«

»So ähnlich war es.«

»Finn kann sich wahrscheinlich nicht mehr genau daran erinnern. Er hat ziemlich viel getrunken.« Zoey lächelt Finn zu.

›Es ist ein falsches Lächeln‹, erkennt Targa sofort. ›Zoey möchte Finn in diese Sache mit hineinziehen. Das liegt auf der Hand. Das muss doch auch Lasse erkennen.‹

»Jule ist nämlich die Freundin, eigentlich Verlobte von Finn.«

»Ich war nicht der Verlobte von Jule«, widerspricht Finn.

»Doch, das bist du«, meldet sich eine Studentin aus einer der hinteren Reihen zu Wort. »Jule hat es mir selbst erzählt.«

»Das hat sie sich bloß eingebildet.« Finn beißt sich auf die Lippen.

»Was geschah dann weiter?« Lasse streicht sich den Bart. Er wirkt ungehalten.

»Jule ist aufgetaucht und gleich wieder verschwunden.« Finns Stimme klingt kratzig. Keine Sekunde würde Targa Finn diese Antwort abnehmen. Er hat die Arme vor der Brust verschränkt und die Beine überkreuzt. Seine ganze Körperhaltung strahlt das Wort »Lüge« aus.

Noch weiß Targa nicht, was Zoey mit ihrem Auftritt bezweckt.

»Finn, du vergisst, dass Jule dir eine richtige Szene gemacht hat.«

»Nein, das stimmt nicht.«

»Doch, ihr habt euch angeschrien.«

»Was jetzt? Habt ihr bloß geredet oder gab es doch Streit?« Lasse wendet sich wieder an Finn. Diesmal ist sein Ton bedeutend schärfer.

Finn senkt den Kopf. »Wir hatten nur einen emotionalen Wortwechsel. Ich würde das als Geplänkel bezeichnen«, redet Finn den Streit klein.

»Was ist dann passiert?«

»Ich bin mit Zoey zurück ins College gefahren.«

»Stimmt das, Zoey?«

Zoey schweigt und spielt mit einer Strähne ihres grauen Haars. Verschämt sieht sie zu Boden und zögert. Targa konzentriert sich auf sie. ›Gleich wird sie ihre Trumpfkarte ausspielen.‹ Targa zweifelt keinen Augenblick daran, dass Zoey es darauf anlegt, Finn zu vernichten. ›Aber weshalb? Vielleicht bereitet es ihr Vergnügen, andere in die Enge zu treiben.‹

»Zoey, würdest du bitte antworten.« Lasses Stimme klingt aggressiv. Targa ahnt, dass er auch vor brutaleren Mitteln nicht zurückschrecken würde, um Zoey zum Reden zu bringen. Doch sie schweigt eisern.

»Gut, wie ihr wollt. Die Befragung ist zu Ende.« Lasse erhebt sich.

›Gibt er schon so schnell auf? Das passt nicht zu ihm.‹

Doch dann dreht sich Lasse zu Finn und Zoey. »Ihr beide begleitet mich aufs Revier.«

»Kein Problem.« Zoeys Miene ist unbeweglich. »Aber ich möchte, dass Targa mitkommt. Ich vertraue ihr.«

41

Die Polizeistation von Blumenthal befindet sich in einem grauen Haus am Ende der Straße. Finn starrt das Gebäude mit weit aufgerissenen Augen an. Zoey wirkt abwesend. Targa folgt den beiden. Sie denkt an Zoey, die sie spontan als Begleitperson ausgewählt hat. ›Ist es mir vielleicht schon gelungen, das Vertrauen von Zoey zu gewinnen? Das wäre sehr schnell passiert. Ich bleibe auf der Hut. Zoey ist eine Meisterin der Manipulation. Und noch immer weiß ich nicht, was Zoey im Sinn hat, wenn sie Finn so belastet. Was für eine Bosheit steckt dahinter?‹

In der Polizeistation arbeiten nur zwei Beamte. Lasse führt Zoey und Targa in einen Nebenraum.

»Ihr setzt euch hierher und wartet, bis ich euch vernehme«, erklärt er ihnen.

Als sie alleine sind, dreht sich Zoey zu Targa. »Danke, dass du mitgekommen bist. Alleine habe ich so große Angst vor der Polizei.«

»Gibt es einen Grund dafür?« Targa ahnt in diesem Moment, was Zoey bezweckt. Seit Adam auf die Seelenverwandtschaft mit Targa hingewiesen hat, interessiert sich auch Zoey plötzlich für sie. Die Aufforderung, sie zu begleiten, könnte eine Prüfung sein. Denn auch für Zoey ist Targa eine Gleichgesinnte, die das Dunkel liebt.

»Ich bin kein Freund der Polizei.«

»Was hast du gestern über Lasses Familie gesagt? Seine Frau habe ihn verlassen, erzählt er.«

»So, tut er das?«

»Stimmt das nicht?«

»Erzähl ich dir vielleicht ein andermal.« Zoey blickt Targa tief in die Augen. Dann schiebt sie ihr beiges Shirt nach oben. »Findest du meine Brüste zu klein?«

»Nein, sie passen zu deiner Figur«, antwortet Targa unbeeindruckt. Sie bemerkt Zoeys vorstehende Rippenbögen, über denen sich die Haut dünn und beinah transparent spannt.

»Adam meint auch, dass sie mir stehen.« Zoey zieht das Shirt wieder über ihren Busen.

In diesem Moment öffnet sich die Tür. Lasse betritt den Raum. In der Hand hält er einen altmodischen Rekorder.

»So, hier habe ich die Aufzeichnung der Befragung von Finn.« Er stellt den Rekorder auf den Tisch. »Ehe wir uns das anhören, möchte ich aber deine Version der Geschichte wissen, Zoey.«

»Da gibt's nicht viel zu erzählen.« Zoey richtet sich auf, drückt die Schultern zurück.

»Finn hat im College ausgesagt, dass er mit dir zurückgefahren ist. Dabei bleibt er.«

»Es war ein wenig anders«, druckst Zoey herum. »Wir haben alle drei das Lokal verlassen. Das stimmt. Aber draußen hat Finn es sich überlegt und ist mit Jule ins Auto gestiegen. Mich hat er in Berlin zurückgelassen.« Zoey schluckt und muss die Tränen zurückhalten. Sie tastet nach Targas Hand. Umfasst sie mit ihren knochigen Fingern. »Es war kein schöner Abschluss des Abends, das kannst du mir glauben.«

»Interessant. Finn hat etwas ganz anderes erzählt.« Lasse schaltet den Rekorder ein. Sofort ist die nervöse Stimme von Finn zu hören. »Ich bin mit Zoey und Jule zurück ins College gefahren. Unterwegs hat Zoey gesagt, ich soll Jule irgendwo im Wald aussetzen.«

»Und das hast du dann getan? Mitten in der Nacht?«, fragt Lasse skeptisch. »Und warum, um Gottes willen?«

»Die beiden hatten Zickenkrieg. Was hätte ich denn tun sollen? Zoey ist so bestimmend«, wehrt sich Finn.

»Stopp!« Zoey beugt sich blitzschnell vor. Drückt die Pausetaste. »So war das nicht.« Sie blickt Lasse mit ihren dunklen Augen unverwandt an. »Finn und Jule sind alleine nach Blumenthal gefahren.«

»Finger weg«, braust Lasse wütend auf. »Finn ist noch nicht fertig.«

»Ich habe Zoey im Dorf aussteigen lassen«, hört Targa die panische Stimme von Finn.

»Schon wieder jemand, den du aussteigen lässt.« Die Stimme von Lasse bekommt einen ätzenden Unterton.

»Dann bin ich wieder zurückgefahren, weil mir Jule leidtat.« Finns Stimme wird lauter. »Ich bin den Waldweg entlanggelaufen. Hab nach ihr gerufen. Dann hab ich sie in der Grube liegen sehen. Ich bin hinunter, wollte ihr helfen. Habe ihren Puls gefühlt. Aber sie war bereits tot.«

»Bist du Arzt?« Lasse kann seine Emotionen nicht unterdrücken.

›Jetzt hasst er Finn, stellvertretend für Zoey‹, denkt Targa. ›Finn ist das Bauernopfer. Viel lieber würde er Zoey in die Enge treiben.‹

»Nein, bin ich nicht.«

»Woher wusstest du dann, dass Jule bereits tot war?«

»Äh, sie hat sich nicht gerührt.«

»Warum hast du nicht den Notarzt und die Polizei gerufen?«

»Ich war in Panik. Aber ich habe ihr nichts getan. Das müssen Sie mir glauben.«

»Wieso sollte ich das tun?«

»Weil ich weiß, wer sie in die Grube gestoßen hat.«

»Ach, und wer war das?«

»Adam.«

»Was sagst du dazu, Zoey?« Lasse schaltet den Rekorder aus. Er fixiert Zoey. »Habt ihr also schon wieder eure Finger im Spiel.« Lasse beugt sich vor. »Finn hat Adam dabei überrascht, wie er Jule umgebracht hat. Dein Bruder ist ein Killer.«

»Stopp! Das ist eine schwerwiegende Anschuldigung. Dafür gibt es keine Beweise. Nur die Aussage eines Verdächtigen.«

»Misch dich da nicht ein.« Lasse klopft mit den Fingern auf den Schreibtisch. »Du bist nicht Zoeys Anwältin.«

»Nein, aber wie du weißt, bin ich als Lehrkraft für die Studenten verantwortlich. In dieser Eigenschaft unterstütze ich Zoey.«

»Finn lügt natürlich.« Zoey entblößt ihre kleinen Schneidezähne. »Adam hat mich mit dem Motorrad in Berlin abgeholt und zurück ins College gebracht.«

»Kann das jemand bestätigen?« Lasse atmet genervt aus.

»Na, Adam natürlich.«

»Schon klar. Aber wer außer ihm noch?«

»Das Mädchen im Tankstellenshop. Die hat uns gesehen. Adam hat gehupt, als wir daran vorbeigefahren sind.«

»Das werde ich überprüfen.« Lasse steht auf und blickt von Targa zu Zoey. »Ihr könnt gehen.«

»Was ist mit Finn?« Zoey schlägt die Augen nieder. Jetzt wirkt sie wie ein unschuldiges Schulmädchen.

»Finn bleibt erst mal hier, bis wir einige Dinge geklärt haben.«

Auf dem Korridor kommen sie an dem Zimmer vorbei, in dem Finn sitzt. Als er Zoey sieht, springt er auf. Ruft ihr hinterher. »Ich habe Adam gesehen. Der Psycho hat Jule auf dem Gewissen.«

»Adam kann keiner Fliege etwas zuleide tun.« Zoey hakt sich bei Targa unter. »Mein kleiner Bruder ist doch viel zu sensibel.« Draußen vor der Polizeistation umarmt Zoey Targa. »Danke, dass du mir beigestanden hast.«

»Schon gut«, sagt Targa knapp. Sie löst sich aus der Umarmung. »Ich mag nicht, wenn man mich berührt.«

»Oh, dieses Gefühl kenne ich.« Zoey lächelt. »Darüber müssen wir uns mal austauschen.«

Dann dreht sich Zoey um. Selbstbewusst stolziert sie die Hauptstraße entlang Richtung College. Targa runzelt die Stirn. Lässt die vergangenen Stunden Revue passieren. ›Wenn Adam Jule tatsächlich getötet hat, dann passt das nicht ins Muster. Aber vielleicht war es ein Mord aus einem anderen Grund. Vielleicht ist Jule durch Zufall über etwas gestolpert, das Adam belastet hätte. Vielleicht hat Jule das Versteck der Geschwister entdeckt. Dort, wo vielleicht die vermisste Polin Ewa festgehalten wird. Das könnte Jules Todesurteil gewesen sein.‹ Targa begreift jetzt die ganze Aktion von Zoey. Sie will ihren Bruder schützen. Und dafür hat sie gerade Finn geopfert.

42

Das Meer verliert sich am Horizont in der unendlichen Tiefe der Nacht. Olai sitzt auf dem Hügel neben Micha, der noch immer an dem Pfahl gefesselt ist. Micha hat sein renitentes Verhalten abgelegt. Stöhnt nur noch. Immer wieder dreht er sein sonnenverbranntes Gesicht zu Olai. Leckt mit der Zunge über seine aufgesprungenen Lippen.

»Wasser. Bitte Wasser!«

»Noch ist deine Läuterung nicht abgeschlossen. Erst wenn du bereust.« Olai ist unkonzentriert. Er muss immer wieder an das Foto denken, das er im Internet gefunden hat. Sofort nach dieser Entdeckung hat er eine Nummer in Berlin angerufen. Schon seit mehr als einem Jahrzehnt hat er nicht mehr mit dieser Person zu tun gehabt. Dementsprechend erstaunt war Dagmar Brunner, Abteilungsleiterin beim BKA, denn auch gewesen.

Es erforderte seine ganze Überredungskunst, bis Dagmar schließlich einwilligte, nach Dänemark zu kommen.

Vom Hügel aus kann Olai bis zum Hafen sehen. Die letzte Fähre vom Festland legt gerade an. Mehrere Autos verlassen das Schiff. Das Licht ihrer Scheinwerfer zerschneidet die

Dunkelheit. Die Fahrzeuge biegen in verschiedene Richtungen ab. Nur ein Wagen fährt in Richtung Bauernhof.

Olai steht auf und geht schnell den Hügel hinunter.

»Olai, warte! Bitte lass mich frei«, ruft ihm Micha hinterher. »Noch einen Tag in dieser Hitze halte ich nicht durch.«

Doch die Bitten erreichen Olai nicht mehr. Sie werden vom Wind hinaus aufs Meer getragen, wo sie am Horizont verglühen.

Als Olai den Bauernhof erreicht, parkt ein schnittiger Kleinwagen vor dem Tor.

»Wer ist das?«, fragt Helen, die ihm entgegenkommt.

»Eine verirrte Seele, die sich nach Stille und Dunkelheit sehnt«, erwidert Olai. Er öffnet die Fahrertür. »Willkommen bei den Kindern der Nacht«, begrüßt er die Frau. Olai hilft ihr beim Aussteigen. ›Dagmar hat sich in all den Jahren nicht sehr verändert‹, denkt Olai. Noch immer hat sie die Haare streng nach hinten gekämmt und trägt einen blauen Hosenanzug. Ihre Gesichtszüge sind vielleicht ein wenig härter geworden. Aber das hat sicher mit ihrem Job zu tun. Früher war sie eine profilierte Verhörspezialistin für Staatsfeinde der DDR. Jetzt bekleidet sie einen ähnlichen Job beim BKA, ohne dass jemand von ihrer prekären Vergangenheit weiß. Die kennt nur Olai.

»Ich führe dich herum. Um dir die Philosophie unserer kleinen Gruppe zu erläutern.«

»Danke. Ich habe von deiner Gruppe gehört. Dieses nächtliche Denken ist etwas Besonderes.«

»Das ist Helen. Sie ist meine rechte Hand.« Skeptisch betrachtet Helen Dagmar. ›In jeder Frau sieht sie mittlerweile eine potenzielle Konkurrenz‹, denkt Olai.

Olai führt Dagmar in das Bauernhaus. Helen folgt ihm.

»Ich brauche dich jetzt nicht.«

»Ganz wie du wünschst.« Helen presst die Lippen zusammen.

»Das ist unser Meditationsraum.«

»Welch eine Ruhe.« Dagmar blickt sich interessiert um. »Immer noch dasselbe Spiel«, murmelt sie kaum hörbar. Olai übergeht die Bemerkung.

Nachdem er Dagmar den Bauernhof gezeigt hat, geht er mit ihr in den Speicher.

»Ich kenne dein Geheimnis. Gleich kennst du meins.« Olai steigt mit Dagmar über die schmale Treppe in sein Zimmer hinauf. Vor einem hohen Schrank bleibt er stehen. Öffnet die Tür. Schiebt die Rückwand des Schranks zur Seite. Dahinter befindet sich sein geheimer Raum.

»Die Kommandozentrale«, sagt er stolz. Er zeigt auf die Bildschirme, auf denen alle Aktivitäten seiner Jünger zu sehen sind.

»Das gibt's doch nicht!« Dagmar blickt verblüfft umher. »Du hast dich kein bisschen verändert. Bist noch immer der pedantische Abhörspezialist.«

»Ich mag eben keine bösen Überraschungen.« Olai deutet auf einen Stuhl. »Willst du sehen, wie die Kameras funktionieren?« Olai zoomt eine Aufnahme aus der Küche heran. Bekleidet mit einer Schürze sitzt Daisy vor einem Kübel mit Kartoffeln. Schält langsam eine nach der anderen.

»Das sollte sie doch nicht tun.« Wütend schüttelt Olai den Kopf. Jetzt ist er gezwungen, Helen zurechtzuweisen.

»Damit ich einer schwangeren Frau beim Kartoffelschälen zuschaue, deswegen hast du mich doch sicher nicht hierhergeholt«, meint Dagmar ungehalten.

»Nein, du bist deswegen hier.« Olai schickt ein Foto auf den zentralen Bildschirm.

»Oh, du hast sie also gefunden.« Dagmar zuckt zusammen, fasst sich aber sofort wieder. »Was soll ich tun?«

»Ich möchte wissen, wieso sie unter einem anderen Namen leben.«

»Soll das ein Scherz sein? Hast du schon vergessen, was damals passiert ist?«

»Wie könnte ich das jemals? Es hat sich tief in mein Gedächtnis eingebrannt.« Er erinnert sich.

Die Geschwister leben seit ihrer Geburt tagsüber im Keller. Sie wissen nichts von der Welt draußen. Zunächst ist ihre Mutter bei ihnen, und auch Olai. Mit wissenschaftlichem Interesse verfolgt er die Entwicklung der beiden Kinder. Werden sie reine und unverdorbene Kinder der Nacht? Menschen, die keinen Einflüssen von außen ausgesetzt sind. Kinder, denen das Dunkel eine Heimat ist. Kinder, die auch nicht mehr auf Essen angewiesen sind. Deshalb verringert er sukzessive die Nahrung, bis er sie schließlich auf Brot und Wasser reduziert. Tagsüber werden sie eingesperrt. Nachts dürfen sie nach draußen. Olai unterrichtet sie und misst ihren IQ. Die beiden sind ungewöhnlich intelligent. Olai ist sich sicher, dass ihre Klugheit auf die Dunkelheit und den Mangel an Nahrung zurückzuführen ist. Er schart mehrere Gleichgesinnte um sich. Gründet eine Gemeinschaft, für die Hunger und Dunkelheit ein Weg zur Erleuchtung sind. Die Mutter der beiden Kinder ist eine glühende Anhängerin von Olais Theorie. Unterstützt ihn nach Leibeskräften. Schlägt sogar vor, alle Kinder einmalig vierzehn Tage ohne Wasser und Brot in dem Raum zu lassen. Olai willigt ein. Werden so Genies gezüchtet? Doch schon nach einer Woche ist ein kleines Mädchen verdurstet. Dann stirbt ein Junge. Eine seiner Anhängerinnen alarmiert die Polizei. Ein Kommando rückt an. Zerstört Olais Lebenswerk.

»Du hast die beiden zehn Jahre in den Keller gesperrt und dann wunderst du dich, dass sie unter anderen Namen leben? Sie sind bei einer Pflegefamilie aufgewachsen«, reißt ihn die Stimme von Dagmar aus der Vergangenheit.

»Ich will sie zurück.« Olai tippt auf den Bildschirm. »Sie sind meine Geschöpfe. Du hast es doch selbst erfahren, dass man die Intelligenz mit Nahrungsentzug und Dunkelheit steigern kann.«

»Ich kann nichts für dich tun. Du bist damals mit einer geringen Freiheitsstrafe davongekommen. Das hätte mich beinahe den Kopf gekostet. Genug ist genug.« Dagmar winkt ab. »Außerdem gibt es eine polizeiliche Ermittlung gegen die beiden.«

»Wieso denn das?« Olai horcht auf.

»Sie vermuten, dass sie mehrere Mädchen gefangen haben und verhungern ließen.«

»Ich glaube nicht, dass meine Kinder damit etwas zu tun haben.«

»Doch, das haben sie. Du hast sie zu Mördern erzogen.« Dagmar macht eine Pause. Olai sieht ihrer Miene an, dass sie mit sich ringt, ob sie ihm weitere Insiderinformationen geben soll. »Vor Kurzem ist die Sondereinheit K2 mit diesem Fall betraut worden.«

»K2?« Olai hat noch nie davon gehört.

»Eine Abteilung des BKA, die sich auf Undercover-Einsätze spezialisiert hat. Und wie es aussieht, sind sie gerade dabei, einen verdeckten Ermittler einzuschleusen.«

»Wer ist das? Nenn mir seinen Namen.« Nervös geht Olai in der Kommandozentrale auf und ab.

»Ich bin nicht in die Operation involviert.« Dagmar zuckt bedauernd mit den Schultern.

»Du sorgst dafür, dass die Ermittlungen gegen die beiden eingestellt werden«, befiehlt Olai. Er stellt sich breitbeinig vor Dagmar. »Vergiss nicht, dass ich über deine Vergangenheit Bescheid weiß.«

»Willst du mir etwa drohen?« Dagmar verschränkt die Arme vor der Brust. Sieht Olai herausfordernd an. »Ich kann in diesem Fall nichts für dich tun. Außerdem sind wir quitt, weil ich dich damals vor einer langen Gefängnisstrafe bewahrt habe.«

»Quitt sind wir erst, wenn ich das sage.« Olai muss sich zusammenreißen, um nicht laut loszubrüllen. Was bildet sich Dagmar eigentlich ein? Er ist es nicht gewohnt, dass man sich seinen Anordnungen widersetzt. Sein Wort ist Gesetz.

»Reg dich nicht auf.« Dagmar merkt, dass Olai kurz vor einem Wutanfall steht. Sie lenkt ein. »Ich kann dir vielleicht doch weiterhelfen.«

»Ja und wie?«

»Die Abteilung K2 hat einen Leiter, der ebenfalls aus dem ehemaligen Osten stammt. Ich habe ihn zwar nie persönlich kennengelernt, weiß aber seinen Namen.«

»Und wie heißt er?«, fragt Olai ungeduldig.

»Immer langsam. Zuerst musst du mir versprechen, mich nie wieder zu kontaktieren«, stellt Dagmar die Bedingung.

»Ist gut. Ich halte mich in Zukunft daran. Ich gebe dir mein Wort.« Olai weiß allerdings aus Erfahrung, dass in ihren Kreisen ein Ehrenwort kein Gewicht hat.

»Der Chef vom K2 heißt Lundt.«

»Lundt? Vielleicht Volker Lundt?« Olai kann nur sehr schwer ein Lächeln unterdrücken. Seit Jahrzehnten hat er diesen Namen nicht mehr gehört. Jetzt taucht er mit einem Mal aus der Versenkung auf.

»Ja, genau. Kennst du ihn etwa?«, fragt Dagmar erstaunt.

»Nur dem Namen nach«, weicht Olai aus. »Danke, du hast mir sehr geholfen.« Diesmal meint er es tatsächlich so. ›Lundt wird mir von Nutzen sein‹, denkt er. ›Es gibt einen dunklen Punkt in seiner Vergangenheit.‹

43

Schatten des Zweifels setzen sich wie schwarze Gewitterwolken in Zoeys Kopf fest. Immer wieder denkt sie an die tote Ewa, die in einem Nebenraum des Bunkers liegt.

Abends sitzt sie mit Adam in ihrem Zimmer auf dem Bett. Denkt an Finn und die Vernehmung.

»Was hast du Jule angetan? Das war so nicht ausgemacht.«

»Es war ein Unfall. Ich wollte sie nur erschrecken. Sie hat dich Skelett genannt. Mich hält sie für einen Freak. Das konnte ich nicht zulassen. Da bin ich wütend geworden.«

»Du hast sie in die Grube gestoßen.«

»Mmhh.« Adam nickt.

»Gut, dass du eine kluge Schwester hast.« Zoey lässt ihre Nasenspitze um die ihres Bruders kreisen. »Ich habe das auch mit dem Mädchen von der Tanke geregelt. Sie steht auf mich und hat uns das Alibi gegeben. Aber da ist noch ein anderes Problem. Was machen wir mit Ewa?«

»Warum schaffen wir sie nicht weg? Das hatten wir doch so geplant«, meint Adam, nachdem er einige Sekunden überlegt hat.

»Und wohin? Wir können sie nicht vergraben. Das dauert zu lange und ist im Moment zu gefährlich.«

»Versenken wir sie doch im See. Das ist am einfachsten.«

»Gute Idee.« Zoey springt auf. Sie kickt gebrauchte Unterwäsche, die auf dem Boden liegt, mit dem Fuß unter das Bett.

»Warum bist du nur so unordentlich?« Adam schüttelt verständnislos den Kopf.

»Sei nicht so pingelig. Los, worauf wartest du?«

»Wir müssen aufpassen, dass uns keiner beobachtet«, gibt Adam zu bedenken. »Ich bin seit deiner Befragung durch Lasse ein wenig unruhig. Warten wir lieber noch ein paar Tage.«

»Hörst du mir nicht zu? Paula wird den Verwesungsgeruch der Leiche wahrnehmen.«

»Ok, dann beeilen wir uns«, stimmt Adam zögernd zu.

»Das Dunkle gewinnt immer«, flüstert Zoey und setzt sich wieder zu ihrem Bruder auf das Bett. Sie umarmt ihn. Drückt ihre Lippen auf seine. Bläst ihren Atem in sein Inneres.

»Und ich bleibe für immer bei dir.« Zoey presst ihre Stirn gegen die von Adam. So fest, dass sie glaubt, ihr Schädel zerspringt. So fließen ihre Gedanken in Adams Kopf.

Kurz nach Mitternacht schleichen die Geschwister zum Schuppen. Lösen die Bretter, die den geheimen Gang verbergen. Gelangen unbemerkt aus dem College. Wie Raubtiere auf der Jagd nach Beute hetzen sie durch den Wald. Sie registrieren sofort jedes Hindernis, als wäre es heller Tag. Sie erreichen den Bunker. Schlüpfen durch den Eingang. Hören bereits das leise Wimmern von Paula.

»Ist da jemand?«, krächzt Paula.

»Psst!« Zoey legt den Finger an ihre Lippen. Doch Paula scheint zu spüren, dass jemand im Bunker ist.

»Hilfe!«, schreit sie plötzlich aus Leibeskräften. Ihre Stimme klingt fremdartig. »Ich bin hier! Hilfe!«

Zoey und Adam blicken sich kurz an. Ihre Kommunikation funktioniert ohne Worte. Lautlos schleichen sie in den anderen

Raum. Der Bunker ist wie eine Wohnung konzipiert. Ein Eingangsbereich, von dem zwei Räume abgehen. In einem davon liegt die tote Ewa. Ein Schwarm Fliegen steigt von der Leiche auf. Es riecht durchdringend nach Tod. Sie sind rechtzeitig gekommen. Die Verwesung hat bereits eingesetzt.

»Das darf nie wieder vorkommen, dass die Lebenden und die Toten in demselben Bunker liegen.« Zoey fächelt sich mit ihrem Latexhandschuh Luft zu. »Hol jetzt die Folie.«

»Hilfe!« Ein Schrei von Paula, gefolgt von dem metallenen Rasseln der Kette.

»Sie hungert seit drei Tagen. Bekommt seit gestern nichts mehr zu trinken.«

Auf Zehenspitzen schleicht Zoey zu dem zweiten Raum. In der allgegenwärtigen Finsternis kann sie nur die Umrisse des Mädchens erkennen. Paula sitzt auf dem Boden. Sie lehnt mit dem Rücken an der Betonwand. »Bist du das, Adam?«, flüstert sie plötzlich. Kriecht auf den Eingang zu. Blitzschnell dreht sich Zoey um und verschwindet wieder.

»Adam, bist du es? Warum tust du mir das an? Was habe ich dir denn getan?«, schluchzt Paula. Ihre Stimme dringt durch die Finsternis, erreicht aber Zoeys Herz nicht mehr. Ihre Seele ist bereits dunkeltot.

»Los, verschwinden wir«, zischt sie Adam zu.

»Ich bin fertig.« Adam hat in der Zwischenzeit Ewa in Folie eingewickelt und verschnürt. Beide schleppen die Leiche hinaus ins Freie. Verfolgt von den abgehackten Schreien Paulas.

Schweigend marschieren sie durch den Wald. Die Wege sind schmal und uneben, mehrmals müssen sie pausieren. Nach einer gefühlten Ewigkeit erreichen sie endlich den See. Beide sind schweißüberströmt. Am Ende ihrer Kräfte. Zoey fällt schwer atmend ins Gras. Starrt in den nächtlichen Himmel. Sie denkt an die Kellerdecke, die zehn Jahre lang ihr Himmel gewesen ist. Dort hat sie sich imaginäre Sternenbilder ausgedacht.

Sich mit den Sprüngen und Ritzen im Beton ein eigenes Universum gezimmert.

»Was machst du, Adam?« Zoey richtet sich auf. Adam zerrt einen großen, flachen Stein zum Ufer. Er umwickelt ihn mit einer Nylonschnur und befestigt ihn dann an der verschnürten Leiche.

»Damit Ewa nicht auftaucht.«

Gemeinsam wuchten sie das Bündel in ein Boot, das am Ufer liegt. Die gleichmäßigen Ruderschläge von Zoey zerteilen die Wasseroberfläche, die wie schwarzer Samt wirkt. In der Mitte des Sees stoppt Zoey.

»Wirf sie ins Wasser«, befiehlt sie ihrem Bruder.

Das Boot schwankt, als Adam die tote Ewa hochhebt. Es sieht aus, als würde er mit ihr tanzen. Die Folie leuchtet wie ein Hochzeitskleid. Ewas verzerrtes Gesicht ist darunter undeutlich zu erkennen.

»Küss sie zum Abschied«, fordert Zoey Adam auf.

Gehorsam presst Adam seine Lippen auf die Folie.

»Du warst nicht würdig, von uns gerettet zu werden.«

Adam schiebt die Leiche über den Bootsrand ins Wasser. Das Nylonseil wickelt sich ab. Der Stein zieht die Tote schnell nach unten.

»Pass auf, das Seil hat sich um dein Bein gewickelt«, warnt Zoey ihren Bruder.

»Oh, verdammt!« Adam will sich das Seil vom Fuß streifen, doch in diesem Moment wird er ruckartig nach vorne gezogen. Er kann das Gleichgewicht nicht mehr halten. Stürzt in den See. Versinkt im schwarzen Wasser. Wird von dem Seil in die Tiefe gezogen.

»Adam!« Hektisch versucht Zoey, das Seil zu halten und Adam daran hochzuziehen, aber sie ist viel zu schwach dafür. »Wo bist du? Du musst wieder hochkommen.«

Plötzlich zerreißt Motorenlärm die Stille. Es ist ein Wagen, der rasch näher kommt. Grelles Scheinwerferlicht schweift vom Ufer her über das Wasser. Erfasst das Boot. Zerrt Zoey wie mit einem Spotlight aus der schützenden Dunkelheit. Geblendet blickt Zoey zum Ufer, kann aber in dem gleißenden Licht nichts erkennen.

»Wer ist da?«

»Ich bin's, Zoey!«

»Was machst du da draußen auf dem Wasser?«, hört sie die Stimme von Lasse.

»Ich konnte nicht schlafen.« Zoey unterdrückt die Panik, die sich ihrer bemächtigt. ›Adam wird ertrinken, wenn ich ihm nicht helfe‹, denkt sie. ›Verflucht, Lasse, verschwinde doch einfach.‹

»Komm ans Ufer. Du hast hier nichts verloren. Du könntest ersaufen.«

»Ich kann schwimmen.« Das Wasser plätschert. Mit einem Mal taucht Adams Kopf auf. Zum Glück wird er vom Schatten des Kahns verdeckt. Er klammert sich mit beiden Händen an den Holzrand. Bringt aber dadurch das Boot fast zum Kentern.

»Hilf mir hinein.«

»Das geht nicht. Lasse steht drüben am Ufer. Er darf dich nicht sehen.«

»Worauf wartest du, Zoey?« Wieder dröhnt Lasses Stimme über den See. »Ruder jetzt zurück ans Ufer. Oder muss ich dich vielleicht holen?«

»Versuch's doch. Ein Polizist und ein junges Mädchen. Nachts alleine am See. Hat der Polizist das Mädchen vielleicht hergebracht, um ihr etwas anzutun? In Zeiten von MeToo geht diese Geschichte nicht gut aus für dich.«

»Du bist und bleibst ein Miststück, Zoey.«

»Zieh mich endlich rauf«, raunt Adam und versucht, sich hochzustemmen. Das Boot schwankt. Zoey kann nur mühsam das Gleichgewicht halten.

»Wieso wackelt das Boot so?« Die Autoscheinwerfer bleiben unerbittlich auf Zoey gerichtet. Plötzlich fühlt sie sich auf dem schwarzen See wie eine Schauspielerin, die vor einem imaginären Publikum auftritt.

»Das ist nichts«, beeilt sich Zoey zu erwidern. »Ich tanze bloß ein wenig.« Während sie antwortet, drückt sie den Kopf von Adam wieder unter das Wasser. »Ich muss das tun.«

»Wo ist eigentlich dein feiner Bruder? Deckst du ihn? Belastest du Finn deshalb?«, wechselt Lasse das Thema. »Eines Tages macht ihr einen Fehler. Dann kriege ich euch.«

Adam befreit sich aus Zoeys Griff und taucht auf. »Zoey, bist du verrückt? Ich wäre beinahe ertrunken.« Aufgeregt paddelt er mit den Armen im Wasser umher.

Zoey wirft einen schnellen Blick ans Ufer. Lasse lehnt an der Kühlerhaube seines Wagens. ›Ob er Adam entdeckt hat?‹ »Was wirst du jetzt tun, Lasse?« Das Boot schwankt, als Zoey sich dreht. Sie beginnt sich langsam auszuziehen. Pfeift dazu einen Song. »Schwimmst du zu mir herüber?«

»Das würde dir so passen. Mich mit einer Sexnummer aus dem Verkehr zu ziehen. So dumm bin ich nicht.«

»Aber du stehst auf mich. Das merke ich doch. Erinnere ich dich an deine Frau? War sie auch so dünn? War sie auf Diät? Stehen deswegen keine Dessertschalen auf dem Tisch, den du für sie deckst?«

»Noch ein Wort und ich ertränke dich im See.« Lasse hebt drohend die Faust. Stößt sich von der Motorhaube ab. Steigt in seinen Wagen. Knallt die Tür zu. Er blendet die Scheinwerfer genau in dem Moment ab, in dem plötzlich die Folie mit der Leiche neben Adams Kopf an die Oberfläche treibt.

»Verdammt, das Seil hat sich vom Stein gelöst.« Adam drückt die Tote hektisch unter Wasser.

223

Zoey starrt mit weit aufgerissenen Augen zum Rand des Sees. Ihr Herz schlägt wie verrückt. Lasse wendet sein Fahrzeug. Bleibt noch einmal kurz stehen. Streckt die geballte Faust aus dem Fenster. Dann fährt er los. Die Rücklichter strahlen über den See und verwandeln die Wasseroberfläche in ein Flammenmeer.

44

Die Frau mit den blonden Zöpfen hockt neben der Straße und blickt auf eine Wiese. Dutzende von Schmetterlingen schwirren durch die sonnige Morgenluft. Neben der jungen Frau liegen zerkleinerte Bananenschalen auf dem Boden. Sie nimmt eine Handvoll davon und verstreut sie sorgfältig am Wegrand. Hund schnüffelt kurz daran. Wendet sich dann desinteressiert ab. Nicht sein Geschmack.

»Was tust du da, Targa?«, fragt Rita. Sie ist gerade mit ihrem Bike aus Berlin eingetroffen. Mit dem Scott-Rennrad schafft sie die Distanz beinahe genauso schnell wie die S-Bahn. Wie immer trägt Rita schwarze Jeans und eine schwarze Jacke. Über die Schulter hat sie eine Tasche geworfen, die aus alten Lkw-Planen gefertigt wurde.

»Schmetterlinge lieben den Geruch von Bananen. Auf diese Weise kann ich sie anlocken«, antwortet Targa, ohne ihre Tätigkeit zu unterbrechen.

»Und was machst du dann mit ihnen?«

»Nichts. Ich erfreue mich nur an ihrem Anblick.« Sie blickt versonnen auf das Feld und auf die bunten Schmetterlinge.

»Ich finde das toll von dir. Du tust die Dinge einfach zu deiner eigenen Freude, ohne Hintergedanken.«

»Was sollte ich denn sonst damit wollen?« Targa dreht sich verwundert zu Rita.

»Na, du könntest zum Beispiel Instagram-Videos davon posten. Die Schmetterlinge sehen ja echt beeindruckend aus. Da erhältst du im Handumdrehen Hunderte Likes.«

»Ich bin nicht in den sozialen Medien. Habe auch keinen Account. Und jeder kann doch Bananenschalen verstreuen.«

»Natürlich, aber nur du hast die Idee gehabt.«

»Deshalb bist du aber nicht aus Berlin gekommen.«

Targa hat vom Gasthaus aus mit Rita telefoniert und sich mit ihr in einem Waldstück außerhalb von Blumenthal verabredet. Rita war das sehr recht, denn sie ist eine passionierte Radfahrerin.

»Stimmt. Es gibt einiges zu berichten. Bleiben wir hier bei den Schmetterlingen?«

»Nein, wir steigen in die Baumkronen.«

»Cool, hast du da etwa ein Baumhaus gefunden?«

»Nein, aber ich habe einen Baumwipfelweg entdeckt.«

»Ich wusste gar nicht, dass es so etwas auch in dieser Gegend gibt. Ich kenne nur diesen Baumkronenpfad in Beelitz.«

»Hier ist es ein wenig primitiver und außerdem ist der Pfad nicht fertig.« Targa steht auf und wirft noch einmal einen Blick auf die Schmetterlinge. Dann gibt sie Hund ein Zeichen und geht den Weg entlang.

Kurz darauf erreichen sie den Waldrand und stehen vor einer roh gezimmerten Leiter.

»Da müssen wir hinauf.«

»Ok, kein Problem.« Rita lehnt ihr Rennrad an einen Baum und schließt es mit einer stabilen Kette an. Wie selbstverständlich legt sich Hund daneben.

»Hast du Angst, dass hier jemand dein Rad klaut? Hund bewacht es doch.«

»Sicher ist sicher. Das Bike ist eine Spezialanfertigung. Extra für mich gemacht. Da will ich kein Risiko eingehen.« Rita hängt ihren Helm an die Lenkstange.

Geschickt klettert sie dann hinter Targa die Leiter hoch. Knapp unterhalb der Baumkrone gibt es eine kleine Plattform, von der eine Hängebrücke zum nächsten Baumwipfel führt.

»Super. Das ist richtig abenteuerlich.« Rita strahlt.

»Ich bin gern hier oben«, meint Targa. Sie lehnt sich an das Seil, das als Geländer dient. »Von hier sieht die Welt so friedlich aus. Beim nächsten Baumwipfel gibt es auch einen Tisch.«

Als sie mitten auf der Hängebrücke sind, kommt plötzlich starker Wind auf. Die Brücke beginnt hin und her zu schwingen. Rita hält sich mit beiden Händen an den Seilen fest und schließt die Augen.

»Geht es dir nicht gut?«, fragt Targa mit einem besorgten Unterton in der Stimme.

»Alles klar«, wiegelt Rita ab. Sie lächelt bemüht. »Das ist das erste Mal, dass du dir Sorgen um mich machst.«

»Wirklich? Ist mir noch nicht aufgefallen.« Targa überlegt. ›Ist bei mir tatsächlich eine Veränderung passiert? Auch Yella hat etwas Ähnliches zu mir gesagt.‹

Endlich erreichen sie die zweite Plattform. Sie setzen sich an einen runden Tisch, der aus einer Baumscheibe besteht.

»Was hast du für mich?«, fragt Targa.

»Eine interessante Neuigkeit.« Rita packt ihren Laptop aus der Planentasche und schaltet ihn ein. »Die SMS, die Paula angeblich aus Berlin an ihren Vater geschickt hat, war ein Fake.«

»Inwiefern?«

»Ich habe den Standort des Senderhandys lokalisiert.« Rita drückt einige Tastenkombinationen. Eine Landkarte taucht auf. Ein Stück entfernt von Berlin blinkt ein roter Punkt. »Das ist die Stelle, an der sich Paula ins Netz eingewählt hat.«

»Paula war also nicht in Berlin«, stellt Targa fest. »Vergrößere die Karte bitte.«

»Ok, warte kurz.« Rita zoomt den Bildausschnitt heran.

»Das ist ja Blumenthal.«

»Genau. Aber nicht nur das. Es ist das College.« Ritas Augen leuchten triumphierend.

»Das heißt, die SMS wurde aus dem College verschickt. Dann ist Paula ziemlich sicher in der Gewalt von Zoey und Adam«, kombiniert Targa. »Und das Versteck ist wahrscheinlich in einem der Bunker.«

»Das denke ich auch.« Rita kramt in ihrer Tasche herum. Sie zieht eine Landkarte heraus, die sie auf dem Tisch ausbreitet. »Deshalb habe ich uns auch eine Karte der Gegend aus alten DDR-Beständen organisiert. Hier sind alle Bunker verzeichnet.«

Rita deutet auf eine Unzahl kleiner Punkte in dem weitläufigen Waldgebiet.

»Das ist ja eine riesige Menge«, meint Targa frustriert. »Wir können unmöglich alle durchsuchen.«

»Stimmt und es gibt ein weitverzweigtes Tunnelsystem, das viele der Bunker untereinander verbindet.«

»Vielleicht führt auch ein Tunnel zum College, durch den man ungesehen das Gebäude verlassen kann. Damit haben die Geschwister immer das perfekte Alibi.« Targa blickt mit zusammengekniffenen Augen in die Ferne.

»Woran denkst du?«

»Ich habe mir mit Lasse, dem Ortspolizisten, den Bunker angesehen, wo er vor einem Jahr das verhungerte Mädchen gefunden hat. Lasse stammt aus Blumenthal. Als Jugendlicher wollte er Archäologe werden. Deshalb hat er sich für das Tunnelsystem interessiert und kennt es ziemlich gut. Warum hat er uns das nicht gesagt?«

»Das ist in der Tat eigenartig. Ich überprüfe mal diesen Lasse Bergmann. Lass uns zurückgehen.« Rita packt ihre Unterlagen wieder in die Tasche.

»Weißt du, worüber ich die ganze Zeit schon nachdenke?«, sagt Targa, während sie die Hängebrücke überqueren. »Woher wissen diese jungen Leute so genau Bescheid über ein Tunnelsystem aus Zeiten der DDR? Damals waren sie ja noch gar nicht auf der Welt.«

»Tja, gute Frage.« Rita klingt abwesend. Targa wirft ihr einen Blick zu. Rita muss sich auf den Weg über die Hängebrücke konzentrieren, die jetzt wieder heftig schwankt.

»Vielleicht sind Zoey und Adam schon länger auf der Suche nach dem perfekten Ort gewesen.« Targa machen die Schwingungen nichts aus, aber sie sorgt sich um Rita. ›Eine völlig neue Erfahrung‹, denkt sie. »Dann kamen sie auf das College. Das mitten in einem riesigen Waldgebiet mit vielen Bunkern liegt. Das ist ja teilweise ein richtiger Urwald. Unten ist es immer finster. Das kommt ihrer Liebe zur Dunkelheit entgegen. Sie hatten den perfekten Ort und haben dann begonnen, die Mädchen zu entführen.«

»So könnte es gewesen sein.«

Sie erreichen das Ende der Hängebrücke. Rita atmet erleichtert auf.

»Ich kann verstehen, warum dieser Baumgipfelpfad nicht weiter ausgebaut wurde. Das ist ja echt lebensgefährlich.«

»Du empfindest das Schwanken als gefährlich. Andere nicht. So wie die Dunkelheit für Zoey und Adam anziehend ist. Sie drehen einfach alles um. Deshalb sind sie auch nur nachts unterwegs. Für Zoey und Adam ist die Nacht der Tag.«

45

Wenn die Schatten der Nacht länger werden, dann verschwindet die Angst aus Adams Herz. Sicher geleitet ihn die Dunkelheit an den Ort seiner Bestimmung. Doch seit kurzer Zeit erscheint es ihm, als würden ihn Augenpaare unentwegt beobachten. Bei jedem Knacken im Unterholz zuckt er zusammen. Das Rauschen der Blätter ist wie ein vielstimmiger Chor, der ihn verfolgt. Vögel flattern aufgeregt vor seinem Gesicht umher. Und seit Jules Tod werfen ihm die Dorfbewohner finstere Blicke zu. »Das alles bildest du dir bloß ein«, versucht Zoey seine Ängste zu zerstreuen.

»Fühlst du dich nicht auch beobachtet?«, fragt er seine Schwester.

»Nein, überhaupt nicht.« Zoey blickt ihren Bruder von der Seite an. »Hast du Paranoia?«

»Das ist keine psychische Störung, das ist real. Ich fühle es, seit Jules Tod ist uns jemand auf den Fersen.« Adam hält Zoey am Arm zurück. »Glaubst du, man hat unser Versteck entdeckt?«

»Niemals. Keiner findet unseren Zufluchtsort.« Zoey reibt ihn an der Nasenspitze. »Paula schafft es in eine andere Dimension. Dann ist sie gerettet und wir wissen, dass unsere

Philosophie auch in der Realität funktioniert. Wir schaffen, was wir wollen! Lass uns in den Wald spazieren.«

»Du willst unsere neue Psycholehrerin treffen, stimmt's?«, fragt Adam. Seit sie vor einigen Tagen gemeinsam mit Targa unterwegs waren, spricht Zoey oft von ihr. Auch dass sie als Vertrauensperson bei der Befragung dabei war, fand Zoey cool.

»Ich denke, Targa ist eine Bereicherung für das College. Sie ist eigenwillig. Allein der VW-Bus und dieser Hund, der immer bei ihr ist. Außerdem ist sie sehr intelligent. Und irgendwie hübsch. Vielleicht etwas zu weiblich um die Hüften, aber …«, schwärmt Zoey.

»Ich dachte immer, du stehst auf Männer, und verliebt bist du nur in mich«, meint Adam schmollend. »Davon abgesehen ist Targa meine Seelenverwandte. Unsere Augen sind ähnlich.«

»Ach, mein dunkles Bruderherz. Hab dich nicht so. Denkst du noch an unser Spiel im Keller?«

Adam erinnert sich.

Schritte auf der Treppe. Der Schlüssel wird umgedreht.

»Adam, schnell. Verstecken wir uns hinter dem Treppenaufgang.«

»Was ist denn los, Zoey?«

»Sie holen Kinder für die Feldarbeit.«

»Das ist so schwer ohne Essen.«

»Stell dich tot und alles wird gut.«

Zoey dreht sich zu Adam und ihre Nasenspitzen berühren sich.

»Du brauchst keine Angst zu haben. Ich nehme dir Targa nicht weg.«

Dann nimmt Zoey Adams Hand und sie lassen den Ort hinter sich. Gehen über einen schmalen Feldweg auf den Wald zu.

»Was war das für ein Geräusch?«, fragt Adam. »Das sind doch Schritte im Unterholz. Vielleicht ist es Lasse, der uns wieder beobachtet.«

»Ich höre nichts. Mach dir bloß keine Sorgen um Lasse. Der hat nichts gegen uns in der Hand.«

Doch Adam hat recht. Eine Gestalt nähert sich zielgerichtet aus dem Wald. Sie trägt einen dunklen Mantel, der im Wind flattert. Mit zügigen Schritten geht der Mann auf sie zu.

»Wer ist das?«, flüstert Adam heiser. »Er macht mir Angst.«

»Keine Ahnung, ich kann sein Gesicht noch nicht erkennen«, meint Zoey. »Wer auch immer er ist, von ihm droht sicher keine Gefahr«, sagt sie selbstsicher.

Die Person kommt immer näher und näher. Jetzt sind auch seine Gesichtszüge deutlich zu sehen. Die Geschwister erstarren. Ihre blassen Gesichter werden schneeweiß. Sie weichen zurück.

»Das kann nicht wahr sein.« Adam schiebt seinen Bucket Hat nach oben. Wischt sich den Schweiß von der Stirn. Die Welt, wie er sie kennt, bekommt plötzlich einen Riss. Durch diesen feinen Spalt quillt jetzt die Vergangenheit wie ein träger Lavastrom auf ihn und seine Schwester zu. Bereit, sie mitzureißen in ein Verlies der Erinnerung.

»Endlich habe ich euch gefunden!« Der Mann in dem dunklen Mantel breitet die Arme aus. Ein einnehmendes Lächeln huscht über sein Gesicht. »Meine Kinder, lasst euch von mir umarmen.«

Er hebt den Kopf und beginnt ein Lied zu singen, zuerst leise, dann immer lauter. Wie ein Dirigent schwenkt er seine Hände im Takt. »Der Mond ist aufgegangen …«

Adam hört, wie Zoey zögernd in den Refrain einstimmt. Plötzlich kann auch er nicht mehr anders. Er muss mitsingen. Dieses verhasste Lied, das er jahrelang versucht hat aus seinem Kopf zu bekommen. Der Mann nähert sich. Nimmt Adam mit der einen Hand und mit der anderen Zoey.

»Singt, meine Kinder!«, sagt er mit seiner hypnotischen Stimme. Singend stehen alle drei auf dem Feldweg, halten sich an den Händen. So als wäre es nie anders gewesen.

Als das Lied zu Ende ist, wischt sich Zoey die Tränen aus den Augen.

»Warum tauchst du nach so vielen Jahren hier auf?«, schluchzt sie.

»Um dich und Adam zu beschützen.« Sanft streicht er Zoey über das silbrige Haar, klopft Adam auf die Schulter. »Ihr habt euch so gut entwickelt. Ich bin sehr stolz auf euch.«

»Sag uns, weshalb du hier bist.« Adams Stimme ist rau. Er kann nur mühsam die Tränen zurückhalten. In seiner Brust toben die Gefühle. Er hasst diesen Mann aus tiefster Seele. Immer mussten er und Zoey barfuß und hungrig durch die Nacht wandern. Dabei singen. Der kalte Wind heulte vom Meer. Sie froren in ihren Leinenhemden. Zitterten. Doch das Lied musste zu Ende gesungen werden. Erst dann kamen die schönen Stunden. Die Fackeln loderten. Wärmten die Kinder. Mutter umarmte Adam und flüsterte: »Bald bist du so weit.«

»Hört mir jetzt gut zu.« Der Mann hockt sich auf den Weg. »Die Polizei ist hinter euch her.«

»Niemand kann uns etwas anhaben.« Zoey findet langsam ihre Fassung wieder.

»Da irrst du dich, mein Kind. Es gibt eine verdeckte Ermittlung gegen euch. Ihr habt einen Irrweg eingeschlagen.«

»Woher weißt du das?« Zoey wischt sich mit dem Handrücken die letzten Tränen aus dem Gesicht.

»Ich habe die Information von einer sicheren Quelle. Deswegen bin ich hier. Niemand darf euch etwas zuleide tun.« Der Mann steht auf und umfasst die Geschwister an den Schultern. Drückt sie fest an sich. »Ihr kommt mit mir. Dann seid ihr in Sicherheit.«

»Wohin?« Zoey blickt mit verweintem Gesicht hoch.

»Nach Hause.«

»Nein!«, fährt Zoey auf. Auf Adam wirkt es, als wäre sie soeben aus einer Trance erwacht. »Ich gehe niemals wieder dorthin. Adam, los, wir verschwinden!« Resolut packt Zoey ihren Bruder am Arm. Doch dieser ist unfähig, sich zu bewegen.

»Los, mach schon.« Zoey zerrt Adam weg. Läuft mit ihm auf den Wald zu.

Der Mann folgt ihnen mit großen Schritten. Die Schöße seines dunklen Mantels flattern im Wind. »Du kannst deinem Schicksal nicht davonlaufen, Zoey!«, ruft er ihnen hinterher. »Ich habe euch zu dem gemacht, was ihr seid. Nur ich kann euch retten.«

Aus dem Wald springt ein gestromter Hund direkt auf sie zu. Er beginnt wütend zu bellen.

»Was ist denn los?« Eine blonde Frau tritt aus dem Schatten der Bäume. Es ist Targa.

»Hilf uns!«, fleht Zoey atemlos. »Wir werden bedroht.«

»Lassen Sie die beiden sofort in Ruhe. Sonst rufe ich die Polizei«, herrscht Targa den Mann an. Sie packt Adam und Zoey an den Händen. Läuft mit ihnen in den Wald.

»Hoffentlich passiert deinem Hund nichts.« Zoey blickt den Weg zurück.

»Hund läuft zum College. Er kennt den Weg.«

»Ich weiß, wo wir uns verstecken!«

Es wird immer dunkler, die Schatten der Bäume legen sich schwer über den schmalen Forstweg. Zoey springt plötzlich mit einem Satz mitten in das Unterholz. Targa stolpert über Wurzeln. Hält aber das Gleichgewicht.

Hinter sich hört Adam das laute Knacken der Zweige, als der Verfolger sich seinen Weg durch das Buschwerk bahnt.

»Kinder, wo seid ihr? Ich bringe euch nach Hause!« Die Stimme klingt süß wie Honig. Sie verklebt das Denken. Macht willenlos. Adam kennt dieses Ritual.

»Er wird uns mitnehmen.« Adam schaut seine Schwester an. Zoeys silbrige Haare kleben strähnig an ihrem Kopf. In ihrem Blick liegt das nackte Entsetzen. Doch irgendwo dahinter glimmt noch ein Funken Überlebenswille.

»Wir geben nicht auf.« Zoey schleicht auf ein Gebüsch zu. Bückt sich und wischt Erde, Blätter und lose Wurzeln zur Seite, bis eine rostige Metallplatte zum Vorschein kommt.

»Da drinnen sind wir sicher«, flüstert Zoey. Sie hebt die Platte an. Kriecht geschmeidig wie eine Schlange in die Röhre, die schräg nach unten führt. Adam steigt in die Öffnung und folgt ihr. Targa zwängt sich kopfüber durch die Luke, bleibt aber mit den Schultern in der engen Röhre stecken. Sie kann weder vor noch zurück.

Jetzt hat der Mann die Luke entdeckt.

»Ihr könnt vor mir nicht fliehen, Kinder.« Er packt Targa an den Beinen, um sie aus der Röhre zu ziehen.

46

Targa spürt, wie Hände ihre Unterschenkel wie Schraubstöcke umklammern. Mit einem schnellen Ruck wird sie ein Stück aus der Röhre gezogen. Sie versucht, sich an den Wänden festzuhalten. Doch die sind glatt und sie rutscht ständig ab. »Du wirst mich jetzt zu meinen Kindern führen!« Seine Stimme ist leise und bedrohlich.

Er lässt ein Bein los, um Targa an den Trägern ihrer Latzhose zu packen. Das ist ihre Chance. Sie nimmt all ihre Kräfte zusammen. Winkelt das freie Bein an. Tritt dann mit voller Wucht nach hinten. Sie hört ein leises Aufstöhnen. Die Hände lassen sie los. Schnell zieht sie sich wieder in die Röhre. Macht sich so schmal wie möglich. Jetzt schafft sie es bis ans Ende. Dort wird sie in die Finsternis gespuckt.

Die Röhre mündet in ein unterirdisches Verlies. Es ist stockdunkel. Targa tastet blind umher. Stößt an eine Wand. Es raschelt und knistert. Plötzlich wird hinter ihr eine Kerze entzündet. Targa reißt die Augen auf. Sie steht vor einer Silberwand. Lauter kleine Päckchen, in Alufolie eingewickelt. Zu einer blitzenden Wand aufgeschichtet. Sie dreht sich zu der Kerze. Daneben hockt Zoey.

»Hast es doch durch das Belüftungsrohr zu uns geschafft.«

»Ja, das war knapp. Was ist das hier?« Targa deutet auf die Päckchen.

»Das ist unsere Welt.«

»Falls wir jemals Hunger leiden müssen, haben wir hier eine Notration.« Adam tritt neben sie.

Der Raum ist niedrig und eng. Adam rückt dichter an Targa heran. Zoey pustet die Kerze aus. Steht auf und kommt näher. Targa spürt einen Anflug von Klaustrophobie. Sie beginnt, schneller zu atmen. Darf nicht schlappmachen. Nicht jetzt. Sie ist in das Herz der Finsternis vorgestoßen. In das geheime Reich von Zoey und Adam. Hier irgendwo muss auch Paula sein.

»Wer war dieser Mann?« Targa macht ein paar Schritte zurück. Lehnt sich an die kühle Wand. Atmet durch.

»Unser Vater.« Zoey und Adam antworten gleichzeitig. Es klingt wie aus einem Mund.

»Das war euer Vater?« Targa ist überrascht.

»Wir sind beide in der Dunkelheit zur Welt gekommen.« Die Stimme von Zoey ist ganz nah an Targas Ohr. Steigt aus der Schwärze des Bunkers zu ihr empor. »Bis zu meinem zehnten Lebensjahr wusste ich nicht, was Tageslicht ist.«

»Ich war neun, als ich zum ersten Mal die Sonne erblickte«, flüstert Adam in ihr anderes Ohr. »Dieser grelle Ball am Himmel, der alles verbrennt, was ihm zu nahe kommt, macht mir auch heute noch Angst.«

»Aber die Sonne spendet doch Licht und Wärme«, widerspricht Targa. »Die Sonne schenkt das Leben.«

»Das ist ein weitverbreiteter Irrglaube.« Targa spürt Zoeys Atem über ihr Gesicht streichen. »Das Licht ist der große Zerstörer.«

»Ich verstehe nicht ganz. Ihr habt immer hinter verschlossenen Fenstern gelebt?« Langsam beginnt sich für Targa ein Motiv herauszuschälen. Die Geschwister hassen das Sonnenlicht. Deshalb bringen sie ihre Opfer auch in die dunklen Bunker.

»Wir lebten in einem Keller und durften nur nachts heraus. Das hat unser Vater so befohlen.«

Langsam gewöhnen sich Targas Augen an die Dunkelheit. Zoey steht so dicht neben ihr, dass sich ihre Arme berühren. Auf der anderen Seite lehnt sich Adam gegen ihre Schulter.

»Für Vater waren wir seine Kinder der Nacht. Vater ist Philosoph. Er findet, dass Essen träge macht. Die Gedanken werden schwer. Erheben sich nicht mit Leichtigkeit in den Äther. Gemeinsam mit den Kindern der anderen Frauen hat uns Vater oft tagelang ohne Nahrung in den Keller gesperrt. Es gab nur ein bisschen Wasser. Wir haben gebettelt und gefleht. Geweint und geschrien vor Hunger. Wir stellten uns Schüsseln mit Kartoffeln und Fleisch vor. Aber für uns waren diese Köstlichkeiten Lichtjahre entfernt.«

Zoey greift nach einem der Zöpfe von Targa und zwirbelt ihn zwischen den Fingern. »Wir und die anderen Kinder hatten immer Hunger. Hunger nach Essen.« Zoeys Lippen streichen über Targas Wange. Küssen sie sanft. »Hunger nach Liebe.«

»Das ist ja furchtbar. Was ist euer Vater für ein schrecklicher Mensch.« Ein Schauer geht durch ihren Körper, als Zoey mit knochigen Fingern anfängt, Targas Nacken zu massieren.

»Olai war unser Meister. Wir wissen, dass wir ihm alles zu verdanken haben.« Adams Hand gleitet an Targas Arm entlang. Verharrt an ihrer Hüfte. »Ohne Olai wäre unser Kopf niemals so frei wie jetzt. Durch den Hunger haben wir ein anderes Bewusstsein erreicht. Er hat uns vor der Welt, so wie sie ist, gerettet. Deshalb müssen wir auch den Menschen helfen. Wir müssen sie retten.«

»Wie geschieht das?« Targa unterdrückt den Impuls, Adams Hand von ihrer Hüfte zu ziehen. Nicht jetzt, da sich die Geschwister offenbaren. Da Targa einen Blick in ihre dunklen Seelen werfen kann.

»Wir reden mit unseren Kommilitonen. Versuchen sie zu überzeugen, dass Dunkelheit und Hungern einen reinigenden Effekt haben. Sie halten uns für Esoteriker.«

›Zoey ist intelligent. Noch traut sie mir nicht zu hundert Prozent. Deshalb verschanzt sie sich hinter Gemeinplätzen.‹

»Weshalb interessiert dich das?« Adams blasses Gesicht ist ganz nahe bei Targa. Er hat sinnliche Lippen. Schwarze Locken. Bläuliche Schatten unter den Augen. Er wirkt unheimlich. Wie ein Geschöpf aus einer anderen Welt.

»Weil ich genauso fühle wie ihr. Auch ich liebe die Dunkelheit. Kann damit gut umgehen. Ich wurde verlacht, weil ich anders bin. Ich bin immer in eine Scheune geflüchtet. Dort habe ich mich eingesperrt. In der Dunkelheit habe ich mich dann sicher gefühlt. Dort hat auch plötzlich meine tote Schwester Yella mit mir gesprochen. Noch jetzt sitze ich in meinem VW-Bus und rede in der Finsternis mit Yella.« Targa stockt und überlegt blitzschnell. ›Soll ich auch von meinem Vater erzählen? Habe ich nicht schon zu viel von mir preisgegeben? Wird die Beziehung zu den Geschwistern dann nicht viel zu eng? Geht die professionelle Distanz verloren?‹ Während sie das alles überlegt, hört sie ihre eigene Stimme: »Ich bin auf der Suche nach meinem Vater. Wenn ich ihn finde, dann töte ich ihn.«

»Was hat er dir angetan?« Mit ihren langen Fingern umfasst Zoey den Kopf von Targa. Drückt ihn gegen ihre Stirn. »Rede mit uns.«

»Er hat meine Mutter und meine Schwester getötet.«

»Du musst ihn vernichten. Erst dann bist du frei!« Zoeys Stimme bekommt einen insistierenden Klang. »Wir haben heute zum ersten Mal seit vielen Jahren unseren Vater wiedergesehen. Und er hat noch immer Macht über uns.« Zoey beginnt leise zu wimmern. Legt ihren Kopf auf Targas Brust.

»Erst wenn er stirbt, sind wir aus dem Gefängnis unserer Erinnerung erlöst.«

»Was ist mit den anderen Kindern? Sind das eure Geschwister?« Targa erinnert sich, dass Zoey von mehreren Kindern sprach.

Mit einem Mal rückt Zoey von Targa ab. Geht zu der Wand mit den Silberpäckchen. »Die bleiben zurück in absoluter Finsternis.«

Plötzlich ist der intime Moment, der sie soeben noch einhüllte wie ein Kokon des Verstehens, zerplatzt wie eine Seifenblase. Das dünne Band des Vertrauens gekappt.

»Wir wollen nicht über die anderen Kinder sprechen. Kannst du das akzeptieren?« Auch Adam nimmt die Hand von Targas Hüfte. Geht im Bunker auf und ab. Gestikuliert mit den Händen. »Es gibt keine Kinder mehr. Keines von ihnen hat es geschafft. Nur uns hat man lebendig ans Licht geholt.«

»Verstehst du jetzt, warum wir so sind?« Zoey geht in die Knie. Rollt sich dann wie eine Katze auf dem staubigen Boden zusammen. »Wir erkennen, wie krank die Welt bei Tag ist.«

Die Luft in dem Bunker ist verbraucht. Targa spürt eine bleierne Müdigkeit über sich hereinbrechen. Sie legt sich auf den Boden und streckt sich. Dann wird alles dunkel.

Zoey und Adam beugen sich über sie und halten sie am Boden. Targa versucht freizukommen, doch die Geschwister drücken sie mit ganzer Kraft nieder. »Wir lieben dich. Deshalb wirst du gerettet.« Zoey lässt einen Eisenring über Targas Handgelenk schnappen.

»Du erreichst ein anderes Bewusstsein, wenn du hungerst.« Adam starrt sie mit seinen hellen Augen unverwandt an. »Meine Seelenverwandte. Bald gehörst du zu uns.«

Targa schreckt hoch. Blickt panisch umher. Überall ist nur Dunkelheit. Noch ist sie in dem Bunker, aber sie kann sich nicht bewegen. Sie schüttelt die Reste des Albtraums ab. Nach und nach kehrt ihr Bewusstsein zurück. Sie liegt noch immer auf dem Boden. Aber sie ist nicht alleine. Links und rechts haben sich Zoey und Adam eng an sie gekuschelt. Umschlingen sie mit ihren dünnen Armen. Drücken ihre schmalen Köper fest an Targa. Stöhnen im Schlaf. Vergraben ihre Gesichter tief in Targas blonden Haaren.

47

Im Berliner Stadtteil Wedding befindet sich das Lokal »Fliegenpilz«. Von außen ist es eines jener typischen Berliner Ecklokale, wie es sie in der Stadt zu Dutzenden gibt. Betritt man aber das Innere, befindet man sich in einer Welt von gestern. Es gibt nur Tische für jeweils zwei Personen. Darauf sind Lampen platziert, die wie Fliegenpilze aussehen. Sie verbreiten ein schummriges Licht.

Als Olai das Lokal aufsucht, ist es fast leer. Nur am Tresen sitzen zwei Frauen auf Barhockern. Sie trinken Rotkäppchen-Sekt. Trommeln gelangweilt mit ihren künstlichen Nägeln auf die Messingplatte. Olai setzt sich an einen Tisch und greift nach der Karte. Eine Frau mit blonder Perücke kommt zu ihm.

»Du weißt, wie das funktioniert. Wenn du eine der Damen an deinen Tisch bitten möchtest, schreibst du die Nummer des Hockers auf ein Kärtchen. Ich bringe die Karte dann der gewählten Dame.« Die Frau steht auf, verharrt und sieht Olai dann noch einmal prüfend an. »Du kommst mir so bekannt vor. Warst du schon einmal hier?«

»Nein«, sagt Olai. »Ich habe ein Allerweltsgesicht. Du verwechselst mich.« ›Natürlich kennt mich die Frau. Ich war zu Zeiten der DDR öfter in der Zeitung abgebildet. Bei der

Verleihung des Lenin-Ordens oder bei Auszeichnungen für die Helden der Arbeit.‹

Die Frau ist in den Westen gegangen. Hat das Lokal eröffnet. Aber Olai ist nicht hier, um die alten Zeiten wieder aufleben zu lassen. Bevor er das Lokal betrat, hat er ein Telefonat geführt. Und jetzt wartet Olai.

Während er ein schales Wasser schlürft, denkt er an seine Kinder Zoey und Adam. Er war überrascht, als Zoey sich weigerte, mit ihm zu kommen. Seine Tochter Zoey, die ihn immer so angehimmelt hat. Das ist der schlechte Einfluss der grellen Welt draußen.

Olai hört Schritte hinter sich, die zögernd näher kommen. Zigarettengestank schwebt zu ihm. Dann steht ein Mann vor ihm, beugt sich über die Tischplatte. In der Hand hält er eine Kippe.

»Was willst du?«

»Setz dich, Lundt.« Olai deutet auf den leeren Stuhl vor sich. »Oder soll ich sagen Oberst Lundt?«

»Spar dir deine Bemerkungen. Sag mir einfach, was du nach so langer Zeit von mir möchtest.« Lundt schnippt die Zigarettenasche auf den Boden.

»Hier ist Rauchverbot.« Olai lächelt maliziös. »Aber ich spüre, dass du nicht in der Stimmung für Small Talk bist. Deshalb komme ich gleich zur Sache.«

»Dann fang endlich damit an.«

»Ich habe gestern nach Jahren meine Kinder wiedergesehen. Es war ein bewegender Moment.«

»Bekomme ich jetzt deine ganze Familiengeschichte aufgetischt?«

»Nein. Ich brauche deine Unterstützung. Deshalb habe ich dich hergebeten.«

»Du willst, dass ich dir helfe? Das ist doch lächerlich.«

»Es geht um meine Kinder. Sie sind in Gefahr.« Olai beugt sich vor und sieht Lundt treuherzig an. »Ich bitte dich darum.«

»Vergiss es. Das ist mir egal.« Lundt drückt seine Zigarette in dem kleinen Blumentopf aus und will aufstehen.

»Erinnerst du dich noch an die Razzia vor über dreißig Jahren? War das nicht auf dem Friedhof Pankow III?«

»Natürlich, wie könnte ich das je vergessen. Doch das ist Vergangenheit.«

›Lundt wirkt ungehalten und genervt‹, denkt Olai. ›Zeit, ihn ein wenig zurechtzustutzen.‹ »Aber diese Vergangenheit reicht bis in deine Gegenwart.«

Der Schein der Fliegenpilzlampe wirft Schatten in Lundts hageres Gesicht.

»Du hast den Republikflüchtlingen eine Falle gestellt. Sie alle in flagranti ertappt, wie sie durch einen Tunnel in den Westen wollten. Das ist schon zu komisch.« Olai lacht kurz auf. »Da buddeln die Typen ein Loch von einem Grab aus. Und haben sich ihr eigenes Grab geschaufelt.«

»Erinnere mich nicht an diese widerliche Geschichte.« Lundt verzieht angeekelt das Gesicht. Verschränkt die Arme vor der Brust.

»Ich bin noch nicht fertig. War nicht auch deine Frau unter den Flüchtenden? Ja, natürlich. Du hast mit dem MfS einen Deal gemacht. Sie konnte nach einem Jahr in den Westen ausreisen. Dafür hast du ihren Freund ans Messer geliefert. Du hast ihn falsch belastet. Der Mann hat später Selbstmord begangen. Dunkelheit und Hunger haben sich schwer auf sein Gemüt gelegt.«

»Unglaublich, dass Leute wie du einmal einen Staat geführt haben.« Lundt legt seine ganze Abscheu in diesen Satz.

»Tja, man kann sich seine Führer nicht immer aussuchen«, macht Olai einen müden Witz. Er greift in die Tasche seines Mantels und legt eine altmodische Filmspule auf den Tisch.

»Wusstest du übrigens, dass wir alle Verhöre damals gefilmt haben?«

»Nein, aber ich dachte mir schon so etwas.«

Olai lächelt innerlich, denn langsam dämmert es Lundt, was hier vor sich geht. »Ihr habt das Verhör mit dem Freund meiner Frau gefilmt.«

»Richtig. Und darauf bist auch du verewigt. Man sieht, wie du diesen Mann zu einem Geständnis zwingst.«

»Ich wollte meine Frau aus der Schusslinie nehmen. Ich habe sie noch immer geliebt.« Unwillkürlich ballt Lundt die Fäuste, entspannt sich aber sofort wieder. »Du erpresst mich.«

»Nenn es, wie du willst. Auf diesem Film jedenfalls bist nur du zu sehen, wie du den Mann gegen die Wand drückst. Ihm Ohrfeigen verpasst. Dann mit dem Nagelsessel drohst. Darüber existiert auch eine Akte.« Olai fühlt sich um Jahrzehnte jünger. Ein ähnliches Filmchen gibt es auch über Dagmar.

»Ich habe ihn nicht auf den Sitz gedrückt. Ihm nur damit gedroht. Er wollte seine Haut retten. Nicht als Anführer der Republikflüchtlinge dastehen. Das musste ich verhindern, um meiner Frau zu helfen.«

Lundt sinkt in sich zusammen. Zündet sich mit einer fahrigen Handbewegung eine neue Zigarette an. Olai lächelt zufrieden. Jetzt hat er diesen akademischen Schnösel Lundt in der Hand.

»Also, was ist der Deal?« Lundt hat sich wieder unter Kontrolle. Seine Miene bleibt unbewegt.

»Es gibt eine verdeckte Ermittlung gegen das Geschwisterpaar Zoey und Adam Yankowski. Die muss beendet werden.«

»Diese beiden Killer sind deine Kinder.« Lundt verliert die Fassung. Er schlägt die Hände vors Gesicht. »Natürlich. Die Razzia auf dem Bauernhof in der Uckermark. Die beiden Kinder, die zehn Jahre im Dunkeln gelebt haben. Wieso habe ich den Zusammenhang nicht gesehen?« Fassungslos blickt Lundt zu Olai.

»Weil du nicht auf die Idee gekommen bist, dass ich aus meinen Verhörmethoden eine Religion mache«, erwidert Olai siegessicher. »Ich praktiziere übrigens weiter, wenn es dich interessiert. Diesmal aber im Ausland.«

»Ich denke nicht daran, den Einsatz zu stoppen.« Lundt streicht mit der flachen Hand über die Tischplatte.

»Gut, aber wenn ihr die beiden verhaftet, dann ist deine Karriere beendet. Alle Welt wird erfahren, wer du wirklich bist.«

Olai dreht sich zur Seite und winkt der blonden Frau hinter dem Tresen freundlich zu. Doch sie wendet sich brüsk ab. »Das ist doch deine Schwester. Sie war einmal sehr hübsch. Vielleicht erleidet sie das gleiche Schicksal wie deine Tochter, wenn sie die Wahrheit erfährt.«

Blitzschnell beugt sich Lundt vor und sein Nikotinatem streicht über Olais Gesicht. »Wenn du noch einmal meine Tochter erwähnst, dann …«

»Ja, was dann? Hat sie sich nicht umgebracht?«

»Sie ist an einer Überdosis gestorben.« Lundt lehnt sich wieder zurück. Sein Blick ist vor Schmerz umwölkt.

›Das ist sein Schwachpunkt‹, denkt Olai. Er setzt sofort nach. »Schon mal darüber nachgedacht, weshalb sie überhaupt zu den Drogen gegriffen hat?«

»Ich weiß es nicht.« Lundt fährt sich mit beiden Händen über das Gesicht. Im dämmrigen Schein des Fliegenpilzes wirkt er plötzlich wie ein alter Mann.

»Deine Tochter hat herausgefunden, was du ihrer Mutter angetan hast. Für sie warst du dadurch auf der Seite der Bösen.«

48

'

Die blonde Frau mit dem großen Hund ist bereits ein bekannter Anblick im Dorf. Gerade hat sie sich von den Geschwistern verabschiedet, die sie bis an den Waldrand begleitet haben. Wie immer geht sie in das Wirtshaus und bestellt ein Wasser am Tresen. Ihr Hund sitzt neben ihr und lässt sie nicht aus den Augen.

»Ich muss telefonieren.«

»Du kennst dich ja aus«, erwidert der Wirt. »Eigentlich wollte ich den Apparat schon demontieren. Aber für dich lasse ich ihn noch eine Weile hängen.«

»Telefonieren die Leute aus dem Ort nicht?«

»Aber klar doch. Jeder fummelt auf seinem Handy herum. Du bist eine Ausnahme.«

»Warum?«, fragt Targa.

»Na, jemand ohne Handy ist verdächtig. Hab's dir doch schon mal gesagt: Das muss ein Psycho sein.«

»Interessante Theorie.« Targa geht am Tresen vorbei zu dem Fernsprecher. Sie tippt die bekannte Nummer ein und schon nach dem ersten Klingeln wird abgehoben.

»Gerade habe ich an dich gedacht«, hört sie die kratzige Stimme von Lundt.

»Zoey und Adams Vater ist ein Sektenführer. Er sucht nach ihnen. Ich kenne jetzt das Motiv der Geschwister. Wir müssen uns so schnell wie möglich treffen.«

»Gut, ich komme zu dir.«

»Wann wirst du da sein?«, fragt Targa.

»Bald.«

Beim Hinausgehen legt Targa einige Münzen auf den Tresen und gibt Hund ein Zeichen. Gehorsam trottet er hinter ihr her. Als sie den Parkplatz erreichen, auf dem Targas VW-Bus einsam im Sonnenlicht auf dem Parkplatz steht, hält Hund plötzlich inne und beginnt leise zu knurren.

»Was ist?« Targa blickt zu ihrem Bus. Alles ist wie immer. Doch dann fällt ihr auf, dass ein Seitenfenster beschlagen ist. Jemand ist in ihre Privatsphäre eingedrungen.

Entschlossen geht sie auf den Bus zu, reißt die Seitentür auf. Zigarettenqualm kommt ihr entgegen. Sie sieht eine Gestalt auf der Rückbank sitzen. Die unvermeidliche Kippe im Mund.

»Lundt? Wieso bist du schon hier? Wir haben doch gerade erst telefoniert.«

»Das war Gedankenübertragung. Ich muss dich unbedingt sprechen.« Lundt bläst eine dicke Rauchwolke durch den Bus.

›Lundt ist angespannt. Was ist passiert?‹

»Bald wirst du an diesem Gift eingehen.« Targa deutet auf seine Zigarette. »Statistisch gesehen stirbt ein Raucher zehn Jahre früher als ein Nichtraucher.«

»Stellst du meine Urne dann neben die von Carlos?« Lundt deutet mit dem Finger auf das Bord, wo die Urne von Carlos steht, einem Mann, der Targas leibliche Mutter Luisa geliebt hat. »Lassen wir das. Es gibt neue Entwicklungen.«

»Bei mir auch«, unterbricht ihn Targa. »Ich habe das Motiv für die Morde herausgefunden. Zoey und Adam waren bis zu ihrem zehnten Lebensjahr bei einer Sekte. Sie durften nur nachts nach draußen und mussten hungern. Ihr Vater war der Anführer. Jetzt ist er plötzlich wieder aufgetaucht. Was ich jetzt unbedingt brauche, sind die Akten der beiden. Irgendetwas Schreckliches ist mit den beiden passiert.«

»Es kann sein, dass die ganze Aktion abgeblasen wird.« Die Stimme von Lundt fährt messerscharf in ihre Ausführungen.

»Warum?«

»Keine Warum-Fragen, bitte. Akzeptiere einfach, dass es so sein kann«, erwidert Lundt ungewohnt schroff.

»Da steckt doch etwas anderes dahinter.«

»Du hast gerade erwähnt, dass Zoey und Adam bei einer Sekte gewesen sind. Das verleiht dem Fall natürlich eine andere Dimension. Wir sind dann dafür nicht mehr zuständig. Diesen Fall übernimmt wahrscheinlich der Verfassungsschutz.«

»Aber das ist doch völlig unlogisch. Ich bin so knapp davor, die Geschwister zu überführen. Noch besteht die Chance, auch Paula und Ewa lebendig zu retten. Sie sind sicher in einem der zahlreichen Bunker gefangen. Zoey und Adam werden mich dort hinführen.«

»Verhalte dich einfach achtundvierzig Stunden lang ruhig.« Lundt wirkt müde. Erledigt. Anders als sonst ist er taub für Targas Argumente. Irgendetwas stimmt nicht.

»Morgen kann es für die gefangenen Mädchen vielleicht schon zu spät sein. Zoey und Adam sperren sie ein. Lassen sie verhungern und verdursten. Ist dir das völlig egal? Willst du mir nicht endlich sagen, was los ist?«

»Es ist alles in Ordnung. Außerdem ist noch gar nichts entschieden«, winkt Lundt ab. »Ich gebe dir Bescheid, wie wir weiter vorgehen.«

Lundt steht auf. Er zwängt sich gebückt an Targa vorbei. Legt eine Mappe auf den Tisch.

»Hier sind die Unterlagen über die beiden Geschwister.«
Dann steigt er aus dem Bus.

»Ich dachte, die Akten sind gesperrt!«, ruft ihm Targa
hinterher.

Aber Lundt antwortet nicht. Er schnippt bloß seine Kippe
gegen die Wand und hebt grüßend die Hand. Eine graue
Gestalt, die mit dem Beton des Parkplatzes verschmilzt.

49

Adam steht im Rosengarten und atmet hektisch. Das Zusammentreffen mit Olai hat ihn mitgenommen. Immer wieder jagen die schrecklichen Bilder durch seinen Kopf. Er kann sich nicht konzentrieren. Spürt, dass die Luft rings um ihn immer weniger wird. Panisch öffnet er den Mund, schafft es aber nicht, Luft zu holen.

»Adam, ist es wieder so weit?« Zoey packt Adam am Arm. Zerrt ihn in eine dunkle Ecke.

»Es hängt überall der Totengeruch in der Luft.« Adam starrt seine Schwester mit schreckgeweiteten Augen an. »Ich kann nicht atmen.«

»Warte, ich bringe dir Leben.« Mit beiden Händen umfasst Zoey das schmale Gesicht von Adam. Drückt ihre Lippen auf seinen geöffneten Mund. Presst ihm wie bei einem Ertrinkenden Luft in die Lungen. Immer und immer wieder. Langsam kommt wieder Leben in Adams Züge.

»Du bist meine Liebe«, flüstert Adam.

»Ich weiß.« Sekundenlang berühren die Geschwister einander mit den Nasenspitzen. Dann streckt Zoey den Kopf in die Höhe. »Gehst du heute Nacht zu Paula?«

»Ja, ich muss nachsehen, wie weit sie ist.«

»Bald haben wir sie gerettet.« Zoey lächelt sanft und dreht sich abrupt um, als sie hinter sich ein Geräusch hört.

»Na, ihr Turteltäubchen!« Finn steht mit finsterer Miene am Treppenabsatz. In der Hand hält er ein Handy. »Ich habe euch gefilmt, wie ihr euch küsst. Das ist Inzucht.« Finn lacht dreckig und schwenkt das Handy in der Luft. »Das werde ich jetzt ins Netz stellen.«

»Das war nur erste Hilfe«, verteidigt sich Adam. »Ich habe keine Luft bekommen.«

»Sei still, Adam«, würgt ihn Zoey ab. »Finn, warum tust du das?« Sie stolziert langsam auf Finn zu. »Du bist doch kein schlechter Mensch.«

»Mit Sicherheit bin ich nicht so durchtrieben wie du. Wieso hast du bei der Befragung gelogen? Du warst doch im Auto dabei.«

»Ja, das tut mir leid«, erwidert Zoey leise. Sie steht jetzt ganz nahe vor Finn und streckt die Hand aus. »Gib mir das Handy.«

»Spinnst du? Auf keinen Fall. Das ist meine Rache«, antwortet Finn empört.

»Wie du meinst.« Zoey greift mit beiden Händen an den Kragen ihrer beigen Bluse. Mit einem kräftigen Ruck zerreißt sie den dünnen Seidenstoff. Finn starrt auf ihren nackten Oberkörper. Ehe er reagieren kann, packt Zoey seine Hand und drückt sie auf eine ihrer Brüste. »Wenn ich jetzt schreie, dann fliegst du vom College«, flüstert sie. »Also was ist? Kriege ich jetzt das Handy?«

»Du bist so abartig.« Finn reißt sich los. Starrt Zoey hasserfüllt an. Seine Finger schweben über dem Display. Adam starrt gebannt auf Finn. Wird er das Video in das weite Web schießen oder nicht? Doch dann lässt Finn die Hand sinken und lächelt gequält.

»Hier.« Finn hält Zoey das Handy entgegen. Geschickt löscht Zoey das Video. Vergewissert sich, dass es auch aus dem Speicher entfernt ist. Dann gibt sie Finn das Gerät zurück.

»Das zahle ich dir irgendwann heim«, zischt er.

»Reg dich wieder ab«, antwortet Zoey kühl. »Dafür hast du meinen Busen anfassen dürfen.«

»Deine Schwester ist eine richtige Bitch«, sagt Finn zu Adam. Er will ihn zu seinem Verbündeten machen, doch Adam mustert ihn nur mitleidig.

»Ich dachte immer, die Frauen laufen dir reihenweise nach, Finn. Aber da habe ich mich wohl getäuscht.«

»Arschloch!« Finn dreht sich auf dem Absatz um und stapft aus der Halle.

Zoey wendet sich zu Adam und drückt ihre Schultern nach hinten. Adam sieht auf die kleinen Brüste seiner Schwester. Wie gern würde er jetzt den Kopf darauflegen und ihre Brustwarzen liebkosen. Doch das ist im Moment unmöglich. Stattdessen sagt er: »Komm, zieh die Jacke an.« Adam wirft Zoey seine schwarze Hoodiejacke zu.

Gerade als beide aus der Halle treten, hält ein Polizeiwagen vor der Treppe. Lasse und eine Polizeischülerin steigen aus. Die junge Frau wirkt nervös, als sie ihre Mütze aufsetzt.

»Halt, ihr beiden!«, ruft Lasse und verstellt den Geschwistern den Weg.

»Wir sind aufgeflogen«, flüstert Adam. Er drückt verstohlen Zoeys Hand.

»Cool bleiben.« Zoey erwidert den Druck.

»Lasse, was ist denn los? Du wirkst so amtlich.«

»Es gibt neue Entwicklungen im Fall der toten Jule«, erklärt die Polizeischülerin vorschnell. Lasse wirft ihr einen finsteren Blick zu.

»Ach, welche denn?«, fragt Adam heiser.

»Mehr dürfen wir nicht sagen«, meint Lasse kurz angebunden.

»Schon wieder die Polizei in meinem College. Was kann ich für Sie tun?« Dora Keller steht auf dem obersten Treppenabsatz. »Ich hoffe, es ist nichts Ernstes.«

»Ist Finn Steinberg hier?«, erkundigt sich Lasse, ohne auf die Frage der Direktorin zu antworten.

»Eben hat er noch drinnen in der Halle mit uns gesprochen.« Zoey lächelt geheimnisvoll. »Hat Finn etwas mit dem Tod von Jule zu tun?«

In diesem Moment öffnet sich das automatische Garagentor. Der Sportwagen von Finn fährt auf den Vorplatz. Als Finn das Polizeiauto sieht, bremst er und steigt aus. »Gibt's was Neues über Jule?«

»Allerdings.« Lasse mustert Finn mit finsterem Blick.

»Jetzt wird es spannend.« Zoey wirft Adam einen verschwörerischen Blick zu.

»Finn Steinberg. Würden Sie uns bitte aufs Revier begleiten?«, sagt Lasse. Die Polizeischülerin öffnet die Tür des Polizeifahrzeugs.

»Wieso?« Nervös spielt Finn mit dem Schlüssel seines Wagens.

»Sollen wir das hier vor allen erörtern?«, fragt Lasse.

»Ja, warum denn nicht? Ich habe nichts zu verbergen.« Finn verzieht das Gesicht zu einem hochmütigen Grinsen.

»Ihre DNA wurde bei Jule gefunden. Und zwar an einer intimen Stelle«, erklärt die Polizeischülerin und errötet.

»Sie war meine Freundin. Da ist das doch normal, dass man vögelt.« Finn rollt mit den Augen.

»Immer langsam, Freundchen.« Lasse kommt auf Finn zu. »Dein Haar beweist, dass du als Letzter mit Jule zusammen warst.«

»Das gibt's nicht!« Finn sieht gehetzt von Lasse zu Zoey, die ihn mit unbeweglicher Miene ansieht.

»Das war sie!« Finn deutet auf Zoey. »Sie will mir das anhängen. Ihr gestörter Bruder hat Jule umgebracht. Und Zoey und Adam haben ein inzestuöses Verhältnis. Ich habe das gefilmt.«

»Beruhige dich, Finn.« Lasse klopft ihm auf die Schulter. »Du kommst jetzt mit. Dann kannst du uns alles erklären.«

»Nein!« Finn dreht sich um und läuft zu seinem Sportwagen. Reißt die Tür auf. Will sich hineinsetzen. Doch da ist Lasse schon bei ihm. Er dreht Finn den Arm so plötzlich auf den Rücken, dass Finn mit dem Kinn auf das Autodach knallt.

»Finn Steinberg. Sie sind vorläufig festgenommen«, sagt er ruhig. Er legt Finn Handschellen an, während die Polizeischülerin die Rechtsbelehrung herunterbetet.

Adam wirft einen Blick auf Zoey. Sie nickt fast unmerklich und flüstert: »Geh jetzt zu Paula und pflege sie!«

50

Die Sonne versinkt blutrot am Horizont und die Dämmerung schleicht über die See. Eine letzte Fähre erreicht den Anleger von Ærø. Nur ein Passagier verlässt das Schiff. Er wirft sich seinen Matchsack über die Schulter. Seine grauen Haare flattern im Wind.

Olai ist wieder auf seiner Insel angekommen. Er ist euphorisch wie schon lange nicht mehr. In der Dämmerung geht er zu Fuß vom Anleger zum Bauernhof. Er lässt die letzten Tage Revue passieren. Beglückwünscht sich zu seinem Weitblick. Zu Zeiten der DDR hat Olai über jeden seiner Kollegen ein Dossier angelegt. Um sich abzusichern. Das hat ihm jetzt bei Lundt geholfen und auch bei Dagmar. Bald sind Zoey und Adam wieder hier. Dann werden sie gemeinsam seine Arbeit fortsetzen.

»Meine Kinder sind in der Dunkelheit geboren und werden die Finsternis über die Welt verbreiten.« Olai steht auf den Klippen. Ruft gegen die Meeresbrandung an. Übertönt sie. Beim Tor des Bauernhofs erwartet ihn bereits Helen.

»Wie war deine Reise?«

»Erfolgreich.« Erst jetzt denkt Olai wieder an Micha, den er vor Tagen oben an den Pfahl binden ließ. »Was ist eigentlich mit Micha?«

»Micha ist geläutert. Er bereut seine Unbotmäßigkeit dir gegenüber und ist wieder ein vollwertiges Mitglied der Gruppe.«

»Habt ihr ihn befreit, ohne mich zu fragen?« Olai misst Helen mit finsterem Blick. »Wer hat das angeordnet?«

»Ich. Du warst nicht da. Und Micha hätte in der Hitze sterben können. Ohne Essen und Wasser.«

»Dunkelheit und Hunger sind die Pfeiler unserer Philosophie. Erst wenn man unter Sonne und Hitze leidet, begreift man die Gnade der Finsternis. Darin liegt der Sinn der Bestrafung«, erwidert Olai schärfer als beabsichtigt.

»Micha sieht doch seine Verfehlungen ein«, widerspricht Helen. Eine sanfte Röte überzieht ihre Wangen. »Wir sollen auch verzeihen. Das hast du selbst einmal erwähnt.«

»Darüber müssen wir uns noch einmal ausführlich unterhalten.« Olai geht schnell zu seinem Zimmer. Helen folgt ihm mit unterwürfig gesenktem Kopf. Als sie vor der Tür steht, hebt sie den Blick. In ihren Augen glimmt ungezügeltes Verlangen.

»Räumst du bitte deine Sachen aus dem Nebenzimmer«, sagt Olai bündig.

Er weiß, womit er Helen am meisten verletzen kann. Mit einem Finger deutet er auf ihre Habseligkeiten.

»Wie? Ich verstehe nicht ganz.« Helen starrt ihn verständnislos an.

»Meine Kinder kehren bald zurück. Sie werden hier einziehen. Dann wird alles anders.« Olai lächelt glücklich. »Schick mir einen Gefährten, damit das Zimmer neu gestrichen wird.«

»Du willst mich hinauswerfen?« Helen schüttelt ungläubig den Kopf. »Nach allem, was ich für dich empfinde und für dich getan habe?«

»Es geht um das Wohl unserer Gruppe. Da muss der Einzelne mit seinen Bedürfnissen zurückstehen«, antwortet Olai kalt.

»Spar dir dieses hohle Gerede«, zischt Helen. Sie packt ihre wenigen Sachen in eine große Jutetasche. »Wo soll ich jetzt hin?«

»Zu den anderen in den Schlafsaal.«

»Das darfst du mir nicht antun. Das ist so erniedrigend. Damit untergräbst du meine Position in der Gruppe. Bitte nicht«, fleht ihn Helen an.

Olai will noch etwas darauf erwidern, doch in diesem Augenblick wird die Tür aufgerissen. Es ist Micha und er sieht erbärmlich aus. In seinem Gesicht schält sich die Haut und verleiht ihm ein rot gesprenkeltes Aussehen. Die Lider sind von der Sonne angeschwollen. Die Augen rot unterlaufen. Aber körperlich macht er ansonsten einen fitten Eindruck.

»Daisy hat Probleme.« Micha prallt überrascht zurück, als er Olai sieht. »Oh, du bist schon hier. Warum hast du dich noch nicht der Gruppe gezeigt?«

»Was ist mit Daisy?« Olai bemüht sich, gleichgültig zu klingen, obwohl ihn Daisys hübsches Gesicht bis in seine Träume verfolgt.

»Sie hat Wehen, aber es gibt Komplikationen. Sie blutet sehr stark.«

»Wo ist sie?«

»In unserem Krankenzimmer. Ich habe ihr Medikamente gegeben. Aber die helfen nicht.«

»Wieso du?«, fragt Olai erstaunt.

»Ich war doch Krankenpfleger und kenne mich aus.«

»Gehen wir.«

Schnell eilen sie über den Hof und erreichen einen kleinen Schuppen, wo sich das Krankenzimmer befindet. Da Olai Krankheit in jeder Form ablehnt, wurde auch die Krankenstation in den hintersten Winkel des Bauernhofs verbannt.

Als sie den düsteren Raum betreten, erkennt Olai auf den ersten Blick, dass es Daisy schlecht geht. Ihr Gesicht glüht vor Fieber und der Geruch von geronnenem Blut verpestet die Luft.

»Daisy, was ist mit deinem Kind?« Olai streicht über Daisys Bauch. »Wie geht es ihm?«

»Ich kann es nicht mehr fühlen«, flüstert Daisy. Sie sieht Olai mit glasigen Augen an.

»Wir müssen das Baby retten.« Olai dreht sich zu Micha und Helen. »Das Leben des Babys hat Priorität. Es wird in die Dunkelheit hineingeboren. Dieses neue Geschöpf dürfen wir auf keinen Fall verlieren.«

»Daisy muss sofort ins Krankenhaus. Sonst stirbt sie und auch das Kind. Sie hat schon vierzig Grad Fieber.«

»Noch gebe ich hier die Anweisungen. Ich dachte, die Strafe hat dich geläutert?«

»Hier geht es nicht um Gehorsam, sondern darum, ein Menschenleben zu retten«, antwortet Micha mit aufsässigem Unterton.

›Ich hätte dich verrecken lassen sollen‹, denkt Olai grimmig.

»Micha hat recht«, mischt sich jetzt auch Helen ein. »Daisy braucht ärztliche Betreuung.«

»Wir dürfen keine Zeit verlieren.« Micha und Helen greifen Daisy unter den Schultern, um sie hochzuheben.

»Halt! Ich habe befohlen: kein Krankenhaus.« Olai hebt erbost die Hände. »Wollt ihr, dass dieses Kind unter den grellen Scheinwerfern eines kalten Operationssaals in die Welt geworfen wird? Wir legen Daisy in den großen Speisesaal und schicken der werdenden Mutter positive Gedanken aus der Dunkelheit.«

Olai entgeht nicht, dass Helen und Micha einen schnellen Blick austauschen.

»Ich trage die Verantwortung für die Gruppe. Nicht ihr beide.«

Als Micha und Helen Daisy aus dem Bett heben und auf die Füße stellen, beginnt sie erneut zu bluten.

»Ich kann nicht mehr«, stöhnt sie. Ihr Kopf sinkt nach vorne. »Mein Baby, ich spüre dich nicht mehr.«

»Alles wird gut, Daisy.« Olai legt seine Hand auf ihre fieberglühende Stirn. »Bringt sie dorthin.«

Mit vereinten Kräften tragen Micha und Helen Daisy hinüber in den großen Saal. Betten sie zwischen Blumenkränzen auf den Tisch.

»Ruft die Gruppe zusammen!«, befiehlt Olai.

Nach und nach sammeln sich die Gefährten im Saal. Daisy liegt auf einem weißen Leinentuch. Sie hat das Bewusstsein verloren. Blutet auf das Laken, das sich rot färbt. Im Dunkeln wirkt das Blut wie eine Blüte des Todes.

»Du musst einen Arzt holen«, flüstert Helen.

»Kein Mediziner kommt auf den Hof.« Olai kneift die Augen zusammen und betrachtet die Jünger. Manche von ihnen haben Tränen in den Augen, andere wenden sich ab, um nicht mit dem Elend konfrontiert zu werden. Olai seufzt. ›Es ist falsch, die Gefährten daran teilhaben zu lassen‹, denkt er.

»Helen, die Gefährten sollen in den Schlafsälen warten. Micha, du bleibst hier.« Dienstbeflissen springt Helen sofort auf.

»Ihr habt gehört, was Olai gesagt hat. Verlasst bitte den Raum.« Widerspruchslos schleichen die Männer und Frauen langsam nach draußen.

»Kannst du eine Geburt einleiten?«, fragt Olai Micha, als sie wieder alleine sind.

»Bist du verrückt? Sie kann doch in diesem Zustand kein Kind gebären.« Micha sieht Olai fassungslos an.

»Sie muss. Du wirst ihr dabei helfen.«

»Das mache ich nicht. Die Zeit verrinnt, während wir hier untätig herumsitzen. Daisy wird sterben. Und mit ihr dann auch das Kind.«

»Daisy bleibt hier.« Stur presst Olai die Lippen zusammen. Er denkt an Zoey und Adam. Nur diese zwei haben es damals geschafft. Die anderen Kinder waren zu kraftlos.

»Ihr Puls wird schwächer!« Micha hält zwei Finger an Daisys Hals. »Wir müssen handeln.«

»Du kannst sie nicht sterben lassen!« Helen stellt sich direkt vor Olai. »Ruf den Notarzt.«

»Nein, wenn Daisy und das Kind sterben, dann haben sie den Kampf gegen das Licht nicht gewonnen. Dann sind sie Verlierer.«

»Du Unmensch!« Helen legt ihre ganze Abscheu in diese Worte.

»Ich kann keinen Puls mehr fühlen.« Micha wirkt überfordert. Immer wieder wischt er sich den Schweiß von seiner sonnenverbrannten Stirn. Hektisch greift er nach einem altertümlichen Stethoskop, um die Herztöne des Babys zu hören.

»Nichts. Kein Herzschlag.« Verzweifelt reißt er sich das Stethoskop herunter.

»Sind beide …?« Helen wagt es nicht, diese Frage zu Ende zu stellen. Vorsichtig geht sie zu dem Tisch, schiebt die Blumengestecke zur Seite. Beginnt zu weinen.

»Du hast sie auf dem Gewissen.«

Olai blickt abwesend in die Ferne. Er lässt sich Zeit für eine Antwort. »Daisy ist jetzt endlich glücklich. Sie durfte in der Finsternis sterben.«

51

Die Scheinwerfer der Fahrzeuge malen Lichtspuren über die regenglänzende Stadt. In den Pfützen spiegeln sich Neonschilder und erleuchtete Schaufenster. Das rote Licht der Ampeln überzieht den nassen Asphalt wie ein Blutstrom. Targa ist auf dem Weg nach Berlin-Friedrichshain. Dorthin, wo die verödeten Fabriketagen in Kreativzentren umgewandelt wurden. Die Mieten sind günstig, aber nur so lange, bis die Investoren wie Heuschrecken über dieses Paradies herfallen. Vor einer ehemaligen Schraubenfabrik parkt Targa den Bus. Zusammen mit Hund schreitet sie über einen rissigen Betonplatz. Hund schnüffelt in den dunklen Ecken umher, blickt aber immer wieder zu Targa. Dann erreichen sie den Eingang des Gebäudes.

Der Lastenaufzug im Inneren setzt sich ruckartig in Bewegung, als Targa das Holztor herunterlässt. In der Blechkabine ist es finster. Die Stockwerke gleiten in einem gleichförmigen Grau an ihr vorüber. In einer Umhängetasche hat Targa die Unterlagen von Lundt. Dazu einen Stick mit einem Video, das die Polizei bei der Razzia aufgenommen hat. Aus diesem Grund ist sie jetzt hier.

In der fünften Etage hält der Aufzug und Targa schiebt einen Rollladen aus Alu hoch. Sie betritt eine Halle, an dessen hinterem Ende einige Monitore ihr trübes Licht verstreuen. Ansonsten ist es dunkel. Die großen Industriefenster sind mit schwarzen Bühnenvorhängen verhängt. Vor diesem samtenen Hintergrund hebt sich schemenhaft eine Gestalt ab, die auf einem Bike quer durch den Raum direkt auf Targa zukommt.

»Was ist so dringend, dass du mich mitten in der Nacht störst?« Rita steigt von ihrem Scott-Rennrad. Sie trägt schwarze Radlerhosen und ein Lycra-Top. Jetzt ist sie wieder die sportliche junge Frau, die sie vor ihrem Zusammentreffen mit dem Serienkiller Sandman war.

»Trotzdem cool, dass du da bist.« Lächelnd umarmt sie Targa. »Du zuckst ja gar nicht mehr zurück, wenn man dich berührt«, meint Rita anerkennend. »Lass uns nach hinten gehen.« Sie schiebt ihr Rad neben sich her.

»Seit wann wohnst du hier?«, erkundigt sich Targa. Das Loft ist nur spärlich möbliert. In meterhohen Eisenregalen sind Kunstbände und Fotobücher gestapelt. In der Mitte thront eine ausladende Sitzgarnitur auf einem Podest. Daneben steht ein aufgebocktes Cannondale-Rennrad, das wie eine Skulptur wirkt. Rita klatscht in die Hände und gedimmtes Licht flammt aus in den Boden eingelassenen Scheinwerfern auf. Sie akzentuieren den rohen Industriecharakter des großen Raums. Verwandeln ihn in eine Theaterkulisse.

»Seit drei Monaten. Das Loft gehört einem befreundeten Architekten, der für einige Zeit nach Australien gegangen ist. Bis er wiederkommt, kann ich hier wohnen.«

»Hat dir deine alte Wohnung nicht mehr gefallen?«, fragt Targa.

»Die war für eine Rollstuhlfahrerin gedacht«, antwortet Rita. »Aber den brauche ich nicht mehr. Hab den Rollstuhl auf den Müll geworfen.«

»Lundt war bei mir.« Targa setzt sich. Rita stellt zwei Bierflaschen auf einen rohen Holzpflock, der als Tisch dient.

»Ich soll achtundvierzig Stunden nichts in dem Fall unternehmen. Als sich Lundt verabschiedet hat, hat er mir diese Akte auf den Tisch gelegt.« Targa schiebt die Unterlagen zu Rita. »Ich finde Lundts Verhalten sehr seltsam.«

»Das ist in der Tat merkwürdig.« Rita blättert durch die Papiere. »Aber du solltest dich an seine Anweisung halten. Er wird sicher einen Grund dafür haben.«

»Wir werden sehen.« Targa nickt unbestimmt. Sie zieht den Stick aus der Tasche. »Hier ist ein Polizeivideo von einer Razzia. Das Sonderkommando des BKA hat einen Bauernhof in der Uckermark durchsucht. Olai Hansen hatte dort eine Sekte gegründet. Das alles steht in den Akten und ist jetzt dreizehn Jahre her. Er ist übrigens der Vater von Zoey und Adam.«

»Das ist ja ein Ding!« Rita nimmt den Stick. Sie geht zu einem Computer im hinteren Teil des Lofts. Auf dem Bildschirm läuft gerade der Kraftwerk-Clip »Tour de France«. Rita stöpselt den Stick in den Slot des Computers und drückt auf Play. Das Video startet zunächst mit lautem Rauschen. Dann fährt eine Kamera hektisch eine Ziegelmauer entlang, verharrt vor einer rostigen Eisentür.

»Das ist eine Bodycam«, erklärt Rita, »deshalb sind die Bilder so verwackelt.«

»Ist mir egal. Ich will wissen, was da passiert«, winkt Targa ab.

In dem Film reißt eine Hand die Tür auf. Dahinter ist eine Treppe, die sich in einer totalen Finsternis auflöst.

»Polizei!«, ruft ein Mann in die Dunkelheit. »Licht an!«, bellt er einen Befehl. Schritte trampeln nach unten in einen Keller.

Ein breiter Lichtstrahl zuckt durch das Schwarz. Schält ein bleiches Gesicht heraus, das an einen Totenschädel erinnert. Dann noch einen kleinen Kopf mit aufgerissenem Mund. Eine Hand, die ein winziges Stofftier umklammert.

»Oh mein Gott! Was ist das?« Der Strahl gleitet durch den Raum. Streicht über leblose Körper, die am Boden liegen.

»Verdammt! Das sind Kinder!«, ruft ein Beamter mit zittriger Stimme. »Sind sie tot?«

Die Kamera schwenkt durch das Gewölbe. Man erblickt mehrere ausgemergelte Jungen und Mädchen. Sie rühren sich nicht. Die Haut spannt sich über ihren knochigen Gesichtern. Sie sehen wie Greise aus. Arme und Beine sind dünn wie Streichhölzer.

»Da hinten bewegt sich etwas!«

Die Kamera gleitet hektisch durch den Keller. Verharrt auf einem bleichen Gesicht in einer Ecke. Es ist ein Mädchen mit weißen strähnigen Haaren. Neben ihm liegt ein Junge regungslos auf dem Boden. Das Mädchen singt das Lied »Der Mond ist aufgegangen ...« Hebt dann den Kopf des Jungen empor und legt ihre Lippen auf seinen Mund. Bläst Luft in die Lungen des Jungen. Hat dabei die Augen geschlossen. Singt wieder das alte Volkslied. Registriert nicht die Hektik und den Lärm ringsherum.

»Sanitäter!«, brüllt jemand. »Die Kleine lebt noch!«

Zwei Ärzte laufen mit einer Trage in den Keller. Packen das Mädchen an den knochigen Schultern. Wickeln es in eine metallisch schimmernde Rettungsdecke. Noch immer summt das Mädchen die Melodie.

»Der Junge hier auch. Ich fühle ganz leicht seinen Pulsschlag!« Die Ärzte legen dem Jungen eine Sauerstoffmaske über das Gesicht. Langsam hebt und senkt sich sein Brustkorb. Die Sanitäter tragen die beiden Kinder die Treppe hinauf. Die Sonne steht hoch am Himmel. Das gleißende Licht erfasst die beiden Kinder. Das Mädchen beginnt laut zu schreien. Schlägt um sich. Der Junge reißt sich die Sauerstoffmaske vom Gesicht. Hält sich die Hände über die Augen. Beginnt unkontrolliert zu zucken.

»Zoey, Adam!« Eine dürre Frau mit blonden Haaren stürzt auf die beiden Kinder zu. »Ihr habt es geschafft! Ihr seid auserwählt!«

Zwei Polizisten wollen die Frau zurückhalten, doch sie kann sich losreißen.

»Folgt mir!«

Laut rufend läuft sie über den Hof auf einen Schuppen zu. Verschwindet. Dann schwenkt die Kamera wieder zu den beiden Kindern, die jetzt mit weit aufgerissenen Augen der Frau hinterherblicken. Plötzlich beginnt das Mädchen laut zu schreien: »Nein, nein, nein!« Mit ihren knochigen Fingern deutet sie auf irgendetwas außerhalb des Kameraausschnitts, ruft immer wieder »Nein!«.

Dann ist nur noch schwarz-weißes Rauschen auf dem Bildschirm.

»Puh!« Rita lehnt sich zurück. Fährt sich mit den Händen über das Gesicht. »Das war hart!«

»Was haben Zoey und Adam da Schreckliches mit angesehen? War diese dünne Frau ihre Mutter?«, fragt Targa.

»Das könnte sein. Die beiden haben zwischen toten Kindern gelebt. Das ist so entsetzlich.«

»Ist der Rest nicht mehr abspielbar?« Targa zeigt zum Bildschirm, der eintönig mit schwarz-weißem Rauschen den Soundtrack zu diesem Drama bildet.

»Der Stick ist leider defekt. Aber ich versuche, das Video zu rekonstruieren. Doch das dauert.«

»Alles klar«, murmelt Targa abwesend und blättert nachdenklich in der Mappe. »Olai Hansen war zum Zeitpunkt der Razzia nicht auf dem Hof. In der Gerichtsverhandlung konnte man ihm später nicht nachweisen, dass er den Tod von vier Kindern verschuldet hatte. Er kam mit einer dreijährigen Haftstrafe davon.«

Targa greift nach einem Blatt aus den Unterlagen. »›Wer die Dunkelheit nicht überlebt, hat auch keine Kraft für das böse Licht der Sonne.‹ Das ist die Philosophie dieser Sekte.«

»Dieses Schwein«, flucht Rita. »Wie ging es danach mit Zoey und Adam weiter?«

»Sie kamen zu einer Pflegefamilie und waren in psychiatrischer Behandlung. Dort stellte man auch fest, dass sie hochbegabt sind. Deshalb können sie mit einem Stipendium dieses private College besuchen.«

»Anscheinend haben Hunger und Dunkelheit ihre Intelligenz gefördert«, meint Rita sarkastisch.

»Dieser Meinung ist Olai«, antwortet Targa. »Er ist überraschend in Blumenthal aufgetaucht. Aber die beiden haben Angst vor ihm. Wir sind geflüchtet.«

»Wieso wir?«, fragt Rita und hebt die Augenbrauen.

»Ich war zufällig dabei, als sie auf ihren Vater getroffen sind. Sie sind mit mir in ihr Versteck geflohen. Die beiden müssen mehrere dieser geheimen Bunker als Verstecke nutzen. Und jetzt bin ich ihnen so nahe wie nie zuvor.«

Als Targa sich von Rita verabschiedet und wieder in ihren Bus steigt, taucht plötzlich das bleiche Gesicht der zehnjährigen Zoey vor ihrem geistigen Auge auf. Deutlich hört sie die wispernde Stimme, die das alte Volkslied summt. Verzweifelt versucht Zoey den Schrecken des Hungers und der Finsternis zu bannen.

52

Ein kleiner Junge steht in der umgebauten Scheune eines Bauernhofs. Auf einem lang gestreckten Tisch flackern vier Kerzen, ansonsten ist es dunkel. Der Junge trippelt zögernd auf den Tisch zu. Streicht mit seiner Hand über ein weißes Leinentuch. Mit zwei Fingern hebt er das Tuch in die Höhe. Blickt mit schreckgeweiteten Augen auf das wächserne Gesicht einer Frau.

»Mama? Was ist mit dir?«, fragt der Kleine unsicher. Er tippt mit dem Finger auf die Wange der Frau. Doch sie rührt sich nicht.

»Deine Mutter ist tot, Florian.« Olai umarmt den Jungen und nimmt ihn dann fürsorglich an der Hand.

»Tot?« Florian ist fünf Jahre alt und dem Tod noch nie begegnet. Olai wird ihn unter seine Fittiche nehmen und im Geist der Finsternis erziehen.

»Deine Mutter wurde vom Licht getötet«, flüstert Olai. Dann kniet er sich zu dem kleinen Jungen. Er fasst ihn an den Schultern und blickt ihm fest in die Augen. »Sprich mir nach: Das Licht alleine ist schuld am Tod meiner Mutter.«

»Das Licht ist schuld«, antwortet Florian. Plötzlich verzieht er das Gesicht und beginnt zu weinen. »Ich will zu meiner

Mama!« Er reißt sich los. Stürzt auf den Tisch zu. Zieht das Leintuch herunter und klettert hinauf. Schluchzend legt er seinen Kopf auf die Brust der toten Daisy. »Mama!«

»Ich kann das nicht mehr ertragen!« Entschlossen geht Helen zu Florian und hebt ihn von der Leiche weg. »Komm, du bekommst jetzt endlich mal was Ordentliches zu essen.«

»Unterstehe dich!«, donnert Olai.

»Was passiert sonst? Bringst du mich dann auch um?«, schreit Helen.

»Helen, du versündigst dich«, entgegnet Olai ruhig.

Doch Olai weiß, dass er den Bogen nicht überspannen darf. Daisys Tod war nicht geplant und hat die Gefährten ziemlich aus der Fassung gebracht. Jetzt muss so schnell wie möglich Normalität in die Gemeinschaft einkehren. Deshalb unternimmt er auch nichts, als Helen mit Florian nach draußen geht.

»Widmen wir die heutige Arbeitsnacht unserer treuen Gefährtin. Das Licht hat sie uns geraubt.« Olai stockt. Muss sich sammeln. »Daisy erhält ein würdiges Begräbnis.«

Die Gefährten nicken und verlassen den Speisesaal. Es herrscht eine gedrückte Stimmung, das kann Olai deutlich spüren. Nachdenklich geht er zum Speicher hinüber. Auf dem Dachboden steigt er durch die Geheimtür in seine Kommandozentrale. Die Monitore zeigen wie immer mehrere Fenster neben- und übereinander. Das sind die Kameraanzeigen aus allen Räumen und den Außenanlagen. Eine Kamera ist anscheinend defekt, denn ein Fenster blinkt schwarz. Olai nimmt sich vor, sie tagsüber zu reparieren, wenn die Gefährten schlafen.

Er konzentriert sich auf die Übertragung aus der Küche. Sieht, wie Helen den kleinen Jungen wie ein Baby füttert.

»Helen ist nicht mehr gut für unsere Gruppe«, murmelt Olai. »Sie ist zu eigenständig. Fast schon aufsässig.« Micha kommt in die Küche. Redet mit Helen. In der Hand hält er etwas. Olai beugt sich vor, kann aber nicht erkennen, worum es sich handelt.

Genervt wendet er sich ab. Denkt wieder an das Zusammentreffen mit Zoey und Adam. Wer war die blonde Frau, die er mit ihnen gesehen hat? Seine Kontaktperson beim BKA hatte etwas von einer Undercover-Aktion berichtet. Kurz entschlossen wählt er Dagmars Nummer.

»Ich habe doch ausdrücklich gesagt, dass du mich nie wieder kontaktieren sollst«, hört er Dagmars wütende Stimme.

»Hab dich nicht so. Gibt es bei dieser Abteilung K2 eine Frau im Team?«, lässt sich Olai nicht abwimmeln.

»Da arbeiten mehrere Frauen.«

»Ich meine eine hübsche Blonde mit Zöpfen. Sie wirkt ein wenig eigenartig und hat einen gestromten Hund dabei.«

»Das kann nur Targa Hendricks sein.«

»Was ist sie für ein Typ?«

»Leicht autistisch, erzählt man. Aber sehr effizient. Lundt hält große Stücke auf sie.«

»Danke, das war's schon. Ich behellige dich nicht mehr.«

»Das will ich hoffen.«

Nachdenklich starrt Olai auf die Aufnahmen seiner Überwachungskameras. Die Sequenzen fließen vorüber, ohne dass er sie bewusst wahrnimmt. Dann gibt er sich einen Ruck und greift nach der Handynummer von Zoey, die ihm Dagmar besorgt hat. Jetzt ist der richtige Zeitpunkt, sie anzurufen und zu warnen. Olai wählt die Nummer und hört das Freizeichen.

»Leg nicht auf«, sagt er schnell, als Zoey sich meldet. »Es gibt vom BKA eine Undercover-Ermittlung gegen euch. Ihr müsst aufpassen.«

»Eine Undercover-Ermittlung?«, fragt Zoey ungläubig.

»So ist es. Ich weiß das von meiner Quelle. Eine Agentin der BKA-Sondereinheit K2 ist auf euch angesetzt. Ich habe sie

mit euch zusammen gesehen. Die Frau, die euch begleitet hat
… ist ihr Name Targa Hendricks?«

»Ja«, antwortet Zoey nach kurzem Zögern. »Das ist merkwürdig, aber es stimmt. Sie heißt Targa Hendricks. Was sollen
wir tun?«

»Macht sie unschädlich und kommt dann zu mir. Hier ist
eure Heimat.«

Zoey antwortet nicht, trennt die Verbindung. Auch Olai
schaltet das Handy aus und lehnt sich zurück. Obwohl das
Gespräch abrupt abbrach, hat er wieder ein unsichtbares Band
des Vertrauens zu seinen Kindern geknüpft. Bald sind sie
zurück.

Plötzlich hört er ein Geräusch in seinem Rücken. Schnell
langt er unter den Schreibtisch, wo er aus alter Gewohnheit eine
9 mm Makarow aus Stasi-Beständen versteckt hat. Gerade als
er die Pistole aus dem Holster ziehen will, trifft ihn ein gewal-
tiger Schlag in den Nacken. Olai knallt mit dem Gesicht auf
den Schreibtisch. Die Pistole fällt zu Boden und Blut tropft aus
seiner Nase.

»Was zum Teufel …«, flucht er und dreht sich um. Vor ihm
steht Micha. In der Hand hält er eine von Olais versteckten
Kameras. »Du überwachst uns, du Mistkerl.«

»Wie kommst du hierher?« Doch dann entdeckt er
Helen, die mit einem Jagdgewehr in der Tür steht. »Ach, ist
das jetzt eine Revolution?«, meint er zynisch. »Na und, die
Überwachung ist nur zu eurem Besten. So werden Abweichler
sofort identifiziert.« Langsam erhebt sich Olai. Wischt sich
das Blut aus dem Gesicht. »Was bildet ihr euch ein? Glaubt
ihr, die Gefährten lassen sich gegen mich aufhetzen?« Olai legt
seine ganze Verachtung in diese Worte. Unauffällig schielt er
zu der Makarow am Boden. Aber Helen ist eine gute Schützin
und ihr Gesichtsausdruck entschlossen. Da will er lieber nichts
riskieren.

»Hinunter in den Hof«, kommandiert Micha. Mit dem Fuß zieht Micha die Pistole zu sich und hebt sie auf.

»Was ist nur in euch gefahren?« Olai bemüht sich, ruhig und gelassen zu wirken. Doch innerlich kocht er vor Wut. ›Helen und Micha sind so gut wie tot‹, denkt er. Er wird ein Exempel statuieren. Keiner wird es anschließend wagen, seine Autorität anzuzweifeln.

Als sie aus dem Speicher ins Freie treten, reißt Olai erstaunt die Augen auf. Alle Gefährten haben sich versammelt und starren ihn mit feindseligen Mienen an. Auf dem Boden stapelt sich ein Dutzend Überwachungskameras, die sie im Bauernhof gefunden haben.

»Ich kann euch das erklären«, setzt Olai mit seiner ganzen Überzeugungskraft an.

»Deine Zeit ist abgelaufen«, unterbricht ihn Hans. »Wir stimmen ab.«

»Hat Olai eine Strafe verdient?«

»Ja«, murmeln die Gefährten einstimmig und nicken.

»Soll er uns weiter anführen?«, fragt jetzt Helen.

»Nein.« Wieder ein einstimmiges Votum.

»Welche Strafe hat er verdient?«, fragt Helen weiter.

»Staub zu Staub«, rufen die Gefährten im Chor.

»Dann ist alles klar.«

Olai blickt in den nachtschwarzen Himmel. Er spürt, wie seine Arme nach hinten gerissen und gefesselt werden. Ein Strick schlingt sich um seinen Hals. Ruckartig wird er nach vorne gezogen. Wie in einer Prozession verlassen die Gefährten mit Olai in der Mitte den Bauernhof. Steigen den Hügel hinauf, dort wo die Gräber der Toten sind. Sie erreichen den Kamm. Olai kann das Meer riechen. Er hört das leise Klatschen der Wellen an den Strand.

›Es ist ein friedvoller Ort‹, denkt er. Eine tiefe Ruhe befällt ihn. Vor einer ausgehobenen Grube stoppt die Prozession. Die

Gefährten gruppieren sich rund um das Grab. Olai lächelt. ›Das Grab war für Daisy bestimmt, jetzt wird es meine letzte Ruhestätte.‹ Noch einmal blickt er umher. Die weißen Mauern des Bauernhofs heben sich undeutlich von der Dunkelheit ab. Kein Mond ist am Himmel, nur die tiefschwarze Nacht. Olai tritt an den Rand des Grabes.

»In diesem Grab wird dein Körper zu Staub werden«, hört er Helens emotionslose Stimme. »So will es das Urteil der Gefährten.«

Wieder zustimmendes Gemurmel ringsum. Plötzlich tritt Micha hinter ihn. Micha hält Ella im Arm. Versetzt Olai einen leichten Stoß. Kopfüber stürzt er in die Grube. Spürt, wie Erde auf seinen Rücken prasselt. Immer mehr Steine und Erdklumpen füllen das Grab. Die Luft wird knapp. Ein Stein trifft Olai am Hinterkopf. Bevor er ohnmächtig wird, gilt sein letzter Gedanke Zoey und Adam. Seine Kinder werden sein Werk fortführen.

53

Die Arbeiterwohnsiedlung in Berlin-Pankow ist noch genauso heruntergekommen wie zu den Zeiten, als die Mauer die Stadt wie eine klaffende Wunde zerteilte. Aber eine neue Ära macht sich schon bemerkbar, denn das Logobanner einer Immobiliengesellschaft erstreckt sich über drei Stockwerke an der Fassade. Die Wohnungen sind entmietet, und die Bagger warten nur darauf, alles plattzumachen.

Lundt steht vor dem mit einer provisorischen Holztür verschlossenen Eingang zu Nummer sechs. Mit einem kräftigen Fußtritt öffnet er die Tür und tritt ein. Ein muffiger Geruch schlägt ihm entgegen. Langsam steigt er die Treppe nach oben. Die Wohnung im zweiten Stockwerk ist nicht versperrt. Lundt ist überrascht, als er in den Flur kommt. Die Zimmer sind noch nicht entrümpelt. Es sieht noch genauso aus wie vor Jahren, als Lundt das letzte Mal hier war.

Hastig zündet er sich eine Zigarette an und geht langsam durch die Zimmer. Hier wurde seine Tochter Karen geboren. Er, seine Frau Brigitte und Karen waren die perfekte Familie. Die Eltern linientreu und das Mädchen ein Wunschkind. Doch das war alles nur Fassade, die Ehe der beiden war längst am Ende.

Eines Tages erhält Lundt von seinem Vorgesetzten den Auftrag, den Friedhof Pankow III, der direkt am Todesstreifen liegt, zu überwachen.

»Dort versuchen Republikflüchtlinge in der Nacht durch die Gräber in den Westen zu gelangen«, sagt sein Gruppenführer. »Das hat uns einer unserer externen Mitarbeiter berichtet.«

»Verstehe, ich werde mich darum kümmern.« Lundt ist ehrgeizig und verbringt die Nächte auf dem Friedhof, während Brigitte angeblich zu Hause bei dem Kind bleibt.

Die Republikflüchtlinge sind subversive Menschen, die sich dem Kapitalismus verschrieben haben, aber sie sind geschickt. Lundt fand lange nicht heraus, wo sie einen Tunnel gegraben hatten. Doch dann half ihm der Zufall. Er konnte einen Mann mit einem auffälligen Spaten auf dem Friedhof verhaften.

»Wo ist der Tunnel?«

»In der letzten Gräberreihe bei der Nummer 19«, gestand der Mann nach kurzem Leugnen.

In der folgenden Nacht postiert sich Lundt mit seinen Männern auf dem Friedhof. Die Republikflüchtlinge schleichen zwischen den Gräberreihen hindurch. Es sind drei Männer und zwei Frauen.

»Wir warten, bis sie in dem Tunnel sind. Erst dann schlagen wir zu«, schärft Lundt seinen Männern ein. Als es so weit ist, gibt er das Zeichen.

»Staatssicherheit. Kommen Sie mit erhobenen Händen heraus.« Langsam steigen die Männer und Frauen aus dem Grab. Handschellen klicken und alle kommen in einen Gefängniswagen. Als Lundt der einen Frau ins Gesicht leuchtet, zuckt er geschockt zurück.

»Brigitte, was machst du hier?« Nur mühsam kann Lundt seine Fassung bewahren, als man seiner Frau die Handschellen anlegt. »Lasst die Frau frei, sie ist eine unserer Agentinnen«, sucht er Zuflucht in einer Lüge.

»Was redest du da?« Brigitte sieht ihn voller Verachtung an.
»Ich gehöre doch nicht zu diesem Spitzelverein. Ich bin für die
Freiheit«, ruft sie laut.

»Brigitte, hör auf«, zischt Lundt. »Denk an unsere Tochter.«

»Hoffentlich wird sie so wie ich. Beugt sich nicht dieser
Diktatur.«

»Das reicht.« Ein Kollege packt Brigitte am Arm und schiebt
sie in den Gefangenenwagen.

Verzweifelt überlegt Lundt, wie er ihr helfen kann. Er schafft
es zwar, Brigittes Freund als Haupttäter zu präsentieren. Aber es
gibt für Brigitte keine Möglichkeit, einen Freispruch zu erlangen.
Sie wird als Republikflüchtling zu drei Jahren in Bautzen II verurteilt. Nach einem Jahr wird sie von der BRD freigekauft und
kann in den Westen übersiedeln. Lundt sieht sie nie wieder.

Seiner Tochter Karen erzählt er, dass ihre Mutter in den Westen
geflüchtet sei. Diese Version hielt auch bis zu jenem ominösen Tag
im Jahr 2005, als Karen einen Brief von ihrer Mutter bekommt.
Darin befindet sich das Verhaftungsprotokoll mit der Unterschrift
von Lundt und ein Zettel mit dem Satz: »Schönen Gruß an deinen
Vater.«

Während Lundt daran denkt, steht er in Karens Zimmer.
Stiert auf das Bett. Dort hatte er sie gefunden. Die dunklen
Erinnerungen sind noch so nah.

»Karen, bist du hier?« Keine Antwort. Lundt legt die Aktentasche
auf das Bord im Flur und geht zunächst ins Wohnzimmer. Gießt
sich einen Cognac ein und raucht eine Zigarette. Dann betritt er
den Gang, wagt aber nicht, die Tür zu Karens Zimmer zu öffnen.
Sie mag keine ungebetenen Gäste.

»Ich habe einen Therapieplatz in Bayern bekommen. Eine
Privatklinik am Chiemsee. Dort kümmert man sich um Menschen
mit Drogenproblemen. Wir können uns das gemeinsam ansehen.
Was hältst du davon?«, redet er gegen die Wand. »Karen, ist alles in
Ordnung?« Lundt öffnet die Tür und sieht seine Tochter auf dem

Bett liegen. Ihr Gesicht ist zu einer Grimasse verzerrt. Die Augen weit aufgerissen und nach hinten verdreht, sodass man nur noch das Weiß des Augapfels sieht. Der Mund halb geöffnet, eine dünne Spur Erbrochenes auf dem Kinn. Um den Oberarm baumelt noch der Gummischlauch zum Abbinden der Vene. Die Armbeuge vernarbt von Hunderten Einstichen. Auf dem Boden liegen die Spritze und der verbogene Löffel.

»Karen! Mein Gott, schau mich an.« Hektisch klopft Lundt seiner Tochter auf die Wangen, aber es ist kein Leben mehr in dem Mädchen. Erst als er sein Kind wieder auf das Leintuch sinken lässt, fällt sein Blick auf das fotokopierte Protokoll und den Zettel, auf dem in Karens eigenwilliger Handschrift »Warum hast du mir die Mutter gestohlen? Der Tod ist die Endstation« geschrieben steht.

»Ich bin schuld an ihrem Tod.« Wie oft hatte Lundt diese Worte schon in einsamen Stunden laut gegen die Wände geworfen. Dabei auf Vergebung gehofft. Gewartet, dass die Wände diese Anklage einfach absorbieren und ihn zufriedenlassen. Lundt tritt ans Fenster, um die grauenhaften Bilder seiner toten Tochter zu vergessen. Aber sie sind gegenwärtig und werden nie wieder verschwinden.

Das war die erste Station seiner Abschiedsreise. Die nächste ist der Plattenbau in Friedrichshain, wo sich das Hauptquartier des K2 befindet. Er fährt mit dem Wagen in die Tiefgarage und raucht eine letzte Zigarette. Langsam nimmt er die Pistole aus dem Halfter und entsichert sie. Hält die Mündung an seine Schläfe. Steckt die SIG Sauer aber dann wieder zurück und steigt aus. Mit dem Aufzug fährt er in den sechsten Stock, schlendert über die abgewetzten Teppiche, vorbei an den hellen Stellen mit den schmuddeligen Rändern auf den Tapeten, wo früher die Porträts der DDR-Größen hingen. Steht vor dem Büro seines Chefs.

Lundt blickt zur Decke, wo Wasserflecken ein Ornament gebildet haben, das an Seerosen erinnert. Er denkt an seine

Tochter. Denkt an die wenigen glücklichen Momente mit ihr. Zuletzt denkt er auch an Targa, die nur darauf wartet, diesen verdeckten Einsatz wie geplant durchzuführen. Wenn er sich nicht meldet, wird sie diesen Auftrag trotzdem zu einem Ende bringen. Denn auf Targa kann er sich verlassen.

Ehe Lundt an die Tür seines Chefs klopft, holt er sein Handy heraus. Wählt die Nummer von Olai. »Hallo, Olai. Ich stehe vor dem Büro meines Chefs. Es ist Zeit, reinen Tisch zu machen. Ich spiele nicht mehr mit«, sagt er.

»Olai ist tot«, hört Lundt die Stimme einer ihm unbekannten Frau. »Wer auch immer Sie sind, von uns haben Sie nichts zu befürchten. Wir konzentrieren uns in Ruhe auf unsere Berufung.«

Lundt überlegt einen kurzen Moment. Dann legt er auf. Er dreht sich auf der Stelle um. Geht schnellen Schrittes den Korridor entlang. Jetzt muss Lundt dringend Targa erreichen. Jetzt ist er noch einmal zurück ins Leben gesprungen.

54

Es ist ein paar Minuten nach Mitternacht. Die Nacht liegt wie ein samtenes Tuch über Blumenthal. Eine friedvolle Stille schwingt durch den Ort. Diese Atmosphäre ist auch noch auf dem Parkplatz unterhalb des Colleges zu spüren. Dort steht ein einsamer VW-Bus. Die Tür ist geschlossen, doch im Inneren brennt noch Licht.

Targa liegt mit Hund auf dem Bett und denkt an die schrecklichen Bilder in dem Video. Was geht wohl in den Köpfen von Zoey und Adam vor, wenn sie sich an das Grauen erinnern? Gedankenverloren krault sie Hund zwischen den Ohren. Plötzlich reckt das Tier die Schnauze nach vorne und schnüffelt. Targa blickt auf. Hinter dem Fensterglas erkennt sie das kreidebleiche Gesicht von Zoey, die sie anstarrt. Zunächst glaubt Targa, dass sie sich das nur einbildet, aber es ist die Wirklichkeit. Sekunden später wird an die Tür geklopft.

»Dürfen wir hereinkommen?«, fragt Adam höflich. Er wartet Targas Antwort nicht ab, sondern öffnet sofort die Tür. Er trägt einen dünnen schwarzen Mantel, der um seine Schultern schlottert. Den Anglerhut hat er tief ins Gesicht gezogen. Hinter ihm taucht sofort Zoey auf.

»Wir stören doch nicht?«

»Nein, ich habe noch nicht geschlafen«, erwidert Targa. Die Atmosphäre im VW-Bus ändert sich schlagartig. Eine latente Gefahr liegt in der Luft. Targa setzt sich im Bett auf und deutet zu dem Tisch.

»Nehmt doch Platz. Wollt ihr etwas trinken?«, fragt sie, um Zeit zu gewinnen. Was haben die beiden vor? Wollen sie ihre Reaktion auf den nächtlichen Besuch prüfen?

»Nein danke«, winkt Adam höflich ab. Er lehnt mit verschränkten Armen in der Tür und lässt sie nicht aus den Augen.

»Du kennst uns schon fast besser als wir uns selbst.« Zoey hockt sich an den Tisch und streicht mit der Hand über die Buchrücken in dem Regal. »Aber in unser innerstes Wesen hast du noch nie geschaut.« Zoey wendet ihren Kopf Targa zu. Ihr knochiges Gesicht verzerrt sich zu einem Lächeln. Die silbrigen Haare schimmern im Mondlicht, das durch die Fenster scheint.

»Komm.« Zoey streckt Targa ihre dürren Finger entgegen. »Adam und ich zeigen dir jetzt, wie wir wirklich sind.«

»Ach, und wie seid ihr denn?«, fragt Targa. Sie steht auf und ignoriert die ausgestreckte Hand von Zoey.

»Wir sind dunkeltot, wie unsere Seelen.«

»Klingt das nicht ein wenig übertrieben?« Unauffällig greift Targa nach der Streichholzschachtel, die Lundt bei seinem Besuch vergessen hat. Sie nimmt drei Hölzer heraus und legt sie auf den Tisch. Richtet sie an der Kante so aus, dass die Köpfe zum Wald zeigen.

»Du hast einen Tick.« Adam grinst. Er deutet auf die Streichhölzer. »Ich kannte mal einen, der machte das mit allen Sachen, wenn er angespannt war.«

»Bist du nervös?« Zoey streckt Targa ihr schmales Gesicht entgegen. Starrt sie wie eine Schlange an, die ihre Beute hypnotisieren will.

»Ja, ich bin etwas kribbelig. Denn ich habe Raumangst. Hier im Bus ist es mit euch viel zu eng«, sagt sie zu Adam. Schiebt ihn zur Seite. »Also, was ist? Jetzt will ich eure Seelen endlich kennenlernen.« Sie gibt Hund ein Zeichen, ihr zu folgen.

»Dein Hund kann leider nicht mit.« Zoey schüttelt bedauernd den Kopf.

»Warum nicht?«

»Der Wald ist gefährlich«, meint Zoey mit einem Achselzucken.

Targa zögert einen Moment. Doch dann nickt sie. »Ok, dann muss ich ihm noch schnell etwas zu fressen hinstellen und frisches Wasser in seinen Napf gießen.« Targa holt das Futter für Hund unter der Bank hervor. Als sie Wasser in den Napf füllt, blickt sie zu den Büchern im Regal. ›Zoey hat mit dem Finger darübergestrichen‹, denkt sie. ›Ist das Böse jetzt auf den Bus übergesprungen? Nein, das Innere des Busses haben die Geschwister bereits bei ihrem ersten Besuch infiziert. Wie gern würde ich über all das jetzt mit Yella reden.‹

»Können wir los?«

»Wie kommt ihr eigentlich in der Nacht immer ungesehen aus dem College?«, fragt Targa ganz nebenbei.

»Es gibt überall Tunnel und Röhren.« Adam zieht seinen Mantel vorne zusammen, als würde er frieren.

Auch als sie aus dem Bus steigen, ist die Atmosphäre mit Zweifeln aufgeladen. ›Handle ich richtig, wenn ich ohne Rückversicherung mit den beiden mitgehe? Ich habe zwar die Streichhölzer für Lundt platziert, aber das ist zu wenig. Das weiß ich. Doch so knapp vor dem Ziel darf ich nicht aufgeben. Das Leben von Paula und Ewa steht auf dem Spiel. Ich muss es einfach riskieren.‹

»Wir laufen zum Wald.« Zoey nimmt Targa an der Hand und zieht sie hinter sich her. Die Geschwister finden sich in dem dunklen Wald ohne Licht bestens zurecht. Targa hingegen ist unsicher. Sie achtet darauf, nicht zu stolpern oder Zweige ins Gesicht gefegt zu bekommen. Plötzlich taucht wie aus dem Nichts ein überwucherter Betonblock auf.

»Da sind wir«, flüstert Zoey. Ihre Augen sind unnatürlich groß und ihre Stimme zittert. Auf Targa macht Zoey den Eindruck, als würde sie aus purem Adrenalin bestehen.

»Ist das so ein Bunker?«, fragt Targa. Sie spürt, dass sie ans Ziel gekommen ist. Unauffällig blickt sie sich um. Prägt sich auffällige Stellen in der Umgebung ein. Die schwarzen Bäume, das dunkle Moos, die tief hängenden Äste. Ein leichter Wind rauscht durch die Blätter. Ansonsten Stille. ›Hier findet mich keiner‹, geht es ihr durch den Kopf.

Zoey steht wie eine Geistererscheinung vor einer niedrigen Öffnung. Winkt mit der Hand. Ihre dünnen Haare bewegen sich wie Silberdrähte in dem Luftzug.

»Worauf wartest du?« Adam ist ganz nahe hinter Targa. Sein Atem streicht über ihre Wange, dringt in ihr Ohr. Verpestet ihr Inneres. Sie vermutet, dass Paula dort unten um ihr Leben kämpft. Deshalb darf sich Targa von ihren Zweifeln nicht auffressen lassen.

»Gut, dann auf ins Abenteuer«, erwidert sie leichthin.

Zoey verschwindet in der Öffnung. Targa folgt. Die Schwärze des Tunnels trifft sie wie ein Keulenschlag. Sie fühlt sich, als wäre sie blind. Tastet mit ausgestreckten Armen an den engen Wänden entlang.

»Gleich sind wir da«, wispert Zoey vor ihr. Ihre Stimme bricht sich an den Mauern, verliert sich in der Tiefe.

Der Gang wird breiter. Targa atmet auf. Ihre Nerven sind zum Zerreißen gespannt. Sie gelangen in einen weiteren Bunker. Mit den Fingerspitzen streicht Targa über den Beton. Er fühlt sich kalt und glitschig an.

»Schau, was wir hier gefunden haben.« Wie aus dem Nichts steht Zoey jetzt neben ihr. Sie hält eine Kette in der Hand. Rasselt damit. Das Geklimper schwirrt durch den Bunker.

»Glaubst du, dass hier eines der Mädchen gefangen war?«, flüstert sie. Klirrt wieder mit der Kette.

»Wir sind oft hier drinnen.« Adam steht dicht hinter Targa. »Stellen uns vor, wie es ist, hier gefangen zu sein.«

»Das ist also eure dunkle Seele.« Targa macht einen Schritt zur Seite. Sucht den Ausgang. Doch in dem lichtlosen Bunker kann sie sich nicht zurechtfinden.

»Wir haben das auch selbst schon ausprobiert.« Wieder taucht Zoey direkt neben Targa auf. Kichert, während ihre dünnen Finger die Kette über Targas Arm gleiten lassen.

»Willst du auch?« Adam ist jetzt an die andere Seite von Targa getreten. Beide rauben ihr die Luft zum Atmen. Ihr Herz pocht. Sie wird diesen Bunker wiederfinden, wenn sie draußen ist. Es gibt jede Menge DNA, die Zoey und Adam überführen. Targa denkt rational, um die unbekannte Gefahr in Schach zu halten.

»Gib mir deine Hand.« Zoey umklammert Targas Arm.

»Lass das!« Targa versucht, sich aus der Umklammerung zu lösen. Doch Zoey umkrallt ihr Gelenk wie ein Schraubstock. »Hören wir jetzt auf mit dem Blödsinn. Ich habe genug gesehen«, meint Targa mit fester Stimme.

»Gleich, gleich!«, raunt Zoey.

Plötzlich dringt aus dem Dunkel ein leises Stöhnen. Targa kneift die Augen zusammen, kann aber in dem schwarzen Raum nichts erkennen.

»Was ist das? Ist hier noch jemand?«

»Das ist eine kranke Katze, die wir pflegen. Sie liegt nebenan.«

Wieder ist das Stöhnen zu hören. Diesmal lauter. Krächzende Laute schneiden durch die Düsternis.

»Ist das Paula?« Kaum hat Targa diese Frage gestellt, weiß sie, dass es ein Fehler war. Sie wägt blitzschnell ihre Chancen ab zu fliehen. Reißt sich von Zoey los. Konzentriert sich darauf, in der Dunkelheit den Ausgang zu finden. Spürt plötzlich Metall an ihrem Handgelenk. Sie zuckt zurück, aber da ist es bereits zu spät. Der Eisenring schnappt zu. Targa will Zoey festhalten, doch diese ist flink zur Wand gesprungen.

»Ja, das ist Paula.«

»Endlich darf ich Teil eures Rituals sein«, erklärt Targa euphorisch. Sie setzt alles auf eine Karte. Will Zoey und Adam suggerieren, dass sie auf ihrer Seite steht.

»Spar dir diese Lügen. Hast du wirklich geglaubt, wir sind so dumm und fallen auf deine Tricks herein?« Zoeys Stimme ist schneidend wie ein Skalpell.

»Du hast uns getäuscht und willst uns der Polizei ausliefern.« Adam atmet erregt ein und aus.

»Das stimmt nicht«, erwidert Targa. Ihre Identität ist aufgeflogen. Olai hat also noch einmal Kontakt zu ihnen aufgenommen. Denn es kann nur Olai gewesen sein, der sie enttarnt hat. Doch wie konnte er wissen, dass sie Teil einer Undercover-Aktion ist? Er muss also Verbindungen bis ins BKA haben. Aber all diese Erkenntnisse nützen ihr jetzt nichts, denn sie wurde in eine Falle gelockt.

»Ich bin eure Gefährtin«, macht Targa einen letzten Versuch und geht auf Zoey zu. Doch die Kette strafft sich und sie muss mitten im Raum stehen bleiben. »Lasst mich frei und wir entdecken gemeinsam die positiven Seiten des Lichts. Die Schönheit der Welt unter der Sonne.«

»Wir hassen das Licht, du dumme Kuh«, geifert Zoey. »Komm, Adam, jetzt kann Targa mit Paula Freundschaft schließen.«

»Was ist mit Ewa? Ihr sprecht immer nur von Paula«, ruft Targa den beiden hinterher, ehe sie den Bunker verlassen.

»Ewa ist schon lange tot.« Es ist die eiskalte Gleichgültigkeit, mit der Adam antwortet, die Targa erschaudern lässt. Die Geschwister betrachten ihre Opfer nicht als Menschen, sondern als Forschungsobjekte für ihre verquere Philosophie. Ihre Vergangenheit hat sie zu menschenverachtenden Killern gemacht.

Targas Augen gewöhnen sich langsam an das Dunkel. Sie erkennt, wie Zoey und Adam Stirn an Stirn im Eingang stehen und sich umarmen. Dann verschwinden sie lautlos wie bösartige Kreaturen aus einem Albtraum. Targa bleibt angekettet zurück in der nachtschwarzen Finsternis.

55

Zweiundfünfzig Stunden sind vergangen. Lundt hat noch nichts von Targa gehört. Nervös tigert er im K2-Besprechungsraum auf und ab. Rita sitzt vor ihrem Computer und studiert die Videoaufnahmen einer Drohne, die über das dichte Waldgebiet fliegt.

»Es ist zwecklos. Die Bäume stehen so eng, dass man überhaupt nicht erkennen kann, was sich auf dem Boden befindet«, erklärt Rita.

»Gut, dann brechen wir nach Blumenthal auf.« Lundt zündet sich eine Zigarette an. »Targa sollte achtundvierzig Stunden nichts unternehmen und sich dann melden. Jetzt sind wir schon weit über der Zeit, es gibt noch immer kein Lebenszeichen von ihr.«

»Vielleicht hat sie keine Möglichkeit zu telefonieren oder ist zu beschäftigt«, wirft Rita ein.

»Du kennst doch Targa«, winkt Lundt ab. »Sie würde das niemals vergessen. Das ist in ihrem Kopf so programmiert.« Lundt tippt mit dem Zeigefinger an seine Schläfe. »Deshalb dürfen wir keine Zeit verlieren.«

Sie fahren mit dem Aufzug in die Tiefgarage und steigen in Lundts Wagen. Als sie Richtung Brandenburg unterwegs sind, zündet sich Lundt eine neue Zigarette an. Er nimmt einen tiefen Zug und öffnet das Fenster einen Spalt.

»Olai Hansen ist tot.«

»Ach, woher weißt du das?«, wundert sich Rita.

»Was, wenn er Zoey und Adam vor seinem Tod noch vor einem Undercover-Einsatz gewarnt hat?« Lundt geht mit keinem Wort auf Ritas Frage ein. Nein, Rita wird er nichts von seiner Vergangenheit erzählen. Jetzt, da Olai tot ist und keine Gefahr mehr droht.

»Du meinst, Zoey und Adam wissen, dass Targa verdeckt ermittelt? Aber woher sollte Olai diese Information haben?«, rätselt Rita.

»Ich habe herausgefunden, wer Olai Hansen wirklich war. Einer der führenden Abhörspezialisten der DDR«, antwortet Lundt. »So jemand findet immer Mittel und Wege, um an Informationen zu gelangen.«

»Wieso hast du mir davon nichts erzählt? Laut den allgemeinen Unterlagen war Olai Hansen ein einfacher Mitarbeiter im Ministerium für Staatssicherheit.« Rita klingt verstimmt. »Aber wenn Olai jetzt wirklich noch Verbindungen hat, dann wundert es mich nicht, dass er damals nur zu drei Jahren Haft verurteilt wurde.«

»Tja, es gibt sie immer noch, die alten Seilschaften«, murmelt Lundt. »Da sind wir.« Er deutet nach vorne, wo bereits der Ort zu sehen ist und das College auf dem Hügel.

Der Parkplatz unterhalb des Colleges ist leer bis auf den VW-Bus von Targa. Lundt und Rita steigen aus, gehen auf den Bus zu. Aus dem Inneren hören sie leises Winseln.

»Das ist Hund!« Rita blickt betroffen zu Lundt. »Scheiße, da stimmt was nicht.«

»Ich seh mal nach.« Lundt wirft seine Kippe weg und öffnet die Tür des VW-Busses. Hund springt ihnen wedelnd entgegen.

Verschwindet sofort zwischen den Büschen, um sein Geschäft zu verrichten.

»Targa würde Hund niemals zwei Tage allein im Bus zurücklassen.« Lundt scannt mit schnellem Blick das Innere des Wagens. »Sie ist mit Zoey und Adam im Wald unterwegs.«

»Bist du dir sicher?« Rita sieht Lundt zweifelnd an.

»Hundert Prozent.« Lundt deutet auf die drei Streichhölzer, die an der Tischkante ausgerichtet sind. »Das ist eine eindeutige Botschaft.«

»Typisch Targa.« Rita blickt zum Horizont. »Aber der Wald ist groß und es gibt über hundert versteckte Bunker.«

»Fragen wir einmal im College nach, wann Zoey und Adam zuletzt hier waren«, schlägt Lundt vor. Sie gehen zum Eingang des Parks, dessen Tor aber verschlossen ist.

»Wir müssen dringend mit Frau Keller sprechen.« Als der Portier zögert, hält ihm Lundt seinen Dienstausweis unter die Nase. »Ich sagte dringend.«

»Ist das nicht sehr auffällig, wenn wir uns als Polizisten nach Zoey und Adam erkundigen?«, gibt Rita zu bedenken.

»Das ist doch egal. Jetzt geht es um das Leben von Targa.«

Im Foyer erwartet sie bereits die Direktorin des Colleges. Wie immer trägt sie Reithosen und einen breiten Gürtel, der ihre Taille extrem verschmälert.

»Zoey und Adam waren schon seit zwei Tagen nicht mehr im College. Ihre Sachen haben sie noch in den Zimmern, sie sind also nicht abgereist.«

»Wieso sollten sie abreisen?«, fragt Lundt.

»Das Semester ist zu Ende. Jetzt gibt es nur noch freiwillige Übungen. Warum wollen Sie unbedingt mit Zoey und Adam sprechen? Haben sie etwas Ungesetzliches gemacht? Sie sind schon der zweite Beamte, der sich nach den beiden erkundigt«, erklärt die Collegeleiterin.

»Wer interessiert sich noch für Zoey und Adam?«, hakt Lundt sofort nach.

»Lasse Bergmann, der Ortspolizist, sucht die beiden ebenfalls.«

»Weswegen?« Lundt ignoriert die Vorschriften und zündet sich im Foyer eine Zigarette an. ›Was zum Teufel hat Bergmann mit den Geschwistern zu tun?‹ Dann fällt ihm ein, dass Bergmann Targa zu einem Bunker geführt hat, wo er vor einem Jahr ein verhungertes Mädchen fand.

»Ich habe keine Ahnung.« Die Direktorin blickt von Lundt zu Rita. »Gibt es sonst noch Fragen, die ich vielleicht beantworten kann?«

»Nein, Sie haben uns sehr geholfen.« Lundt und Rita verabschieden sich und steigen die Treppe zum Park hinunter.

»Du hast doch Infos über Lasse Bergmann eingeholt. Vielleicht finden wir dort einen Anhaltspunkt«, sagt Lundt, als sie über den Parkplatz zu Targas Bus gehen. Hund sitzt vor der offenen Tür und blickt sie erwartungsvoll an. »Ich füttere in der Zwischenzeit Hund.«

Lundt findet das Trockenfutter unter der Sitzbank und wirft zwei Handvoll in eine Schüssel. Gibt warmes Wasser aus dem Boiler dazu. ›Vielleicht sollte ich mir auch einen Hund zulegen‹, denkt er, als Hund in Windeseile das Futter verputzt und Lundt dann mit treuen Augen anblickt.

»Ich habe was.« Rita kommt mit ihrem Laptop in der Hand zu Lundt. »Die Ex-Frau von Lasse Bergmann ist vor zwei Jahren gestorben.«

»Ja und?« Lundt setzt sich in die Türöffnung und krault Hund zwischen den Ohren.

»Sie ist verhungert.«

»Das gibt's doch nicht. Und wurden Zoey und Adam verdächtigt?«

»Nein. Es konnte kein Fremdverschulden festgestellt werden. Sie hat einfach aufgehört zu essen.«

»So ein Quatsch. Wer tut denn so etwas?«

»Das dachte auch Lasse Bergmann. Er hat auf eigene Faust nachgeforscht und Zoey und Adam verdächtigt. Es stellte sich heraus, dass Zoey großen Einfluss auf die Ex-Frau von Lasse hatte. Aber es gab nicht den geringsten Hinweis, dass Zoey oder Adam die Frau auf dem Gewissen haben«, liest Rita die Informationen von ihrem Laptop ab.

»Lasse Bergmann kennt vielleicht das Versteck der Geschwister. Aber das behält er für sich. Warum?« Nachdenklich betrachtet Lundt die Glut seiner Zigarette.

»Weil er auf seinem eigenen Trip ist. Er will sich an den beiden für den Tod seiner Ex-Frau rächen. Deshalb gibt er das Versteck nicht preis«, ergänzt Rita.

»Bergmann will Zoey und Adam überführen und vielleicht genauso sterben lassen wie seine Ex.«

»Du meinst, wenn er Gewissheit hat, dass die beiden schuld am Tod seiner Ex-Frau sind, dann lässt er sie ebenfalls verhungern?«

»So könnte sein Plan sein. Und dabei ist es ihm völlig egal, ob Targa ebenfalls stirbt. Kollateralschaden sozusagen.« Lundt steht auf und richtet die Bügelfalte seiner grauen Anzughose. »Es wird Zeit, dass wir ihm einen Besuch abstatten.«

»Glaubst du, dass er uns das Versteck verrät?« Rita blickt zweifelnd zu Lundt. »Ich habe da so meine Bedenken.«

»Doch. Ich kenne Methoden, da spricht jeder.«

56

Der Wind weht die Feder eines Bussards durch die Luft. In eleganten Kreisen wirbelt sie knapp über dem Boden den Waldweg entlang.

»Wenn man schlank ist, wird man vom Wind emporgehoben und bis ans Ende der Welt getragen.« An diesen Satz ihrer Mutter muss Zoey denken, als sie der Feder hinterher durch den Wald läuft. Sie bemüht sich, mit ihren Füßen so wenig wie möglich den Boden zu berühren. Sie will schweben, leicht wie diese Feder.

Vor zwei Nächten haben sie Targa in dem Bunker zurückgelassen. In der dritten Nacht will Zoey nachsehen, wie es ihr geht. Noch immer ist sie enttäuscht, dass Targa eine Polizistin ist und sie überführen wollte. Sie hat sich gut vorstellen können, mit Targa Freundschaft zu schließen. Eine Freundschaft, die weit über das Übliche hinausgeht. Eine Freundschaft, die das Dunkel der Seelen einschließt. Doch das ist jetzt vorbei.

Ein Reh bleibt erstarrt stehen, als Zoey den Waldweg entlangfliegt. Zoey ist so schnell, dass sie das Tier fast berühren kann, ehe es sich umdreht und mit einem schnellen Sprung im Dickicht verschwindet. Erst vor dem Bunker stoppt Zoey ihren rasenden Lauf. Adam hat sie weit hinter sich zurückgelassen, und sie will jetzt nicht auf ihn warten. Stattdessen zwängt sie sich durch die Öffnung, huscht den engen Gang entlang und steht dann vor dem unterirdischen Bunker mit seiner unendlichen Schwärze.

Targa kauert an der rückwärtigen Wand auf dem Boden. Den Kopf in Richtung der Öffnung gedreht, hinter der Paula liegt.

»Paula, du musst durchhalten.«

Targas Stimme klingt abgehackt, krächzend. Zoey merkt, dass Targa schon seit Tagen keine Flüssigkeit mehr zu sich genommen hat.

»Wir werden sterben!« Paulas Stimme ist nur noch ein heiseres Flüstern.

»So darfst du nicht denken. Ich hole uns hier raus. Vertrau mir.«

Zoey kann eine gewisse Bewunderung nicht verhehlen. Selbst in dieser Situation ist Targa nicht verrückt vor Angst, sondern kämpft, um sich und andere zu retten.

»Denk an die schönen Dinge in deinem Leben, Paula. Was willst du noch alles erleben? Antworte mir.«

Doch aus dem Nebenraum ist nur schwaches Stöhnen zu hören, begleitet von dem Rasseln der Kette.

»Wie geht es dir heute, Targa?« Zoey betritt den Bunker. Hockt sich in die Mitte des Raums und betrachtet sie. »Hast du Hunger und Durst?«

»Du tust mir leid, Zoey.« Targa richtet sich ein wenig auf. Lehnt sich an die Wand. Zoey mustert sie scharf. Targas Gesicht ist eingefallen. Doch die hellen Gletscheraugen leuchten, als sie Zoey ansieht. Eine Haarsträhne hängt ihr mitten ins Gesicht. Zerteilt es in zwei Hälften. Auch Zoey ist zerrissen. Einerseits bewundert sie Targa, andererseits hasst sie diese Frau.

»Du solltest dich selbst bemitleiden«, antwortet Zoey spöttisch. »Ist das wieder einer deiner Psychotricks, um mich zu verunsichern?«

»Das sind keine Tricks. Ich habe ein trauriges Video gesehen.« Das Sprechen fällt Targa schwer. Sie muss sich zwischen den einzelnen Worten ständig räuspern.

»Was für ein Video?«

»Die Polizei hat eure Befreiung aus dem Keller gefilmt. Es sind sehr dramatische Bilder.«

»Daran kann ich mich nicht mehr erinnern. Ich will davon auch nichts wissen.« Zoey blockt sofort ab.

»Du hast deinem Bruder Luft in die Lungen geblasen. Um ihn zu retten«, redet Targa mühsam weiter. »Rings um euch lagen tote Kinder. Sind das Geschwister von euch gewesen?«

»Darüber weiß ich nichts.«

»Was ist das für ein Gefühl, zwischen Toten zu leben? Diesen Horror zu überleben?«

»Hör auf mit diesem Psychoscheiß!« Zoey hält sich die Hände über die Ohren. Dann kriecht sie langsam auf Targa zu. Starrt sie mit ihren dunklen Augen an. »Du wirst hier sterben. Verstehst du!«

»Nein, ich lebe. Denn die Dunkelheit beschützt mich. Genauso wie dich. Erzähl mir mehr über das Lied, das du Adam vorgesungen hast.«

»Ich habe gesagt, du sollst aufhören!« Zoeys Gesicht verzerrt sich zu einer Grimasse des Schmerzes. Immer stärker drängen die Bilder aus ihrem Unterbewusstsein nach oben. Sie sieht ihre Freundinnen langsam zu Boden sinken. Die Kinder werden immer schwächer. Schnappen gierig nach Luft, bis der Atem mit einem Mal gänzlich versiegt. Wie gern hätte Zoey auch ihren beiden Freundinnen geholfen, aber sie musste ihren kostbaren Atem für Adam aufbewahren.

»Mama war genauso wie du.« Die Worte schlüpfen aus Zoeys Mund, ohne dass sie weiß, weshalb.

»Wie war eure Mutter?«, hakt Targa sofort nach.

»Sie hat uns Mut gemacht in dem Keller. ›Ihr werdet die Dunkelheit und den Hunger überwinden und gestärkt ins Leben gehen.‹ Und wir haben es geschafft. Dieses Gefühl ist unbeschreiblich. Deshalb wollen wir auch andere retten und zu unseren Gefährten machen.«

Während sie davon erzählt, wird Zoey plötzlich von einer Erinnerung überwältigt. Dieser Gedankenflash ist so intensiv, dass sie glaubt, ihr Schädel würde zerplatzen.

Zoey sitzt mit den anderen schon seit Tagen ohne Essen und Wasser in dem schwarzen Keller. Adam liegt apathisch am Boden. Mutter leckt Wassertropfen von der Wand, sammelt sie auf ihrer Zunge und lässt sie in Zoeys Mund träufeln. »Das ist die letzte Prüfung, meine Kinder«, sagt Mama. »Wenn wir die niedrigen Bedürfnisse wie Hunger und Durst überwinden, dann sind wir bereit für das Leben in einer anderen Welt.«

»Mama, ich verstehe das nicht«, flüstert Zoey. »Warum müssen wir Hunger und Durst leiden? Warum hast du uns verlassen?«

Zoey spürt einen dicken Kloß im Hals. Sie rutscht näher auf Mama zu. Will nicht mehr an die Toten denken. Will ihren Kopf in den Schoß von Mama legen. Will endlich Ruhe und Geborgenheit finden.

»Mama«, flüstert sie und streckt die dünnen Finger bettelnd nach ihr aus. Doch mit einem Mal erkennt sie, dass nicht Mama vor ihr hockt, sondern Targa.

Vor lauter Enttäuschung kann Zoey die Tränen nicht mehr zurückhalten, beginnt laut zu schluchzen. Schniefend wendet sie sich von Targa ab. Kriecht zur rückwärtigen Wand, wo sie von der Schwärze verschlungen wird und Targa sie nicht mehr sehen kann. Doch Targa bohrt weiter in der Wunde. Will zum Kern vordringen.

»Was ist mit deiner Mama passiert?«, hört sie Targas Stimme aus dem Dunkel auf sie zurasen. Zoey hält sich die Ohren zu. Die Worte finden trotzdem ihren Weg zwischen Zoeys Fingern hindurch in ihren Kopf.

»So rede doch. Was ist mit eurer Mama geschehen?«, insistiert Targa.

»Das geht dich nichts an«, stoppt Adams Stimme Zoeys Suche nach einer Antwort.

Überrascht blickt Zoey auf und ihre Tränen versiegen. Adam steht in der Tür. Sie springt auf und drängt Adam nach draußen.

»Sag das nicht. Mama hat sie uns geschickt. Wir brauchen sie. Targa wird uns helfen«, flüstert sie. Drückt ihre Wange an die von Adam.

»Zoey, begreif es endlich. Sie liefert uns der Polizei aus.« Adams Stimme klingt ungewohnt hart.

»Das glaube ich nicht!« Zoey kann Adams Ablehnung nicht verstehen. ›Wo ist der Gleichklang unserer Gedanken geblieben? Diese Einheit, die uns stark macht.‹ Mit den Fingerspitzen ertastet sie die Konturen von Adams Gesicht. Sie muss ihn überzeugen. »Targa ist stark wie Mama. Sie überwindet Hunger und Durst. Mit uns taucht sie ein in die ewige Dunkelheit.«

57

Adam steht unschlüssig zwischen den Regalen im Supermarkt. Vor sich betrachtet er eine ganze Front an unterschiedlichen Flaschen mit Tafelwasser. Er trägt zwar eine dunkle Sonnenbrille, doch das Neonlicht im Supermarkt ist zu grell. Kopfschmerzen breiten sich wie ein Trommelwirbel in seinem ganzen Schädel aus.

Zoey hat ihm aufgetragen, Wasser zu besorgen. Sie möchte Paula gedanklich auf das andere Bewusstsein vorbereiten. Sie mit Wasser ködern.

»Paula muss es schaffen«, murmelt Adam. Er greift zu einer Flasche. Nimmt dann noch zwei weitere. Seine Gedanken wandern zu Targa. ›Zoey vergleicht Targa mit Mama. Ich glaube, Zoey täuscht sich. Sie ist nur vernarrt. Targa nutzt das aus.‹ Adam ahnt, dass Targa einen Keil zwischen ihn und Zoey treiben möchte.

›Sie will bloß ihr verdammtes Leben retten.‹ Doch irgendwie kann er die Faszination von Zoey für Targa verstehen. Er denkt an die Nacht zurück, als er Targa beim Duschen beobachtete. Noch immer kann er sich an jede Einzelheit ihres Körpers erinnern. Wie alte Polaroids blitzen Details auf: straffer Busen, durchtrainierter Bauch, fester Hintern. Dichtes blondes Haar.

Aber am meisten faszinieren ihn ihre Augen. Die wie seine sind. Noch immer hat er im Hinterkopf, dass sie Seelenverwandte sein können.

Sie wäre ideal für das Überstehen von Hunger und Durst in der Dunkelheit. Mutig, kräftig und intelligent. Aber sie ist eine Polizistin, deshalb muss sie sterben.

»Wozu brauchst du denn so viel Wasser?«, hört er plötzlich eine Stimme hinter sich. Langsam dreht sich Adam um. Er blickt direkt in das bärtige Gesicht von Lasse Bergmann. »Ihr habt doch gutes Trinkwasser im College.«

»Ich trinke eben gern dieses bestimmte Tafelwasser.« Adam umklammert die Flaschen wie einen Schatz.

»Tja, ich bevorzuge Cola.« Lasse hebt die Dose in die Höhe. »Wo ist eigentlich Zoey? Sie steckt wahrscheinlich mit Targa, der neuen Lehrerin, zusammen. Die zwei Frauen sind ja ziemlich eng.«

»Wie kommen Sie darauf?«

»Ich habe die beiden erst neulich eng umarmt auf dem Weg in den Wald gesehen. Was sie dort wohl getrieben haben?« Lasse grinst anzüglich.

»Spionieren Sie uns noch immer nach?« Adam stellt die Wasserflaschen auf den Boden. Er zieht sich den Bucket Hat tiefer ins Gesicht. »Alle Vorwürfe gegen uns haben sich in Luft aufgelöst.«

»Da täuschst du dich. Diese Vorwürfe existieren nach wie vor.« Lasse schweigt. Kneift die Augen zusammen. Weist mit dem Finger auf das Etikett der Wasserflaschen. »Kaufst du immer diese Marke?«

»Was? Ja, es schmeckt Zoey und mir am besten. Wir trinken es schon seit ewigen Zeiten.« ›Was bezweckt der Bulle mit dieser Frage?‹, denkt Adam. Er spürt, wie die Luft in seinen Lungen weniger wird. Das Atmen fällt ihm schwer.

»Ich trinke es auch gern.« Lasse wirkt abwesend. Wendet sich dann abrupt ab.

Adam blickt Lasse hinterher, der den Supermarkt verlässt. Erst jetzt beruhigt er sich wieder. Geht zur Kasse. Zahlt den Betrag für die Wasserflaschen. Verstaut sie in einem Jutebeutel. Der Platz vor dem Supermarkt ist leer. Daneben befindet sich das kleine Postamt, wo Paula nie wieder arbeiten wird.

»Hast du kurz Zeit für mich?«

Adam zuckt zusammen. Lasse stößt sich von der geschlossenen Tür des Postamts ab.

»Warum?« Adam ist auf der Hut. Lasse verströmt eine Aura der Gewalt. Ähnlich wie bei dem Verhör, das er vor einem Jahr mit seiner Schwester und ihm geführt hat. Da hat sie Lasse hart am Rande der Legalität in die Mangel genommen. Wollte das Alibi der Geschwister zerpflücken.

»Ich habe noch ein paar Fragen an dich.«

»Tut mir leid. Ich bin in Eile.« Adam drückt den Beutel fest an sich. Blickt unauffällig umher. Niemand ist auf der Straße. Vom Supermarkt aus kann man den Eingang zum Postamt nicht einsehen.

»Es dauert nicht lange.« Lasse rückt näher. Die Daumen hat er in die Gürtelschlaufen seiner Hose gehakt.

»Ich muss jetzt weiter.« Adam quetscht sich an Lasse vorbei. Hängt sich den Beutel über die Schulter. Plötzlich packt ihn Lasse am Arm. Schiebt ihn gegen die Tür des Postamts. Drückt ihm den Arm hoch. Adam spürt ein kaltes Eisen an seinem Gelenk, als Lasse ihm Handschellen anlegt.

»Du kommst mit.« Lasse stößt Adam zu seinem Wagen. Bugsiert ihn auf den Rücksitz. Fährt los. Es sind vielleicht hundert Meter bis zur Polizeistation. Vor dem Revier hält Lasse an. Zerrt Adam aus dem Fahrzeug. Die Stufen hoch. Das Dienstzimmer ist leer.

Angeekelt schubst Lasse Adam auf einen Stuhl. Nimmt ihm die Handschellen ab. Setzt sich breitbeinig gegenüber.

»In dem Bunker, wo ich das verhungerte Mädchen vor einem Jahr gefunden habe, standen leere Wasserflaschen derselben Marke. Und die Glasscherbe, mit der sich Lisbeth die Hand verstümmelt hat, stammt ebenfalls von solch einer Flasche.«

»Das ist Zufall. Dieses Wasser gibt es doch überall zu kaufen.« Adam ist kein bisschen nervös. Lasse hat ja nichts gegen ihn in der Hand. »War's das?« Adam will aufstehen, doch Lasse drückt ihn auf den Stuhl zurück.

»Wir sind noch nicht fertig.« Lasse beugt sich vor. Sein schwarzer Bart ist gesträubt. Seine Körpersprache signalisiert Gefahr.

»Was gibt es noch?« Jetzt wird Adam doch unruhig. Er rutscht auf seinem Stuhl hin und her. Was hat Lasse mit ihm vor?

»Ich will wissen, wo ihr Paula gefangen haltet.«

»Paula? Ich habe keine Ahnung, was Sie meinen. Sie sind genauso dumm wie Ihre Ex-Frau.«

»Was hast du gesagt?«

»Ihre Ex-Frau hat doch in der Kantine im College gearbeitet. Sie war ganz fasziniert von Zoeys Figur und ihrer Ausstrahlung. Wollte genauso schlank wie meine Schwester sein. Aber Ihre Frau war nur eine Provinzschönheit. Hat sich einfach zu Tode gehungert und ...«

Adam sieht die Faust nicht kommen. Sie ist einfach da. Trifft ihn mitten im Gesicht. Er stürzt mitsamt dem Stuhl zu Boden. Will sich aufrappeln. Doch da ist Lasse schon über ihm. Fasst ihn im Genick. Zerrt ihn in den Nebenraum. Dort befinden sich die Zellen. Der Abgang in den Keller. Adam schlägt wild um sich. Der Jutebeutel mit den Wasserflaschen knallt auf den Boden. Mit einem hellen Klang zerbricht das Glas. Der Beutel wird nass.

»Ihr habt meine Frau auf dem Gewissen«, zischt Lasse. Holt mit der Faust aus. Adam duckt sich weg. Der Schlag streift seine Wange.

»Ich sperre dich jetzt so lange in das Kellerloch, bis du mit der Wahrheit rausrückst.« Lasse zieht Adam am Kragen hoch. Bugsiert ihn zu der Treppe, die in einen schwarzen Schlund führt.

Adam spürt Panik in sich aufsteigen.

»Nicht in den Keller«, bettelt er.

»Doch, da kannst du versauern!«

Adam stemmt sich dagegen. Lasse tritt ihm gegen die Beine. Adam fällt zu Boden. Kriecht auf allen vieren von der Treppe weg. Lasse verpasst ihm einen Fußtritt. Adam rutscht über die Fliesen. Eine zerbrochene Flasche ragt aus dem Jutebeutel vor ihm. Adam greift nach dem Flaschenhals. In diesem Moment reißt ihn Lasse an den Haaren hoch.

»Ab in den Keller.«

Adam schreit vor Schmerz. Seine Hand mit dem abgebrochenen Flaschenhals fährt hoch. Die schartige Kante trifft Lasse am Hals. Blut spritzt. Lasse starrt ihn verwundert an. Greift sich an den Hals. Registriert die Verletzung. Stürzt zu Boden.

Adam rappelt sich hoch. Aus Lasses Hals schießt das Blut. Die scharfkantigen Spitzen des Flaschenhalses haben die Schlagader durchtrennt. Lasse sackt zusammen, ist sofort tot.

»Du wirst uns nie wieder mit Fragen quälen.« Adam spürt kein Bedauern über Lasses Tod. Er wünscht sich Zoey an seiner Seite. Damit sie stolz ist, wie souverän er vorgeht. Adam zerrt den toten Lasse in eine Zelle. Versperrt die Tür. Eilt nach vorne in das Dienstzimmer. Will sofort das Polizeirevier verlassen. Wirft zuvor noch einen schnellen Blick aus dem Fenster. Eine graue Limousine parkt auf der Straße. Zwei Personen sitzen im Auto. Ein Mann und eine Frau. Sie reden miteinander. ›Warum steigen sie nicht aus?‹ Erst nach einer unendlich scheinenden

Weile öffnet sich die Wagentür. Ein Mann im grauen Anzug und eine junge Frau in Sportoutfit kommen direkt auf den Polizeiposten zu. Adam greift nach einer Uniformjacke. Schlüpft schnell hinein. In der Schreibtischschublade liegt die Pistole von Lasse. Adam steckt sie in den Hosenbund. In Windeseile bindet er seine Locken zu einem Dutt hoch. Verbirgt sie unter einer Polizeikappe. Dann setzt er sich mit dem Rücken zum Eingang an einen Schreibtisch. Umklammert den Griff der Pistole. Ist bereit, wieder zu töten.

58

Der Geländewagen von Lasse Bergmann parkt vor dem Polizeiposten von Blumenthal.

»Was wissen wir sonst noch über Bergmann?«

»Bergmann wurde in Blumenthal geboren und hat hier auch seine Schulzeit verbracht. Nach dem Abitur besuchte er die Polizeiakademie. War bei der Kripo in Berlin und hat es dort bis zum Kommissar gebracht. Wegen der Entfernung hielt die Ehe nicht lange. Seine Frau ließ sich scheiden. Das hat Lasse ziemlich mitgenommen. Er begann zu trinken. Nach dem Hungertod seiner Ex-Frau ließ er sich als einfacher Polizist nach Blumenthal versetzen.« Rita klappt ihren Laptop zusammen. »Ziemlich ungewöhnlich, findest du nicht auch?«

»Kann man so sagen«, brummt Lundt. »Ich denke, Lasse Bergmann kam hierher zurück, um in der Nähe von Zoey und Adam zu sein.« Lundt bläst einen Rauchring aus dem Wagenfenster. »Hat er seinen Verdacht gegen die Geschwister bei der Dienststelle gemeldet?«

»Moment.« Rita klappt ihren Laptop auf. »Es gibt tatsächlich eine Anzeige.«

»Na bitte!« Lundt schlägt mit der Hand auf das Lenkrad. »Ich hatte recht. Er ist davon überzeugt, dass Zoey und Adam an dem Tod seiner Ex schuld sind.«

»Aber die Anzeige wurde nicht weiterverfolgt, wie ich gerade checke. Seine Ex-Frau hat sich selbst zu Tode gehungert.« Rita vergrößert das Dokument auf dem Bildschirm.

»Verdammt. Warum hat man ihn damals bloß nicht ernst genommen? Wenn man früher etwas gegen Zoey und Adam unternommen hätte, wären die Mädchen noch am Leben.« Lundt schnippt seine Zigarette aus dem Fenster. »Lasse führt einen privaten Rachefeldzug gegen die Geschwister. Fühlen wir ihm auf den Zahn. Möglicherweise kann er uns einen Anhaltspunkt geben, wo Targa gefangen ist.«

»Dann mal los.«

Sie gehen zum Eingang und öffnen die Tür. Das Dienstzimmer ist ein großer Raum mit zwei Schreibtischen. An einem der Tische sitzt ein Polizist mit dem Rücken zu ihnen. Er telefoniert gerade. Ein breiter Holztresen trennt diesen Bereich vom Publikumsteil ab. An die Wand sind mehrere Aushänge mit polizeilichen Hinweisen gepinnt. Im rückwärtigen Teil des Raums befindet sich noch eine Tür, die aber geschlossen ist.

»Sieh mal, da ist Lasse Bergmann als Poster-Boy.« Rita deutet auf ein Plakat, auf dem Bergmann in Uniform auf die Notwendigkeit von Sicherheitsschlössern hinweist.

»Lundt, BKA. Wir würden gern mit Lasse Bergmann sprechen.« Lundt klopft mit der Hand auf den Tresen.

»Lasse ist da hinten.« Der Polizist hält in seinem Gespräch inne. Deutet zu der Tür. Schnippt dabei eigenartig mit Daumen und Zeigefinger.

»Danke.« Lundt öffnet den Durchlass des Tresens. Betritt das Dienstzimmer. Rita folgt ihm. Doch vor dem Eingang bleibt sie plötzlich stehen.

»Das ist seltsam. Erinnerst du dich noch an das Überwachungsvideo aus dem Krankenhaus?«

»Ja, was ist damit?«

»Targa hat mich darauf aufmerksam gemacht. Der Mann, der Mias Tod verschuldete, hatte eine eigene Art, mit den Fingern zu schnippen. Genauso wie dieser Polizist.«

»Verdammt!« Lundt wirbelt herum, will seine Waffe aus dem Schulterhalfter ziehen. Doch es ist zu spät. Er starrt in die Mündung einer Pistole, die auf ihn gerichtet ist.

Der Mann mit der Waffe in der Hand ist sehr dünn. Sein Gesicht ist unnatürlich blass. Als er die Polizeikappe abnimmt, erkennt ihn Lundt. Es ist Adam Yankowski.

»Machen Sie jetzt keinen Fehler.« Lundt hebt seine Hände.

»Legen Sie die Waffe auf den Boden.«

»Ok.« Lundt zieht mit spitzen Fingern seine SIG Sauer aus dem Halfter. Bückt sich. Legt die Pistole auf den Boden. Schubst sie mit dem Schuh zu Adam.

Rita folgt seinem Beispiel. Doch sie schiebt ihre Waffe nicht zu Adam. Kniet abwartend auf dem Boden.

»Haben Sie Lasse Bergmann auch in Ihrer Gewalt?«, fragt Lundt.

»Der liegt da hinten.« Adam deutet mit dem Pistolenlauf zu der verschlossenen Tür.

»Wohin haben Sie Targa Hendricks verschleppt?«

»Die ist woanders.«

Rita hockt noch immer auf dem Boden. Lundt sieht, wie sie ihre Muskeln anspannt.

»Wenn ihr Targa und Lasse laufen lasst, dann wirkt sich das strafmildernd aus.« Lundt bemerkt, wie sich Adams Gesicht zu einem ironischen Grinsen verzieht.

»Ich glaube, Sie sind nicht in der Position, um Bedingungen zu stellen. Aber keine Sorge. Noch lebt Targa.«

»Sie sind der Mann, der Mias Tod in der Klinik zu verantworten hat. Das Schnippen hat Sie verraten.« Rita deutet auf die Hand von Adam. Dann schnippt sie auf dieselbe Art. Adam blickt auf Ritas Finger. Diese kurze Ablenkung ist Ritas Chance. Sie springt nach vorne. Erwischt die Waffe. Ein Schuss löst sich. Geht durch die Decke.

Lundt schnellt vorwärts. Will nach seiner Waffe greifen, die am Boden liegt. Doch Rita hat die Kräfte von Adam unterschätzt. Blitzschnell packt er sie an ihrem Zopf. Zieht sie zu sich. Hält ihr die Waffe an die Schläfe.

»Wenn Sie nach der Waffe greifen, ist Ihre Kollegin tot.«

»Schon gut.« Lundt hält inne. Richtet sich wieder auf. Hebt die Arme.

»Los, vorwärts.« Mit der Pistole dirigiert Adam Lundt nach hinten. Noch immer hält er Rita die Waffe an den Kopf.

Lundt öffnet die Tür. »Da hinein.« Mit der Waffe deutet Adam auf die Zelle. Lundt geht hinein, prallt zurück. Lasse Bergmann liegt tot in einer Blutlache.

»Sie haben Bergmann ermordet.«

»Er hat es nicht anders verdient. Seien Sie jetzt still. Sonst muss ich auch Sie töten.« Adam stößt Rita nach vorne. Sie stolpert an Lundt vorbei in die Zelle.

»Damit kommen Sie nicht durch. Sie haben gerade einen Menschen getötet. Dafür wird man Sie zur Rechenschaft ziehen.«

»Das war Notwehr. Lasse wollte mich umbringen, da musste ich mich wehren.«

»Sie haben auch seine Ex-Frau auf dem Gewissen.« Aus den Augenwinkeln beobachtet Lundt, wie Rita den Notruf ihres Handys betätigt. Er weiß, dass er Adam jetzt noch etwas ablenken muss. Bis die Kollegen hier sind. »Warum haben Sie Lasses Frau getötet? Und die anderen Mädchen? Sie sind kaltblütige Killer!«

»Wir sind keine Mörder!« Adam ist außer sich. Sein Blick gefriert zu Eis. Er hebt die Waffe. Zielt direkt auf Lundt. »Noch ein Wort und ich schieße.«

Lundt will etwas erwidern. Doch Adam schlägt die Tür hinter sich zu. Schiebt den Riegel vor.

»Adam hat Lasse Bergmann getötet. Jetzt gibt es kein Zurück mehr für ihn und Zoey.«

»Das bedeutet höchste Gefahr für Targa.«

»Wie lange ist Targa schon verschwunden?«, fragt Lundt.

»Jetzt sind es zweiundsiebzig Stunden.« Rita wirft einen Blick auf das Zifferblatt ihrer Armbanduhr, wo die Stoppuhr in einem tödlichen Countdown läuft. »Kein normaler Mensch überlebt mehr als drei Tage ohne Wasser«, meint sie pessimistisch.

»Targa ist kein normaler Mensch.«

59

Leise Stimmen dringen aus dem Dunkel. Zoey redet auf Paula ein. Doch Targa kann nicht verstehen, was sie sagt. Erneut versucht sie, ihre Hand aus dem eisernen Ring zu ziehen, mit dem sie an der Kette hängt. Aber das ist aussichtslos. Immer wieder leckt sie das Kondenswasser von der Betonwand. Auf diese Weise kann sie sicher noch eine Weile durchhalten. Aber länger als vier Tage schafft auch sie es nicht. Sie legt sich auf den Rücken und starrt ins Leere. Wird sie hier sterben? Nein, denn es gibt immer einen Ausweg. Sie muss Yella um Rat fragen.

»Die Situation scheint ausweglos, Yella.«

»Du hättest schon früher mit mir reden sollen, Targa.«

»Das wollte ich auch, aber es ging alles so schnell.«

»Jetzt müssen wir sehen, wie wir aus dieser misslichen Lage herauskommen.«

»Glaubst du, dass ich Zoey auf meine Seite ziehen kann?«

»Es wäre dir fast gelungen, wenn Adam nicht dazwischenge-funkt hätte.«

»Kriege ich noch mal so eine Chance?«

»Ja, und du weißt auch, wo du ansetzen musst. Die Mutter ist der wunde Punkt von Zoey. Bring das Gespräch immer auf die Mutter.«

»Damit kann ich sie überzeugen?«

»Ich denke schon. Aber unterschätze Adam nicht. Er ist unberechenbar.«

»Was können wir tun?«

»Mach Zoey von dir abhängig. Werde ihre Mama. Diese Stelle musst du einnehmen.«

»Gut, das werde ich versuchen. Hoffentlich geht es Hund gut.«

»Sicher, jemand kümmert sich um ihn.«

»Hund bleibt gern bei Lundt.«

»Gute Idee. Lundt ist immer so einsam und braucht einen Gefährten.«

»Vielleicht habe ich doch Gefühle.«

»Woher kommt diese plötzliche Erkenntnis?«

»Ich vermisse Hund und auch Lundt. Genauso wie Margarete und Edgar. Diese Gefühle sind in mir und brechen heraus, wenn man stirbt, Yella.«

»Du darfst nicht aufgeben, Targa. Kämpfe!«

60

Scheinwerfer leuchten durch die Dämmerung. Ihr gebündeltes Licht frisst sich in den dunklen Wald. Adam fährt mit Lasses Geländewagen auf einem schmalen Waldweg. Links und rechts rauschen Büsche und Gestrüpp an ihm vorbei. Im letzten Moment kann er einem Baum ausweichen. Rasiert bei dem Manöver den Außenspiegel ab. Alles ist außer Kontrolle geraten.

»Wir können nicht länger hierbleiben.« Adam sieht sein Gesicht im Rückspiegel. Es wirkt noch dünner. Noch bleicher. Die Augen noch eisiger. »Aber wohin sollen wir?« Adam überlegt angestrengt. Langsam formt sich in seinem Kopf ein Plan. Jetzt muss er nur noch Zoey überzeugen.

Der Waldweg wird immer schmaler. Jetzt ist mit dem Geländewagen kein Weiterkommen mehr möglich. Adam hält an und steigt aus. Sein schwarzes T-Shirt ist voller Blut. Es ist das Blut von Lasse. Schon wieder hat er einen Menschen getötet. Das wollte er gar nicht. Genauso wenig wie er Jule töten wollte.

»Ich bin kein Mörder!« Mit geballten Fäusten steht Adam auf dem Waldweg. Schreit seinen Zorn in die Nacht hinaus. Auch Zoey weiß, dass er kein Mörder ist. Ebenso wenig wie sie eine Mörderin ist. Sie wollen die Mädchen doch nur retten!

Bisher waren diese Frauen nicht bereit dafür. Aber mit Paula wird es gelingen. Davon ist Adam überzeugt.

Jetzt denkt er an Zoey, die ihm ihren Atem in die Lungen bläst. Denkt an den Austausch ihrer Gedanken, wenn sie Stirn an Stirn regungslos verharren. Denkt an Zoeys knochigen Körper, wenn sie nackt in seinem Bett liegen. Denkt an die Ruhe, die er empfindet, wenn er mit ihren feinen Haaren spielt. All das soll jetzt vorbei sein?

Adam zieht sein T-Shirt aus. Wischt das Blut darauf mit feuchtem Gras ab. Dann holt er die Flasche aus dem Wagen und verschwindet im Unterholz.

Lautlos wie ein böser Schatten schleicht Adam durch den engen Gang in den unterirdischen Bunker. Er sieht Targa auf dem Boden liegen. Zoeys Silhouette ist über sie gebeugt. Die beinah weißen Haare hängen wie ein Vorhang über Zoeys Gesicht.

›Ein Bild des Friedens‹, denkt er. »Es ist etwas passiert!« Adams Stimme zerreißt diese friedvolle Szene.

»Was ist los?« Zoey blickt durch ihre Haare hindurch zu ihm hoch.

»Lasse ist tot!«

»Was hast du getan? Du hast ihn getötet!« Zoey richtet sich auf. Noch immer liegt Targas Kopf auf ihrem Schoß. »Bist du wahnsinnig? Er ist Polizist.«

»Das ist noch nicht alles. Ich habe auch die Kollegen von Targa …«

»Du hast Lundt und Rita getötet?« Targa schnellt hoch. Sie blickt Adam mit ihren Eisaugen hasserfüllt an. »Sag, dass es nicht stimmt.« Kraftlos sinkt sie nach diesem Ausbruch wieder auf den Boden zurück.

»Nein, die beiden leben noch. Ich habe sie nur eingesperrt.« Adam hockt sich zu Zoey. Nimmt ihre Hand. »Wir müssen verschwinden. Und zwar sofort.«

»Gib mir ein wenig Wasser für Targa. Ihr geht es nicht so gut. Sie ist völlig dehydriert.«

»Ja und? Mit Targa haben wir nichts vor. Sie wird einfach sterben. Außerdem habe ich nur eine Flasche Wasser. Die anderen sind zerbrochen.« Adam starrt seine Schwester an. Schiebt ihr die Haare aus dem Gesicht. »Wir wollen Paula vor dem Licht beschützen.«

»Ich weiß.« Zoey nickt.

Doch Adam spürt, dass sie nicht in seinem Universum kreist. Sie treibt losgelöst in einem schwarzen Nichts. Und daran ist nur Targa schuld. »Komm jetzt. Lassen wir sie sterben. Targa hat es verdient.«

Adam hält seiner Schwester die Hand hin. Konzentriert sich auf das unsichtbare Band, das die Geschwister zusammenschweißt. Es ist ein Kampf der Gefühle. Das alles erkennt Adam in Zoeys Gesicht. Seine Schwester streicht Targa sanft über die Haare. Dann steht sie auf. Greift zögernd nach der Hand ihres Bruders. Adam atmet erleichtert auf.

»Paula wartet auf uns«, sagt er leise. Adam legt seine Hand auf Zoeys Brust. »Noch spüre ich den Schlag deines Herzens.« Es sind die Zauberworte, die Zoey sonst immer spricht. Doch jetzt ist Adam der Führer, der Zoey wieder auf den rechten Weg bringen muss.

»Gut, gehen wir.« Zoey räuspert sich.

»Holen wir Paula. Ich habe den Wagen von Lasse. Damit sind wir schnell weg.«

Zoey bleibt plötzlich stehen. »Ich glaube nicht, dass wir das schaffen.«

»Aber wieso nicht?«

»Wo sollen wir denn hin? Etwa zu Olai? Willst du das wirklich? Ich nicht. Lieber verrotte ich hier im Gefängnis.« Zoey schlägt die Hände vors Gesicht.

»Ich kann euch helfen. Euch beschützen. Und ich bin bereit, durch Hunger und Dunkelheit zu gehen.«

Adam dreht sich um. Es ist Targa, die mit matter Stimme zu ihnen spricht.

»Wir brauchen dich nicht. Dafür haben wir Paula.« Adam klingt unsicher.

Paula stöhnt nur noch leise.

»Paula ist zu schwach. Sie schafft es nicht.« Je länger Targa spricht, desto fester wird ihre Stimme.

»Du gehst freiwillig mit uns?«

»Ja, aber ihr müsst Paula freilassen.«

Adam blickt zu Zoey. ›Ist das wieder eine Falle?‹, denkt er.

Auch Zoey überlegt. Immer wieder blickt sie von Targa zu Paula. Schließlich geht ein Ruck durch ihren Körper. Sie berührt Adam an den Schläfen. Er hört ihre Stimme.

»Es ist eine Möglichkeit, wie wir unser Ziel erreichen.«

Adam schließt die Augen. Genießt die Nähe von Zoey. Seiner Schwester. Seiner Geliebten. Jetzt wird alles gut. Zoey ist wieder stark.

61

Die Atmosphäre in dem Bunker ist bedrückend. Paula liegt regungslos in dem Nebenraum auf dem kalten Steinboden. Targa hängt an der Kette. Sie sammelt all ihre Kräfte, um nicht ohnmächtig zu werden. Nicht jetzt, wo Zoey und Adam über ihren Vorschlag nachdenken. Qualvolle Minuten vergehen. Minuten, die vielleicht über das Leben von Paula entscheiden.

»Ich gehe mit euch, wenn ihr Paula freilasst.« Targa spricht mit fester Stimme. Sie will stark wirken. Will für Zoey und Adam kein Opfer sein.

»Gut, dann machen wir das so.« Adam nestelt die Handschellen von seinem Gürtel. Es sind Polizeihandschellen, das erkennt Targa auf einen Blick. Wahrscheinlich hat er sie Lasse abgenommen. Genauso wie die Pistole, die in seinem Hosenbund steckt.

Als Adam sich bückt, überlegt Targa kurz, ihm die Waffe zu entreißen. Aber sie sieht ein, dass sie keine Chance hat. Nicht in ihrem Zustand.

Adam dreht sich zu Targa. Lässt eine Handschelle um ihr Gelenk schnappen. Erst dann löst er den Ring mit der Kette von Targas Arm. Will sich selbst den zweiten Metallring der Handschelle umlegen.

»Ich hänge mich mit Targa zusammen.« Zoey streckt Adam ihren dünnen Arm entgegen. Die Handschelle schnappt zu. Jetzt sind die beiden Frauen durch ein stählernes Band verbunden.

Im Wald ist es wohltuend kühl und bereits nachtschwarz. Es ist eine mondlose Nacht. Targa trinkt das Wasser, das ihr Zoey reicht. Adam trägt die leblose Paula aus dem Bunker. Bettet sie in das kühle Gras. Paula hat die Augen geschlossen. Ihr Atem ist nur noch ein leises Hauchen. Ein Verlöschen im Wind.

»Sie braucht Wasser!«

»Wir haben nichts mehr!« Adam dreht die leere Flasche um. Zwei Tropfen rinnen in Paulas Mund. Sie stöhnt.

»So war das nicht ausgemacht.« Targa überlegt. Wie lange brauchen Lundt und Rita, um sich zu befreien? Sie kann es nicht einschätzen. Aber sie muss ihnen eine Nachricht zukommen lassen. Sie auf die richtige Fährte bringen.

»Wenn man Paula rechtzeitig findet, überlebt sie.« Zoey zerrt Targa vom Bunker weg. Die Handschellen verbinden sie.

Die Geschwister hetzen durch die Büsche. Schlängeln sich an den dicht stehenden Bäumen vorbei. Springen über Gräben. Erreichen schließlich den Forstweg, wo der Geländewagen von Lasse steht. Targa sinkt ermattet zu Boden. In ihrem Kopf dreht sich alles. Sie merkt, dass ihre Kräfte erlahmen. Dass sie bald ohnmächtig werden wird.

Neben dem Forstweg entdeckt sie ein kleines Rinnsal. Sie mobilisiert all ihre Energie. Reißt Zoey mit, als sie sich auf den Boden wirft.

»Hey, was machst du?« Zoey fällt auf die Knie. Verzerrt das Gesicht vor Schmerz. Doch Targa achtet nicht auf sie. Sie liegt auf dem kühlen Boden. Taucht das Gesicht in das Rinnsal. Spürt das kalte klare Wasser auf ihrer Haut. Gierig schlürft sie die Flüssigkeit. Ihre Lebensgeister erwachen. Die Kraft kehrt zurück. Immer mehr trinkt sie. Hustet. Hört aber nicht auf zu trinken. Jetzt muss sie Zoey auf ihre Seite ziehen. Das ist ihre Chance.

»Was ist mit deiner Mama geschehen?«

»Wieso fragst du das schon wieder?« Zoey starrt Targa an. Rückt zur Seite, doch die Handschelle hält sie zurück.

»Ich will wissen, was mit deiner Mutter geschehen ist.« Targa fixiert Zoey mit Augen, die tief in ihr Inneres blicken. Die bis auf den Grund von Zoeys Seele tauchen. »Erzähle es mir. Dann fühlst du dich besser.«

Targa nimmt eine ratlose Zoey wahr, die den Mund öffnet. Nur einen Satz hervorstößt:

»Mama ist tot!«

»Was redest du da!« Adam geht dazwischen. »Zoey, beruhig dich.« Zärtlich streichelt er seine schluchzende Schwester. »Hör sofort auf mit diesem Psychoscheiß! Du siehst ja, wie es Zoey nahegeht«, zischt er.

»Das ist kein Psychoscheiß. Das ist ein Trauma, das euch das Leben versaut! Was ist damals passiert? Redet endlich.«

»Sei sofort still, sonst drücke ich ab!« Adam hält Targa seine Pistole an die Schläfe. Seine Hand zittert. Die Mündung drückt gegen Targas Schädel.

Jetzt hat sich auch Zoey wieder unter Kontrolle. Sie zerrt an der Handschelle. »Genug geredet. Wir müssen weg! Adam erschießt dich sonst.«

Doch von dieser Drohung lässt sich Targa nicht mehr einschüchtern. »Na los doch! Drück einfach ab! Dann werdet ihr nie herausfinden, ob ich Hunger und Dunkelheit überwinde.«

»Hör auf, Adam!« Zoey streckt ihre dürren Finger wie Krallen nach Adam aus. Nimmt ihm die Pistole aus der Hand. Steckt sie schnell in ihre Umhängetasche. Aus den Augenwinkeln registriert Targa jede Bewegung. Wartet auf den geeigneten Moment, um zuzuschlagen. Zoey öffnet die rückwärtige Tür des Geländewagens.

»Los, einsteigen!« Targa bemerkt, dass auch Zoey jetzt nervös ist.

Adam setzt sich ans Steuer. Ehe Zoey die Türe schließt, hört Targa ein leises Surren. Zoey blickt ebenfalls irritiert in den nachtschwarzen Himmel. Targa kneift die Augen zusammen. Ein roter Punkt leuchtet auf. Auch Zoey hat diesen Punkt entdeckt.

»Eine Drohne. Adam, wir müssen verschwinden!«

Targa lächelt innerlich. Jetzt hat sich eine Drohne auf ihre Spur gesetzt. Daten werden in Bruchteilen von Sekunden auf Computer übertragen. Adam und Zoey haben keine Chance mehr. Die Drohne verfolgt sie unerbittlich. Bis an ihr Ziel.

Adam fährt den schmalen Forstweg zurück, wendet auf einer kleinen Lichtung. Die Drohne folgt dem Wagen. Surrt und blinkt. Das Heck des Geländewagens touchiert einen Baumstamm. Dann schnellt der SUV nach vorne ins Gebüsch. Adam schaltet den Motor aus. Löscht die Scheinwerfer. Die Drohne surrt hektisch wie ein bösartiges Insekt über den Waldweg. Verschwindet dann am Himmel.

»Puh, das war knapp. Wir haben das Ding ausgetrickst.« Adam wischt sich den Schweiß von der Stirn. Startet den Wagen. Fährt ganz langsam zurück auf die Straße. Doch plötzlich taucht die Drohne wieder auf. Fliegt dicht über dem Wagen. Zoey lässt das Seitenfenster hinunter. Greift in ihre Umhängetasche. Zieht die Pistole heraus. Feuert. Das rote Licht erlischt. Mit einem lauten Knall schlägt die Drohne auf dem Boden auf.

Targa sucht Zoeys Blick, die gerade die Waffe wegsteckt. Zoeys silbrig glänzende Haare sind schweißnass. Targa hebt den Arm. Die Handschelle klirrt. Sie streicht über das hagere Gesicht von Zoey.

»Mama wäre stolz auf dich.«

62

Ein oranger Blitz löscht mit einem Schlag das Bild auf Ritas Laptop.

»Sie haben die Drohne ausgeschaltet!« Lundt deutet auf den Bildschirm. »Welche Daten haben wir noch gespeichert?«

Sie sitzen im Dienstzimmer der Polizeiwache in Blumenthal. Der hintere Teil des Raums ist abgesperrt. Die Männer der Spurensicherung in ihren weißen Anzügen erledigen schweigend ihre Arbeit. Unter einer provisorischen Plane liegt der Leichnam von Lasse Bergmann. Tannhaus, der frühere Gerichtsmediziner, kommt nach vorne. Stellt seine Tasche auf den Schreibtisch.

»Tatwaffe ist ein abgebrochener Flaschenhals. Damit wurde Lasse die Halsschlagader durchtrennt.«

»Der Fall ist sonnenklar.« Lundt blickt Tannhaus an. »Wir haben ein Überwachungsvideo.« Er gibt Rita ein Zeichen. Sie aktiviert das File.

»Mein Gott, das ist Adam«, flüstert Tannhaus. »Ich hätte nie gedacht, dass er zu so etwas fähig ist.«

»Adam und seine Schwester Zoey sind noch zu sehr viel Schrecklicherem fähig. Wir hatten Glück, dass wir überlebt haben.«

Wäre Adam nicht so nervös gewesen, dann hätte er ihnen sicher auch die Handys abgenommen. Oder sie gleich erschossen. Aber so konnte Rita den Notruf absetzen. Keine dreißig Minuten später waren beide wieder frei. Aber es war natürlich zu spät. Von Adam keine Spur. Da hatte Rita die Idee mit der Drohne. Und die Verfolgung mit dem Fluggerät klappte, bis es vom Himmel geholt wurde.

»Das sind die letzten Bilder.« Rita dreht ihren Laptop zu Lundt. Auf dem Bildschirm sieht man die Drohne im Tiefflug über den Geländewagen streifen. Ein Seitenfenster wird geöffnet. Zoey beugt sich aus dem Wagen. In der Hand hält sie eine Pistole. Ihr silbergraues Haar flattert im Wind. Die Mündung der Waffe deutet direkt auf die Kamera. Unwillkürlich schließt Lundt die Augen, als der Schuss kracht.

»Das war's dann wohl.«

»Warte, ich habe noch mehr Material.« Wieder erblickt man die Baumwipfel. Die Drohne fliegt tiefer. Die Infrarotkamera erfasst mehrere Gestalten, die aus einem Bunker steigen. Eine Person wird auf der Wiese abgelegt. Die anderen laufen wie Geister durch die Dunkelheit.

»Zoom näher heran.« Lundt beugt sich vor. Berührt mit der Nasenspitze beinahe das Display. »Das könnte Targa sein.« Er tippt auf die am Boden liegende Person. ›Hoffentlich ist es nicht zu spät. Ich würde es nicht verkraften, noch jemanden zu verlieren. Ich habe meine tote Tochter gesehen. Wiederholt sich die Geschichte jetzt mit Targa? Aber noch gibt es Hoffnung‹, denkt er.

»Wo ist das genau?«

Rita stoppt das Bild. Tippt einen Befehl in ihren Computer. Die Koordinaten scheinen auf.

Lundt telefoniert sofort mit dem SEK, das bereits von Berlin aus unterwegs ist. Gibt die Koordinaten durch.

»Wie lange braucht ihr? Eine Stunde? Das ist zu lange.« Er legt auf. Spielt mit der Zigarette in seiner Hand. »Wir müssen die Stelle finden.« Lundt greift nach seinem grauen Sakko. Sein Hemd ist vollkommen durchgeschwitzt.

»Alles klar.« Rita folgt ihm mit dem aufgeklappten Laptop. Vor der Polizeistation hat sich eine Menschenmenge gebildet.

»Lasse ist tot?«, hört Lundt jemanden rufen. »Stimmt das?«

»Das ist eine laufende Ermittlung. Kein Kommentar.« Lundt redet abgehackt. Wie ein Automat. Ein Scheinwerfer taucht den Polizeiposten in gleißendes Licht. Der lokale TV-Sender ist vor Ort.

Eine Journalistin will mit Lundt reden. »Stimmt es, dass der Ortspolizist ermordet wurde?«

»Ich sagte bereits: kein Kommentar!« Lundt schiebt das Mikrofon unwirsch zur Seite. Steigt in seinen Wagen. Rita nimmt auf dem Beifahrersitz Platz. Hält den Laptop auf dem Schoß.

»Fahr los, Lundt, ich lotse dich.«

Lundt wendet den Wagen. Die Menschen weichen aus. Starren neugierig in das Fahrzeug. Ein Kameramann filmt Lundt und Rita. Lundt gibt Gas. Fährt mit aufheulendem Motor die Hauptstraße entlang. Sieht im Rückspiegel die Menschenmenge vor der Polizeistation immer kleiner werden.

Dann verschluckt sie die Finsternis. Kein Mond ist am Himmel zu sehen. Nur die Sterne leuchten. ›In Berlin gibt es keine Sterne. Nur Neonlichter‹, denkt Lundt. Sie rasen auf den Wald zu. Rita schickt die Koordinaten an einen Rettungshubschrauber. Der Wald wird groß und größer. Der Wagen zieht daran vorbei.

»Hier musst du einbiegen.«

Lundt bremst die Limousine so heftig ab, dass sie zu schleudern beginnt. Gegen einen Randstein knallt. In der Aufregung vergisst er, seine Zigarette anzuzünden. Hält die erloschene

Kippe im Mund. Der Wagen rumpelt über den Forstweg. Links und rechts ratschen Zweige und Büsche gegen das Blech. Zerkratzen den Lack. Dann gibt es kein Weiterkommen mehr. Der Weg ist zu schmal. Lundt stellt den Wagen ab. Öffnet die Tür.

»Verdammt!«, flucht er laut. Vögel flattern erschreckt auf. Man kann keine zwei Meter weit sehen. Lundt fingert nun doch ein Streichholz aus seiner Sakkotasche. Zündet sich die Kippe an.

»Wie weit noch?«

»Ungefähr einen Kilometer.«

»Das schaffen wir.« Er beugt sich in den Wagen. Öffnet das Handschuhfach. Kramt eine Taschenlampe hervor.

Der Strahl der Lampe tanzt vor ihnen auf und ab wie ein Irrlicht. Rita muss von Zeit zu Zeit stehen bleiben, um den Weg auf dem Bildschirm zu checken. Sie erreichen einen vom Unkraut überwucherten Hügel.

»Hier irgendwo muss es sein.« Rita dreht sich mit dem Laptop in der Hand im Kreis.

»Ich kann nur diesen verdammten Hügel erkennen.« Lundt will auf die Erhebung klettern. Rutscht ab. Sieht mit einem Mal Beton unter dem Unkraut hervorscheinen.

»Hier ist der Bunker. Wir stehen direkt davor.« Gebückt läuft er um den überwucherten Betonklotz herum. Auf der rückwärtigen Seite gibt es eine Schneise im Gestrüpp. Das muss der Eingang sein. Lundt bahnt sich den Weg durch das Gewirr aus Ästen und Unkraut. Sieht plötzlich eine Gestalt am Boden liegen.

»Targa!«, ruft er. Schnell eilt er darauf zu. Leuchtet mit der Taschenlampe in ein Gesicht. Es ist nicht das von Targa. Es ist das vermisste Mädchen Paula.

»Hoffentlich sind wir nicht zu spät.« Rita hockt sich neben Paula. Fühlt ihren Puls. Er flattert, ist aber noch da. Sie nimmt eine Wasserflasche aus ihrem Rucksack. Flößt dem Mädchen vorsichtig Flüssigkeit ein.

»Wohin sind Zoey und Adam mit Targa geflohen?« Lundt beugt sich zu Paula, flüstert: »Sag uns bitte, wo sie sind.«

Paula hebt kurz den Kopf. Verdreht die Augen. Beginnt hektisch nach Luft zu schnappen. Sinkt wieder nach hinten.

»Sie ist bewusstlos.« Rita horcht auf. Von Ferne ist das Geknatter eines Hubschraubers zu hören, das schnell näher kommt. Kurz darauf bahnt sich ein Notarzt seinen Weg durch das Dickicht. Kniet sich zu Paula. Verabreicht ihr sofort eine Infusion.

»Paula wird es schaffen«, meint Rita zuversichtlich.

»Was ist mit Targa?« Lundt hockt im Gras. Schlägt sich die Hände vors Gesicht. »Wir haben nicht den geringsten Anhaltspunkt.«

»Vielleicht doch.« Rita setzt sich neben Lundt und klappt ihren Laptop auf. »Ich habe den beschädigten Stick mit dem Video der polizeilichen Rettungsaktion von Zoey und Adam von damals teilweise rekonstruiert.« Rita klickt die Videodatei an. Auf dem Display erkennt man, dass auf dem Bauernhof ein Feuer ausgebrochen ist. Dann schwenkt die Kamera zu Zoey und Adam. Beide versuchen, sich von den Polizisten loszureißen, die sie festhalten. Ihre Gesichter spiegeln blankes Entsetzen wider. Zoey kann sich befreien, läuft aus dem Bild. Ihre Haare sind lang und schlohweiß. Eine Beamtin setzt ihr nach, erwischt sie am Arm. Zieht Zoey zu sich. Wie besessen strampelt Zoey in den Armen der Polizistin. Schreit in einem fort: »Mama! Mama!«

Dann ist das Video zu Ende, nur noch grobkörniges Flimmern legt sich über den Bildschirm.

»Tragisch. Aber hilft uns das jetzt weiter?« Lundt blickt Rita fragend an.

»Targa meint, dass mit der Mutter von Zoey und Adam etwas Schreckliches passiert sein muss. Und die Geschwister waren Zeugen. Targa hat ja auch den Vater der beiden getroffen. Diesen Olai Hansen. Er redete immer von Heimat. Zoey hat damals sinngemäß gesagt: ›Unsere Heimat gibt es nicht mehr. Sie ist abgebrannt.‹«

»Das heißt, wir müssen den Bauernhof finden, wo damals die Razzia stattfand.« Lundt springt auf.

»Das habe ich schon gecheckt.« Rita öffnet ein neues Fenster auf ihrem Laptop. »Es ist ein Bauernhof in der Uckermark. Hier sind die Adresse und eine Wegbeschreibung.«

»Gute Arbeit, Rita.«

Zum ersten Mal hat Lundt den Eindruck, einen lichten Streifen Hoffnung am Horizont zu sehen. Sein Gefühl sagt ihm, dass Targa noch lebt. Aber er darf keine Zeit verlieren.

63

Im Scheinwerferlicht schält sich eine überdimensionale Skulptur aus der Schwärze der Landschaft. Aus einem kreisrunden Gesicht leuchten schwarze Augen und blitzende Zähne.

»Adam, sieh bloß. Der Heumann steht wieder.« Zoey deutet auf die Figur aus Heuballen.

Adam antwortet nicht, fährt schnell daran vorbei. Biegt dann in einen Feldweg ein, der zu einer Ruine führt. Als der Wagen näher kommt, erkennt Zoey die bizarren Überreste des Bauernhofs, in dem sie ihre Kindheit verbrachte. Die Mauern sind schwarz und verlieren sich in der Dunkelheit.

»Es ist alles zerstört.«

»Die Bevölkerung soll nicht mehr an uns erinnert werden.« Adam stellt den Motor ab. »Deswegen merzt die Gemeinde jede Erinnerung an die Kinder der Nacht aus.«

Targa betrachtet das Gebäude. Früher war es ein großer Bauernhof. Jetzt stehen nur noch die Mauern und ein Teil des Daches. Der hintere Teil des Hofs ist bereits eingestürzt. Die früheren Stallungen sind abgerissen. Berge von Ziegeln und Schutt stapeln sich auf dem früheren Innenhof. Gegenüber dem

Hauptgebäude stehen noch die Überreste eines abgebrannten Schuppens.

Adam springt aus dem Geländewagen. Auch Zoey steigt aus. Zerrt Targa hinter sich her.

»Gib mir die Pistole!« Adam streckt Zoey die Hand entgegen.

Sie greift in den Jutebeutel, nimmt die Waffe. Gibt sie Adam. Den Jutebeutel wirft sie achtlos zu Boden.

»Hier hat alles begonnen!« Zoey bleibt stehen und macht mit dem Arm eine weit ausholende Bewegung. »Das war unsere Heimat für die ersten zehn Jahre unseres Lebens.« Die Handschelle an ihrem dünnen Handgelenk klirrt leise.

»Wie war das Leben hier?«

»Es war die Zeit der großen Finsternis. So nennen Adam und ich unsere Jahre. Aber wir weigern uns, daran zu denken. Die Vergangenheit ist ausgelöscht. Nur manchmal schimmert sie durch einen dünnen Riss in die Gegenwart. Blitzt kurz auf, wie ein Feuerschweif.«

»Es ist Zeit, heimzukehren.« Adam tritt neben Zoey. Blickt seine Schwester zärtlich an. »Ich bereite alles vor.« Er drückt ihr einen Kuss auf den Mund. Zoey schließt die Augen. Mit der freien Hand umarmt sie ihren Bruder.

»Warum können wir nicht frei und glücklich sein?«

»Weil Menschen wie Targa vom Licht verdorben sind.« Adam wirft einen finsteren Blick auf Targa. »Aber jetzt werden wir prüfen, ob sie den Mumm hat, mit uns den Weg zu beschreiten.«

»Was habt ihr vor?«, fragt Targa.

»Nichts.« Zoey lächelt Targa an. Fährt mit ihren schmalen Fingern durch die verfilzte Mähne von Targa. »Wie schön deine Haare sind.«

»Ich muss mich beeilen. Wir müssen vor Sonnenaufgang fertig sein.«

Adam schreitet zu dem abgebrannten Schuppen. Tritt mit dem Fuß ein paar verkohlte Bretter weg. Verschwindet im Inneren.

Das Geräusch der berstenden Bretter wühlt Zoey auf. Sie versucht, die Erinnerung zu bändigen. Die mit aller Macht nach draußen will. Ihr ist übel. Sie spürt Rauch und muss husten. Reißt die Augen weit auf. Aber da ist nichts, nur die laue Luft einer Sommernacht. Sie geht mit Targa zu dem zerstörten Bauernhaus. Steigt über Schutt und Ziegel.

»Das war der Speisesaal.« Sie deutet auf eine große Fläche, auf der das Unkraut wuchert. »Weiter hinten führte die Treppe in den Keller.«

»Dort hat man euch damals gefangen gehalten.« Targas Stimme dringt in das Unterbewusstsein von Zoey.

»Wir waren nicht gefangen. Nachts durften wir ja nach draußen. Wir mussten auf den Feldern helfen. Aber wir kannten den Unterschied von Tag und Nacht nicht. Auch Mama hat nie davon gesprochen, dass es noch etwas anderes gibt außer der Dunkelheit. Für uns gab es nur die große Finsternis.«

»Was ist mit deiner Mutter passiert? Du wolltest mir von ihr erzählen.«

Mit traurigen Augen blickt Zoey zu Targa. »Mama ist gestorben.«

»Wie?«

Plötzlich fühlt Zoey einen Kloß im Hals. Unwillkürlich greift sie sich an die Kehle. Atmet schwer. Die Erinnerung bricht aus ihr heraus.

Fremde Hände heben sie aus dem Keller. Langsam verschwindet die Dunkelheit. Macht einer unbekannten Helligkeit Platz. Zoey starrt in einen Himmel, der in einem fremden Blau erstrahlt. Ihr Blick wandert weiter. Plötzlich sieht sie einen Feuerball am Himmel. Das grelle Licht zaubert bunte Blitze auf ihre Netzhaut. Zoey beginnt zu schreien. So lange, bis man sie in den Schatten

325

zerrt. Inzwischen ist der Strahl des Feuerballs weitergewandert. Tanzt über den Hof. Verharrt auf einer Gestalt mit wirren Haaren in einem langen Kleid. Der Feuerball taucht sie von oben bis unten in gleißendes Licht.

»Mama!«, schreit Zoey. Beginnt zu strampeln. Mit den Fäusten wild um sich zu schlagen. Panisch blickt sie umher. Aus dem Dunkel der Kellerstiege hebt sich das bleiche Gesicht ihres Bruders deutlich ab. Adam zuckt zusammen, als er ans Licht getragen wird. Adam hält sich die Hände über die Augen.

»Ich verbrenne!«, jammert er.

»Das ist nur die Sonne! Die tut dir nichts!« Eine Polizistin will ihn beruhigen. Doch Adam beginnt bereits zu röcheln. Seine Haut rötet sich. Wirft erste Blasen.

»Was ist bloß los mit dem?« Die Polizistin ist ratlos.

»Seine Haut ist noch nie mit Sonne in Berührung gekommen.« Ein Sanitäter kommt mit einem feuchten Tuch angerannt.

Plötzlich entdeckt auch Adam die Frau im Sonnenlicht. Die sich geblendet vom Licht die Hände über die Augen hält.

»Mama!«, schreien Zoey und Adam im Chor. Beide wollen sich aus den Armen der Polizisten winden. Zoey rutscht zwischen den Armen hindurch auf den Boden. Rennt auf Mama zu.

»Mama! Ich will zu dir.«

Zoeys Mutter breitet die Arme aus. Ein strahlendes Lächeln erhellt ihr Gesicht. Macht es so schön wie nie zuvor. Zoey läuft und läuft. Erreicht sie fast. In Mamas Augen glitzern zwei Tränen.

»Willst du mit mir gehen?«

»Ja, Mama.«

»Dann komm.«

Zoey hetzt nach vorne. Plötzlich schlingen sich Hände um ihren dünnen Körper. Sie wird hochgehoben. Zur Seite getragen. Mamas Lächeln erlischt. Sie wendet sich ab. Läuft in das Licht. Wieder blendet ein Sonnenstrahl das Kind. Erfasst Zoeys Gesicht, ihre bleiche Haut brennt. Durch ihre geschlossenen Lider dringt das Licht, versengt die Netzhaut. Wird sie sich in dem Lichtfeuer auflösen?

Obwohl schwarze Punkte über ihre Netzhaut jagen, öffnet Zoey die Augen. Sie will noch einen letzten Blick auf Mama erhaschen. Sieht ihre Gestalt im Schuppen verschwinden. Dann löst sich alles in der brutalen Helligkeit auf.

»Was ist mit dir? Du zitterst am ganzen Körper.« Zoey schreckt hoch. Targa sieht sie besorgt an.

»Nichts, ich hatte nur eine Erinnerung.« Zoey räuspert sich. Wagt es nicht, Targa in die Augen zu blicken. Targa soll nicht denken, dass sie schwach ist. Von der Vergangenheit überwältigt wurde. »Als wir aus dem Keller befreit wurden, hat man Adam und mich nicht zu Mama gelassen.«

»Aber wieso denn nicht?«

»Ich will nicht darüber reden. Vielleicht ein andermal. Wenn wir frei sind.«

»Du verkennst die Situation. Ihr werdet niemals mehr frei sein. Es gibt keine Chance.« Targas Stimme ist sanft, aber bestimmt. »Bald wird die Polizei hier sein. Euch verhaften. Ihr wandert für sehr lange Zeit ins Gefängnis. Aber du kannst die Freiheit in deinem Kopf erhalten. Du musst dich deiner Vergangenheit stellen. Auch die Morde gestehen. Dafür brauchst du psychologische Hilfe.«

»Vielleicht von einer Psychologin, die vorgibt, unsere Freundin zu sein? In Wirklichkeit aber eine Polizistin ist.« Zoey lächelt gequält. »Ich habe genug von deinen Lügen. Adam und ich haben eine Entscheidung getroffen. Wir gehen gemeinsam nach Hause.«

64

Targa ahnt, dass Zoey vor einem Abgrund steht. Zoey balanciert auf einem schmalen Grat. Sieht nach unten in ein schwarzes Nichts. Spürt den Sog. Hört das Raunen der Erinnerung. Hier an diesem Ort kommt die Vergangenheit aus allen Löchern gekrochen. Das mühsam erarbeitete Selbstbewusstsein zerbröckelt unter der Last des Erlebten.

Ähnlich ergeht es Adam. Wie besessen läuft er über den Hof. Stapelt verkohlte Bretter vor dem halb abgebrannten Schuppen auf. Blickt ab und zu nach Zoey. Lächelt gepeinigt. Fährt sich dann mit den rußigen Händen über die eingefallenen Wangen. Schwarze Schlieren auf seiner blassen Haut. Auf Targa wirkt es wie eine Kriegsbemalung. So ist es auch. Die Geschwister befinden sich in einem Krieg. Es ist ein Kampf gegen eine grausame Kindheit, die sie zerstört hat. Die ihre Seelen in Eis verwandelte.

Targa beobachtet Adam, der geschäftig durch die Dunkelheit huscht. Er hantiert an dem Geländewagen herum. Verschwindet dahinter. Nur Geklapper und leises Plätschern ist zu hören. Nach einiger Zeit taucht Adam wieder auf. Trägt mehrere unförmige Gefäße in den halb verkohlten Schuppen.

»Was macht denn Adam die ganze Zeit?« Die merkwürdige Hektik von Adam lässt Targa stutzig werden. Sie kann es nicht benennen, aber Gefahr liegt in der Luft.

»Adam bereitet uns ein Heim!« Zoey lächelt geheimnisvoll. »Damit wir es schön haben.« Ihr Blick ist entrückt.

»Wollen wir hierbleiben?« Targa blickt verwundert umher. Der Ort ist trostlos. Wenig einladend. Die Atmosphäre bedrückend. »Über kurz oder lang wird die Polizei hier aufkreuzen. Warum stellt ihr euch nicht?«

»Wir fürchten uns nicht vor den Bullen. Auch Mama hatte keine Angst vor der Polizei. Sie war richtig sauer, weil sie uns nicht zu ihr gelassen haben.«

»Was ist da passiert? Warum hat man euch nicht zu eurer Mutter geführt?« Targa spürt, dass Zoey jetzt langsam mit dem Rest der Geschichte herausrückt.

»Wieso fragst du mich die ganze Zeit aus?« Zoeys schwarze Augen blitzen wütend auf. »Du wirst schon noch erfahren, was damals geschehen ist.«

»Wir haben Paula freigelassen, weil du mit uns gekommen bist. Du wirst mit uns den Weg beschreiten und verstehen.« Adam tritt zu Targa und Zoey. Sein T-Shirt ist ganz steif von geronnenem Blut. Es ist das Blut von Lasse. Die schwarzen Schlieren auf Adams Wangen sind verschmiert. Adam hebt die Hand. Fährt mit seinem rußigen Zeigefinger senkrecht über Zoeys Gesicht. Zerteilt es in zwei Hälften.

In Zoeys Innerem gibt es zwei gegeneinander kämpfende Seelen. Eine von ihnen will sich endlich dem Leben stellen. Die andere will bis zum bitteren Ende gehen. Bis zur Auslöschung.

»Ich bin dann so weit«, sagt Adam leise. Wieder tritt er ganz nahe an seine Schwester heran. Ihre Nasenspitzen berühren sich. Reiben aneinander. Adams Hände gleiten über Zoeys Wangen. Die Gesichter der Geschwister sind jetzt rußschwarz wie die Nacht.

Eng umschlungen gehen die Geschwister auf den abgebrannten Schuppen zu. Je näher sie kommen, desto intensiver ist der Geruch nach Benzin.

»Was habt ihr vor?« Targa bleibt stehen. Zoey zerrt an der Handschelle, doch Targa rührt sich nicht. ›Benzin, wozu Benzin?‹, denkt Targa fieberhaft. Plötzlich fällt es ihr wie Schuppen von den Augen. »Eure Mutter ist in einem Feuer umgekommen.«

»Siehst du. Jetzt hast du selbst die Antwort gefunden.« Zoey dreht sich zu Targa. Zieht erneut an der Handschelle. »Bald geht die Sonne auf. Wir dürfen keine unnötige Zeit verlieren.«

»Mama hat sich vor euren Augen verbrannt. Deswegen haben euch die Polizisten den Weg versperrt. Sie wollte mit euch ins Feuer gehen.«

Targa sieht den Ablauf jetzt ganz deutlich vor sich. Die beiden schreienden Kinder. Die mit ausgestreckten Armen der Mutter hinterherrufen. Zu ihr wollen, denn Mutter wartet auf sie. Zoey, die sich losreißt, um mit Mama zu sterben. Die Polizisten, die sie im letzten Moment zurückhalten. In dem allgemeinen Chaos schafft es die Mutter der Geschwister in den Schuppen. Überschüttet sich mit dem dort gelagerten Benzin. Zündet sich an. Auch der Schuppen fängt Feuer. Die Mutter der Geschwister läuft wie eine Feuersäule aus dem Schuppen. Verbrennt vor den Augen ihrer Kinder.

»Was redest du nur für einen Unsinn.« Adam packt Targa am Arm. Zieht sie weiter auf den Schuppen zu. Der Benzingeruch wird immer stärker. Unerträglich. Adam und Zoey treten durch den verkohlten Eingang. Die an Zoey gefesselte Targa muss folgen. Das Dach des Schuppens fehlt. Die verbrannten Wände formen sich zu einer bizarren Linie. Der Boden ist von einer schillernden Flüssigkeit bedeckt. Sterne spiegeln sich darin. Die Feuchtigkeit dringt durch Targas Sneaker.

Scheinwerfer leuchten den Weg entlang. Zerreißen die Dunkelheit. Die Geschwister nehmen keine Notiz davon. Ein Wagen fährt durch das verfallene Tor. Hält mit quietschenden Reifen. Zwei Personen springen aus dem Wagen. Targa will schreien, doch Adam hält ihr den Mund zu.

»Bleib ganz ruhig.«

Adam bückt sich. Schöpft mit beiden Händen etwas von der Flüssigkeit. Schüttet sie über sich. Dann über Zoey. Für Targa besteht kein Zweifel, was hier geschieht.

»Ihr habt hier überall Benzin vergossen. Warum wollt ihr alles anzünden?«

Zoey wendet sich um. »Frag so etwas nicht.« Ihr Gesichtsausdruck ist nicht von dieser Welt.

Im Hintergrund hört Targa das Klacken eines Zippo-Feuerzeugs.

»Du hast versprochen, mit uns zu gehen.« Adam schnippt das Feuerzeug auf und zu. Lässt es dann brennen. In der samtenen Flamme wirkt sein Gesicht schön und entspannt. Zoey küsst Targa auf die Wange. Haucht ihr ins Ohr: »Wir verbrennen nicht. Wir kehren heim zu Mama.«

Sie beginnt leise das Lied zu summen: »Der Mond ist aufgegangen …« Adam stimmt ein. Lässt das Feuerzeug zu Boden fallen.

65

Lundt drückt das Gaspedal bis zum Anschlag durch. Der Wagen rast durch die Nacht. Der Horizont dehnt sich endlos.

»Wie lange brauchen wir noch?«

Rita sitzt mit dem Laptop auf ihren Knien neben ihm. Starrt auf den Bildschirm. »In fünfzehn Minuten müssten wir da sein.«

Noch immer ist der Himmel pechschwarz. Es ist eine mondlose Nacht. Nur die Sterne leuchten matt. Lundt hat die erkaltete Kippe im Mundwinkel. Er will nicht daran denken, dass er zu spät kommen könnte.

»Was ist mit dem SEK?«

»Es dauert, bis sie von Berlin hier eintreffen. Sie sind zunächst ja nach Blumenthal beordert worden.« Rita tippt auf ihrem Laptop herum und ruft die nötigen Informationen auf.

Als sie die Abzweigung zu dem Bauernhof erreichen, taucht eine riesige Figur am Horizont auf.

»Was ist das?« Rita deutet auf das fratzenhafte Gesicht mit den gebleckten Zähnen.

»Ein Heumann! Die gibt's in dieser Gegend häufig.«

Der Wagen rast an den aufgeschichteten Heuballen vorüber. Lundts Gedanken sind bei Targa. ›Bin ich daran schuld, dass sie Zoey und Adam in die Hände gefallen ist? Verdammt, diese ewigen Schuldgefühle. Seit dem Tod von Karen bin ich damit ständig konfrontiert. Sie geben keine Ruhe. Jede Nacht wälze ich mich in meinem Bett herum. Gepeinigt von dem Gedanken, schuld an ihrem Tod zu sein. Ist das jetzt mit Targa das Gleiche?‹ Mit einer Handbewegung verscheucht er die düsteren Gedanken. ›Nein, Targa lebt. Sie ist etwas Besonderes. Ein Mensch, der nicht einfach aufgibt.‹

»Dort vorne muss der Bauernhof sein.« Rita reißt Lundt aus diesen Selbstvorwürfen. Sie klappt ihren Laptop zusammen. Deutet aufgeregt auf die Umrisse einer Ruine. Mauern sind im Scheinwerferlicht zu sehen. Zerklüftet wie bei einer Burg. Rasch kommen sie näher. Lundt drückt noch mehr aufs Gas. Der Wagen schleudert über die Schotterpiste, rutscht ins Gras, aber Lundt fängt ihn geschickt wieder ab. Jetzt haben sie den Bauernhof erreicht. Nichts rührt sich.

Lundt springt aus dem Wagen. Die Pistole im Anschlag. Wie ein Schatten ist Rita an seiner Seite. Auch sie hat ihre Waffe gezogen. Sichert.

»Vielleicht haben wir uns getäuscht.«

»Das glaube ich einfach nicht. Sie sind an den Ort zurückgekehrt, an dem alles begann.« Lundt unterdrückt ein Husten. Zündet die Kippe nicht an. ›Ich rauche erst wieder, wenn wir Targa lebend befreit haben‹, denkt er. Durch das halb verfallene Tor kommen sie in den Innenhof. Die Umrisse eines Geländewagens heben sich vor den schwarzen Mauern ab.

»Da steht der Wagen von Lasse.« Lundt atmet durch. Seine Intuition war richtig. Jetzt müssen sie so schnell wie möglich Targa und die Geschwister finden. Geduckt nähern sie sich dem Haupthaus. Es ist nur noch eine Ansammlung von Ziegeln und Geröll. Dem Gebäude fehlt das Dach. Das Innere ist von Unkraut überwuchert.

»Das muss die Treppe in den Keller sein.« Rita deutet auf zerbröckelnde Stufen, die in einen schwarzen Schlund führen. »Ich erkenne den Eingang aus dem Video.«

Lundt hält plötzlich inne. »Sei mal still.« Mit angelegter Pistole lauscht er in die Dunkelheit. »Hörst du das, Rita?« Mit seiner Waffe deutet er zum Eingang.

»Klingt nach Metall. Vielleicht ein Scharnier, das im Wind klappert?«

»Das ist kein Scharnier. Das ist ein Feuerzeug.« Lundt ist sich sicher. Er kennt das Geräusch.

»Ein Feuerzeug?« Rita blickt ihn verständnislos an. »Sind das jetzt Halluzinationen, weil du seit einer Stunde nicht rauchst?«

»Das ist ein Zippo!«

Lundt wirbelt herum. Schleicht zum Ausgang des Gebäudes ohne Dach. Weiter über den Innenhof. An dem Geländewagen vorbei. Jetzt bemerkt er auch den intensiven Geruch nach Benzin. Vor sich sieht er einen abgebrannten Schuppen. Die Seitenwände sind verkohlt. Recken sich in einer gezackten Linie zum Himmel. Die Tür fehlt.

Der Wind trägt Stimmen zu ihm. Aber er kann sie nicht unterscheiden. Sie singen eine Melodie. Das Lied kommt ihm vage bekannt vor. Er gibt Rita ein Zeichen.

»Wir stürmen.«

»Warten wir nicht auf Verstärkung?«

»Dann könnte es zu spät sein.« Lundt duckt sich. Hält die Pistole im Anschlag. »Ich zähle bis drei. Dann springen wir los. Wir nutzen den Überraschungseffekt.« Lundt hebt seine Hand.

In diesem Moment zerreißt ein greller Blitz die Dunkelheit. Bläulich züngelnde Flammen lodern auf. Innerhalb von Sekunden stehen Teile des Schuppens in Flammen.

»Mein Gott, da brennt alles!« Rita läuft nach vorne. Doch die Flammen sind zu stark. Treiben sie wieder zurück.

»Das ist die Schlusssequenz des Polizeivideos. Zoey und Adam haben gesehen, wie der Schuppen abgebrannt ist.«

»Und es war jemand drinnen.« Lundt zieht sein Sakko aus. Wickelt es sich um den Arm. Läuft auf das Flammenmeer zu. Die Hitze ist unbeschreiblich.

»Targa!«, brüllt er gegen die Flammen an. »Targa!« Doch er bekommt keine Antwort.

Plötzlich fliegt ihm eine brennende Jacke wie ein großer flammender Vogel entgegen. Lundt duckt sich. Die Jacke landet auf dem Boden.

»Das ist Targas Lederjacke!« Rita stöhnt auf. Zertritt mit ihren Stiefeln die Flammen. Greift nach dem verkohlten Kleidungsstück.

»Wir sind zu spät gekommen!« In Ritas Gesicht spiegelt sich namenloses Entsetzen. »Targa ist tot.«

66

In der flammenden Hitze stehen Targa und Zoey einander gegenüber.

»Jetzt spürst du selbst, wie das Licht die Dunkelheit auffrisst.« Zoey deutet auf die Flammen, die bereits an ihren Kleidern lecken.

»Der Tod ist keine Lösung, Zoey. Du musst leben.« Targa denkt fieberhaft nach. ›Ich könnte Zoey überwältigen, mit ihr aus dem brennenden Schuppen fliehen. Doch Adam hat eine Waffe. Und er wird keinen Augenblick zögern, auf mich zu schießen.‹

»Mama wollte, dass wir mit ihr vom Licht zersetzt werden.« Zoey senkt den Kopf. »Jetzt erfüllen wir ihren Wunsch. Niemand kann uns stoppen.« Sie dreht sich zu Adam.

»Niemand kann uns stoppen.« Adam wiederholt den Satz. Lächelt seine Schwester an.

»Das hat eure Mutter nicht gewollt. Dass ihr in den Flammen sterbt.« Targa macht einen neuerlichen Anlauf, die Geschwister von dieser Wahnsinnstat abzuhalten. »Ihr könnt euer Schicksal verändern.«

»Wie soll das denn funktionieren?« Zoey starrt wie hypnotisiert in die Flammen. »Ich werde immer von meiner

Vergangenheit verfolgt. Kann niemals glücklich sein. Außer mit ihm.«

Sie deutet auf Adam. Er steht in einem Kreis aus Flammen. Sein schwarzer Mantel brennt bereits am Saum. Adam breitet die Arme aus. Hebt den Kopf. Die schwarzen Locken kräuseln sich in der Hitze. Auf Targa wirkt er, als würde er gleich in die Nacht entschweben. Er öffnet seine Lippen. Singt voller Inbrunst das alte Volkslied. Die Weise, die Targa aus dem Mund von Olai gehört hat: »Der Mond ist aufgegangen.«

Die Hitze wird unerträglich. Die Flammen rücken näher. Überall am Boden lecken blaue Zungen an Targas Latzhose. Das Gummi ihrer Sneakers beginnt zu schmelzen.

»Zoey, gib mir den Schlüssel für die Handschellen.«

Doch Zoey reagiert nicht. Auch sie fällt in den Refrain des Liedes ein. Singt zuerst leise. Dann immer lauter. Ihre Stimme ist glockenhell. Klingt wie die eines kleinen Mädchens. ›Jetzt ist sie wieder das zehnjährige Kind, das zusehen musste, wie ihre Mutter elend verbrannte‹, denkt Targa.

Zoeys dünnes Haar verglüht in der Hitze. Noch haben sie eine Chance, diesem Inferno lebend zu entkommen. Aber sie wird von Sekunde zu Sekunde kleiner. Kurz entschlossen dreht sich Targa um. Zerrt Zoey mit sich zum Ausgang.

»Wir schaffen das!«, ruft sie. Doch Zoey stemmt sich vehement dagegen.

»Lass mich!« Sie packt die glosende Lederjacke von Targa. Hält Targa daran zurück. Die Flammen schlagen immer höher. Gleich ist der Fluchtweg zum Ausgang versperrt. Targa packt den Arm von Zoey. Stößt sie vorwärts. Aus den Augenwinkeln sieht sie Adam, der die Pistole auf sie richtet.

»Zoey, bleib hier!« Adam zielt mit der Pistole auf seine Schwester.

»Warte!«, ruft sie Adam zu.

»Hier ist der Schlüssel!« Zoey zerrt ein Lederband aus ihrer Hose. Der Schlüssel für die Handschellen baumelt daran. Targa steckt ihn in das Schloss. Mit einem leisen Klacken springt die Fessel auf.

»Los, komm jetzt. Ich rette dich!«

»Adam, ich bin bei dir!« Zoey zerrt an der Lederjacke von Targa. Reißt sie ihr vom Körper. Wirft sie in hohem Bogen über die Flammenwand nach draußen. In die Dunkelheit. Targa trägt nur ein Tanktop. Sofort spürt sie die gnadenlose Hitze auf ihrer Haut. Sie greift nach Zoeys Arm.

»Vergiss Adam. Du musst leben.«

Ein Balken stürzt krachend um. Streift Targas Hand. Glühender Schmerz durchzuckt sie. Sie lässt Zoeys Arm los. Dieser kurze Moment genügt. Zoey springt zurück. Dorthin, wo Adam neben einem mit Benzin gefüllten Kanister steht. Zoey umarmt ihren Bruder. Nimmt seinen Kopf. Legt ihre Lippen auf seine. Bläst Luft in Adams Mund. Targa will zu den beiden. Doch in diesem Moment explodiert der Benzinkanister. Targa wird nach hinten geschleudert. Eine Flammenwand trennt sie. Schemenhaft sieht sie die Geschwister. Zoey und Adam halten sich an den Händen. Ihre Köpfe eng zusammen. Stirn an Stirn stehen sie in dem Feuer. Flammende Seelen, die langsam verglühen.

Targa rappelt sich hoch. Brandblasen an Händen und Füßen können sie nicht aufhalten. Noch ist nicht alles verloren. Da packen sie starke Hände. Zerren sie an den Schultern aus dem Schuppen. Aus dem brüllenden Licht in die stille Dunkelheit. Zoey und Adam haben doch recht. ›In der Dunkelheit liegt die Kraft‹, denkt sie in diesem Augenblick.

Schwankend steht Targa auf. Ihre Turnschuhe sind verkohlt. Die Fußsohlen brennen. Erst jetzt bemerkt sie Lundt und Rita. Die sich um sie kümmern. Doch sie kann Zoey nicht alleine lassen. Zoey braucht sie.

»Ich muss noch mal da rein! Zoey retten. Noch ist es nicht zu spät!«

»Du kannst ihnen nicht mehr helfen.« Lundts Gesicht ist rußgeschwärzt. Seine Augenbrauen sind versengt. Er deutet auf den lichterloh brennenden Schuppen.

»Aber ich muss.« Targa will sich losreißen. Doch Lundt hält sie eisern fest.

»Sie gehen jetzt zu ihrer Mutter. Du hast hier auch eine Mutter, die dich braucht.«

Lundt legt Targa sein Sakko über die Schultern. In diesem Moment fallen die Seitenwände des Schuppens in sich zusammen. Für einen kurzen Augenblick glaubt Targa, die Geschwister Wange an Wange in dem Flammenmeer zu sehen. Dann schießt eine Feuersäule in den schwarzen Himmel. Erleuchtet ihn taghell.

»Der Tag verbrennt die Nacht.«

67

Einen Monat später

Der VW-Bus parkt wieder auf dem Campingplatz in Blankenfelde-Mahlow. Direkt in der Einflugschneise des neuen Flughafens von Berlin-Brandenburg. Noch immer sind der Kiosk verrammelt und die Toilettenanlagen ramponiert.

Bei dem halb fertigen Zen-Garten steht Targa mit Margarete.

»Wozu brauchst du denn die vielen Steine?« Margarete deutet auf Edgar, der gerade einen Eimer voller Kieselsteine heranschleppt.

»Das ist schon der dritte Kübel. Pflastern wir jetzt den ganzen Campingplatz?«, fragt Edgar und stellt den Kübel vor Targa ab. Wischt sich den Schweiß von der Stirn.

»Nein, die Steine sind nicht für euch. Ihr beide kocht nur das Essen.« Aus der Brusttasche ihrer Latzhose holt Targa einen zerknitterten Zettel. »Hier ist ein Rezept für eine selbst kreierte Soße. Alles, was man dafür benötigt, habe ich schon gekauft.«

»Dann gibt es heute ausnahmsweise keine Ravioli?«, fragt Margarete erstaunt.

»Doch. Aber ihr kocht diese Soße dazu. Es wird Zeit, dass ich mit etwas Neuem beginne.«

»Interessant, starten wir unsere Beziehung auch wieder neu?« Edgar blickt Targa fragend an.

»Ja, es ist doch schön, dass wir wieder von vorne und ganz neu anfangen können.« Targa blickt zum Parkplatz, der leer und unkrautüberwuchert zu dem ganzen Ambiente passt. »Ihr müsst jetzt gehen. Ich erwarte noch Besuch.«

Targa blickt Margarete und Edgar hinterher. Krault dabei Hund zwischen den Ohren. Sie fühlt sich entspannt wie schon lange nicht mehr. Plötzlich hält eine graue Limousine auf dem Parkplatz. Zwei Personen steigen aus. Steuern zielgerichtet auf Targa zu. Es sind Lundt und Rita.

»Das ist für euch!« Targa deutet auf die Eimer.

»Ich dachte, wir sind zum Essen eingeladen?« Lundt zieht an seiner Kippe. Betrachtet misstrauisch die bis oben mit Steinen gefüllten Kübel. »Sollen wir jetzt etwa arbeiten?«

»Wir müssen das Gestern abschließen. Mit den Steinen vollenden wir den Zen-Garten. Wenn der Kreis geschlossen ist, dann haben wir auch einen Schlussstrich unter unseren letzten Einsatz gezogen.«

»Cool, diese Idee mit dem Zen-Garten.« Rita greift nach einem Eimer. Beginnt die Steine am Rand der gekiesten Fläche auszulegen.

»Ok.« Lundt schnappt sich einen Eimer. Hockt sich auf den Weg. Platziert graue Steine am Wegrand. »Dann lasst uns gemeinsam noch mal kurz das Erlebte durchdenken und Erkenntnisse daraus ziehen.«

»Wo sind Zoey und Adam eigentlich begraben?« Targa denkt zurück an die Geschwister. An die letzten Augenblicke in dem brennenden Schuppen. Als Zoey und Adam eng umschlungen auf den Tod warteten. Auf die große Finsternis.

»Sie haben ihre letzte Ruhestätte im Grab ihrer Mutter gefunden. Man hat die sterblichen Überreste der beiden aus den Trümmern des Schuppens geborgen. Kopf an Kopf lagen sie auf dem Boden. Auf den Gerichtsmediziner machten sie den Eindruck, als würden sie sich küssen.« Lundt hält zwei Kieselsteine in den Händen. Kann aber trotz der Zigarette im Mund sprechen.

»Das war kein Kuss.« Targa erinnert sich an das seltsame Ritual. »Es war die dunkeltote Seele, die Zoey ihrem Bruder in die Lungen blies. Damit hat sie ihm in dem Keller das Leben gerettet.«

»Sehr speziell.« Rita schüttelt sich. »Daraus ist dann eine Abhängigkeit entstanden.«

»Es war eine Symbiose. Keiner konnte ohne den anderen leben. Beide waren verbunden durch die Vergangenheit und ihre wahnhafte Philosophie der Nacht.« Targa legt Stein neben Stein. Gedanken neben Gedanken. »Die Geschwister sind jetzt bei ihrer Mutter. Mussten nicht mehr in die Hölle zu Olai zurückkehren. Was passiert eigentlich mit Olai Hansen?«

»Olai ist unter eigenartigen Umständen zu Tode gekommen. Die Mitglieder der Sekte schweigen. Es gibt keine Zeugen. Der dänische Staatsschutz ermittelt noch. Olai wurde auf der dänischen Insel, wo die Sekte lebt, begraben.«

»Gibt es dort noch Kinder?« Unwillkürlich denkt Targa, dass sich die Geschichte wiederholt.

»Du meinst, es wächst eine neue Generation heran, so wie Zoey und Adam? Eine Horrorvorstellung.« Rita verzieht ihr Gesicht zu einer Grimasse.

»Ich weiß nur, dass sich das Jugendamt jetzt um die Kinder kümmert, die dort gelebt haben.« Lundt zuckt bedauernd mit den Schultern.

»Wo ist eigentlich Paula, die als Einzige dieses Martyrium überlebt hat?«

»In einer psychiatrischen Klinik«, gibt Lundt Auskunft.

»Wenigstens hat sie noch einen Vater, der sich um sie kümmert.«

»Paula will ihren Vater nicht sehen.«

»Weiß man, warum?«

»Nein, aber sie wird schon ihre Gründe haben«, erwidert Lundt knapp. »Paula hat die Zeit ihrer Gefangenschaft übrigens als einen einzigen Höllentrip geschildert. Als sie dachte, dass es mit ihr zu Ende geht, hat sie plötzlich Licht in der Finsternis gesehen. Ein strahlendes Leuchten, das die Dunkelheit hinweggefegt hat. Ihr die Angst vor dem Tod genommen hat.« Lundt bemüht sich, den sachlichen Tonfall beizubehalten, doch Targa bemerkt das leise Zittern in seiner Stimme.

›Wahrscheinlich hofft Lundt, dass seine Tochter das gleiche Erlebnis in der Stunde ihres Todes hatte.‹

»Ach, das wisst ihr noch nicht. Polizeitaucher haben die Leiche von Ewa Malokova in dem See gefunden, wo Paula entführt wurde. Anhand der DNA-Spuren konnte eindeutig festgestellt werden, dass Zoey und Adam für ihren Tod verantwortlich waren. Ewas sterbliche Überreste sind bereits in ihre Heimatstadt Wroclaw überstellt worden. Ihre Mutter sorgt für ein katholisches Begräbnis.«

»Lasse Bergmann war ja der fixen Überzeugung, dass Zoey schuld am Tod seiner Ex-Frau war.« Targa erinnert sich an Lasse, der kein Hehl aus seinem Hass auf die Geschwister machte.

»Bergmanns Intuition war richtig. Die Kollegen fanden ein Notizbuch in Zoeys Zimmer, wo sie den langsamen Hungertod von Lasses Frau beschrieb und wie ihr Zoey suggeriert hatte, dass nur dünne Frauen geliebt werden. Und übrigens auch ihre

Erleichterung über Jules Tod. ›Alles wird gesühnt im Leben‹, schrieb Zoey. ›Adam hat mir geholfen.‹«

Jetzt haben alle ihre Steine ausgelegt. Rita wirft drei Steine in die Luft. Fängt sie professionell wie ein Jongleur wieder auf. »Wie müsste eigentlich ein Zen-Rennrad aussehen?«

»Du trittst in die Pedale und bewegst dich trotzdem nicht«, meint Targa nach kurzem Nachdenken.

»Wie, ich radle auf der Stelle?«

»Genau. Die Bewegung ist das Ziel.«

Der Kreis ist vollendet. ›Das Ende ist gleichzeitig ein neuer Anfang‹, denkt Targa.

»Wir können jetzt essen!« Sie steht auf, geht mit Lundt und Rita zum VW-Bus. Durch das gekippte Seitenfenster sieht sie Margarete in der winzigen Kochnische stehen. Edgar deckt gerade den Tisch.

»Das sind also deine Kollegen.« Edgar blickt in die Runde. »Ihr macht beruflich das Gleiche wie Targa, stimmt's?«

»Ja, wir jagen Serienkiller«, antwortet Lundt trocken.

»Das gefällt mir. Ihr habt denselben schwarzen Humor wie Targa.«

»Ich habe alles nach deinen Wünschen zubereitet.« Margarete wischt sich die Hände an einem Geschirrtuch ab.

»Wie aufregend, es gibt Ravioli.« Lundt deutet auf die leeren Büchsen neben dem Bus.

»Wartet ab«, meint Edgar geheimnisvoll.

Margarete kommt mit dem Kochtopf aus dem Bus. Stellt ihn auf den wackeligen Campingtisch.

»Mit einer Soße nach eigenem Rezept. Damit will ich euch überraschen.« Targa fällt es sichtlich schwer, darüber zu reden. Denn im Grunde hasst sie Überraschungen. Aber in ihrem Handbuch über soziales Verhalten gibt es ein Kapitel über Weiterentwicklung. Darin steht, dass Überraschungen für soziale Bindungen wichtig sind, damit sie nicht eintönig werden. Ravioli mit frischer Soße ist ein erster Schritt in diese Richtung.

Die Gespräche sind locker. Targa blickt von einem zum anderen. Das ist ihre Familie. Lundt mit der unvermeidlichen Zigarette im Mundwinkel erzählt von der Arbeit in der DDR. Rita trinkt Bier aus der Flasche. Sie schwärmt von der Tour de France, die sie in einem Servicewagen begleitete. Zu vorgerückter Stunde deklamiert Edgar aus dem Textbuch, das er dabeihatte, als er Targa das erste Mal traf. Margarete trinkt Rotwein. Sie gibt Anekdoten aus dem Krankenhaus zum Besten.

Es ist spät, als sich Targas Gäste verabschieden. Sie atmet tief durch. Es ist alles gut gegangen, aber jetzt ist sie froh, wieder mit Hund alleine zu sein. Sie betrachtet das Bücherregal im Bus. Nimmt das Buch mit dem blauen Einband. Will es in die richtige Reihenfolge für den Regenbogen stellen. Lässt es dann aber bleiben. Räumt das Buch wieder ans Ende. ›Man soll es mit Veränderungen nicht übertreiben‹, denkt sie.

Plötzlich hört sie von draußen ein Geräusch. Sie gibt Hund ein Zeichen. Er legt sich auf das Bett. Beobachtet die Tür. Sie hört das charakteristische Klacken eines Zippo-Feuerzeugs. Mit einem Mal ahnt sie, wer vor ihrem Bus wartet. Und sie weiß auch, was das zu bedeuten hat. Targa öffnet die Tür. Draußen ist es pechschwarz. Sie sieht nur das Aufglühen einer Zigarette. Lundt sitzt auf dem Designklappstuhl.

»Warum bist du zurückgekommen, Lundt?«

»Weil ich dir noch etwas sagen muss.«

»Hat es mit meinem Vater zu tun?« Targa spürt einen Kloß in ihrem Hals, der das Atmen erschwert. Ihr Herz pocht, wie sie es noch nie erlebt hat.

»Ja. Wie immer hast du recht. Du bist wie eine Tochter für mich. Deshalb kann ich auch nicht länger schweigen.« Lundt zieht an seiner Zigarette. Die Glut überzieht sein Gesicht mit einer sanften Röte.

»Dann kennst du also meinen Vater!« Jetzt müsste sie wütend sein. Auf Lundt zustürzen. Mit ihren Fäusten auf ihn einschlagen. Aber sie bleibt wie angewurzelt stehen. Eine tiefe Leere befällt sie. Sie fühlt sich wie eine Marathonläuferin, die in die falsche Richtung rennt und plötzlich vor dem Nichts steht.

»Ja.«

Diese zwei Buchstaben bringen ihre Welt ins Wanken. Lundt, dem sie bedingungslos vertraut, hat sie eiskalt hintergangen. Er kennt ihren Vater. Hat tatenlos zugesehen, wie sie jahrelang diesem Phantom hinterherjagte. »Warum hast du mich all die Jahre angelogen?«

»Weil ich nicht wollte, dass du für mich ins Gefängnis gehst ...«

FSC

www.fsc.org

MIX

Papier | Fördert
gute Waldnutzung

FSC® C083411

Zeitfracht Medien GmbH
Ferdinand-Jühlke-Straße 7
99095 Erfurt, Deutschland
produktsicherheit@kolibri360.de

Druck:
CPI Druckdienstleistungen GmbH
im Auftrag der
Zeitfracht Medien GmbH
Ein Unternehmen der Zeitfracht - Gruppe
Ferdinand-Jühlke-Str. 7
99095 Erfurt